① 境湖之门

方外

消失的八门

徐公子胜治 / 著

上海文艺出版社

目录

01 - 三个故事 　　　　　　　1

02 - 先定一个小目标 　　　　15

03 - 更聪明的选择 　　　　　45

04 - 选择与冲突 　　　　　　60

05 - 只要他还活着 　　　　　69

06 - 两个人都够变态 　　　　87

07 - 刘丰的警告 　　　　　102

08 - 假想观众 　　　　　　126

09 - 无枝可依 　　　　　　139

10 - 神秘来客 　　　　　　151

11 - 全新的开始 　　　　　169

12 - 神奇的石头 　　　　　177

13 - 少林扫地僧 　　　　　191

14 – 上帝的悖论	199
15 – 图书管理员	217
16 – 重大突破	232
17 – 技术流与套路流	240
18 – 江湖术	252
19 – 麋鹿的故事	265
20 – 催眠全世界	273
21 – 季咸见壶子	288
22 – 八仙过海	294
23 – 方外世界	304
24 – 双盲测试	314
25 – 境湖之门	327

01　三个故事

故事一：

张三年纪不到三十，是一家纺织厂生产线上的技术员。这天他值小夜班，午夜之后才回到宿舍。张三还是单身，一个人住，宿舍在二楼，当他掏出钥匙打开门，屋内忽然走出来一个人。

楼道灯没亮，屋里也没有开灯，张三已经很疲倦了，精神也有些恍惚，他并没有看清对方的样子，只感觉是一个身材和自己差不多的男子。他只是看见了一个朦胧的轮廓，事后回忆，对方的面目是模糊不清的。

张三当时下意识地问了一句："你是谁?"但对方没有回答，身影很快走下楼、消失在黑暗中，甚至没有脚步声。精神恍惚的张三过了很久才反应过来，他不清楚发生了什么事，猜测自己可能是遇到了小偷，但宿舍里又没丢任何东西。

几天后，张三值大夜班时突发心脏病身亡。

故事二：

王大妈住在村里，儿女都进城了，这段时间老伴进城看儿子并不在家。这天她去镇上赶集，天擦黑才回来，挎着一篮在集市上买的东西，感觉已经很累了。打开院门走进院子里，却恰好看见一个老太太从堂屋里出来，径直走了出去。

已累得有些迷糊的王大妈问道："你谁家的呀？"对方并没有回答，王大妈追出院子，但已经看不到对方的身影。当时的光线很暗，王大妈看见的只是一个和自己差不多的身形轮廓，感觉对方也是一个老太太。

隔天邻里闲谈时，王大妈提起了这件事。邻居老汉提醒她道："大妹子，你是不是丢魂了呀？"王大妈当时很突兀地说了一句："我当时看见的应该是我自己。"事后便没有再对人提过。

一年后，王大妈赶集时不小心摔倒被人送进医院，几天后病逝。

故事三：

范先生和老婆吵架，老婆赌气回娘家了，这几天他一个人独居，心情不是太好，又和单位的同事起了冲突，已经好几天没睡好觉了。这天下班回家有点晚，他抓着扶手一步步走上单元楼的楼梯时，脑袋感觉很昏沉，眼皮子也直打架。

掏出钥匙打开四楼的房门时，屋里突然走出来一个人，顺着楼梯就下去了。范先生当时有些发懵，本能地以为是老婆回来了，可那人的身形轮廓却不是他老婆，像是一个身材和他自己差不多的男人，他过了好半天才回过神来。

范先生差点就报警了，回到家中却发现所有的东西都没动过，财物一点都不少。后来他和朋友、同事谈起此事时，逢人便说："我看到我自己了。"

这是二十多年前的事情，范先生至今健在。

以上是丁齐在课堂上讲的三个故事，或者说是三个发生在不同时间、不同地点的民间传说。台下一百五十二名学生都在聚精会神地听着，露出饶有兴致的神色。这是一间阶梯大教室，里面坐着来自境湖大学各个专业的本科二年级学生，丁齐之所以能将人数算得这么精确，用的是座位排除法，这间能容纳一百八十人的教室几乎快坐满了。

花名册上报名选修该课程的学生应到一百六十九人，实到一百五十二人，已经是相当高的出勤率了。这样的大课，老师是不可能挨个点名的。

丁齐讲的是《心理学基础》。对于心理学专业的学生而言，这是本科一年级的必修课；对于非心理学专业的学生而言，这是本科二年级的选修课。两者的教材和教学内容侧重点也不一样，针对非心理学专业学生的课程，教材的很大篇幅侧重于社会心理学。

像这样的跨专业选修课程，很多学生报名只是为了凑够选修学分，同时多少也因为有些好奇，逃课率是非常高的。不少人就算来上课了，也是趴在桌子上补觉，这也是大学校园的常见现象之一。

此刻看着台下的学生，丁齐暗自苦笑，同时也微有自得，基本上接近于满勤了，而且没人睡觉。其实对非心理学专业本科生所开设的《心理学基础》选修课，本就不太受校方重视，否则也不会让丁齐这么年轻的一位讲师来授课了。

但丁齐讲得很好，至少很吸引人，眼前的教室就是最好的证明。若是不明情况的人走错了教室，不知道这是什么课，可能会很纳闷，搞不清楚台上这位小伙子究竟是在上课还是在讲鬼故事。

讲了这三个故事，见同学们的注意力都被吸引过来了，丁齐环顾一圈，好似与每个人的视线都有接触，开口道："同学们，这是在不同时间、全国不同地点流传的民间故事。大家也来自全国各地，我想问一下，有人在家乡听过类似的传闻吗？听过的请举手！"

共有五十七名学生举了手。丁齐这么快就能在心中得出准确的数字，并不是因为他具有某方面的超能力，而是受益于专业技能和职业习惯。

他是学心理学的，同时也是一位心理咨询师，反复接受过各种包括智商之类的心理测试，也参与过很多心理测量表的内容设计，对于空间和数字等各种记忆技巧掌握得已经很熟练了。

这个教室他很熟悉，采用矩阵记忆法，几秒钟就得出了准确的数字，然后点了点头道："很好，大家可以把手放下来了。由于它们只是民间传说，我们不可能对传说中的当事人进行准确的精神评估，但可以先根据传说内容本身，归纳出其中一致性的核心要素。哪位同学愿意发言……如果没人举手，我就点名了！"

台下很多学生都露出了想尝试的眼神，但是没有人主动举手，这是大学课堂很常见的情况，尤其是在人数众多的大课上。在场人越多，有人就越不愿意主动举手发言，这是一种心理现象，况且丁齐给的时间并不长，大部分人感觉还需要再多想一会儿。

丁齐本就打算主动点名的，他想找一名女生回答，几乎是下意识的，他做出打开花名册的动作，实际并没有看，直接叫出了一个有印象的女生名字："孟蕙语，你来回答一下！"

说完话丁齐抬起头，恰好与孟蕙语的目光对视。孟蕙语就坐在第一排靠中间的位置，是个很漂亮的女生，肤色白皙，秀发齐肩，穿着一件白底碎花裙，袖口、领口的纹饰是红蓝两色蜡染风格，很有点西南地区少数民族风情，而她本人并非少数民族。

孟蕙语刚才正盯着丁齐看，此刻赶紧站起身低下头显得有些羞涩，伸手理了理额前垂下的刘海，调整了一下稍显紧张的呼吸，再抬起头答道："老师刚才讲的这几个故事中，首先当事人都处于一种精神恍惚的状态。"

丁齐点了点头道："嗯，是这样的，还有呢？"

孟蕙语说："事发现场的光线很昏暗，而且没有其他人在场对当事人形成干扰，这种情况下很容易因为环境的暗示导致错觉。"

丁齐心中暗道："这并不是重点。"开口时仍以鼓励与提示的语气道："这是传说，我们无法判断当事人的精神状态以及说法的真假，那么就传说本身，能总结出什么样的一致性规律？"

孟蕙语边想边答道："按照老师您的提示，最核心的规律有两点。第一点是一致的,他们都是在某种情况下'看见了自己'。第二点是不一致的,张三没有意识到是看见了自己,也没有对别人说过;王大妈经人提醒意识到了,只说了一句;范先生则是意识到了,跟人说了很多次……"

"第二点其实也有一致性,你注意到其中的规律了吗?"

提示到这个程度,答案已呼之欲出,迎着丁齐的目光,孟蕙语微微挺胸,语气也变得清晰与自信:"在这三个故事中,三个人都是在特定的情况下'看见了自己',可能预示着生命即将终结。而意识到这个情况并将它说出来,说一句就多活一年……"

丁齐满意地点头道:"非常好,总结得很到位,谢谢这位孟蕙语同学,你可以坐下了。"

孟蕙语坐下后,小丁老师赞许的眼神令她心情快慰,同时不免又有些紧张,脸蛋微红,鼻尖也微微冒汗,下意识地低下头,伸出一根手指摸了摸鼻尖。擅长观察微表情的丁齐当然注意到了,心中不知是苦笑还是别的感觉,环顾大教室,也下意识地伸出一根手指扶了扶鼻梁上的镜框。

丁齐并不近视,他的视力非常好,特意戴着这副平光镜,只是为了增添一分儒雅气质。眼镜是女友佳佳帮他挑的,花了八千多,是他这身装扮中最贵的一件。

今天他穿着一件藏蓝色的休闲西装,露出里面裁剪得非常得体、衣料也很高档的衬衫。眼镜、衬衫、腰带据说都是意大利原产,属于同一个很知名的国际品牌,加起来差不多有两万,这还是不含关税的海外代购价。

丁齐能理解为何很多女生提到诸多品牌时如数家珍,但他本人根本就不了解这些,也没有兴趣去深究。据女友佳佳说,她挑的这些还算不上真正的国际大牌中的高档品,顶多是轻奢而已,但确实很能衬托丁齐的气质。

女友挑好,丁齐直接付款买就可以了,倒也省心。虽然丁齐还在读博士,但他有工作,有还算不错的收入。除了在境湖大学刚刚由助教评升为讲师,他还在境湖大学附属医院心理健康中心担任心理咨询师。

心理咨询师须注重仪表和形象，给人留的第一印象就要有信任感与亲和力。所以女友这么打扮他，丁齐也是赞同的。

最近听说了一个小道消息，人力资源和社会保障部正在编订最新的《国家职业资格目录》，据说可能会取消"心理咨询师"职业资质的官方认定，不再组织考试发证。丁齐对这个消息是不太相信的，但也认为心理咨询师的认证管理确实应该好好整顿与规范了。

不用照镜子，丁齐也清楚自己的形象风度很不错。尤其是在大学讲坛上，像他这样年轻英俊，既注重仪表又极具亲和力的男老师，已经是非常难得了。很多女生爱上他带的这节大课，恐怕不仅是冲着课程内容来的，有人每次到得都很早，大多坐在教室的前排，喜欢一边看着他还不时窃窃私语。

正是情窦初开的年纪，人们会不自觉地将内心的情感需求投射到所欣赏的对象身上，这种现象是正常的，可以理解，但丁齐并未因此有什么别的想法。

丁齐环顾教室正打算多加几句点评，却意识到没必要再多说什么了。原本他想在这么短的时间内很难答出全部的要点，正好可以由他这个老师来补充，增加课堂的趣味性和互动性，同时也能提升老师的权威形象。

可是孟蕙语开口后，丁齐就一直在进行鼓励和赞许式的提示，这是一个心理咨询师进行"摄入性谈话"时的习惯，不经意间就带到课堂上来了，看来平时还是要注意不同身份之间的切换与相应行为的自我调整。

丁齐清了清嗓子又说道："这三个故事并不是我虚构的，而是我的导师、我国著名心理学专家刘丰教授，在多年前进行社会调查时，从各地搜集的、看似并无关联的社会传闻实例中发现并总结的。刘丰教授在心理学、社会学等很多领域成果卓著，非常注重理论联系实际的调查研究。他的足迹遍布各地，深入不同类型的人群，收集并整理了大量的、详实的第一手资料……"

丁齐居然在大课上公开夸赞起导师来，不吝溢美之词。假如在有心人听来，这是很露骨的吹捧与恭维，但丁齐的表情和语气都很真诚，他是真心这么评价导师的。而另一方面，丁齐其实心里也清楚，在这种大课上的言论，假如传到了导师耳中，导师一定会很高兴甚至是欣慰的。

俗话说不要在背后议论人，不是好习惯，但这其中并不包括在背后夸赞，这比当面的恭维更能令对方高兴，包括导师在内的很多人也不能免俗。而且他的夸赞并非毫无依据，刚才就是引用了导师当年收集的资料与整理的案例，这也表现出了学术上的尊重与敬仰。

拍马屁，也要讲究心理学的。

不动声色、有理有据、语气真诚地夸赞了导师一番后，丁齐接着说道："方才那位女同学已经总结了这三个故事中的一致性规律，那么哪位同学能再深入分析一下，为何在不同时间、不同地点，都出现了有相同核心要素的传闻呢？可以畅所欲言，想到什么就说什么，这次我想请一位男生来回答，请大家举手。"

经过方才那一番互动，气氛已经被调动起来了，而且有了缓冲思考的时间，这次有很多人举手。丁齐没有再看花名册，直接伸手指向右方道："第五排那位穿灰色运动服的男生，请你来给大家分析一下！"

那名男生站起来，低头看了看桌上的笔记本，语气有些急促地说道："我叫毕学成，刚才我注意到，在第二个故事中，邻居老汉曾提醒王大妈是不是丢了魂，这就需要结合当地的社会文化背景来看了。在很多地方的民间传说中，都有丢魂一说。甚至在不同的文化背景中，也都有灵魂一旦离开肉体、人就会死亡的说法。刚才老师讲的民间传闻，实际上就是将这种说法加工成了具体的故事。"

毕学成的语速有点快，但语言表达得非常好，思维逻辑很清晰，他一边说还一边看课桌上的笔记本，显然刚才已经做了笔录归纳整理。丁齐很满意地点了点头，插话道："那么这三个故事中第二个核心要素，说一句

'我看到了自己'，就能多活一年，这又怎么解释呢？"

毕学成考虑了几秒钟，语气有些不确定地答道："这是面对未知的恐惧，试图解决内心冲突的一种手段。"

丁齐饶有兴致地追问道："哦，你仔细说说。"

毕学成尝试着总结道："自古以来各地或多或少都有传说，人丢了魂就会死，甚至有些地方的传说更具体，说人在临死前能感觉到自己的魂魄离体。民间传闻当然不足信，但正因为其神秘难解，很多人的态度是将信将疑，甚至会感到莫名的压力与恐惧。假如它真的发生了，就是个人很难抗拒与解决的问题，但人们又必须要找到一种化解内心压力的办法。所以故事在流传中就会发生变化，给了一个看似离奇却又切实可行的解决方法。那就是说一句便多活一年，只有这样，人们才会消除内心的冲突和不安。"

丁齐问："你的家乡有过这样的传说吗？我注意到，你刚才也举手了。"

毕学成点头道："是的，我小时候听说过类似的故事，是我父亲单位看门的老大爷讲的。"

对于一个本科二年级纯工科专业学生而言，毕学成的回答几乎可以得满分了，逻辑思维、归纳总结、表达陈述能力都相当不错。丁齐却不禁露出些许促狭的笑容，想起了在另一个课堂上的经历。

当年导师刘丰就用同样的事例提问，而丁齐的回答几乎和眼前的毕学成是一样的。如今身份发生了变化，丁齐站在了讲台上，于是他又加了一个当年刘丰老师的题外之问："那我们回到讨论的源头，民间传说很难考证真伪，如果我们假定这三个故事都曾以某种形式发生过，至少第一个要素'看见了自己'是真的，你又怎么分析呢？"

毕学成答道："还是刚才的观点，自古以来都有这样的传说，可能是封建迷信，也可能是出于对生命、对肉体和灵魂关系的思考，所以人们加工出了这样的故事。"

丁齐摇了摇头："你没有完全理解我的提问。你分析了民间故事出现的一种成因，用了相对复杂的逻辑推理过程，这是合理的。但是在我们不能真正确定的情况下，也不能排除事件本身最直接的另一种可能，那就是有人真的看见了自己。"

毕学成微微一愣："真的看见了？"

丁齐说："我不是说事实一定会是这样，但不能排除这种最直接的可能，这不是做社会调查和现象分析的科学态度。"

毕学成情不自禁地反诘道："这不合常理啊！"

丁齐仍然面带微笑，酷似导师刘丰当年："要么是因为错觉或幻觉，要么还有最后一种可能，就是真的看见了。为什么会有这种现象，对个体来说需要做精神分析，对于群体来说，就要做群体心理分析。"

毕学成却有点钻牛角尖了，又反过来追问道："假如是错觉和幻觉，又怎么能算真的看见？"

丁齐感觉到讨论有点跑偏了，但仍然很耐心地解释道："我说的真，是心理学角度的真。错觉不算，因为当事人能意识到自己错了。但幻觉是一种主观体验，当事人是真的相信。要分辨这种现象，就要看主观体验是不是对客观世界的真实反应。假如在不同时间、不同地点，不同身份的人都有过这种主观体验，我们就要研究这种现象的成因，比如说是受到了社会文化背景的暗示等等。"

"毕学成同学，你回答得非常好了，现在请坐……我再做个跟刚才一样的调查，在座的哪位同学曾听说过或者能想起来，与这三个故事一样的民间传闻，请再举一次手。"

这次举手的人几乎是上次的一倍，丁齐在讲台上看着大家的各种反应，其实心里很清楚，有很多人并不是真的听说过类似的传闻，但其中有不少人也不是故意要撒谎。

有人可能是为了显示自己"不无知"；有人可能是见身边的人举手了，犹犹豫豫地也举起了手；更多的人是自认为回忆起类似的传闻，但这并非是真实的记忆。

丁齐做了个手势道："非常好，刚才是五十七人举手，现在是一百零二人举手。大家可以把手放下来了，现在把课本打开，翻到第二章'社会心理学'。今天我们要讲的是第七节，'社会影响'中的从众、模仿、暗示与社会感染。"

下课后，丁齐走出西大门，前往境湖大学附属医院心理健康中心。今天下午四点二十，已有求助者预约了心理咨询。想到那位有些偏执与难缠的求助者，丁齐不禁苦笑，他随即就意识到自己的这种心态不对，又调节呼吸并做了一番自我调整。

合格的心理咨询师应具备专业的心理素质，要有足够的耐心与真诚的态度去接纳求助者，假如自己就有排斥心理，又怎可能避免求助者在咨询过程中产生阻抗情绪呢？

恰在这时，侧后方有个很好听的女声道："小丁老师，这么巧！您这是去哪里呀？"扭头一看，正是刚在课堂上回答过问题的孟蕙语。

学校西门外是各大快递公司的收发点，还有不少美食摊位、好几家主要经营钟点房的快捷酒店，学生下课后来到这里的很多。但看孟蕙语的样子显然不是恰好偶遇，她此刻虽已放慢了脚步，但呼吸还有些急促，看脸色明显有体温升高的迹象，就算刚才没有一路小跑，也是快步追赶了一段时间。

丁齐虽然看出来了，但也没想点破，微笑着答道："真巧，你出来取快递呀？我去心理健康中心，下午还有一个预约。"

"小丁老师的课讲得真好，我们宿舍的女生都爱听呢！还有……您的个子有多高呀？"这话问得太突兀，前言后语缺乏逻辑联系，一点都不挨着，但也不能说她思维散乱或者给一个"破裂性思维"的诊断。只能说明她表面上故作镇定，其实心里很紧张，而且问的是一个很感兴趣的话题，不经意间就脱口而出了。

丁齐不紧不慢地答道："也不算高，只有一米七八。"

"已经是很标准的型男啦，"孟蕙语尽量调整步幅，与丁齐并肩行走，语气有些害羞地说道，"我们宿舍有好几个女生都对您很感兴趣，想知道您有没有女朋友呢！"

丁齐呵呵一笑："当然有了，她在北大读硕士一年级，我们打算明年就结婚。"其实他只要回答"有"就可以了，却特意多说了两句。

孟蕙语掩饰着情绪，笑容有点不自然道："哦，那要恭喜小丁老师了！……您还在校医院做心理医生，真是好有才呀！"

"确切地说是心理咨询师，我们与咨询对象的关系是求助者与被求助者的关系，而不是医生与患者的关系。"这是一句他在日常工作中常说的话。

孟蕙语似是试探道："我平时也有很多烦心事，有很多问题想不通需要找人开导呢，可不可以也去挂号预约、找小丁老师咨询呢？"

丁齐语气温和，尽量专业地说道："其实你就算需要做心理咨询，我也不是合适的咨询师，因为我已经是你的任课老师。心理咨询是回避双重身份的，咨询师应该是与你没有其他关系的人。"

孟蕙语掩口笑了："我就是跟小丁老师开个玩笑，您一次收费六百，我这样的在校学生可消费不起。"

丁齐也笑了："学校也有心理辅导老师，针对学生的心理辅导和调节，差不多是免费的。"

孟蕙语笑："可小丁老师您为什么不是呀？"

丁齐岔开话题，以讲课的语气道："心理咨询不是安慰开导，也不是教育指导，是应用心理学技术帮助求助者解决心理问题。一个心理和生理都很健康的正常人，只要对现实有正确的认识和反应，对环境有合理的适应与改造能力，有稳定健康的人格，遇到问题通常都能自我调节。否则的话，这个世界岂不是早就乱套了？人们有心理问题是很常见的，也不一定都需要心理咨询。其实每个人内心中都有困惑有冲突，但这并不意味着有心理问题。人们通常都能够进行自我调节和调整，不是吗？"

孟蕙语微微低下头道："说得也是哦，其实绝大部分事情，都是要靠自己去调整心态的。小丁老师一次约谈就收费六百，像我这样有什么事能自己调整好心态的话，那等于省了多少钱啊？"

丁齐也笑了："那可是省了不少！健康的生理和心理，其实就是一个人最大的财富，这句话从来都不错。……快递点到了，你去取快递吧。"

孟蕙语当然不是来取快递的，但此刻也不得不停下了脚步，做出很萌很可爱的样子招手道："小丁老师再见！"看着丁齐走远的身影面带笑容，但眼神深处却说不上是失望还是别的情绪。

已经走远的丁齐当然清楚，这位大二女生对他很有好感或者说喜欢他。这种情况本身很正常，但既然意识到了，他就不会去助长这种情绪，也应尽量避免给对方暧昧的暗示。

其实从对方私下场合"小丁老师"这个称呼中就能察觉出一点端倪，这是在潜意识中刻意强调双方的年龄差距并不大，通常应该叫丁老师才对。

丁齐如今还不满二十六周岁，他不仅是在读博士、大学讲师、心理咨询师，同时也是一名精神科医生。他攻读硕士时的专业方向就是精神卫生，导师同样是刘丰。

心理咨询师与精神科医生，严格说起来是两种不同的职业，只是专业领域有交叉与重叠。但在实际执业中，身份却难免有重叠。不少心理咨询师就是精神科医生出身，或者像丁齐这样仍然身兼精神科医生。

丁齐本科三年级的临床实习，就是从校附属医院的精神科开始的，等到本科毕业时，医院又在原精神科的基础上成立了心理健康中心。他自己选择的职业方向是心理咨询师，导师刘丰也支持这一决定。

当初从校医院科室独立出来的医疗机构，之所以不叫"精神治疗中心"，而叫"心理健康中心"，就是不想让人产生"神经病"或"精神病"

之类不太好的联想。虽然中心也收治神经症患者与精神性状病人，但业务开拓的新方向是心理治疗与心理咨询，主要是面对正常人群的。

这是听上去很"时髦"或"时尚"的新职业，更符合当代社会的需求。心理咨询师的服务对象可比精神科医生广泛多了，而且社会形象以及给人的印象也好多了。至于目前的收入嘛，则不太好说。

丁齐虽然身兼三职，但是只拿一份工资，也就是境湖大学讲师的薪水，他的人事以及劳动关系也都在境湖大学。至于校附属医院的医生以及心理分析师，拿的只是绩效奖金，平时每个月都有一些，年底还有一笔。

这不仅是丁齐一个人的情况，他身边的同事只要人事关系属于境湖大学教职员工的，几乎都一样。

三年多之前，丁齐本科刚毕业留校任助教的时候，就已经取得了三级咨询师资质，而且也在校医院的精神科做助理医师了，记得那时每个月的收入扣除七七八八的费用之后，到手的也就两千。

还不要觉得待遇不好，有的是人愿意和丁齐互换位置，当年的本科同学们都很羡慕他，因为这其中有很多隐形的利益。依托境湖大学这个平台，在高校特有的体制内，取得在职学历、各种职称以及资质的评定、搞研究、出成果，都有校外单位难以比拟的优势。

那时他刚刚认识还在读本科二年级的女友佳佳，两人吃饭、逛街、买东西、出去玩，当然主要都是丁齐买单，几乎就是月光族。好在学校给了丁齐一间宿舍，平时也可以吃教工食堂，他自己倒也没太大的花销。

丁齐用了两年半时间就拿到了硕士学位，接着攻读在职博士，导师还是刘丰。三个月前，丁齐由助教升为讲师，两个月前，丁齐取得了二级心理咨询师资质。

三年前刚开始从业时，丁齐的咨询费用是每次三百，差不多相当于一个健身教练每节私教课的收费，而他的工作是帮助别人保持心理健康。就在两个月前，他的收费刚刚涨到每次六百。孟蕙语居然了解得这么清楚，肯定是在心理健康中心的网站上查看过他的情况。

有人会认为，心理咨询师的收入主要来自于咨询费用的提成，很多心理咨询机构确实是这么算的。但校附属医院心理健康中心的绩效奖金，好像并不是完全按咨询费的提成计算，具体是怎么发的，丁齐从来都没有搞清楚过，他也没必要过问。

如今算上大学讲师的工资以及心理健康中心的绩效奖金，他每月到手的已有六千，这还没算年终奖呢。在境湖市这个全国三线、省内一线的大城市中，虽然不算多，但对丁齐而言也不算少了，重要的是趋势一直在稳定的增长中。

本科毕业刚刚三年出头，丁齐的人生道路可谓一步一个脚印，无论生活还是职业规划，皆前程似锦，未来充满光明，又像在早已计划好的理想状态下运行，如同钟表中精密的齿轮与齿条。当然了，这一切与导师刘丰的赏识与提携不无关系，而他的女友佳佳就是导师刘丰的女儿。

而另一方面，丁齐也认为这是因为自己足够优秀与努力，他还要继续努力，让人生的每一次成功都踩在精确的步点上。从去年开始，丁齐已经有意识地在攒钱了，就算生活花销足够，也要为将来做筹备。

他在读本科时就已经拿了驾照，但还没有买车，因为暂时用不着，可迟早是需要的，更重要的是买房子。以他眼下的收入，想在境湖大学附近买一套像样的住宅，可能还比较困难，但丁齐相信自己过几年就可以办到，而且不需要向谁伸手求助。

这是一种自信，人对经济状况以及生活水平的判断，不可能只着眼于眼下的收入，还包含着对未来的合理增长预期。刘丰教授的女儿佳佳当然不缺房子，但丁齐却打算自己买一套，可能需要部分按揭贷款，最好就在两年后、佳佳硕士毕业之际搞定。

阳光明媚，心情开朗，丁齐走进了境湖大学附属医院心理健康中心，带着谦和的微笑向路过的同事点头打招呼，又一份工作开始了。

02　先定一个小目标

"丁医生，我还是喜欢叫你丁医生。其实我来这里，并不是想改变对男人的看法，主要是想知道，怎么能扭转妈妈对我的看法，不要总逼着我去相亲、处对象？"说话者是一位青年女子，双肩不是很放松，肘部端着，双手放在两侧的大腿上，两腿并拢，后背没有靠着沙发，说话时头部微微前倾。

这已经是丁齐与这位求助者的第三次咨询谈话，前两次会谈都没有取得突破性进展，多少与这位求助者明显的阻抗情绪以及强烈的自我保护意识有关。

在初次见面的"摄入性会谈"中，丁齐就告诉她，不必叫自己丁医生，因为心理咨询师与求助者并不是医生与患者的关系。可是对方坚持要这么称呼，出于尊重和接纳的原则，丁齐也就由着她了。

所谓摄入性会谈，是咨询师从初次接待求助者开始，通过倾听、提问、反射、引导等技术，确定求助者表面与潜在的目的，找出对方可能存在的心理问题，并收集、整理有关的咨询档案信息。而今天这位求助者，已过了摄入性会谈阶段。

丁齐没有露出笑容，但表现得很真诚与专注，以温和耐心的语气道："我们不仅要改变看法，更要改变做法；而且重点不是你母亲，主要是你自己。起初你不认为自己有心理问题，只是母亲多事。经过咨询后，你也意识到，内心确实存在冲突，生活中也受到了困扰。说明我们的会谈还是有进展的，对不对？"

说话的同时，丁齐"打开"了一页页记录。不是在茶几上打开，而是在脑海中打开的，就像笔记本或电脑文档——

姓名：刘国男

性别：女

年龄：二十七岁

职业：新媒体行业平面设计师

出生地：本市

文化程度：大学本科

婚姻状况：未婚，无既往婚史。根据其母亲介绍以及本人自述，亦无关系稳定的恋爱史。根据会谈内容判断，迄今应尚无性经历。

问题与初步诊断：求助者坚持认为，男人都不是好东西。其母对此深感担忧，曾多次给她安排相亲，并劝说她应该找人恋爱结婚。求助者对母亲的唠叨很厌烦，也因此受到了困扰。其母在介绍求助者情况时，曾暗示了对其性取向的担忧。

该求助者看似并非主动求助，而是在母亲的一再要求下来进行心理咨询。但她愿意将心理咨询作为解决问题的尝试方式，连续三次约谈，且后两次都是独自一人主动前来，说明其潜意识中还是有求助的期待，并非表面上的排斥。

其最初自称的目的，并不是要解决自己的心理问题，而是以此回避母亲的唠叨，好有一个借口让母亲不再逼她找对象。虽尚未进行染色体异常检查，但初步诊断的结果，求助者并没有同性恋倾向。

在一般的女性同性恋中，主动的一方通常是性角色认知问题，被动的一方通常是性对象选择问题，而男性则恰恰相反。求助者并没有性角色认知或性对象选择的偏差，她只是坚持认为男人不是好东西，言行所表现出的心理状态，恰恰完全是女性的认知身份与选择角度。

求助者对自己所持的观点、其现实处境与受到的困扰有清醒的认知，只是将之视为一种个性。而她的这种个性观念，与周围人群的理念形成冲突，并感受到了困扰，表现了心理活动的协调一致，也符合内向、追求完美的人格特点。

可以基本排除精神病性症状，亦未观察到精神症特点，存在心理问题，但属于正常人的精神活动范畴……

有点难以想象，这些是在脑海中"打开"的内容，就像清晰的书页快速闪现，在不动声色中完成了系统的记忆归纳以及信息整理。但这并不是什么特异功能，只是一名优秀的心理专家，经过长期的专业训练所应具备的一项素质，看似是与一般人不同的"超常能力"。

掌握这种能力需要非常专注的状态，以及长期的技巧训练。理论上讲这是优秀的心理咨询师都要掌握的技能，但每个人的天赋不同，专注以及努力程度不同，掌握的水平当然也各有高低。

丁齐无疑极有天赋，也非常努力，他的这项专业技巧能达到几乎是最高的水准。导师刘丰曾给这种技巧起了一个尚未得到业内公认的名字——心册术。

在心理咨询的过程中，除非是得到了对方的同意，否则咨询师是不能做现场记录的，尤其是在起初的摄入性谈话中，更是尽可能不要做笔录，以免引起求助者的疑虑和反感。这就要求咨询师在长达一个小时左右的会谈中，能准确记住求助者诉说的内容，在散乱的话语中抓住最核心的要素并归纳整理，这一切都是在脑海中完成的。

这些归纳整理出的信息内容，可以包含各种表格与文档，也就是说心理咨询师在谈话进行的同时，就在脑海中填写了各种表格与文档，这是一项非常专业的技能。在后面的会谈中,还要及时应用这些已归纳整理好的信息,给求助者以合理的反馈。

往往只有在会谈结束、求助者离开之后,心理咨询师才能将这些信息记录下来以免遗忘。而在下一次咨询之前,要再度熟悉这些记录,在正式会谈时通常是不能现场翻阅的,而是在脑海中呈现与使用。

更需要注意的是,心理咨询师在这个过程中还不能走神,要时刻保持着对会谈内容以及求助者反应的关注,脑海中的资料不断整理形成与反馈使用,是与会谈同时进行的。丁齐虽然还很年轻,但在这一方面,已堪称一位"心册术"大师。

咨询室中温度和光线都非常舒适,但并没有任何多余的、可能会引起注意力分散以及求助者不安的陈设。一长一短两张沙发和一个茶几,茶几上并没有本子和笔,只有两个纸杯。

笔在特殊的场合也可能成为一种伤害性的凶器,能不出现就最好不要出现,就算出现也不能放在求助者伸手能拿到的地方。心理咨询室的门很隔音,却不能锁死,这一切都是为了防范某些意外情况,也是心理咨询师的自我保护。

通过简单观察和询问就能发现精神异常的病患,通常都会被送到精神科诊治,理论上不是心理咨询师的服务对象,但也要以防万一。来到这里的大部分求助者,都是有心理或情绪问题的。

在丁齐整理"心册"的同时,刘国男则答道:"我本来不认为我有问题或者是我的问题,但是和丁医生谈了两次,我也感觉有些问题需要解决,我确实有烦恼……丁医生,周围很多人认为我有病,你是不是也这么看?"

丁齐语气郑重地答道:"这个问题,你在第一次见面时就已经问过了。我当时就告诉你,你没有病,至少从医学角度,你没有神经症或精神病性症状。你是个正常人,但正常人也会有心理问题,有时会处于心理不健康的状态,这会影响到生活。"

刘国男满意地点了点头："嗯，丁医生很专业，也很能坚持自己的观点，你上次就是这么和我分析的……既然这样，怎么才能让我妈不再烦我呢？"

"我们现在要解决的不是你母亲的问题，而是你的问题。现在看来，你内心中的困扰主要有两方面，一是母亲的唠叨和猜疑让你不胜其烦，她坚持你是有什么问题才不愿谈对象的。第二是你自己的观点，坚持认为男人都不是好东西。而通过我的观察，你的隐含语义就是和男人交往会对自己造成伤害，是这样吗？"

说话时，丁齐又不禁想起了刘国男的母亲。他当初可是费了好大的劲，才让那位阿姨明白，心理咨询中心不是社区婚介所一类的机构。

刘国男答道："让你这么一总结，好像真是这么一回事。但是第二个是我自己的问题，跟别人没什么关系！"

"对于第一个问题，心理咨询的目标就是帮助你去调整认知和行为，从而适应和调整您和母亲之间的相处方式，使观念冲突不再造成困扰，所以仍然是你的问题。对于第二个问题嘛，既然男人都不是好东西，你是怎么看待你父亲的，他也不是个好东西吗？"

说出后面这番话的时候，丁齐尽量将语气放得轻柔，观察着刘国男的反应。而刘国男的反应很快，"我父亲很好，是个好人。"

"但这与你坚持的观念不符呀，他也是男人，而你说男人都不是好东西。"

"我没有把他当男人看，父亲就是父亲，不可能成为我的男人，在我的观念里，所谓男人应该是……"说到这里刘国男突然顿住了。

丁齐感觉自己快要抓到问题的关键了，立刻反馈道："我试着帮你总结一下，在你的观念中，仅仅具有性别意义的男人不是男人，有潜在可能和你发生两性情感关系的才是男人？所以你说男人都不是好东西，其实是指这种男人？"

刘国男点头道："是呀，不可能和我有那种关系的人，我管他是好是坏、是男是女。"

丁齐又一次强调道："你说的这种关系，就是指两性情感关系。主要有两种，对你感兴趣的男人或者说你可能会感兴趣的男人，他们都不是好东西！至于别的人尽管性别也是男的，但不在你的评价范围之内，是这样的吗？"

刘国男若有所思道："好像是这样的，但男人既然都不是好东西，我又怎么会对他们感兴趣呢？"心理咨询的过程往往就是这样反复，很多事情在平常人听来可能会感觉很"傻"，但有心理问题的人却不这样认为，他们会觉得这很严肃、很重要。

丁齐终于笑了："所谓感兴趣，未必就是喜欢或者不喜欢，而是一种情感投入。你会关注他们，自觉或不自觉的，投入一种强烈的情感。比如你坚持认为某种男人都不是好东西，这就是你内心的关注与投入的情感。"

"好像还真是这么回事，比如丁医生你，我一开始并没有在意你是不是男人。"

"我第一次就建议，你如果对男人很反感的话，可以为你转介一位女性心理咨询师，你却说没那个必要，原来还有这么个原因。"

"其实就算我认为你也不是好东西，我也不想换个女的做咨询……男人一般认为我很难搞，但女人一般都认为我有病。"

丁齐适时纠正道："这只是你身边所接触到的个别人、你自认为他们对你的看法，不要把这种个别的、自我的认知，无限扩大到所有人身上，我们不能这么思考问题。"

"丁医生，我先前告诉你，我根本不想来，是我妈妈非得逼我来的，其实也不完全是这么回事。我那么说，只是很反感我妈妈天天唠叨，不由自主就想跟她对着干。我也想找心理医生试试，只是不知道有没有用。"

丁齐语气恳切道:"嗯,其实我也注意到了。你来找所谓的心理医生,一方面是想通过医生证明你是没有问题的,另一方面心情也很矛盾,有所期待。你持这种观点从大学时代就开始了,你母亲也一直在唠叨,但并没有过于影响你的工作和生活。怎么现在突然尝试要找办法解决了,恐怕不仅是年龄的原因吧?"

刘国男的肩膀终于放平了,有些担忧地说道:"其实我妈妈这些年一直在唠叨,我虽然听着有些烦,但也没怎么样,毕竟是我的妈妈,她想说就说几句呗。可是最近突然觉得特别受不了,有时候心跳好快,晚上经常会失眠,走到人多的地方别人多看我几眼,我也觉得他们是在议论我,按照丁医生您的说法,确实影响到生活了……"

丁齐的神情变得凝重起来,这位求助者确实很"难搞",和他人的心理距离保持得很远,潜意识里有强烈的防备,直到现在才说出实话,这是前两次咨询中都没有吐露的情况。他很认真地问了一句:"你说在人多的地方、有人多看了你几眼,你就'感觉'他们是在议论你,但你认为他们真的是在议论你吗?"

刘国男低下头道:"我知道他们可能不是在议论我,只是我自己想多了,但总是忍不住有这样的感觉。"说着话又不自觉地伸手去摸胸前的一枚蓝宝石吊坠。

丁齐稍微松了一口气,身体前倾道:"你既然能有这样的自我认识,问题还不算太严重,但如果不做调整继续发展下去,恐怕就会导致更严重的问题了。你好好回忆一下,这是从什么时候开始的?……我还想多问一句,你这三次来都换了不同的衣服,可始终戴着同样的项链,又是什么原因呢?"

连续提两个问题,而且第二个问题显然偏离了主题,本是咨询谈话过程中的大忌,但丁齐对细节的观察却很敏锐,认为这其中可能有关联。

刘国男的神情陡然一惊:"丁医生,您真是太神了!我想起来了,就是买了这条项链之后，感觉便不对劲了。当时我是和三个闺蜜，也是大学的三个同学，一起逛商场，在专柜看见这条项链。我们都试了，我是最后试的。她们三个都很喜欢，但是嫌贵没舍得买，售货员后来夸我戴着最漂亮，我就买下来了。我戴上这条项链之后上班，发现有的同事总是多看我几眼，到人多的地方也一样，心里总是感觉有点慌……"

丁齐问："既然这样，你为什么一直戴着它呢？"

刘国男微微一怔："我为什么不戴着？花了八千多呢！别人议不议论，跟我有什么关系？"

丁齐微笑道："但是你戴上它就感觉不自在，正是因为这种不自在，你反而不愿意摘下来，是不是？"

这是一种很矛盾的心态，但它确实会在人们身上出现，刘国男有些犹豫地答道："是的。"说话时神情变得有些迷惘。

丁齐想了想，又突然问道："刘国男，你认为自己长得漂亮吗？相比身边其他的女性，你认为自己对异性是不是有足够的吸引力？……你如果信任我，就不要有顾虑，如实回答。这个问题可能有些私密，但咨询师会为求助者严格保密的。"

进行到第三次咨询会谈，丁齐终于打开了刘国男的内心世界，取得了突破性进展，刚才那一句看似突兀的提问真是太关键了。刘国男带着有些委屈又有些迷惘的神情，一开口就诉说了很多，在丁齐的不断引导下，终于找到了问题的根源所在。

在丁齐的"心册"中，有关刘国男的情况变得完整与清晰起来——

刘国男起初自称，是受不了母亲的唠叨才来找心理咨询师求助的。但引发问题的关键，是她坚持认为男人都不是好东西，不愿与异性有正常的恋爱交往。

通常对于这种心理冲突，咨询师不能一开始就直接告诉对方"应该怎么认识男人"、"如何与男人相处"，虽然认知和行为的调整是最终的结果。

其实"男人不是好东西"这个问题，在心理咨询中极为常见。在丁齐三年的职业经历中，这已经是第三十二起案例了，差不多每个月都会遇到。但导致这种认知、进而影响到工作或生活的原因各不相同。

比如性取向问题，人格障碍，在感情方面经历了重大的打击、留下创伤阴影导致的应激反应。还有人是因为社交障碍、接触恐惧、对社会适应不良，难以正常地恋爱交往，却给自己的回避行为找一个借口、进行自我暗示，久而久之也会形成这种固化的观念。

刘国男这个名字一听就很男性化，是她父亲起的。因为父母当初都想要个男孩，结果却生了个女孩，对于这一点，刘国男无从选择。她从小对自己的女性魅力就不太自信，或者潜意识里认为自己不够性感漂亮、对异性缺乏吸引力。

这种自卑的暗示，又导致了一种强烈的自我保护心理。这种感觉是无意识的，她自己都没有清楚地认识到。有不少人都有这样的问题，在大多数情况下，影响并不算太严重，通常都能自我排解。

而在刘国男的大学时代，同一寝室的六个女生，其他五个都交了男朋友，而且都搬到校外去租房同居了，最后宿舍里只剩了她一个人。

很多人往往不会正视自己的自卑，或许并不是没有男生追求她，但刘国男的性格确实导致男生不好接近。在强烈的对比反差下，"没有男生喜欢我"，最终就变成了"男人都不是好东西"，给了自己一个合理的解释，使认知与行为方式更加固化。

所以她所谓的男人，并不是所有的男性，而是有可能和她发生两性亲密关系的男性。后来的经历，对她的影响可能更大。那就是同宿舍的五个女生，虽然交往了男友并在校外租房同居，但是到了毕业前后因为种种原因，全部分手了。虽然从概率上看有些太大了，但这也是大学校园常见的情况。

刘国男内心中对异性一直有强烈的关注，对两性关系也有着好奇和渴望，但她在情感上却又排斥这种冲动，从而导致了内心冲突。

至于那串有蓝宝石吊坠的项链，只是在特定场景下的诱发较为严重心理问题的因素，也象征着她内心很在意别人对她的看法，表面上却坚持某种固执的观念，仿佛在保护自己。

丁齐看着面前的刘国男，平心而论，以男性的眼光，其实她很漂亮。无论是皮肤还是身材都很不错，假如注意修饰与打扮，完全可以是一位相当有魅力的美女。但刘国男的装束好像有意无意刻意在掩饰这些，她的头发梳理得很整齐，衣服也很整洁干净，接连三次咨询都是不同的装束，但给人的感觉却有点不好形容。

今天她穿的这件鸡心领的套头衫，领口带着很夸张的花边垂下来，恰好遮掩了胸部的曲线，也显不出腰身的美感。境湖这个坐落在长江岸边的南方城市，九月的天气还有点热，年轻的姑娘们大多仍穿着艳丽的裙装，但刘国男今天穿的却是一条半新不旧的牛仔七分裤。

她全身唯一醒目的就是胸口项链上的吊坠，水滴形的蓝宝石，恰好衬托出领口露出的那一片白，但与整体装束完全不搭调。连续三次咨询，刘国男换了三套衣服，却始终戴着这串项链，其实都是不怎么搭调的，所以丁齐敏锐地注意到了。

在提问和诉说中，这一次心理咨询会谈很快接近了尾声，接下来需要商定解决问题的方案了。

丁齐尽量温和地微笑道："我们已经发现了问题所在，现在就要商量一个合理的方案，解决你的内心冲突。其实你是渴望被关注的，但是内心中又害怕发生亲密关系的后果，担心会受到伤害，根源也来自一种不自信……"

刘国男突然插话道："我听说你们男人，把女人搞到手、骗上床之后，新鲜感一过，就会觉得没意思、不刺激了，然后就会渐渐没兴趣了，是不是这样？"

刘国男说话已变得随意了许多，且无意间已经把丁齐归到了"男人"一类。丁齐适当做出苦笑的反应道："不论现实中是否存在这样的事实，但这种说法，恰恰反映了你的心理问题。而我们要解决的就是你的内心冲突，现在协商咨询方案，先定一个小目标，好吗？"

"先定一个小目标？这话好耳熟！"

丁齐又笑了："先定一个小目标，也是心理咨询中常用的术语。回去之后希望你能做一个小功课，自己填写一张表格，然后尽量按照表格上的要求去做……我期待着你的反馈，随时欢迎再来咨询。"

结束咨询后，心理健康中心到了下班时间，但丁齐一天的事情还没结束。他又去了学校，来到导师刘丰的副院长办公室，而刘丰一个人正在看卷宗。丁齐掏出手机搜索附近的美食，然后让导师挑选，并适时给了一些建议，介绍哪些馆子是新开的，或最近又推出了什么新菜式。

刘丰今天又没有回家，就由丁齐在办公室点外卖解决了晚餐。丁齐已经很了解导师的口味了，每次都能让导师很满意，今天是两菜一羹、有荤有素。在等待外卖送来的这一小段时间内，见刘丰合上了卷宗，丁齐便很利索地收拾了桌上的资料和茶几上的杂物，并给导师重新泡了一杯茶。

很多同学和同事都很羡慕丁齐，但也有一些人在背后议论他时有一丝不屑，认为丁齐主要就是会巴结、马屁拍得好，将刘丰这位老师兼领导伺候得非常舒服，所以才得到那么多关照和提携。

由此也能看出来，丁齐很会做人也挺讨人喜欢，否则刘丰带过那么多学生，为何偏偏最看重他、和他的关系最为亲近呢？而丁齐本人从不认为自己对导师的态度是刻意的巴结与奉承，就是一种发自内心的尊敬和感激。

他为导师所做的事情，哪怕是日常不起眼的小细节，感觉都很自然。

丁齐是在本科三年级参加精神科临床实习的时候认识刘丰的。当时刘丰就对他这位年轻人非常赏识，给予了不少鼓励与指点。丁齐本科毕业后留校、读刘丰带的在职研究生，然后在刘丰家里认识了他的女儿佳佳。

刘丰并未主动撮合女儿佳佳和丁齐，但正是因为刘丰的关系，丁齐才有了认识和接触佳佳的机会，两人是自行发展成恋人的。而刘丰也是乐见其成，对此持赞许的态度，一切都发生得那么自然，又仿佛水到渠成，都是被命运安排好的。

丁齐只是一个来自偏远的小县城的大学生，在校期间能得到刘丰这样的"大人物"赏识，还泡上了导师年轻漂亮的女儿，真可谓一帆风顺，令人不得不羡慕。

丁齐是不是抓住了认识刘丰的机会，实现了改变自己命运的目的呢？这是谁也说不清的，在外人看来也许就是吧，但这并不是坏事。而在丁齐的眼中，刘丰不仅是值得尊敬的师长，也是一位慈爱的父亲，哪怕没有佳佳的关系。

吃饭时，刘丰笑着问道："听说你今天上大课的时候，居然讲起了鬼故事？"

消息这么快就传到了导师的耳朵里？也不知道是谁多嘴打了小报告！但这也在丁齐的意料之中，他很腼腆地答道："这是导师您搜集并整理的事例，当年曾对我们讲过，我在教学中就运用了，谁让我是您的学生呢！"

"你让在场的学生先后两次举手，并在课堂上分析了为什么第二次举手的人比第一次多得多，与教学内容倒是结合得非常好。但那三个鬼故事嘛……我当初讲的是研究生小课，教学内容也不同，与你今天讲的课并不是很切题，引用得比较生硬！我们不能为了刻意迎合学生，而增加不恰当的趣味性内容。"

丁齐很谦虚地说道："导师您也看出来了？我也有点这样的感觉，毕竟还做不到像您那样运用自如。"

刘丰又笑了，用了个典故打趣道："你的确还嫩了点，及时分析总结就好，也不用总夸我。你刚才带进屋的一百顶高帽子，现在还剩九十九顶。"

丁齐说："总结反省也得有学习的对象，其实在课堂上讲鬼故事，也是没办法的事，顺应校领导班子最近整改的要求……"

刘丰苦笑着摆手打断他道："这事我知道，就不评价了，你好好完成自己的教学任务就行。"

境湖大学名列211和985工程，是国家重点院校之一。近年来中央大力加强反腐力度，接连撸了好几位校领导。新任校领导班子提出了加强教学管理的要求，针对学生的逃课缺勤现象，让大家提出了各种整改建议。

比如争议最大的一条，就是像很多单位一样，在教室门口安装指纹考勤系统，在上课前和下课后刷指纹代替点名。这个显然不切实际的提议当然被否决了。

每节课之间的间隔只有短短十几分钟，很多学生下了课还要赶往别的教室上课，对于某些大课而言，动辄一百多名学生，挨个刷指纹根本来不及。况且学校不是公司、学生不是雇员，校园内流动性极大，同一批学生每天都要在不同的教室上不同的课程，临时变动也很多。假如在每一间教室都安装这一类的考勤系统，投入的成本、需要实时维护的数据库都很大，而且很不实用。

但广大教职员工在讨论时基本上是从另外的角度去谈的。比如境湖大学有心理与精神卫生专业，很多老师就是研究行为预测的，他们指出不想上课的学生完全可以不上课，只需要在规定的上课和下课时间到教室门口摁指纹即可。

还有老师指出，就算能让学生进教室，也不能阻止他们在课堂上睡觉，这就是所谓的"留得住人，留不住心"。这些意见在讨论中一本正经地提出，而私下里都是当笑话讲的。

这个不靠谱的建议被否决了，但还有其他的指导意见，比如要深入广大学生中去调查，导致逃课以及上课睡觉现象的主要原因是什么？根据调查得出的结果，要在教学环节进行针对性的整改。

这么做的初衷当然是好的，但在丁齐这样的心理学专业人士看来，几乎用脚后跟都能想到问卷统计的结果。因为它调查的对象是学生本人，问卷设计的形式是"你是否经常逃课或在课堂上睡觉"、"你逃课或睡觉的原因是什么"等等，对于被调查者来说，这隐含了道德归因批判。没有多少人愿意主动承认这是源于厌学、偷懒、贪玩、打游戏、谈恋爱等自我内因，大多数人都会倾向于将现象归结于外因。果不出所料，调查所得出的最主要的结论，就是课堂讲授缺乏趣味性，过于枯燥而没有吸引力。

校领导班子既然决定做了这样的调查，就得有对应性的举措，于是向全体教师下达了整改建议，要求大家在教学环节尽量增加趣味性和互动性，培养学生的学习兴趣。

这也让丁齐颇有些哭笑不得，其实无论是素质教育还是技能教育，很多知识学习的过程必然是枯燥的，这一点无法避免，不可能一味追求有趣。

教育工作者的重要目标之一，就是培养学生对学习过程及学习目的本身的认知，培养其学习能力以及相应的意志品质。而这些，从教育心理学和发展心理学角度，是在中小学阶段就要基本完成的。

一个人是什么身份、正在做什么、应该怎样做，这种问题在哪里都一样，是认知、情感、意志和行为的协调，倒是很有必要随时进行矫正。针对校方的建议，尽管知道这不是解决问题的根本办法，丁齐也在尽力增加课程的吸引力。

吃饭时师生二人聊着闲话，刘丰笑着说道："我听说最近来了一位年轻女士，坚持认为男人都不是好东西，却指定找你这位男性做心理咨询，还拒绝转介。"所谓转介，就是一位心理咨询师认为自己不合适或者能力有限，将求助者介绍给另一名咨询师。

丁齐苦笑道："这种情况其实很常见，今天的咨询已经取得了进展。我给她定的小目标，就是改变她对所谓男人的不合理预期。还给她布置了一个小功课，让她回去填一张表格，把她所观察到的男人对女人的各种行为模式，对应的各种可能的结果，以及自己的接受程度，都仔细写出来。假如真有一个完美的好男人，应该是什么样的？按照这个标准分五个档，还有勉强接近好男人的标准、无所谓好坏的男人标准、一般的坏男人标准、彻底的坏男人标准。什么样的男人，会因为什么样的原因对她感兴趣？而她的吸引力又在哪里，最高预期和最低预期分别是什么？都让她自己分析……我估计她会再来的，差不多就该有效果了。"

丁齐讲话极有分寸，出于保密性原则，并没有涉及刘国男的私人信息，尤其是个人隐私内容，甚至连她的名字都没提。但在导师面前，他如实介绍了自己的咨询过程，特别是所运用的方法，这就是从专业角度做案例分析。

刘丰点了点头道："看似是让她去分析男人，其实是在做自我剖析，办法还不错……认为男人都不是好东西的，是你遇到的第几个了？"

丁齐说："第三十二例，原因各不相同。"

刘丰喝了口茶道："这就是一种社会流行言论啊，很多人都曾经说过。"

丁齐赔笑道："大部分人只是说说而已，过个嘴瘾。有的人是撒娇，说完了该干啥还干啥，碰着合适的男人照样犯花痴，并没有心理问题，更没必要来做心理咨询。但对特定的人来说，却容易形成暗示，将这种说法变成某种固定的行为倾向。"

刘丰放下茶杯，笑眯眯地说道："心理医生更要注重自我调节，要不然成天接触到的都是这种人，弄不好还真认为男人都不是好东西了。"

导师这句话当然有所指。人的认知、思想、动机和行为，都会受到自身所处环境的影响。而在心理咨询师的工作环境中，会接触大量的负面情绪，这是工作性质决定的。假如以自己经常接触的人和事来认识这个世界，也会出现心理偏差，而且有时是在不知不觉中发生的，需要随时提醒自己。

丁齐也笑道："说男人都不是好东西的，我这三年多遇到了三十二例。但说女人不是好东西的求助者，好像更多。"

刘丰饶有兴致地追问道:"哦,究竟有多少?"

丁齐想了想道:"不论有没有严重心理问题,不论观点是否固执,也不论出于什么原因,在心理咨询中说过'女人都不是好东西'或者类似的话,这三年零两个月,我总共遇到了三十九例。"

"唉哟!三十九比三十二,男人抱怨女人的更多啊?这和早些年的调查统计结果不太一样啊,倒是一种社会新动态,值得研究。"

"这只是我一个人在这三年心理咨询工作中做出的统计,可能没有什么权威的代表性,但的确也能反映一些社会发展趋势。"

刘丰今天的兴致不错,摆了摆手道:"不说这些了,今天有两个好消息要告诉你。首先是你的中级职称拿到了,被聘为精神科主治医师。"

丁齐又惊又喜,同时有些疑惑地问道:"真的吗?可是我的从业年限……"

刘丰打断他道:"你的从业年限已经够了,不仅拿到了硕士学位,而且已经有五年的临床经验,是从你大学三年级开始算的。你放心,手续上没有问题,而你的专业水平更没有问题。"

从大学三年级开始的临床实习,就算作从业经历,这到底符不符合规定?在正常情况下应该是不能算的,但刘丰导师说符合就符合,而且院方能出具符合规定的手续。这就是人脉,这就是资源,在各行各业当中,往往都会有这种事情。

丁齐欠起身体道:"谢谢导师,我简直不知道说什么才好……"

刘丰又摆了摆手:"先别激动,还有一个好消息,你的精神病司法鉴定人资质也批下来了,登记的执业机构,就是境湖大学心理卫生中心。"

丁齐怔住了,过一会儿才说道:"出乎意料,居然拿到这个资质了!"

司法精神病鉴定,是指在各种诉讼活动中,按照法定程序与专业规范,根据被鉴定人的精神状态,评定其各种法律行为能力,或者其精神状态与特定事件的因果关系。

司法鉴定不同于医学诊断，鉴定人的角色也不同于医生，比如在刑事案件中，司法精神病鉴定的重点并不是嫌疑人有什么病，而是在特定场合下能否辨识与控制自身的行为。

精神病司法鉴定人员须是具有五年以上精神科临床经验，并具有司法精神病学知识的主治医师以上人员。但达到要求并不等于能取得资质，所谓条件只是一个最底线的标准，而实际工作中的鉴定人大多远远超过了这个标准。

丁齐心里很清楚，自己这是走了一个大大的后门，而这扇后门是导师刘丰主动帮他打开的。他虽然在导师的要求下提出了申请，但是并没有指望能获得这个资质，其实对此是不太感兴趣，好好做自己的心理咨询师就是，又何必再当什么司法鉴定人？

刘丰当然一眼就能看出他的心思，有些语重心长道："丁齐呀，你可能觉得没有必要再去身兼司法鉴定人，好好做心理咨询师就可以了。但如果专业面太窄了，发展空间就很有限，比如我就是一个例子。不能说这些平台就一定能给你带来多大帮助，但你肯定能接触到更多的资源，在人生刚起步的阶段非常重要，只要善于把握，这就是你的优势。导师只能尽量扶你一把，至于能取得多大的成就，就看你自己了。"

刘丰这番话是有感而发，每个人都会有自己的困境，哪怕他也一样。刘丰是境湖大学医学分院的副院长，在精神病学以及心理学领域，在境湖市甚至本省范围内，已是首屈一指的权威专家。但是另一方面，不论专业成就还是社会地位，想更进一步并不容易。

境湖大学成立于1949年，迄今已有六十多年历史，原先是一所国家重点工科院校。后来为了冲211与985工程，合并了境湖市的其他几所大专院校，成为一所综合性大学，境湖大学医学分院就是合并了原先的境湖医学院。

对于境湖大学来说，医学并不是最主要、最重点的学科。而且在医学分院内部，精神卫生也不是最重点、最受瞩目的专业。刘丰能担任境湖大学医学分院的副院长，同时兼任校附属医院的副院长，已经很不简单了。他再想当医学分院的正院长就很难，至于进入境湖大学的校领导班子，则更是遥远。所以刘丰以自己的处境和经历为例，暗示丁齐，要想在将来克服发展的困境，就要从现在开始做好人生规划，拥有更广阔的资源平台。

有人可能会感到不解，仅仅是获得精神病司法鉴定人身份而已，有刘丰所说的这么大作用吗？这要看是什么人，有什么背景，有什么样的素质，有没有进取心。

司法鉴定人仅是一种资质、一种职业身份，对丁齐而言并不是跨专业的，但绝对是跨行业的，是从大学教师、住院医师领域进入到公安司法领域。就以刘丰为例，如果他纯粹只在大学任教、在校附属医院当医生，恐怕也不会有今天。

境湖大学是全国重点综合大学，各个专业的知名学者有一堆，也很难轮到刘丰教授显山露水。可是刘丰是一个跨行业的复合型专家，如今也算桃李满天下，而他的弟子门生、新朋故交，可不仅仅来自于境湖大学医学院精神卫生专业这一派系。

刘丰还是一位犯罪心理学家，刑侦领域的心理画像技术权威，多年来给公安司法系统很多干部做过培训，参与过很多重大案件的分析与侦破工作，成果卓著，事迹广为流传，在校外、院外受到过多次嘉奖与表彰。

受专业领域所限，在校园或医院内出纯粹的学术性成果是很难的，有时就算出了也未必受重视，所以就需要跨行业的横向联合，墙外开花墙内香。但专业人才多了，为什么这些好事会轮到你，首先要找机会跨进去。

刘丰在公安司法系统，尤其是在刑侦领域不断立功获奖，也是他的学术成就和专业地位不断巩固和攀升的重要助力。还有一些情况不用明说，重大案件的侦破过程，受到社会舆论以及新闻媒体的关注度极高，这是赢得广泛社会赞誉的最好方式。

假如只是在研究室里搞出些成果，出了专业的小圈子，又有几个人能知道？刘丰将专业成就延伸到另一个行业，成为复合型权威专家，看似走了一条弯路，实际上却是一条超车的捷径。刘丰取得这一系列成就，最早就是从成为司法鉴定人开始的。这个身份，只是打开更大发展空间的一块敲门砖。

还有些事情刘丰没说，而丁齐也了解。最近这几年，慕名登门来找刘丰的人不少，有人来搜集素材要给刘丰撰写报告文学，还有人希望以刘丰为原形，撰写时下最流行的网络文学，前不久又有央视的记者找上门，计划拍摄有关的专题片。

假如这个专题片推出来了，并取得了不错的反响，刘丰在各方面的地位可能会更上一层楼，其学术成就也会更受重视，说不定还真有机会进入校领导班子。

丁齐很感动地点头道："老师，我明白您的苦心了，无论如何，我一定会好好努力的。"

刘丰靠在沙发背上，伸手捋了捋头发："我老了，也就这样了，希望你们将来能有更大的发展。"

"您才五十四岁，作为行业内顶尖的专家，不仅年富力强，恐怕还算年轻骨干呢！您当然还会有更大的突破性成就，不论在哪个方面，那是一定的。"

刘丰笑了，这话他爱听，因为丁齐说得很真诚，收起笑容后他就看着丁齐。导师的这种反应代表他有话要说，但正在思考该怎么说，丁齐便在一旁等着。

过了一会儿，刘丰才开口道："还有一件事要告诉你，不是你个人的，是整个行业的。人力资源和社会保障部的最新文件出来了，明天就要公布，就是那份《国家职业资格目录》，从今年起，国家认定的一百四十项职业资格中，并没有心理咨询师。"

丁齐大吃一惊，失声道："什么？国家居然真将这个职业资格给取消了！"

近年来很多在读学生、正在求职或计划跳槽的人，总是喜欢考各种职业资格证书，甚至已被称为考证一族。若有人听说自己辛辛苦苦考下来或者正在考的证，突然被官方取消、今后不存在了，简直是当头一棒。

刘丰摆手道："这只是政府退出了心理咨询师的职业资格认证，说得直接点，就是取消了面对社会人员的考试发证，今后不会再有现在这种证书。根据相关文件精神，已经取得的职业资格证书继续有效，可以作为能力水平的证明。你已经不需要用它来证明专业水平。心理咨询师这个职业当然还会继续存在，而你已经是优秀的从业者，今后只会更吃香。"

"所谓的职业资格认证，也必须要整顿了。很多人根本没有受过系统的专业教育，也没有任何临床经验，经过几个月的考证培训，就拿到了心理咨询师证书，实际上根本就达不到真正从事这个职业的要求，那么这种资格认证又有什么意义呢？非专业人士拿到职业资格证书，不仅很难有机会从业，也很难满足工作要求，反倒是那些专门为考证服务的社会培训机构，赚得盆满钵满。"说到这里，刘丰的语气已经很不满。

丁齐皱眉道："可是这个行业呢？国家取消了资格证书，那么多已经从事这个职业和打算从事这个职业的人，又会怎么样？"

"既然职业还存在，就看下一步怎么规范了。我认为它就和医生一样，应该是医疗卫生系统内部制定岗位招聘和职称评定标准，由行业协会来规范。心理咨询师良莠不齐，现在的考证制度也培养不了合格的人才，确实应该淘汰，准入门槛也应该提高，否则不仅不能帮助有心理问题的人，反而可能会祸害人。你就看看我们中心，难道聘用过没有任何专业学历和经历、仅仅是拿了证书的人吗？但这些事情与你本人无关，你早就是一名受到认可的、优秀的心理咨询师，最新政策甚至对你这种人更有利。就算不谈心理咨询师资质，你还有卫生部考核的心理治疗师资质，这个是不可能取消的。"

心理治疗师，是丁齐以精神科医师身份拿到的专业职称，是在医疗系统内部，经过卫生部考核评定的，他在半年前就已经是中级心理治疗师。为什么不是高级呢？不谈其他原因，目前卫生部评定的心理治疗师，只有初级和中级这两个级别。

心理治疗师和精神科医生差不多，服务对象主要是"神经症"与"精神病性"患者，也就是俗话说的神经病与精神病，属于精神异常人群，是病人。而心理咨询师的服务对象，主要是可能存在心理问题的正常人，他们并不是病人。

相比之下，丁齐还是更愿意跟正常人打交道，给数量更广泛的正常人提供服务。丁齐现在反应过来了，导师为何会先告诉他那两个好消息，最后才说出人社部的最新文件内容，看来是早有预料和安排。

两人吃完了，丁齐收拾茶几上的餐盒，刘丰走到办公桌后面坐下道："年轻人不能只工作不会生活，佳佳和我说了，国庆黄金周她要回境湖，你们就出去好好玩玩。"

丁齐一边收拾东西一边答道："嗯，我知道了，佳佳前几天就告诉我了。"

刘丰有些自嘲道："前几天就告诉你了？我这个做爸爸的，是今天上午才知道的。"

丁齐只是赔笑，并没有接话，将垃圾收拾好出门扔掉，又回到办公室给刘丰的茶杯里续上水，才问道："导师您还有什么事情吗，有什么工作任务或作业要布置的？"

刘丰递给他一个卷宗道："你已经取得司法鉴定人资质了，不仅考试和考核通过了，当我的助手时，也参与过不少次具体的工作。这回就有一个案子的嫌疑人，需要你去做鉴定。"

"放心，鉴定本身并不复杂，而且这次有三位鉴定人出面，你只是其中资历最浅的那一位，做个陪衬就可以。但这对你的职业经历和将来的考核评价很重要，一定要认真准备。这是简单的介绍材料，你先拿回去好好看看，先有一个初步的了解判断。详细的卷宗，做具体司法鉴定的时候，由刑侦那边再提供。"

丁齐接过卷宗告辞离去前，刘丰又叮嘱道："你那种特殊的天赋，在做精神鉴定的时候不要使用，最好也不要跟人提。虽然理论上说那几乎是'共情'的最高境界，但容易让人产生误解。哪怕在将来对你的宣传介绍材料上，也要注意。"

丁齐点头道："是的，我一直很注意，除了导师您，我跟谁都没有说过。哪怕在做心理咨询的时候，也从来没有使用过那种天赋，您就放心好了。"

刘丰特意提到的、丁齐所具备的特殊天赋，是一个秘密。在某种特殊的状态下，丁齐能进入别人的精神世界，宛若身临其境。

精神世界是什么样子？既是对现实的投射，又是内在的自我，特定精神活动状态下所呈现的景物，或支离破碎，或荒诞不经，似梦又非梦。

丁齐是在学习催眠术的过程中，发现和发掘了自己的这一天赋。当对方进入深度催眠的状态、他同时也处于极度专注的状态下，便能进入对方的精神世界。这并非毫无依据的幻觉，通过比照分析，他身临其境般所见到的那些景物，直接反映了对方当时的精神活动。

按导师刘丰的话来说，这就是一种客观现象，科学研究角度的客观。丁齐不仅能够重复这一现象，而且这一现象又有客观存在的依据，尽管表面上是看不见也摸不着的。刘丰导师同时也说了，这也许并不是什么特异功能，至少不是很多人所认为的那种特异功能，可能是经过潜力发掘和锻炼所具备的超常能力。

假如真是这样，理论上正常人按特定的方式经过潜力发掘和锻炼，也应该能掌握同样的能力。至于能掌握到什么程度，那恐怕就要看天赋了，而丁齐在这一方面无疑极具天赋。就像博尔特百米能跑出九秒五八，但别人很难有这个成绩。

丁齐是在学习催眠术的过程中发现并发掘了这一天赋，而催眠首先是要让催眠对象进入潜意识状态。若用现代技术手段观测，是大脑皮层的活动受到抑制，只有特定区域兴奋。说到潜意识，很多人也许感到很神秘，其实它并不难理解。人在清醒的状态下，有意识活动的同时，就伴随着大量的潜意识行为，比如呼吸，比如行走，比如骑车。

人可以有意识地进行主动呼吸，比如在紧张时特意做个深呼吸，但在绝大多数情况下，没有人会刻意去思考并控制自己该怎么呼吸。

行走则更为典型。人们可以控制自己的脚步，想着怎么走、怎么跑。但在绝大多数情况下，人们一边走路一边想事情、看风景，不需要去注意自己究竟该怎么走路。视觉、体位感觉、运动神经、肌肉群在潜意识状态下自然就完成了整个反射过程。

比行走更有意思的是骑自行车。在学习骑车的过程中，需要时时刻刻保持主动的意识控制，但是等学会了骑车，除非遇到意外状况，人不会也没必要去想该怎么骑车。

呼吸是天生的本能，行走是在生长发育过程中具备的能力，而骑车则是相对复杂的、通过学习获得的技巧。所以说人的潜意识就像设定好的程序，这套程序有些部分是天生的，有些部分是通过学习编写成的。

很多人感觉催眠术很神奇，不可思议甚至难以相信，但其最基本的原理却并不复杂，就是让被催眠者进入潜意识状态，或者说暂时以潜意识代替意识。至于怎么实现这一目的，则是具体的催眠技巧与方法，因人而异。

丁齐是一位优秀的心理咨询师，熟练掌握"共情"的技术。所谓共情，就是体验求助者的内心如同自己的内心，但又保持着清醒的判断和认知，知道那并不是自己的内心。

丁齐施术时足够专注，他本人也进入了一种清醒的自我催眠状态，过滤了自我情绪，无意识地运用了共情的技巧，从而"感觉"自己进入了对方的精神世界，如身临其境般观察到对方的精神活动。这几乎是"共情"的最高境界。

催眠术经过舞台表演和各种影视作品的渲染，给普通人所留的印象过于夸张和离奇，催眠师简直成了耍神棍的，这难免会让求助者产生误会。在国内的现实情况下，这也可能会导致各种误解和纠纷，对心理咨询师本人不利，更别提施术不当的情况了。

而且催眠术在实际工作中并非最有效、最方便的心理咨询手段，还有其他很多种更好的手段能够运用。

复杂的专业知识且不说，仅仅是时间控制一项，催眠在心理咨询中就是难以接受的。催眠师需要足够的耐心使人进入催眠状态，并进行细致谨慎的潜意识调节，并不能保证在短时间内就能成功，而心理咨询师却要在约定时间内完成会谈。

所以丁齐在工作过程中，从未使用过自己的这一天赋。在心理健康中心，至少在心理咨询工作中，也没有任何咨询师使用催眠技术，甚至院领导都特意给大家打过招呼。

在境湖大学心理专业教学中，也从未设置催眠术这一课程，无论是本科生还是研究生对此都不做要求。丁齐学习催眠术，是为了解和掌握这一心理专业领域的技能，是导师刘丰私下教他的。刘丰也只是小范围内教了少数学生而已，这不是教学任务，教是情分，不教是本分。

很多人是通过影视作品了解催眠术的，可能会有很多误解。其实人的潜意识有自我保护的本能，不会在催眠状态下受催眠师的操控，去做那些本不愿意的事情。比如刘丰导师就说过，不可能在催眠状态下控制一个人去抢银行，除非这个人自己恰好打算去抢银行。

但是催眠施术不当，确实会导致不良后果，所以催眠师必须遵守的职业道德之一，就是给予的暗示性诱导必须是正面的、健康的。"除非这个人正打算去抢银行"就是个例子，催眠师是绝对不能给这一类暗示的。

关于催眠术导致的"不良后果"，刘丰也讲过一段让丁齐哭笑不得的往事，那是刘丰的亲身经历。有一次刘丰去老朋友家做客，朋友的孩子是个程序员，听说刘丰是传说中的"催眠大师"，非要缠着刘丰把自己给催眠了，好体验一番所谓的催眠术。

刘丰被缠得没办法，当时的气氛也很好，就做了一次现场展示。他在几分钟时间内就让那个小伙子进入了深度催眠状态，然后让他睁开眼睛，走到餐桌旁和一位美女喝茶。

其实那里没有茶也没有美女，但那小伙子就这么走了过去，做出斟茶、敬茶、喝茶的样子，还对着旁边空荡荡的座位有说有笑。又过了一会儿，刘丰让小伙子离开催眠状态恢复真正的清醒。小伙子却问刘丰，刚才那位美女是谁？

那个美女当然不存在，是在催眠状态下被诱导，小伙子自己想象出来的，但是他却好像迷上了她。后来这小伙子找对象就麻烦了，不论亲戚朋友给他介绍什么姑娘，他一律都看不上。问他想找什么样的，答案也很简单，就是那次在被催眠状态中陪他喝茶的美女。

小伙子这是有病吗？他的精神状态和认知能力都很正常，很清楚那只是一次催眠体验，自己看见的美女其实并不存在，这就排除了精神异常。而且他能理解自己的这种心态，并没有感到内心冲突痛苦，学习、工作、生活一切正常，也没有心理问题。

其实刘丰很清楚，问题并不是催眠造成的。这小伙子内心就有一个择偶标准，坚持标准而不愿意将就。但是另一方面，刘丰的催眠使那小伙子的择偶标准成为清晰的具象化美女，是不是导致这种情况的诱因呢？这是谁也说不清的！不了解专业的普通人，可能由此认为"刘丰大师"很神奇。但从专业的角度，这对刘丰而言并不是什么光彩的经历。

此事还有后续，老朋友后来请求刘丰，能不能把儿子的那段记忆给"删除"了？在深度催眠的状态下，确实有可能令人暂时遗忘某段特定的记忆，但也仅仅是有可能而已，而且需要得到对方的主动配合。

刘丰清楚真正的问题所在，仅仅是删除那段记忆恐怕是起不到作用的，但碍于老朋友的面子、出于补偿心理，他还是又一次施术了。但是这一次，刘丰却没有成功，催眠是成功了，却删除不了那段特定的记忆，看来小伙子本人根本不愿意。

老朋友后来虽然没有公开责怪刘丰，但刘丰身为如此地位的大专家，想来自己也不会觉得太好受，所以这段经历他极少提起，只是在教授丁齐催眠术的时候讲过一次，以此提醒丁齐使用催眠技术一定要谨慎，而且在心理咨询工作中不要使用。至于在学习催眠术过程中发现的特殊天赋，更是不要轻易示人。

回到宿舍，丁齐一天的工作还没有结束，晚上是他每天都坚持的学习时间。境湖大学三年前新修了好几栋教工宿舍楼，丁齐也有幸分到了一间宿舍。大约二十平方米的单间，没有厨房，但配了一个独立卫生间，他已经很满意了。

平时吃饭可以去教工食堂，假如自己想做饭，宿舍楼里有公用厨房。宿舍里有一张一米二宽的床、一张书桌和一个衣柜，都是学校统一配的，这也是前任校领导班子给单身教职员工留下的福利待遇。

宿舍里没有冰箱，其实应该买一个，但他几乎不做饭，一直都忘了。他自己添的家具就是一个很大的书柜，里面已经都塞满了，就连屋角也堆了不少书籍和资料。

晚上坐在书桌前，通常是丁齐每天最宁静、最自由的时间。桌子上还放了一摞教材，他先推到一边，打开了导师给他的卷宗。刚坐下的时候，他的心情是愉悦的，带着振奋，憧憬着美好未来，可是打开材料看着看着，神情却渐渐凝重起来，眉头紧锁陷入了思索。

这只是刘丰导师通过关系特意要来的一份案情简报，并非详细的卷宗，上面连犯罪嫌疑人的照片都没有，却让独坐屋中的丁齐感受到了一股寒意。他甚至感觉已经看见那个犯罪嫌疑人朦胧的身影轮廓，带着某些纯粹凭经验推断出的生理特征。

犯罪嫌疑人名叫田琦，今年只有二十岁。

材料中介绍的情况，是田琦十三岁那年和同学起冲突，打伤了同学，自己也受了伤，老师批评后还把家长叫到了学校协商解决。但是在一周之后，他竟然埋伏在校外那位老师每天下班的必经之路上，将老师给刺伤了，差一点就出了人命。因为年龄不够，所以田琦没有承担刑事责任，家长动用了不少社会关系、赔了不少钱才把这件事摆平，田琦当然也转学了。

田琦十六岁那年，追求一个女孩被拒绝。后来他看见那个女孩和另一个男孩"约会"，样子很亲密地走进一家饭店，他就冲进饭店将两人都打成重伤。那女孩还因此留下了残疾，脸上破了相。事后却发现那根本就是一场误会，男孩只是女孩的亲戚而已。

这一次田琦也没有受到刑事处罚，因为在案件处理时他被鉴定有精神异常、无行为能力。材料上介绍的诊断结果是精神分裂症（青春型）躁狂发作，并附有鉴定机构、鉴定人出具的鉴定书。

田琦的父亲田相龙花大价钱进行了民事赔偿，并将受伤的女孩送到国外去做整容手术。田琦也被送到精神病院接受强制治疗，三年后才出院，继续由监护人进行监管，已经恢复了最基本的日常生活能力。

而最近的恶性案件发生在田琦出院一年后，地点是在江北区。境湖市的主城区坐落在长江南岸，但自从十多年前长江大桥修通之后，江北区就成了发展最快的新区。

凶案是在众目睽睽下发生的，被害人张某在逛商场，田琦从侧后方绕到他前面，朝他的小腿踹了一脚。被害人只骂了一句"你神经病吗？"，随即就被田琦以凶器击倒。凶器是田琦随手从附近的体育用品柜台中抄来的一根棒球棒，当时后面还有正在追赶并大声呼喊的售货员。看见田琦行凶的这一幕，售货员吓得没有敢靠近。

田琦不止打了被害人一棒，被害人倒下后，他还用球棒反复敲砸其头部与身体，手段异常残忍，最后的场面也是惨不忍睹。就连赶来的商场保安都被吓傻了，觉得手脚发软。

根据商场的监控录像显示，攻击时间大约持续了九十秒，被害人应已当场死亡。然后田琦扔掉球棒，用脚反复踩被害人的尸体，就像要踩平地上的什么东西。他踩了大概五十秒左右，全身几乎都踩遍了，然后才若无其事地转身离开，嘴里还在嘀咕着什么，被赶到现场的警察制伏并逮捕。

案件发生的过程非常短，警察来得其实也很快，这家商场内就有派出所设的治安值班室。警察是用电击棒将田琦击倒并制伏的，当时田琦手中已没有凶器，处于一种精神恍惚状态。

在审讯过程中，办案民警就发现了田琦的精神异常。在回答为什么要杀人时，田琦自称："我看见那个家伙全身都不舒服，他不应该从这个世界里冒出来，我必须要把他打下去、踩平才行。"这哪里是杀人啊，简直就像在游戏厅里玩打地鼠游戏。经过调查，田琦跟被害人张某也毫无关系，以前根本就不认识。

看到这里，丁齐做了几个深呼吸，暂时平复一下情绪。从专业的角度，他必须要保持冷静客观的态度。材料上介绍了嫌疑人从小到大的三个案例，没有介绍的情况不知还有多少，丁齐首先做出的判断是反社会型人格障碍。

反社会型人格的特征，通常是行为不符合社会规范，无视法纪，不仅极端自私且冷酷无情。但在司法实践中，它通常并不是免除刑事责任的理由。

"精神病人不负刑事责任"这种说法，其实是一种误解。我国刑法规定：精神病人在不能辨认或不能控制自己行为时造成的危害结果，经法定程序确认的，不负刑事责任。

也就是说鉴定人不仅要鉴定嫌疑人是否"有病"，更重要的是鉴定他做出危害行为时，能否辨认或控制自己的行为，重点在于"事发时的状态"。

反社会型人格，在医学角度可能是一种精神障碍，但当事人通常是具备行为辨识或控制能力的，知道自己在做什么，在司法上不能免责。至少在刺伤老师这个案子上，田琦目标明确、思维逻辑的内在关系清楚，情绪、动机、行为有高度的一致性。

田琦当年能逃脱刑事处罚，只是因为年纪尚不满十四岁。但是在他十六岁那年发生的第二个案子，进行了精神鉴定并得出了结论，再加上尚未年满十八岁，所以仍然逃脱了刑事处罚，只是接受了强制治疗。后来他还能顺利出院，像正常人那样活动，看来父母是花了大代价的，包括治疗和诊断方面，也包括对被害人的民事责任赔偿方面。至于刚刚发生的这个案子，初步推断，有可能是精神分裂症狂躁发作，也有可能是妄想性障碍。

具体怎么回事，要拿到详细卷宗进行分析，并对嫌疑人进行实际问讯、测试后才能得出结论。须知这与刑事审讯中遵循的"无罪推定"原则不同，精神病司法鉴定遵循的是"无病推定"，首先并不将嫌疑人看做精神病人。

这份简单的材料，是刘丰让丁齐提前熟悉情况用的。导师当然不会给他太难的案子，而且他只是三位鉴定专家中做陪衬的一位，这只是让他去积累资历。

嫌疑人有既往精神病史，案发时的行为又非常典型地符合精神病性特征，这个鉴定从专业角度看并不复杂，但丁齐合上卷宗后却深深叹了一口气，心情难免沉重。

理论上讲，鉴定人的职责就是鉴定嫌疑人在案发时的行为能力，还有案发后的受审能力与服刑能力等。他们并不是法官，只是给法庭提供专业鉴定材料，说明嫌疑人在特定时段的精神状态，不应带个人感情甚至是某些道德责任色彩，这是专业要求。

司法鉴定只是法庭证据之一，至于怎么采用这些证据，如何考虑社会影响、减少社会危害，从而做出最恰当的判断，那是法官的责任。但大多数时候的实际情况，法官会直接采用鉴定结果进行判决，让鉴定人感受到他们不仅是在鉴定，同时也是在裁决。

　　虽然专业性要求鉴定者不能有个人感情色彩，但丁齐也是个活生生的人，他也有自己的世界观和个人情感。在他看来，如今的法庭引用鉴定结论时，主要强调责任能力，在判决与执行实践中，却对另一项更重要的鉴定——社会危害性鉴定的结果不太重视。

　　丁齐感到心情复杂的原因，也与田琦的父亲有关。此人名叫田相龙，材料中虽然没有介绍田相龙的具体背景，只提到了名字，丁齐也不认识他，但是早就听说过这个人。

03　更聪明的选择

丁齐读本科时住的是八人间宿舍，他是老七，宿舍的老二名叫田容平，是境湖市江北近郊的一名学生，家庭条件一般，私下和丁齐的关系非常好。

老二和丁齐说过一件事，在他接到境湖大学的录取通知书之后、报到之前，得到了一笔奖金或者说资助，来自江北田氏宗族联谊会。

各种宗族联谊会大多是近年来出现的，最早往往是为了集资修谱，后来有更多的活动内容，由几个头面人物主动站出来负责组织与联络。江北田氏联谊会，就是由田相龙出头创建的，他自然也成为了会长。

田相龙出身于江北郊区农村，那一带有不少人都姓田，自古属于同一个宗族。他做生意赚了大钱，便出资修谱并成立了江北田氏联谊会，其影响最大的慈善之举，就是以田氏宗族联谊会的名义，由他个人出资奖励田氏学子。

比如在田容平参加高考的那一年，登记在田氏族谱上的学子，只要考取了国家认定的"一本"，都得到了两千元的资助。两千元对某些人来说也许不算多，但对田容平已经不算少了，是一笔意外之财。田容平上大学想买一部档次还算过得去的智能手机，却没好意思问父母要，结果正用上了这笔钱。

老二和田相龙究竟是什么亲戚关系，恐怕很难弄清了，差不多是远房的远房，总之是属于江北田氏的同一宗族。田容平还曾眉飞色舞地对丁齐讲过田相龙的很多事情，包括一些未经验证的小道传闻。

可以确定的是，田相龙是在境湖市江北新区的建设中起家的，他最早是承包政府的村庄动迁和土地平整项目，积累了第一桶金，后来又做房地产工程。如今公司开始转型，主要业务侧重于建材以及装饰装潢、楼宇装修、信息化设计。

二十年前的田相龙，带着手下的队伍推平了江北的很多村庄，也拆了不少座虽然很有历史、但并没有被评为文物保护单位的祠堂，当然也发生了很多激烈的对抗事件，原因各有不同，最后也都被他摆平了。

还有一个小道传闻。据说田相龙发财后，有一次去庙里烧香，而且是大年初一的头炷香，出门后被一个老和尚拦住了。老和尚说他有富贵福相，但相中有缺，恐富贵难久，尤其是难保后人之富贵。老和尚还说了田相龙的很多事情，都非常准，让田相龙不得不信，便请教该如何化解。老和尚便叫他多做善事以积功德，这样才可以保住后人富贵。该怎么做呢？田相龙从庙里回来后便创立了江北田氏宗族联谊会，从出资修谱开始，又有了资助田氏学子之举。这也令田相龙赢得了很多社会赞誉，他本人则先后成了江北区与境湖市的政协委员，这也算是一种对社会地位和社会影响的肯定。

田相龙究竟是个什么样的人，恐怕不能只用某一件事来下定论，人性本就是复杂的，不是吗？

从司法鉴定的专业角度，田相龙是什么身份、有什么背景，与田琦作案时有无刑事责任能力毫无关系，所以材料中仅仅提到了一个名字而已，并没有做任何其他的介绍。除非田琦有家族精神病史，否则丁齐也没必要对田相龙了解更多。

可是丁齐偏偏听说过田相龙这个人，了解他的不少事，难免会想到其他很多问题。不要忘了，丁齐还在大学里教社会心理学呢！精神病鉴定不需要考虑其他因素，只须考虑当事人的精神状态，而社会心理学则要求研究同一事件对各种社会人群的广泛影响。

田相龙有钱有势，拥有庞大的社会资源，便有通过各种手段为其子田琦脱罪的条件，也会对相关人员造成影响。但是另一方面，正因为这样，假如这个案件通过媒体传播并发酵，反而会使他在大众舆论中处于不利的地位。

假如法庭做出了有利于田琦脱罪的判决，法官能引用的依据恐怕就是精神病司法鉴定的结论，那么鉴定人也会承担巨大压力，这个压力不是来自专业判断而是社会舆论。超出专业角度之外去看，这个鉴定其实不好做啊。

材料上的案发时间是前天，在四十八小时之内，这份材料便已经放在了三名鉴定人之一的丁齐案前。这说明田相龙在第一时间就为田琦申请了司法鉴定，而且相关部门迅速安排好了鉴定工作，效率不可谓不惊人，这也说明了某些问题。

丁齐下意识地打开电脑，在网上搜索了一番田相龙的资料。恰在这时，手机的响动惊醒了沉思中的丁齐，拿起来一看，是女友佳佳来微信了。

佳佳在北大读硕士一年级，与男友两地，当然没必要在校外租房，住的就是三人间宿舍。他们每天晚上都会在十一点左右联络，说几句亲密的悄悄话，或者压低声音打个电话，方便的时候还可以来一段视频通话。

佳佳问他今天怎么没消息，是不是晚上有事却没提前说，或者已经睡着了？丁齐抬头一看已经快十二点了，赶紧回复，刚才看资料看得太认真忘了时间。

"我今天换了个新发型，想不想看？"

"想啊，好想看！……你们宿舍现在没人吗？"

"她们两个都出去有事了，今晚就剩我一个，机会难得，你刚才却不联系我！"

丁齐赶紧打开了视频通话，接下来就是恋人之间的互动，腻歪、赞美、调情等等，说着说着，佳佳突然问道："你今天怎么了？我做了这么多可爱的表情，你的反应却一点都不兴奋，是不是有什么事啊？"

丁齐已经尽量切换和调整心情了，每天这个时候，就是他最欢快的时光，但和平日的表现相比毕竟还是有一点小差异，竟然被佳佳察觉出来了，她真是非常敏感的女孩。丁齐只得解释了一番，主要是刚才看的那份材料影响心情，却没有谈具体的案件细节。

佳佳撅着嘴道："你们这个专业呀，总是会接触到那么多负面信息，幸亏我这么阳光可爱地照着你……爸爸也是为你好，你只要认真完成自己的工作就行，不要想太多！"

和佳佳视频通话之后，丁齐的心情已经完全调整过来。他躺在床上调整着呼吸，缓缓过滤掉各种情绪，进入到思想放空、身体放松的状态，渐渐地睡去，结束了这无比充实又有些许考验，但充满幸福期望的一天。

看见洪桂荣这个名字的时候，丁齐并没有什么特别的印象和感觉。这是今天的一位求助者，遇到的问题是失眠困扰，这在心理咨询工作中很常见，具体是什么原因导致的，还需要先通过摄入性会谈了解。

走进咨询室的是两个人，丁齐当即吃了一惊。洪桂荣的预约资料上填写的年龄是三十七岁，但保养得很好，皮肤身段都很不错，身材稍显丰腴，很有成熟性感的韵味，打眼看上去说她二十七岁，估计也是有人信的。但这不是重点，重点是另一个人陪着她一起进来。

心理咨询过程中，有时也会有第三者在场，通常都是求助者的家属，这需要经过咨询师和求助者的同意，前提是在场的第三人不能对咨询过程产生不利干扰，而且有助于了解求助者的情况。

丁齐没有见过此人，却一眼认了出来，前一天晚上刚刚在网上搜过他的照片，正是田相龙！

田相龙的个子不算太高，目测将将一米七出头，虽然人到中年，但体格尚显健壮，也能看出来年轻时身体应该很棒，打的底子非常好，如今已明显有了小肚腩，向后梳的大背头稍显凌乱，已微微有些谢顶。

田相龙突然出现在这里，丁齐就意识到对方应该不是来做心理咨询的。但身为一名咨询师，职业要求他在咨询室中就要融入角色，丁齐很礼貌地微笑道："二位请坐！这位就是洪桂荣女士吧？请问这位先生是您的什么人？我有什么可以帮助您的？"

洪桂荣说："这是我老公，他可以和我一起坐在这里吗？"

丁齐说："如果您主动要求这样，并认为对解决您的心理问题有帮助，当然可以。如果在心理咨询的过程中，有什么问题需要他回避的，我们可以再要求他暂时回避。"

咨询室中有一张茶几和两张沙发，茶几一端的单人沙发是丁齐的座位，茶几侧面的长沙发是求助者的座位。之所以这么布置，是丁齐需要随时掌握与求助者之间的心理距离。

在长沙发上，有人会坐得离他近一点，有人则会离他远一点，这也能反映出相应的性格特征以及对咨询师的态度。有时候通过观察求助者在长沙发上坐的位置变化，丁齐也可以判断对方与他之间心理距离以及信任关系的变化，或者是话题敏感度的变化。

另一些时候，长沙发上还可以多坐一个人，就像今天这种情况。这两个人都想坐到靠近丁齐的一端，田相龙稍犹豫了一下，已经被洪桂荣抢到了位置。她是名义上的求助者，坐到这里也是对的，丁齐没说什么，只是拿出两个纸杯给他们倒上了水。

田相龙坐下后目光游移，不断打量着房间里的陈设，就连天花板的角落都没遗漏，突然问了一句："丁医生，这里没有录音摄像吧？"

丁齐微笑着解释道："虽然您叫我丁医生，但是我还是要强调，我们的关系不是医生和患者的关系，而是咨询师和求助者的关系。求助者可能受到心理困扰，但通常并不是病人。这里没有录音录像设备，我们也会为会谈内容保密，除非你们同意，我不会做现场记录。"

洪桂荣白了老公一眼道："我早就打听过了，这里不能录音录像，也必须保密。"

丁齐又问道："不知道我有什么地方可以帮助你们的？洪桂荣女士，看你的预约登记资料，需要求助的问题是失眠困扰？"

说完之后，丁齐等待洪桂荣的回答。洪桂荣身体前倾，似乎是突然间做了什么决定，脱口而出道："丁医生，听说您要给一个叫田琦的病人做精神鉴定？田琦就是我儿子！"

丁齐吃了一惊，这也太直接、太着急、太赤裸裸了。比丁齐更吃惊的是田相龙，他显然没有想到媳妇居然第一句话就直接说这个，表情非常错愕，这跟事先商量的不一样，他一把抓住洪桂荣的胳膊，想阻止什么却已经来不及了。

丁齐尽量保持着平静，很专业地回答道："洪女士，我想你对心理咨询工作有所误解。我们的任务是帮助求助者解决心理问题，排解心理压力，建立正确的认知和行为模式，而不是帮助求助者解决现实生活中的具体问题。"

洪桂荣急切地说："这些我都知道的，丁医生，我们好不容易才打听到你，你下周就要给我们家田琦做鉴定了？社会上很多人对我家老田有意见，但我家田琦确实有精神病，只要能公正鉴定，无论你需要什么……"

"行了，别说了！"开口打断她的反倒是田相龙，这位田老板神情很尴尬也有些恼怒，又向丁齐赔笑道，"丁医生，实在不好意思，我媳妇的心情有点太着急了，说话也不着调，请您别往心里去。我们确实是来做心理咨询的，但没想到她一开口却说这个。"

"我是知道规定的，不能干扰您的工作，所以我们绝对没有干扰您的意思。但既然已经说到了这个情况，那么我就向您表个态，将来您有什么需要帮助的，不用您主动来找我，我一定会安排得让您满意。我说的是将来，不是现在，与今天这件事也毫无关系，与您给我家田琦所做的鉴定也毫无关系，请您千万不要误会……"

身为一名优秀的心理学者，丁齐虽不敢说能时刻看透人心，但也能敏锐地捕捉到对方的心理活动。田相龙不知通过什么途径打听到，他是给田琦做鉴定的鉴定人，来到这里的目的就是想做他的工作。

如果站在第三者的角度，田相龙这么做显然是违反规定的，但假如他一定要这么干，或许可以换一种更聪明的办法。既然丁齐是挂牌心理咨询师，田相龙就来做心理咨询，应该假装不知道这回事。

只要田相龙不说破，在鉴定人职业纪律要求下，丁齐也不能主动说破。

田相龙通过谈话介绍自己的情况，提到儿子出的事，强调田琦病情的真实性以及自己所受的苦恼与困扰，这会很引人同情。在这种场合，身为咨询师的丁齐不能主动点破，其实大家是心照不宣的。田相龙可以表达对丁齐的赞赏，暗示以自己的身份可以对他回报，从而施加影响。

这么做当然也是违规的，但丁齐从第三者的角度来看，是一种更聪明的策略。田相龙来之前存没存这种打算，丁齐并不清楚，但若田相龙真有这种想法，刚才洪桂荣一开口就已经破坏了这种可能。

很显然，夫妻二人来之前商量过，但实际发生的情况与他们事先商量的不一样。洪桂荣听说这里的会谈是保密的，也确定没有音像记录，直截了当就想收买丁齐了。这种人往往把问题想得很简单，按她认为最有效的方式去做，并不愿意顾及其他人的处境与感受。

而田相龙比他妻子高明或者说精明多了，立刻试图扭转和弥补事态。就算想收买鉴定人，也不能表现得这么直接，尤其是不能与鉴定工作产生直接的因果关系。

假如丁齐鉴定出了令他满意的结果，通过其他方式对这位年轻学者进行资助、赞助或帮助，以表示感谢和欣赏，都是事后可以操作的。比如在申请科研经费、出学术成果、参加研讨交流方面，对一个年轻学者其实有很多文章可做，那样才显得更隐蔽与巧妙。

在丁齐看来，田相龙虽比他老婆高明，但也高明得有限，依然是把他自己在商场、政界与人打交道的习惯延伸到其他领域中。田相龙自以为聪明，在某些方面他确实可能精明能干，否则怎能发大财呢？但在其他方面，也有可能只是个自以为是甚至自我膨胀的半吊子，否则怎能干出直接来找丁齐这种事？

丁齐只得很无奈地摇头道："田先生、洪女士，如果你们有行贿企图，或者事先干扰到鉴定人、对鉴定工作施加影响和压力，就算我没有收你们一分钱好处，就算我做出了对田琦有利的鉴定，在法庭上鉴定结论也可以被质疑为无效，因为程序不合法。"

"你们不应该私下接触与干扰鉴定人，而在这里，我作为心理咨询师，也不应该与你们有咨询室之外的利害关系，这同时违反了两方面的规定。洪女士如果还有心理问题需要求助，继续找我咨询已经不合适了，我可以给你转介另一位咨询师。"

洪桂荣似乎想站起来，又被老公摁住了，她挥起手臂道："这里的谈话不都是保密的吗？如果泄露出去，你就违反了职业规定！"

丁齐点头道："是这样的，咨询师会为求助者的个人隐私以及会谈内容保密，但不会接受超出心理咨询之外的求助要求，所以我不能……"

田相龙赶紧抢过话头道："丁医生，您别介意！我们确实是来做心理咨询的，儿子出了那么大的事，心里能不着急吗，当然会有问题。"

这次心理咨询会谈其实已经失败了，原因当然不在丁齐，但在结束之前，丁齐还是尽量提醒道："你们不应该来私下接触鉴定人，专业鉴定也不应该受其他因素干扰。你儿子如果没有刑事责任能力，鉴定人会将结论提供给法官；如果有，法官也会做出相应的判决，这也是每个人为自己的行为应该承担的后果与责任。"

田相龙说："民事赔偿责任我们会尽量承担的，无论花多少钱都可以！"

这已经不是丁齐此刻该涉足的话题，他闭嘴不说了。洪桂荣却扭头冲丈夫道："那也要看法院怎么判，合理的数是多少，不能让人狮子大开口，我儿子本来就有精神病……"

尽管丁齐一直尽力保持着平和的心态，当他认为此次心理咨询已经失败的时候，心中也难免升腾起一股强烈的厌恶情绪，只是忍住了才没当场发作。这个洪桂荣没有将别人当人看，她的儿子是行凶者，不论出于什么原因，真正更应该受到保护的是受害人，对方才是无辜的。

丁齐表情严肃地说道："二位，我认为今天的心理咨询会谈已经结束了，你们请回吧！"

田相龙还想挽回，赶紧道："丁医生，您千万别误会，也千万别介意，也请您理解我们的心情。要知道，我只有这么一个儿子，就指望他传宗接代呢！"最后这一句话，说的是情真意切，这位大老板眼圈都红了。

洪桂荣也激动地说道："对！老田家就这么一个宝贝儿子，无论如何都不能出事！"

丁齐此时从心态上已结束了心理咨询会谈，但他毕竟还坐在咨询室中，也许是受情绪的影响，说了一番可能是他从事心理咨询工作以来最不该说的话："田先生、洪女士，就算你们的儿子这次不会承担刑事责任，恐怕也不适合结婚生子。如果只是为传宗接代考虑，以你们的年龄和现在的医学条件，完全可以再生一个。"

这话说得没毛病，但洪桂荣就像受了莫大的刺激，突然变得歇斯底里起来，手指丁齐颤声叫道："你怎么能说这种话！"另一只手就想抄东西朝丁齐砸过去。心理咨询室的布置就防着这种事呢，没什么东西可抄的，洪桂荣抓向了茶几上盛水的纸杯，却被田相龙及时拉开了。

田相龙将她拉向门外，还一边向丁齐道歉："丁医生，她有些激动，您别跟她一般见识，今天真不该带她一起来。如果违反什么规定，就当我们没有来过，反正会谈内容是保密的，而我说过的话，一定算数！我叫田相龙，宰相的相，龙凤的龙，不信您去打听打听我。"

看洪桂荣出乎意料的过激反应，丁齐就意识到自己犯了什么忌讳。而另一方面，丁齐也注意到田相龙那一瞬间的眼神，似是对他的提议并不反感。临行前田相龙对他的那一瞥，甚至隐含着赞同之意；至于洪桂荣对他的最后一瞥，简直是恨之入骨。

昨天丁齐在网上查到的资料显示，田相龙今年四十四岁，而今天看到的求助者预约登记资料，洪桂荣三十七岁，而他们的儿子田琦却只有二十岁。

也就是说在田相龙二十四岁、洪桂荣十七岁的时候就有了儿子田琦，再往前推，洪桂荣应该在十六岁就怀孕了，这可不符合婚姻法的规定。但想想那时田相龙是在江北农村，这种情况或许并不少见，民不举也就官不究，家里先办喜酒，到了年龄再补张证就是了。

丁齐能看出来，田相龙好像刻意让着洪桂荣甚至有点怕她。在丁齐面前，田相龙虽几次阻止了洪桂荣的出格言行，可是在这种场合，洪桂荣的举止明显违背了她和田相龙事先商量好的计划，显然是自作主张。这样的行为习惯，也能反映出某种心理。

这两人之间应该有故事，但这不是丁齐关心的，他只想快点结束这场谈话。

咨询室的门是锁不死的，但隔音效果非常好。田相龙和洪桂荣走出去的时候，丁齐也来到了门前，站在那里轻轻将门拉开了一条缝，听见了两人在走廊上的对话。

"一个小医生，怎么敢说那种话！"

"人家又不知道情况！你怎么回事，我们事先不是商量好的吗？……人家也没得罪你，你跟人发什么脾气，得罪人家对你有什么好处？"

"不行，换人！"

"你说换就换吗？……又不是你家开的！"

"反正你去想办法，这么多年不能白混！……太气人了，好心好意来求他，就这么把人给打发了，还说那种话。"

"下次你就别掺和这种事了，也记住了，不要和任何人说我们来找过丁医生，更不能跟人透露，我们事先知道丁医生就是鉴定人。快回去吧！"

"进去刚坐下就出来了，还交了六百块咨询费呢，得让他们退了！"

田相龙的声音忍不住恼怒起来："还嫌丢人不够吗？快走吧！"

洪桂荣的音调陡然变尖了："我丢人！你也不想想……"说到这里，两人已经穿过走廊下了楼梯，丁齐听不清他们的谈话了。

田相龙说丁齐不了解情况，还真有些事情他不知道，也没有机会了解。

想当初田相龙还是一个小伙子的时候，将邻村一个十六岁的黄花闺女肚子搞大了，就是洪桂荣。洪家兄弟以及堂兄弟众多，宗族势力不小，气势汹汹打上门来，砸缸扒灶差点拆了田家的房子。田家老父一再道歉赔罪，田相龙也表示愿意承担所有责任，这才便宜了他。

他们先在村里办了喜酒，隔年生下了儿子田琦，等洪桂荣到了年纪才补领了结婚证。田相龙拉起一帮人搞拆迁工程队，最早的创业资金也是洪桂荣从娘家借的。有了这层背景以及娘家撑腰，在婆家谁都得让着洪桂荣，小心翼翼伺候着，谁也不敢轻易得罪她。

事到如今，以田相龙的财势地位，当然不必再在乎洪家的村中势力。但洪桂荣多年形成的心理习惯是改不了的，长久以来保持的强势余威犹在。而且在十几年前的一次手术后，洪桂荣便没有了生育能力。

这些事都与丁齐无关，他却关注到洪桂荣提到了"换人"二字，虽然没听清楚上下文，但也能猜到她是想换掉自己这个鉴定人，并让老公去安排。这个女人自以为是谁呀？以丁齐的专业与职业，这几年来什么样的奇葩没见过，但洪桂荣仍然让他感到震怒。

脾气暴躁、性格强势这些或许不是太大的问题，但洪桂荣不仅愚蠢，而且自私、冷血甚至是残忍。她唯一关心的就是儿子是否能逃脱刑事惩罚，而提到无辜惨死的受害人时，竟然没有流露出抱歉、悔恨、自责哪怕是惋惜的情绪，这也是反社会型人格啊！

洪桂荣的那一句"换人"倒是提醒了丁齐，让她做主换人就是个笑话，但自己应该拒绝这次鉴定了。经过这一出，他不愿意也不再适合担任田琦的鉴定人，今天发生的事情，就是最好的理由和借口。

洪桂荣虽然打听过，心理咨询师与求助者初次接触的摄入性会谈，是不做现场记录的，而且要为会谈内容保密。但她是个外行，并不了解还存在"保密例外"的规定。丁齐不能将自己置于违反法规的处境，他还有个身份是司法鉴定人，可以将这一情况报告给有关部门。

而最合适的就是报告鉴定部门的领导、他的导师刘丰。刘丰这天出差了，受公安部门的邀请，到本省的另一个城市给刑侦部门做培训，丁齐在第二天傍晚才见到导师。刘丰的副院长办公室里有客人，丁齐在隔壁等了差不多四十分钟，这才敲门进去。

打了个招呼，他很自然地收拾了茶几上客人留下的杯子，一边问道："导师，您这次出差的情况怎么样，还是做'特征剖析'培训吗？"

犯罪人特征剖析技术，又称犯罪心理画像。人的生理与心理特征密不可分，这一切都可以从行为线索中做出合理推断。利用各种证据线索，可剖析犯罪人的行为和心理特点，包括性别、年龄、身高、体重、相貌甚至是学历、职业、家庭环境、社会关系、生活习惯等等。

对于普通人而言，最神奇的就是直接将犯罪嫌疑人的身材、相貌甚至五官特征给说出来。有不少案子在侦破之前，根本就不知道是谁干的，没有锁定嫌疑人，更没有嫌疑人的影像资料，在这种情况下，心理画像技术就能起到很大的辅助侦破作用。

刘丰就是省内这一领域的顶尖专家。有人可能会觉得奇怪，能将一个根本不知道的人的样子与各方面信息总结出来，这事靠谱吗？而刘丰参与的实际案例证明，结果是八九不离十，有时甚至是惊人的准确。

刘丰答道："这些年情况好多了，特征剖析技术越来越受重视，大家不再像以前那样认为它就是瞎蒙。现在的主要问题就是，熟练掌握这一技术的人才太少了，而且也不好培养。丁齐，你要努力呀！……你在外面等了很久，有什么事情吗？"

"鉴定人的事，您前天给了我那份材料，昨天犯罪嫌疑人的父母就以心理咨询的名义找到我了，有些人真是好大的能量……"

按照规定，在未进行鉴定之前，鉴定人的情况是不应该泄露出去的，但规定总要人来执行，肯定是在某一环节出了问题，所以田相龙和洪桂荣才会找到丁齐。对此丁齐也很无奈，他倒不是想追究谁，只是告诉了刘丰昨天发生的事情，因此他打算拒绝鉴定。

"愚蠢！"刘丰也忍不住骂了一句，他骂的当然不是丁齐，然后看着丁齐道，"这件事待会儿再说，我先问问你，你对田琦的情况是怎么看的？"

涉及专业问题，丁齐便很认真地答道："仅仅看那份简单的材料，我没法下确定的结论，只能做一些可能性的推测。田琦十三岁的那个案子，从精神状态上看，是要负完全刑事责任的，但那时他的年龄不够。至于十六岁的那个案子，后来诊断出有精神疾病，再加上他当时还不满十八岁，属于限制行为能力人，而且他的家长在被害人那里做了很多工作，所以也摆平了。但从今天的事情来看，他们既然能找到我，当年也有可能去找别人，对鉴定工作恐怕也是有影响和干扰的。"

刘丰适时插话道："我们先不谈影响和干扰因素，只谈鉴定和案情本身，最近这个案子呢？"

丁齐说："四年前的那个案件我不了解详情，就不多说了，但是经过三年的治疗之后，他现在恐怕是真的有病。"

刘丰看着他，意味深长道："有很多事情，既是我们的责任，也不是我们的责任。比如鉴定人的职责，就是从专业角度做好鉴定，而不应该去考虑其他的因素。另外的事情，是法官、警察、医院、监护人的责任。法律和司法制度应该保护无辜者，任何判决理论上都不应该增加社会危害性。比如有些人没有受到刑事惩罚，事后的强制监护不严，仍然留下潜在的社会危害，都不是我们愿意看到的，但这不是鉴定人的责任。"

"身为生活在这个世上的人，我们都不希望自己受到无端的伤害，总想通过自己的努力改变什么，这也是广义的社会责任。但它的前提是，先把自己应该履行的职责完成，假如每个人都做到了，也就等于改变了，你明白吗？"

丁齐点头："我明白的，想要做到更多的事情，首先应该履行自己的责任。但是无论从哪一方面说，我都不适合再做这个案件的司法鉴定人了。"

刘丰点了点头道："你有很好的自我保护意识，这难能可贵。假如田相龙夫妇没来找过你，这次鉴定并不难，甚至对你将来的发展也是有好处的。但是他们提前找到了你，你仍然参加了鉴定，并且做出了对田琦脱罪有利的鉴定，将来被人知道了，就是一个隐患了。"

这番话真是说到丁齐心坎里。丁齐不可能被田相龙夫妇收买，职业道德与操守且不说，他有着大好人生和光明前途，既没必要收取田相龙夫妇的好处，更犯不着因为这件事自毁前程，哪怕仅仅是有一点点自毁前程的可能。

拒绝被收买，进而拒绝参与鉴定，就是一种自我保护。

刘丰接着苦笑道："你来得正好。还真是巧了，今天有领导跟我建议，认为你资历不足，太年轻，又刚刚拿到鉴定人资质，而这起案件影响重大，你还不适合做鉴定人，算是委婉地让我换人。"

还真有人提议换人了！不知田相龙在其中起到了什么作用，但换人的理由却显得很合理。丁齐的确资历不足，而且刚刚拿到资质，以前从未参与过正式鉴定。可是他只是三名鉴定人之一，是否有必要提这个建议，就见仁见智了。

丁齐说："这不正好嘛，我主动拒绝。"

刘丰摇了摇头道："你的目的就是想拒绝鉴定，换一种更聪明的方式会更好。对于这种建议，我可以选择接受，也可以不接受。假如没有你刚才说的事，我是不打算接受的；但恰好出了这件事，倒是应该接受了。如果我接受了，就是给对方一个面子，将来对方也会还一个面子；而你假如因为这件事主动拒绝，并且挑明说破了，等于是打了一堆人的脸，对你将来并无好处。"

有些话，刘丰没有深说。假如丁齐主动提出拒绝鉴定，并且在汇报理由时说破了田相龙来找他的这件事，那么会引发另外的一系列问题。比如田相龙是通过什么途径知道了该保密的消息，有人在这个时候提议撤换丁齐又是什么原因？

假如真按程序追究下去，可能会牵连到有些同行、有些领导，动静就可能闹大了。就算动静闹不大，丁齐也会得罪不少人，而且最要命的是，他恐怕都不清楚自己究竟得罪了哪些人。

丁齐问："那么导师您建议我怎么做？"

刘丰说："不是你怎么做，而是我怎么做，正好顺水推舟，接受建议把你换掉，我这么做也是对你的保护。"

丁齐想了想，选择了导师这个显然更聪明的建议，反正他的目的就是不再参与这次鉴定，既不想再和田相龙夫妇打交道，也不想给自己惹麻烦，如此最好不过。

等出了门回到宿舍，丁齐感到一阵轻松，就像卸下了某种压力，将桌上的卷宗扔到了角落里。与佳佳通完电话躺下后，他却好久没睡着，莫名总感到有些不安，就像在担忧有什么不好的事情会发生。

这可能是因为焦虑情绪吧，心理专家也会遇到心理问题，要善于自我调整。在睡着之前，丁齐就是这么想的。

04　选择与冲突

"家里给我介绍了两个对象，感觉都挺好，相处得也都不错，她们都看上我了。第一个吧，人长得非常漂亮，身材也非常棒，挺黏我的，就是有点娇气、不太会做家务。第二个吧，人长得也不错，小家碧玉型的，很贤惠，对我也挺上心。我现在觉得很苦恼，不知道怎么办才好，所以才到这里求助……丁老师，按我刚才介绍的情况，依您看，选哪个更合适呢？"说话者是一名二十六岁的男子，名叫沈航，人长得还算俊秀，背靠沙发，右手搭着扶手，右腿架在左腿上，问话时面带嬉笑。

这是心理咨询室，丁齐坐在沈航的右侧，正留意观察对方的言谈与反应。仅就这位求助者诉说的问题来看，是一个比较典型的"双重趋避式心理冲突"。

人的行为通常都有其目的，人要达到的目的往往并不是一个而是多个，这些动机之间常常就会有矛盾冲突。如果有两个具有同样吸引力的目标，但只能选择实现其中一个目标，这叫双趋式冲突。如果两个目标都想避开，却只能选择回避其中一个，就叫双避式冲突。如果同时有多个目标，皆有利有弊，做出决定皆有得有失，就是双重趋避式冲突。

这种问题很好理解，平常人几乎都会遇到，丁齐一听就明白了。但他却从另一个角度反问道："沈先生，你说不知道该做何选择，感到很苦恼。可是在你说出这番话的时候，我注意到，你并没有苦恼的反应。这有点矛盾，你能告诉我是怎么回事吗？"

沈航愣了愣，微微皱眉道："丁老师，您的意思难道是说，我刚才在撒谎吗？"

丁齐解释道："不是，我相信你讲的事情是真的。但是你说为此苦恼时，我并没有发现你真的在苦恼。这有点奇怪，你能自己分析一下吗？"

心理学者当然要善于观察。有时候人会掩饰或伪装自己的表情，使表情和真实的情感状态不一致。这种情况下可以观察两种现象，其一是面部表情与目光是否有矛盾，或者表情与身体姿态之间是否有矛盾；其二是否有"表情延时"，就是表情反应比正常情况要慢。比如嘴巴张大、眉毛上抬表示惊讶，通常是在察觉到引起其惊讶的事物同时就出现的。假如稍微思考一下，觉得自己"应该"惊讶，然后再做出惊讶的反应，就会稍微慢那么一点。这往往就是一瞬间的延时，并不容易观察到，但训练有素的心理专家是能发现的。

而面前这位小伙子倒好，他的表情没有任何掩饰，显得很欢快，明显带着得意，却在诉说自己很苦恼。假如是一名精神分裂症患者，这就属于"情绪倒错"障碍。但这小伙子显然不是病人，那么答案只有另一种可能——他口是心非。

心理咨询师须用心倾听，须接纳对方、与对方共情，但并不是求助者说什么就是什么。如果仅按对方的自述分析，这是个双重趋避式心理冲突，然后去解决冲突，可是实际上求助者真正的问题并不在此，那么咨询就根本不会有效果。

口是心非的人，丁齐见得多了。

沈航一时语结，岔开话题道："老师，我来找您求助，其实就想让您帮我分析分析，究竟选哪个才好？您是专业的，一定很有眼光，我相信您的眼光！"

丁齐笑了，求助者在回避刚才的问题，他也不打算逼着对方承认，只要让对方自己意识到就行了，他微笑着答道："沈先生，我想你对心理咨询还有所误解。我们并不为求助者解决现实中的具体问题，不可能直接替你做出这种选择。"

沈航有些不满道："那你们能做什么呀？"

丁齐很耐心地解释道："我们只能帮你本人解决心理问题，比如你感到苦恼和焦虑，影响到工作和生活，我们就帮助您分析产生苦恼和焦虑的原因，找出减轻和消除它的办法。所以希望你告诉我，有什么地方可以帮助你的？"

沈航摆了摆左手，有些夸张地叹了口气道："唉，这种问题，确实只能自己解决，别人帮不了忙！我竟然为这种事情苦恼，丁老师，您说我是不是有病啊？"

丁齐仍然微笑道："你没有病，这是正常人的正常情绪反应，每人都会遇到令自己苦恼的问题，都会产生内心冲突，但在精神上是正常的。"

丁齐早就看出来了，沈航并不是在表达苦恼，反而带着炫耀的情绪，想证明自己的出众，从而获得某种满足。假如从平常人的角度，可能会骂这种人一句"脑子有病"，但从心理医生或者精神科医师的角度，他确实没病。

沈航又自顾自接着说道："其实我也想过，就同时和两个人处呗……你说我的思想是不是不健康啊？"

丁齐很有分寸地答道："专业角度的心理健康，和平常人所谓的思想健康是两回事。心理咨询所要解决的问题，只是针对心理状态的。如果你有什么内心冲突或焦虑情绪，可以如实地告诉我。放心，我们的会谈是保密的。"

心理咨询不是社交谈话，不是安慰开导，也不是思想教育。平常人所说的思想健不健康，和咨询师眼中的心理存不存在问题是两回事。心理咨询师遵守价值中立的原则，不把自己的价值观强加到求助者头上，但另一方面，也要注意自己的引导立场。

比如沈航说出了两个对象一起搞的想法，丁齐是不会直接做褒贬评价的，他也不会流露出任何支持与赞同的意思。

咨询师不解决求助者生活中的实际问题，选择其一的答案都不会提供，更何况是这种两者都选的答案呢。假如求助者真做出了某种选择，回头却宣称这是心理咨询师的建议，对此不满的有关人等找上门来要讨个说法，那乐子可就闹大了。

见丁齐是这种反应，沈航又说道："我刚才只是开个玩笑而已，您别当真。如果说有什么烦恼，这恐怕就是爱情的烦恼吧！"

丁齐立刻提示道："这好像还不是爱情的问题，从你的表述来看，应该还没有完全进入心理学角度的爱情阶段，只是一种以自我为中心的理性选择问题。"

沈航立刻来了精神，欠起身体道："哦，老师，你能告诉我什么是爱情吗？心理学角度的爱情阶段又指什么？"

丁齐苦笑道："我不是思想家和文学家，没法给爱情下定义，心理学家也很难给爱情下定义。上个世纪末，世界上各个领域的学术专家，曾有一场'什么是爱情'的大讨论，最终也没有确定的结论。我们虽然不能给它下一个明确的定义，但心理学角度却能总结出几个特征……从你的表述来看，我没有观察到这些特征，不论是激情式还是伙伴式的特征都不明显。情感卷入的相互依恋、取悦对方的利他动机、亲密关系的高度依赖，心理学关于爱情特征的三个维度，在你和这两个对象的关系中，程度表现得都不够。"

"可能你与其中任何一人的情感，都还没有发展到这一阶段吧。所以你这不是爱情问题，也不是选择感情还是选择现实的问题。其实这也没太大关系，很多人并没有经历这一阶段，仍然确立了社会认可的婚恋关系，这还是个人选择的问题。所以我们今天要谈的重点，不是爱情导致的问题，而是你个人对'选择'的理解。"

沈航有点被侃懵了，好像已经隐约意识到什么，身体前倾道："老师，那么依您看，我这种人能有什么问题呢？"

起初他并不是真正来求助的，也不存在所诉说的那种心理冲突，刚开始只是为了证明自己出众，从带着炫耀性质的诉说中得到满足。哪怕有人批评其花心，他同样会获得满足感，因为这种评价对他而言，并不是真正意义上的否定。

对于这样的求助者，咨询师如果看出来了，往往就对咨询目标不抱期待，满足对方的诉说要求就完事了。但对方既然已坐在面前，丁齐还是很尽责，又有些突兀地问道："沈先生，您平时工作日在哪里吃午饭，都是怎么吃午饭的？"

沈航愣了愣，有些奇怪地答道："我们公司不大，没有员工食堂，午饭一般都是外卖点餐。"

"你每天都是怎么点餐的，需要花多长时间，总体上对午餐满不满意？"

沈航虽不明所以，但还是答道："我一般都是听同事推荐，或者问别人什么好吃，至于满不满意嘛，谈不上，就那么回事吧。"

丁齐又话锋一转："这两个对象该选择谁，你问过父母吗？"

沈航以略显责怨的语气道："我当然问过了！但他们说都可以，就看我自己的意思，否则我哪会这么麻烦？还跑来找心理咨询师！"

丁齐终于把重点给引导出来了。这个小伙子确实有点问题，可总结为"选择依赖"或"外部推责"，虽然还谈不上人格障碍，但性格上也是有缺陷的。

生活中很多事情都需要做出选择，而且每一种选择都有其利弊得失、有发生失误的可能，所以选择也是有责任的。因此有些人就回避自己做出选择，从而在潜意识中觉得自己不必负责任。

"选择依赖"与"选择困难"有相似之处，但也有区别，主要在于想不想承担责任，是否追求一种无责任的安全感或优越感。推责不是归因，当选择发生后果时，这种人又往往将有利的一面归结于自己的因素，将不利的一面归结于他人的因素。这还不是简单的能否独立自主、性格是强势还是弱势的问题，实际上这种人往往很固执、自我意识极强。

所以沈航的心理是矛盾的，他自认为条件出众，能同时拥有多个足以被寻常人羡慕的选择，从中得到满足，进行自我肯定。但另一方面，他又不想承担选择的责任。所以他真正的内心冲突，不是两个对象谁更好，而是他自己有问题。

咨询进入到这个阶段，就可以协商咨询方案、确定具体的咨询目标了。丁齐指出了沈航的问题，剖析得很明白、很仔细，最后说道："我们先确定一个小目标，制定一个能接受的方案。从自我认识的角度去调整日常行为，进而调整思维习惯，你就从每天中午点外卖开始……好不好？"

推门离开前，沈航突然转身道："丁老师，我很佩服您，很想交个朋友，有问题也好向您请教，能不能留个联系方式？"

丁齐神态温和但也很坚决地回绝道："这违反我们的职业规定，也不符合工作要求，对心理咨询本身更没有好处。如果你有咨询需求又不方便亲自到场，也可以通过心理健康中心预约电话咨询或网络咨询，但效果还是来现场咨询更好。"

心理咨询师与求助者，不在咨询室外发生现实中的关系，否则就偏离了职业身份。沈航是清楚规定的，咨询会谈开始前就有提示，可他还是提出了这个额外的要求，企图试一试，由此也能看出其心理习惯。

丁齐遇到这种情况也不算少了，原因各异。至于沈航，显然对丁齐也有了依赖性期待，希望丁齐能在咨询室外对自己负有更多的责任。花了六百块钱、进行了一次心理咨询，就想解决人生困惑，问题从此有了着落，这是不切实际的，什么专家也不可能做到。

这恰恰是沈航需要改变的心态，丁齐已经提供了具体的方案，但还需要沈航回去后自己解决。而丁齐有一种感觉，在明确拒绝了沈航的这个要求后，无论咨询效果如何，沈航都不会再来找他了。

其实在每一次心理咨询结束后，丁齐都会有一个判断，这位求助者还会不会再来？而这种判断几乎是百分之百准确！

沈航走出心理健康中心时，抬头望向下午五点半斜射的阳光，稍觉有些刺眼，仅仅是经过了一个小时左右的心理咨询，莫名竟有恍如隔世之感。在走进心理咨询室之前，他也没有想到竟会是这样一种结果。

明明是两个对象该选择谁的问题，结果却领了一门功课回来，每天中午都自主完成外卖点餐，并在这个过程中做记录，分析自己的感受与想法……

已经到了下班时间，可是丁齐并没有走，他到了楼上的办公室。咨询室并不是办公室，他在精神科有一张办公桌和一个存放资料的文件柜。丁齐坐在办公桌前，又在想给田琦做精神鉴定的事情，出结果就在今天下午。

在同一栋楼的另一个房间里，刘丰教授面色凝重地签下了自己的名字。他此时的字迹非常工整，是一笔一画写上去的，每一笔都很专注认真，丝毫不潦草，和平常在办公文件上的圈阅签名不太一样。

原定的三名鉴定人之一，资历最浅的丁齐被换了。其实按照规定，有两名鉴定人也可以完成鉴定程序，但有关领导很重视这个案子，刘丰"决定"撤换丁齐，也是以其资历尚浅、工作经验不足为理由，所以还是由三名鉴定人共同完成鉴定。

那么在这一领域，谁的资历最丰、最有权威呢，当然就是刘丰了。就算刘丰本人不想上，有关领导也会让他上的，这个案子潜在的影响可能会很大，鉴定必须具有绝对的权威性，由刘丰这位大专家主持最好不过，这样也能最大限度地减少非议。

正如丁齐先前所料，这次鉴定本身并不复杂，结果已经出来了：犯罪嫌疑人田琦患有妄想型精神障碍，在案发时无自知力，不能辨认与控制自己的行为，无刑事责任能力。鉴于其社会危害性极大，且已造成了严重后果，应接受强制医疗。

也许后面这句话才是重点吧，刘丰不仅给出了鉴定结论，还给法官提出了很明确的意见。不是常见的"有潜在的社会危害性"，而是"社会危害性极大"，也不是大多数情况下的"建议接受强制医疗"，而是直接写了"应接受强制医疗"。

所谓强制医疗，按大多数普通老百姓的理解，就是强制性地关进精神病院里。在鉴定人的职责范围内，刘丰能做到的也只有这么多了。

结论很明确，看来田琦这次又会逃过刑事处罚，坐在刘丰左侧的卢澈觉得空气有点闷，感觉呼吸不畅，好像有什么东西憋在心里让他很愤懑，但在这种场合又无从发泄。

卢澈并不是学院派出身的专家，他三十年前从警校毕业，中专学历，加入了公安干警队伍。他刚开始是干刑警的，读在职成人教育，先后取得了大专、本科学历，后来又接受公派培训，二十年前成为了一名法医，五年前取得了司法鉴定人资质，今年刚满五十岁。

卢澈是从业三十年的老刑侦了，半辈子几乎都在和刑事案件打交道，侦破案情、抓获罪犯，曾多次立功受奖。他早年脾气火爆，眼睛里揉不得沙子，不能容忍任何一名凶残的罪犯逃脱，现在年纪大了，看起来脾气好多了，可仍有一颗嫉恶如仇的心。

方才出最后的鉴定结果之前，卢澈内心深处甚至莫名有一种幻想，希望刘丰做出"具有完全刑事责任能力"的结论。以刘丰的身份以及专业水平，只要他给出了鉴定结果，那就是权威性的结论。

但这只是一闪念而已，卢澈也清楚这只能是不切实际的妄想。从专业的角度，这个鉴定结果其实没有什么好质疑的，他自己也得出了同样的结论。见刘丰已经签名了，卢澈也板着脸签下了自己的名字，虽然很不甘心，但再不甘心也只能这样。

坐在刘丰右侧的另一位鉴定专家钟大方，也接着签下了自己的名字，脸上看不出有什么表情。钟大方是今天三位鉴定专家中最没有存在感的一个，好像只是来做个陪衬，假如没有撤换鉴定人的事，原本这个角色应该是属于丁齐的。

钟大方今年四十出头，正当年富力强的业务骨干，是境湖大学附属医院心理健康中心的副主任，而主任由刘丰兼任。钟大方是原境湖医学院毕业的，读本科时刘丰就是他的老师，论起来他也是丁齐的师兄。

其实卢澈当年在岗接受职业培训时，也上过刘丰讲的课，主要科目是犯罪心理学以及精神鉴定。在境湖市乃至全省范围内，心理学以及精神病学领域的业务骨干，很多人拐弯抹角都能与刘丰搭上关系，这也是另一种意义上的权威。

刘丰很清楚自己的身份，以及它代表的权威性与专业性，尤其是在这种场合所负的责任。他也能察觉到卢澈此刻的心情，很清楚对方的内心冲突。就算有内心冲突，也必须做出正确的选择，同时意味着承担起责任，每个人都一样。

05　只要他还活着

下午五点四十五分，丁齐收到了导师刘丰的微信，获悉鉴定已经结束了。结果并不出乎预料，但丁齐还是一直在等待它真正出来的这一刻，就像完成了某种仪式。导师当然很了解他的心情，所以在方便的时候，第一时间就通知了他。

导师还告诉丁齐，晚上有饭局，他有空可以一起来。丁齐清楚这样的饭局是很重要的社交场合，可他实在没有心情，便推说自己还有事，很遗憾去不了。

鉴定结果出来后，又是三天过去了，并没有什么特别的事情发生，一切都显得很平静，就连公开的新闻报道和网上的小道消息都没见什么动静。

丁齐也觉得自己前几天那种莫名的不安毫无道理，从专业角度这不过是一场正常的鉴定，该怎么办就怎么办，每个人都是在完成自己的职责，没必要想太多。身为一名心理专家，有这样的异常情绪波动是不应该的，须好好调整。

再过两天就是国庆黄金周了，佳佳就会回到境湖市。一想起佳佳，丁齐的心情便又恢复了开朗与欢快。这天中午，丁齐散着步走出西大门，前往心理健康中心。正午的阳光明媚，他也面带微笑，心中充满阳光。

快到心理健康中心大门口，丁齐抬眼看见有一位年轻女子站在路边。微风吹起了她齐膝的裙裾，双腿的弧线很美，裙带勾勒出腰身和胸臀的曲线，身材也很不错，站在那里就像一道性感的风景线。

但在丁齐看来，这姑娘的双肩似乎有点僵，双臂环抱胸前，仿佛不自觉地在用力。尽管还没有看清其正脸，但她一个人站在路边流露出这种身体语言，心情应该不怎么样，好像压抑着某种情绪。

丁齐看向姑娘时，姑娘恰好扭头也发现他了，然后就转身松开手臂径直迎面走来。这不是一场偶遇，很显然对方就是特意在这里等他呢，竟是曾找他做过三次心理咨询的刘国男，方才第一眼差点没认出来！

一看刘国男的样子，丁齐就知道上次的心理咨询起作用了，她已经发生了改变，显露出很有女性魅力的一面。有时候这种改变，主要是发生在行为方式和心理状态上的，并不是说要多么精心地打扮、出门之前要捯饬多长时间。

刘国男并没有化妆，也没有戴上次那条项链，其实那条项链还挺配她现在这条裙子的。她甚至有些衣衫不整，能看出来出门前很急，裙带系得有些斜，领口也歪了。一双厚底鞋，刚刚超出脚踝的短袜，衬托出小腿的弧线很美，但袜沿却一高一低。

究竟发生了什么事，让她的心情如此糟糕，这么气势汹汹地就过来了？丁齐站定脚步微笑道："刘国男女士，你是在等我吗？如果有什么事情，可以在……"

丁齐不记得今天下午有刘国男的咨询预约，身为心理咨询师，当然要尽量避免在咨询室外和求助者打交道。刘国男却打断他的话道："张艺泽是我弟弟！"

这话说得没头没尾，丁齐怔了怔，反问道："张艺泽是谁？"

刘国男抬手指着他的鼻子，颤声道："我弟弟，表弟，从小和我最亲的表弟！你们连他的名字都不知道吗？他就是在江北被害的，死得是那么惨！凶手逍遥法外，都是你们的功劳！"

丁齐终于反应过来张艺泽是谁了，竟然有这么巧的事，但有时世界仿佛就是这么小。他看过的那份材料，是刘丰导师特意要来的情况简介，只提到了受害人"张某"，并没有说名字，倒是透露了田琦的父亲名叫田相龙。

刘国男的指尖离丁齐的鼻尖只有十几公分，以她与别人打交道的心理距离论，这已经相当近了，说话时指尖和声音都发颤，连胸口都在发抖。

丁齐并没有往后退，看着她，尽量温和平静地回答道："你是说做司法鉴定的事吗？确实是在这里做的，实事求是地讲，嫌疑人在案发时也确实没有行为能力。他虽然不负刑事责任，但要接受强制医疗，就是被关在精神病院里。你弟弟的遭遇我很遗憾，谁也不希望看到这种事情发生，我们都可能成为受害者……我本人并没有参加这次鉴定，也不知道受害人的名字。"

刘国男退后一步，仿佛是受到了什么打击，摆手道："不用说了，你们其实都是一伙的！你丁医生跟他们也是一伙的！"

丁齐问："我和谁是一伙的？"

刘国男尖叫道："别以为我不知道，鉴定专家就是你的导师，你就是他教出来的学生，你们当然是一伙的，你们这些人都是一伙的！是你们让罪犯逃过了枪毙，你们这些专家和罪犯也是一伙的，亏心事干多了，将来会不得好死……"

刘国男的情绪非常激动，话语中带着恶毒的诅咒。人在偏激时容易情绪泛化，将针对个别人和某件事的不满，扩大到与之有关的所有人和事物上。

丁齐并没有责怪对方，而是尽量安抚道："我能理解你的心情，这是一个不幸的意外，你弟弟是受害者。法律规定，精神病人在无行为辨识和控制能力的情况下，不承担刑事责任，而鉴定人只能负责鉴别真伪，然后让法官去裁决。行凶者将接受强制医疗，虽然不负刑事责任，但监护人仍然要负民事责任，如果你对鉴定的结果有异议，可以申请复核。鉴定人不是医生、不是法官、不是警察，不负责治病，不负责判决，也不负责抓罪犯，只是负责鉴定……"

丁齐很少见地感到自己的表达能力不足，不足以在短短时间内抚慰对方，他的解释都是正确的，但对于此刻的刘国男来说却没什么用处。他只能尽量做到不躲闪，始终保持温和的语气，说话时看着对方的脸，不回避她的情绪发泄。

这是大学校门外的路边，来来往往的人很多，一对年轻男女这样说话，也吸引了很多好奇的目光。这个场景太容易引人误会了，周围投来的目光都带着某种质问，甚至还有戏谑的意味，仿佛丁齐是做了什么对不起刘国男的事。假如是心理素质不够好的人，恐怕还真有些撑不住。

刘国男的情绪很不稳定，但已不像刚才那么冲动了，她抬起红红的眼睛看着丁齐，仿佛随时都会哭出来。恰在这时，丁齐听见一连串的惊呼声，也顾不上刘国男了，立刻拔脚冲进了心理健康中心的大门。

惊叫声似乎是从三楼传出来的，传到路边已有些模糊，但丁齐还是听见了，那是人在异常恐惧或突然受到伤害时发出的声音，而且还不止一个人。楼上肯定出事了，而导师刘丰的办公室就在三楼，丁齐原本就是打算去找导师的。

一楼大厅很平静，什么事都没有发生。三楼的惊呼声在这里听不见，反倒在外面的路边能听得更清楚，丁齐如疾风般冲进来，把很多人都吓了一跳。有人刚想打招呼问他是怎么回事，丁齐已经冲上了楼梯。

只有两层楼，跑楼梯比等电梯更快，丁齐跑上三楼时，也听见了楼上有人正往下跑，而走廊上有两名护士倒地。他的脚步丝毫不停，直接冲进了导师刘丰的办公室。

事后回忆，从丁齐听见惊呼到冲进刘丰的办公室，差不多只有七八秒，可谓神速，在平常情况下再想让他来一次，几乎是不可能办到的。他当时就站在大门口，而楼梯离大厅很近，刘丰的办公室离楼梯口也不远，这也是他能及时赶到的原因。

办公室的门是被踹开的，屋内靠墙的一面文件柜倒在地上，刘丰没有坐在办公桌后面，而是站在办公桌的一侧，正在竭力向后躲闪。倒下的文件柜上站着一个人，挥刀正向刘丰的胸口刺去……

丁齐一个飞扑，顺手抄起一件东西砸向了行凶者。此物是放在入门处格架上的一尊奖杯，底座上面是个上宽下窄的水晶柱，柱子顶端还有一个圆球，球上的磨砂纹路示意是地球，柱身上也有磨砂的字迹：杰出成就奖。

刘丰得过的各种表彰和奖项多了，只有最重要的奖杯才会分别放在学校和健康中心的两间办公室里。这尊奖杯的形制，还曾被学生们私下里戏称为"杰出成就顶个球"，而如今这尊"顶个球"却救了刘丰的命。

奖杯正砸在行凶者的右侧肩胛骨部位，这家伙的骨头可真够硬的，水晶球都从柱身上断裂滚落了，他持刀的右臂瞬间就垂了下去，刀也当啷落地，因为肩膀被砸脱臼了。丁齐顺势将行凶者扑倒，从他身上直接踩了过去，一把半抱住已倚倒在墙边的导师，赶紧摁住伤口。

刘丰今天穿着白衬衫，左边一大片都已经被鲜血染红了，丁齐没有叫人，因为后面已经有人跟着冲进来了，将趴倒在那里的凶徒制伏。有人喊道："刘院长怎么样，伤得重不重？赶紧拿急救包来，叫校医院派急救车！"

"我没事，先止住血就好……"在一片混乱中，反倒是刘丰先开口，他的反应还算镇定，已经从惊慌中恢复过来。而丁齐觉得心跳得很快，就连手脚都有些发软。

刘丰伤得并不重。他在屋里听见有人把门踹开，起身走到桌边正看情况，行凶者就持刀冲进来了，他第一反应是奋力拉倒了墙边的文件柜阻挡……对方一刀刺来时，刘丰侧身向后躲闪。刀尖堪堪划中了左胸上方接近肩窝的位置，只留下一道三厘米多长、不到一厘米深的伤口。

没有伤到内脏，也没有刺中骨头，只是鲜血染红了一大片白衬衫，看着挺吓人的。这里虽然是心理健康中心，但很多医生和护士都懂急救，紧急包扎止血,又有赶来的校医院外科医生进行处置,其实没什么大碍。

伤得虽然不重,可是过程实在太惊险了,须知行凶者那一刀原本是冲着心脏去的,就差那么一点点。刘丰虽向后躲开了心脏部位,但如果伤口再往上偏几厘米,位置就是颈动脉,真是侥幸逃了一命!

当丁齐得知行凶者是谁后,也不禁目瞪口呆,就是那位接受鉴定的精神病患者田琦!

鉴定是在境湖大学心理健康中心做的,病人当然也先安排在这里住院,全程都有严密的看护。而田琦将要接受强制治疗的地点,是境湖市安康医院,也是收治这一类病人的指定精神病医院,今天恰好是转院的日子。

医护人员正准备让他穿上束缚衣走出病房前,田琦突然掏出了一把刀,这出乎所有人的预料。面对一个挥刀的疯子,大家的第一反应都是下意识地向旁边躲闪,强制性束缚器具还没来得及用上,田琦就已经冲出了病房。

病房在六楼,田琦是从楼梯冲下来的,在三楼走廊上撞倒了两名恰好经过的护士,是护士的呼声惊动了楼下路边的丁齐。幸亏刘丰推倒文件柜砸了田琦一下、拖延了时间,丁齐才能及时赶到,真可谓千钧一发。

田琦那把刀是从哪里来的、看护病房里怎会出现这种东西?健康中心已经报了案,公安部门正在侦察。对田琦的审讯没有结果,难就难在对方的精神不正常,田琦自称刀就在那里,他感觉到那里有刀,顺手就拿到了刀。田琦还告诉警察,有个声音在脑子里告诉他刘丰在什么地方,他冲出病房后就去找刘丰了。田琦是认识刘丰的,至于他要杀刘丰的原因,则令人目瞪口呆——这老小子竟然敢说我有精神病!就因为他说了,所以大家都认为我有精神病,我一定得弄死他!

从某种意义上来说,精神鉴定的结果算是"救"了田琦一命,但田琦却要刺杀刘丰。这还真是精神病人才能干出来的事情,也是真正的丧心病狂。单从此事的前后转折过程来看,在很多人眼中,又仿佛带着莫大的讽刺。

"那把刀是从哪儿来的,警方正在调阅监控录像和探视记录,暂时还没有发现。其实更应该注意的,是田琦自称听到的那个声音,究竟是谁在他耳边说了那样的话?"这是在刘丰的家中,丁齐与导师坐在客厅中说话,时间已经是当天晚上十点。

刘丰的夫人已经拿到了绿卡,在美国定居并工作,当佳佳考到北京大学读研后,平时只有刘丰一个人在家。倒是请了一位周阿姨平日打扫卫生、收拾屋子、干家务活,但周阿姨晚上并不住在这里。

刘丰苦笑道:"我给田琦的鉴定结论,是妄想性精神障碍,幻听也是一种症状。"

丁齐说:"是的,正因为这样,所以没法把他的口供当成证据。但是妄想性精神障碍患者的幻听,经常是和现实有联系、而且是混杂的。纯粹的幻觉不可能这么真实准确,他根据听到的内容,从六楼的病房里冲出去,直接就到办公室找到了你。"

刘丰看着他道:"你非要把话说得这么明白吗,难道我还不清楚?办案的警察,包括老卢他们,也都是明白人。"

若是纯粹的幻听,不可能对现实反映得那么真实准确,一定是有人告诉过田琦某些事情,所以田琦才能提刀杀上门。而刘丰的日常活动是有规律的,带课和开会的情况不好说,但午饭前后一般都会在心理健康中心的办公室,晚饭前后一般都会在学校的办公室。

刘丰本人对丁齐所说的情况心知肚明,但他却不想触及这个话题,至少现在还不太想。

丁齐看着刘丰的眼睛又说道:"我只是担心导师您,刀是哪来的,他又是听见了谁的声音,这些暂且由公安部门去调查,但我们已经能确定,田琦要杀你。对于这种偏执性精神障碍患者,已经出现的妄想,可能是持久甚至是终身存在的。假如再有机会,有很大可能他还是会对您动手的。"

只要田琦还活着,刘丰就始终受到生命威胁,这是丁齐的推测,也是从医学角度做出的判断。偏执性精神障碍又称妄想性障碍，确实有这个特点。

田琦不是接受强制医疗了嘛，怎么还会伤害刘丰？这要考虑其他几种情况。一是田琦从精神病院逃脱；二是田琦的症状经过治疗有所缓解，表面上看恢复了部分生活自理能力，暂时出院由监护人负责看护。

丁齐见过田琦的父母田相龙和洪桂荣，所以更有这种担忧。他们绝对不会甘心让田琦就这么一辈子关在安康医院里，肯定会想尽办法去治疗，最终的目的还是要把田琦给弄出来。就算眼下办不到，那么再等三年、五年甚至八年、十年呢？

丁齐说话的时候，一直在注意观察导师的反应。刘丰的情绪稳定，思维逻辑清晰，并没有表现出异常的心理冲突或偏激迹象。他只是看上去心情有些低落，暂时想回避某些话题，但意识活动是完全清晰的。

在心理学领域，有个名词叫"创伤后应激障碍"，是指人在遭受强烈的、创伤性的灾难事件后，出现某种精神障碍，丁齐最担心的就是这种情况。假如是那样，导师本人也需要接受心理治疗。

通过观察，丁齐倒是暂时松了一小口气，导师的心理素质很好，所有反应都在正常范围内。否则丁齐也不会说出刚才那番话，那样会加深刺激。导师的情绪低落，显得有些无奈，这也很正常，尽管他经历过很多大场面和大风浪，但白天这种事情恐怕也是第一次遇到。

刘丰还是不愿意继续往下深说，尽管他很清楚丁齐的意思，但纠结这个问题又有什么意义呢，都是明白人，难道坐在这里说破了，立刻就能解决吗？他摆了摆右手，岔开话题道："这是个意外，我很不走运，就像江北那个受害者一样无辜，在世上总会遇到各种不幸。还记得这次鉴定前我对你说的话吗？意外的遭遇无法预料，但我们首先要搞清楚自己正在做什么。我还想问你一句，假如能预料到这个结果，又能怎么做呢？"

丁齐答道："我可能就不会让导师把我换掉，结果却换成您亲自去做鉴定。"

刘丰摇了摇头："你理解错了，跟这个问题无关，是你是我都一样。就从某个鉴定人的角度说吧，假如他能预见到会有这种事，该怎么办？"

丁齐想了想道："提前做好严密的防范措施，阻止这个意外发生，我暂时也只能想到这个了。"

刘丰追问道："而不是鉴定他没有病，或者案发时有刑事责任能力？"

丁齐无奈地低头道："如果鉴定结果是准确的，鉴定人就应该给出真实的结论，这是两码事。"

刘丰点了点头："是这样的，明知有可能会牺牲，但战士还是要上战场。这并不仅是为了荣耀，首先它是战士的责任，有责任就要做好承担后果的准备。我举这个例子可能有点极端了，但道理是一样的，在每行每业，都可能会有这种处境。"

这个例子确实太极端了，导师的语气竟显得有些悲壮。丁齐抬头提醒道："可是这一次田琦对你行凶时，他是有行为能力的，应该承担刑事责任。"如果是非专业人士，恐怕听不太懂这句话，但在刘丰面前，丁齐并不需要解释太多。

刘丰摇头道："我当然比你更清楚，可是真要这么追究，田琦的结果还是接受强制医疗。而我则会成为整个社会舆论的笑柄，会让整个行业承受巨大的压力，甚至是铺天盖地的羞辱、嘲笑和谩骂。"

这番话刘丰也没有做过多的解释，他和丁齐这两位专家之间，彼此都能明白，只是旁人可能会听得一头雾水。

"就事论事，假如只谈专业，导师您可能想多了。"

"现在不是在做鉴定，我们的身份也不仅是鉴定人，当然需要考虑更多，只谈专业是不行的。……不说这些了，我们聊点别的话题吧，比如为什么会有这种司法制度，它是不是违反生物进化论？"

丁齐已经了解导师此时的心态，适时更换感兴趣的话题，也是转移和排解压力的一种方式。导师方才的回避态度也是一种自我调整,丁齐就顺着导师的意思来,很配合地说道:"正想听您的教导呢!"

刘丰似是突然来了兴致,挥着右手道:"这个问题其实我在课堂上讲过,但认真去思考的学生恐怕并不多。这种司法制度,从表面上看好像不符合生物进化论。因为进化论要求淘汰群体内部不适合生存繁衍者,要剔除危害到整个群族安全的个体。"

"可是换一种角度,我们不能只谈生物进化论,也要谈人类社会的进化史……文明与智慧源于人的自我意识觉醒。在古代,还没有系统的精神病学,就已经有人用装疯卖傻避祸……到了近代,无法分辨和控制自身行为,比如疯癫,也成了免除刑罚的理由。值得注意的是,这种司法制度,在不同的文明体系中都分别出现了,只是在现代社会,须符合精神病学鉴定的要求。有人说这是出于人道主义,但所谓人道主义又是从哪里来的呢,为什么会违反进化论的规律呢?"

刘丰兴致很高地来了一番长篇大论。其实丁齐知道,这也是排解压力的一种倾诉方式,所以他并不回答,只是继续引导话题,很认真地点头道:"嗯,是这样的,导师您是怎么认为的呢?"

刘丰接着以教导的语气道:"这恰恰源于自我意识的觉醒,人和其他生物最主要的区别。人能意识到自己,能察觉自身的思维活动,对自身的处境能够认知,并能评价和反思,进行各种假设和推理。从最基本的心理学原理出发,这就是一种投射效应。人们在看待那些病人时,实际上是将他们投射到了自己的身上。人们担心自己在失去辨别和控制能力时所发生的事情,实际上这就是一种自我辩解、自我宽容和自我保护意识,由此形成了一种社会司法制度。你要注意,行凶者并不是无罪,只是因为某种原因所负的责任不同。自我意识觉醒和心理投射效应,属于人类的高级精神活动,是智慧的标志。但智慧带来的不仅只有好处,同时也伴随着困扰……"

既然导师有谈兴,丁齐也就很专注地倾听并连连点头。说到这里,刘丰欲言又止，竟露出了浅浅的笑意，话锋一转道："其实有个问题我一直在思考，那就是进化本身究竟有没有目的？"

丁齐露出很感兴趣又有些困惑的样子道："啊，进化有没有目的？这我还真没有想过，很想听导师您仔细说说。"这话题的跳跃性也太大了，但无论如何，导师露出了笑容就是好事，说明情绪已经得到了缓解，就算是陪着导师侃大山、扯闲篇吧。

刘丰又挥手道："我看过不少报道，说是寻找外星文明，其中一个衡量标准，就是能否找到经过意识加工的事物痕迹，比如精密的机器、精巧的建筑，这些都是不可能在自然状态下出现的东西，所以必然是智慧的产物。话又说回来，我们自己呢、生命本身呢？不要说人了，哪怕一个普通的小动物，其生理构造之精妙复杂，都超过世界上任何一台机器。现在的结论，这些都是'进化'的结果，那么按照同样的衡量标准，就很难否定'进化'本身有意识。"

刘丰身为学者，他当然不否定进化论，但是提出了另一个问题，"进化"本身有没有目的？如果有其目的，那么从心理学角度，它就是有意识的。人类社会的演化当然是意识活动的结果，但是生物进化呢？很多进化论学者的观点，都倾向于进化本身没有目的，只是无数次偶然的巧合，是无意识的自然淘汰与选择的结果。可刘丰却提出了质疑。

导师不愧是导师，扯个闲篇都能扯得这么高、扯出这么远！多少还是因为受了点刺激吧。丁齐适时插话道："这是所有哲学家都企图去回答的终极问题。"

刘丰笑道："不仅是哲学家，还有神学家，其实也是这世上所有学科发展到最后，都要去回答的终极问题。中国的古人给了一个概念，如何定义整个世界的意识，他们称之为——道！"

丁齐赞道："导师，您思考的问题真是太有深度和广度了！"从导师自然流露的笑容来看，他的情绪终于真正放松了，丁齐也松了一大口气。

恰在这时，丁齐裤兜里的手机接连震动了好几下，他也意识到是谁了，掏出来看了一眼道："是佳佳联系我，我们一般每天都在这个时间联系。"

不知不觉，时间已经过了十一点。刘丰闻言提醒道："丁齐呀，今天的事情，你先不要告诉佳佳。免得她瞎担心，反正我也没什么事。"

"佳佳后天就回来了，您这个样子，能瞒得过她吗？"

刘丰虽然伤得不重，但毕竟左胸上方接近肩窝的位置缝了九针。医生还给了一个绷带让刘丰吊着胳膊，看上去就像左臂骨折了一样，这是为了防止不小心动作过大扯裂伤口。

"那就等她回来再说，不要在电话和微信里说。时间晚了，先休息吧。"

丁齐没回宿舍，是他主动要求留下来的，佳佳的房间正好还空着。导师身上有伤，左臂活动不便，有什么事可以随时叫他帮忙。

躲进屋里，他又和佳佳通了个视频。佳佳发现丁齐居然睡在自己的房间，而丁齐解释是导师找他有事，太晚了干脆就住这儿了。又聊了几句，佳佳忽然问道："你的样子好像很累，是心里有事，还是对我没兴致啊？"

丁齐赶紧解释道："昨天晚上确实是没休息好，一想到你后天就回来了，就越想越兴奋，在床上抱着被子翻来覆去睡不着……"

佳佳稍微有点脸红，低声骂道："流氓！"

两人说话的声音都很低，丁齐仿佛是担心刘丰会听见，尽管睡在卧室中的刘丰不可能听得见。等到结束通话后，丁齐却真正地失眠了，翻来覆去怎么样也睡不着，他此刻感到了越来越深切的后怕。今天就差那么一点点，导师刘丰就要没命了。

丁齐的右小腿很疼，是白天冲上楼时拉伤了，但当时却毫无察觉。他对导师的担心有两方面，心理状态和现实威胁。如今看来导师的心理状态应该还不错，至少暂时没有太大问题，但来自田琦的现实威胁仍然存在。

心理咨询师或者说心理治疗师只能解决心理问题，并不意味着来自现实的威胁和压力就消失了，只是让人能更好地去应对。但超出能力之外、解决不了的问题仍然会存在,那也只能清醒地去认识。

回忆起今天的场景,丁齐是越想越后怕,他蜷起小腿,下意识地用手攥紧了被子,全身都有些酸痛。他感觉差一点就失去了生命中最宝贵的东西,甚至是他不惜代价要保护的。他说不清这种东西是什么,而刘丰则是一个象征。

医生也会生病,只是他们比普通人更清楚是怎么回事、该怎么治,心理医生也可能会有心理问题。丁齐担心导师刘丰会有创伤后应激障碍,而他自己现在这个样子,就是一种创伤后的应激反应。

在导师家住了两个晚上,终于到了国庆黄金周,丁齐去高铁站接佳佳。

怕堵车耽误,丁齐特意早到了近一个小时,在出站口翘首期盼,终于在人群中一眼就看见了她。其实仅是一个月没见面而已,他却莫名感觉佳佳更美了,是那么靓丽,仿佛眼前的世界都变得更加明亮动人。

他们没在站内打车,由丁齐拎行李出站到路口叫了辆专车。丁齐还对佳佳说,出门感觉还是有车方便,等到佳佳毕业他就先买辆车。丁齐小腿的拉伤还有些疼,走路有一点影响,而他尽量掩饰,佳佳并没有发现。

佳佳有时非常敏感,丁齐有一点点不对劲她就能察觉,但有时候又不那么敏锐。相处的时间久了,丁齐也知道女友的敏感点在哪里,重点是他对她的态度和反应,这也是大多数女孩子的特点吧。

回到家中,见刘丰将绷带摘掉了,左臂微屈贴着腰部端着,看上去也没太大异状,丁齐脱口而出道:"导师,您怎么把绷带摘下来了?小心别扯裂伤口,昨天刚缝的呢!"

佳佳诧异道:"伤口?爸,你怎么了,哪里受伤了?"

刘丰只得摆手道:"意外而已,一点点小伤,已经没事了!"

既然说破了,在佳佳的追问下,刘丰便讲述了意外的经过,语气尽量显得轻描淡写,忽略了很多惊心动魄的细节。但佳佳仍然后怕不已,她没法责怪父亲不小心，只能责怪院方的看护措施太不严谨，竟能发生这种意外！

幸亏伤得并不重，这是不幸中的万幸。刘丰适时打住了这令人不快的话题，聊起了佳佳在北大的学习和生活，总算气氛又渐渐变得舒缓。晚饭是在家里吃的，丁齐和佳佳一起去买的菜，周阿姨做的，也算是其乐融融。

晚上丁齐仍然没走，但不好再住在佳佳的房间里了，书房里有一张长沙发，添一个枕头和一床被就行了。睡下之后，丁齐拿着手机，等了一会没见什么动静，终于忍不住发了一条微信：佳佳，你睡着了吗？

佳佳立刻就回了：睡不着，等你发消息呢，快过来陪我聊天！

天，要看怎么聊，或者说怎么撩。丁齐听了听客厅的动静，蹑手蹑脚出了书房，佳佳的房门果然没有锁，闪身进去再轻轻关好。佳佳盖着薄被在床上躺着呢，床头灯开着，但已调到了最暗。

丁齐没说话，走过去俯身看着佳佳；佳佳也不说话，看着他。丁齐的手伸到了被子里面，被另一只柔软的小手抓住了，然后他另一只手也伸了进去，用整个身体将被子拱开了。佳佳发出一声娇吟，随即嘴就被堵上了。俗话说得好，小别胜新婚……

科学研究证明，性爱不仅是欢愉的享受，还能缓解压力，使人保持活力、焕发青春。

丁齐和佳佳不是第一次亲热了，他们还没有机会正式同居，以前有时是在丁齐的宿舍里，有时是在校外的宾馆里，基本上都是私下里悄悄约会。今天住在刘丰家时，还要做个样子，丁齐睡在了书房里。

在佳佳房间的床上亲热，这还是第一次。两人都尽量不发出太大的声音，喘息和呻吟显得有些压抑，却格外有种刺激感。

"你好像有心事？"一番云雨缠绵之后，佳佳用手指在丁齐的胸前画圈，在他的怀中说道。丁齐今天表现得有点沉默，却格外生猛，佳佳现在身子还直发软呢。

丁齐搂着佳佳的肩膀道："还是导师的事情。有些话，你爸不愿意对你多说。"

佳佳叹道："怎么就这么倒霉，碰上那样一个疯子呢！"

"我正想和你说呢，那个叫田琦的家伙这次行凶，是应该负刑事责任的……"

有些事，丁齐在心里憋了好几天了，导师避而不谈，而丁齐能找到的倾诉对象只有佳佳了。也许说出来并不能改变什么，但是不说明白确实心里难受。佳佳一听，便支起身子追问道："这又是怎么回事？"

这个问题很专业，可能不太好理解。

对于不同时间发生的两起事件，需要分别鉴定嫌疑人当时的精神状态，并不能混为一谈，这也是司法鉴定的原则。

田琦在向刘丰行凶时，目的明确、动机清晰，而且是直奔目标。他说出了要杀刘丰的理由，而且并没有袭击旁边的医护人员，从病房里冲出来直接就跑向刘丰的办公室，中途在走廊上撞倒了两个护士，也没有理会她们。

在这一突发事件中，刘丰起初并不在场，是田琦特意去找他的，这是一个关键因素。这说明田琦的目的、动机、行为是完全一致的，他当时完全能分辨和控制自己的行为，很清楚自己要做什么、在做什么、该怎么做。这在司法鉴定中，就算他有精神病，也是要负刑事责任的，但只有专业人士才能理解原因。

听完丁齐的解释，佳佳眯起眼睛道："可是他想杀我爸的理由，竟然是我爸说他有精神病。无论让谁来看，这都是只有真正的精神病才能干出来的事！"

丁齐接着解释道："正因为他有精神障碍，所以才会有这么荒谬的杀人动机。但是动机再荒谬，其内在逻辑也是清晰一致的。他当时并不是没有行为能力，只是变态而已，而变态在司法程序中从来都不是免罪的理由。

哪怕是精神病人，也并不是每时每刻都丧失行为分辨与控制能力的，这才有必要做司法鉴定。"

佳佳问："你们不都是鉴定人吗，那就再做一次司法鉴定，把他给抓起来啊？"

丁齐叹了一口气："可是导师不愿意这么做，甚至不想谈这件事。后来我也想通了，导师确实有他的顾虑……"

做出一个决定，要想到其后果，假如刘丰真的这么做，就等于自己把这件事闹大了。绝大多数普通人可不是丁齐这样的鉴定专家，可以预见种种非议将铺天盖地而来。

绝对有人会认为，田琦有背景，杀了人可以不用枪毙，因为专家鉴定他有精神病。他是不是真的有精神病，大众不清楚，反正专家这么说了，法庭也这么判了，说不定鉴定专家也被买通了。

结果倒好，田琦又把负责鉴定的专家给捅了，这种事情，好像只有真正的精神病才能干得出来，说明专家的鉴定应该是对的！但被捅的专家又提出再进行精神鉴定，竟然得出来和上次不一样的结论，田琦需要承担刑事责任。

这专家的鉴定意见也太扯了吧，想怎么说都行！刀子捅在别人身上的时候，就收好处帮着罪犯脱罪，等刀子捅到自己身上了，马上就变了脸。

可以想象，假如这种消息出现在网上，不仅会使整个行业蒙羞，刘丰恐怕也断送了自己的人生成就以及社会地位，很难再翻身，一辈子都可能带着耻辱的骂名。

做科普、谈专业？对不起，你不知道骂你的人是谁、出于什么目的。在社会矛盾和现实压力都很大的情况下，很多人谈论热点事件时，往往只是为了自我宣泄。

佳佳倒吸一口冷气道："听你这么一说，后果恐怕还真是这么严重……你们这个专业真是太复杂了，绕来绕去，结果把自己都绕进去了！"

丁齐苦笑道："这些我都能想得通，但我更担心另外一个问题，假如田琦有一天从安康医院跑出来了，导师的安全还是会受到威胁……"他将自己的判断讲了一遍，这种担心并非没有道理，而是很有可能发生的情况。

佳佳的神色凝重起来，抓住了丁齐的胳膊，指尖都掐进了肉里："你明明都知道，那还不想办法？先别管那么多了，还是我爸爸的人身安全要紧，让那个人承担刑事责任，送去枪毙就是！"

丁齐又摇了摇头："没用的，枪毙不了他，最终的结果还是送去精神病院。"

为什么没用？假定两次行凶是独立事件，需要分别做出鉴定，那么法庭就需要独立地做出判决。田琦确实行凶了，甚至是杀人未遂，但从结果来看，刘丰受的只是轻微伤，从司法鉴定角度甚至连轻伤都算不上。只要田家父母给田琦请个好律师，几乎不可能判他死刑。

而且除了刑事责任能力之外，司法鉴定中还有受审能力与服刑能力鉴定，田琦没有受审能力，也不可能去普通的监狱服刑，结果还是要被送到安康医院接受强制医疗，并没有什么实质性的改变。

佳佳难以置信："你的意思是说，只要那个疯子还活着，我爸爸的安全就可能受到威胁？"

丁齐没有吱声，算是默认了，佳佳又以责怨的语气道："那还留在国内干什么？我妈妈早就想劝他去美国了！"

丁齐有些无奈地抚摸着佳佳的头发道："你难道不了解你父亲是个什么样的人吗？他当初坚决不去美国，现在就更不会去了。我的担心未必会成为现实，让他因为这种担心就放弃现在的一切去美国，就等于否定了他的人生。对他这种人，这甚至比失去生命更可怕，导师是不可能这么做的！"

早在十多年前，刘夫人就去美国了，当时她也劝刘丰去美国发展。可是刘丰却做了另一种选择，事实证明，他的选择是对的。如果脱离了最熟悉的文化环境，脱离了高速发展的时代，脱离了社会主流阶层，刘丰真去了美国，几乎不可能有今天的成就和社会地位。

刘夫人如今在一家学校任教，每年寒暑假都会回来两次与刘丰相聚，丁齐今年夏天还刚刚见过她。刘丰也对夫人说过，就算按乐观的预期，去美国开了心理诊所，主要针对华裔提供服务，生意能够做得很好，那又怎样呢？

佳佳突然伸手抱紧了丁齐，气息吐在丁齐的脸上，很认真、很急切地说："我不管这些，也不太懂你们专业的讲究，但我爸爸绝对不能有事，你一定要答应我，好不好？你不是和系统内的人都熟吗？无论如何，不能让那个田琦再从安康医院出来！"

丁齐抚摸着她光滑的后背道："我答应你，一定不会让导师有事的。"他已经有点后悔和佳佳谈这些了，再说下去，除了徒添佳佳的担忧，解决不了实际问题，看来导师不愿意多谈也是有道理的。

佳佳还在说："你救了我爸的那一下，为什么没砸中要害？要是当时冲着凶手的后脑勺，现在就没这些烦心事了……"

看着佳佳的嘴唇在眼前吐气开合，手中抚摸着温软的曲线，丁齐突然又有了强烈的冲动，他一个翻身将她压在了身下。佳佳似想惊呼，可嘴里只能发出呜呜的、令人骨酥的声音……

一而再，再而三，酣畅淋漓。这一夜丁齐几乎就没怎么睡，凌晨时分，赶在刘丰起床之前，他又悄悄溜回了书房，真是够折腾的。吃早饭的时候，佳佳打了好几个哈欠。丁齐却很精神，丝毫看不出没睡好的样子。

更神奇的是，他的右小腿居然完全好了、一点都不疼了。看来并不是拉伤，是过度紧张引起的肌肉痉挛。

黄金周假期很快就过去了，刘丰的伤势恢复得还算不错，平常已经不需要用绷带吊着左臂了。小别后的相聚总是显得那么短暂，丁齐又一次送佳佳去高铁站，在进站口前来了一个深情的拥抱。佳佳又在他耳边说："你自己也要好好保重……上次说的事可别忘了，一定不能让我爸有事！"

06　两个人都够变态

天气渐凉，秋风已起。丁齐住回了宿舍，这几天他一直在关注公安部门的消息。监控录像和探视记录都经过了调查，并没有发现什么线索，警方也没搞清楚那把刀是从哪儿来的。

这天中午，丁齐从学校走向心理健康中心，看见一位身穿长裙、披着短外套的姑娘站在大门前。又是刘国男，显然还是在等他。丁齐站定脚步，面无表情，声音平静地问道："你又来做什么？"

虽然没有任何责怪的语气，但这种表情对于他而言已经隐含不满。上次在大门口被刘国男缠住了，假如没有遇到刘国男，他当时可能已经上楼了，结果可能不至于那么惊险。

虽然丁齐清楚这个责任不应该归于刘国男，但看见刘国男就难免想到那一幕。

刘国男好像有些犹豫，但咬了咬牙还是抬头说道："活该！"

"活该？"

"自作自受！听说那个鉴定专家，就是你的老师和领导，也让那个凶手给捅了，你们是不是自作自受？"

她只是来发泄的，丁齐明知如此，还是被激怒了，却没有发作出来或是破口大骂，而是用阴沉的目光盯着她的眼睛，突然问道："凶手那把刀，是不是你给他的？"

上次刘国男的出现,与田琦行凶的时机太过巧合,丁齐难免有所怀疑。

刘国男一怔,诧异道:"什么刀?你们自作自受,跟我有什么关系!"

丁齐在观察她的眼神、表情和身体反应,她只是发怔,并无慌乱,看来那把刀与她无关,仔细想想也不太应该与她有关。但丁齐在这一瞬间却有一种冲动,想动用自己不为人知的天赋,进入刘国男的精神世界好好看看。

他以前无意中发现自己这种天赋,是让对方进入深度催眠状态下,如今站在大街上说话,也能将面前的刘国男催眠吗?这很难,从技术上讲可能性非常小,但也并非绝对不可能。

确实有"瞬间催眠"这种技术。刘国男刚才发怔的时候,回答是下意识的,其实已经进入到一种潜意识状态。

所谓瞬间催眠,就是要捕捉到这一瞬间的状态,通过神态、语气、道具等催眠技巧引导,让她继续停留并深入潜意识状态。但丁齐最终还是忍住了,并没有尝试。

他仍然看着刘国男的眼睛道:"我的导师并没有伤害过谁,我也对你并没有恶意,我的导师和你的弟弟都是受害者,行凶者是同一个人。我们都有最亲近的人受到了伤害,我们自己也因此受到了伤害。但你在做什么呢?因为你受到了伤害,就要去嘲笑、去诅咒同样受到伤害的人吗?你这种心态是扭曲的!你首先要搞清楚,谁是与你一样的受害者,该谴责谁、该同情与保护谁。我知道你是想发泄,我也想发泄,该去找谁呢?"

刘国男又一次愣住了,一时说不出话来。丁齐却没有再理会她,突然转身走向路边拦下了一辆出租车,就这么扬长而去,只留下刘国男在风中凌乱。

丁齐本打算去心理健康中心,可碰到刘国男后突然改变了主意,直接去往境湖市安康医院,也就是田琦正在接受强制治疗的地方。田琦这样的精神病人当然不能说见就见,探视也要按照制度,丁齐却不是来探视田琦的。

丁齐来到一个熟人那里,直接进屋关上门道:"辛主任,你忙不忙?"

辛主任三十五六岁的样子,赶紧起身给丁齐倒了杯水:"小丁啊,你不是一直叫我师兄嘛,今天突然叫丁主任,肯定是有事找我吧?……来来来,坐下慢慢说。"

这位辛主任也是当年刘丰带的研究生,比丁齐早十年毕业,在工作中经常会打交道,态度非常热情。丁齐坐下道:"确实有件事要找你帮忙,我想见一次田琦,判断一下他的精神状况,如果有可能,还想问一些问题。"

辛主任问道:"是导师叫你来的吗?"

丁齐很自然地点头道:"是的,是为导师的事情来的。"这句话显然有误导。

辛主任却在想别的事,手握着茶杯叹了口气道:"导师的事情,我也听说了。你回去后告诉导师一声,请他放心,田琦在这里绝对不会出纰漏的,我们会严密看护!你也劝劝导师,有些事情,追究还不如不追究。"

都是专业人士,辛主任也意识到了田琦这次行凶的问题,他当时应该是有行为能力的,但从刘丰的角度却不适合把事态扩大。

丁齐摇了摇头道:"你误会了,导师并不是要追究他的刑事责任。我只是想诊断一下他的精神状态,并问他几个问题。"

辛主任心领神会道:"是那把刀的事吗?公安很难从精神病人那里拿到口供证据,就算拿到了恐怕也难以采信。不过专业的人自有专业的问法,导师也需要心里有数。这件事嘛,我还要跟院长打声招呼,但既然是导师的意思,院长会给这个面子的。"

"那就多谢师兄了,你看什么时候合适?"

"今天肯定是来不及了,最快明天下午。我们不会对外界公开这次内部诊断,但现场要有完整的录音和录像记录,还要有第三人在场监督见证,这也是规定。"

"好，太感谢你了！你能先带我去看一下房间吗？我试一下设备。"

第二天中午，丁齐陪导师吃了午饭，神色如常地离开了心理健康中心，出门叫了一辆专车前往境湖市安康医院，刚上车就突然收到一条微信："老七，现在说话方便吗？"

能这么称呼他的人，就是大学本科时同一宿舍的室友了，这是老二田容平发来的消息。丁齐没有耽误时间回微信，直接拨通了对方的电话道："老二，你找我有事啊？"

虽然有大半年没联系了，但感觉却一点都不生疏，田容平在电话那边叫道："说多少次了，不要叫老二，多难听啊！直接叫名字，或者叫二哥也行。"

丁齐此刻倒不啰嗦："二哥，你有什么事？"

田容平的声音忽然变得有些吞吞吐吐："还真有点不好意思说，这个吧，我最近谈了个对象，我父母就张罗着想把事情给办了，在市区这边买了套房子。你知道的，我家在江北那边动迁，父母得了套房子手头还有点钱，就拿那笔钱在市区给我买了房，但现在还要装修……"

丁齐没等他说完，便直接道："恭喜你了，这是好事啊！我手头有八万，你需要多少？"

真是干脆，丁齐现在的心思都在别的事上，没有心情跟田容平说太多，便直奔主题了。田容平此刻的神情一定有点尴尬，接话道："还是老七你最懂我，兄弟几个中如今最没负担的就是你了，所以我才厚着脸皮找你。用不着八万，你手头也得留点零花，借我五万就行。"

"五万不够装修吧？"

"九十多平的清水房，我的预算差不多在十五万，从别的地方还能凑点，凑来凑去就缺这么多。五万够了，半年，顶多半年就还你。……你哪天有空，我过去找你，顺便写个欠条。"

"不用了，微信上发句话过来说你要借钱，我马上就转账给你。"说完他就挂断了电话。

假如是别人，丁齐当然不会这么痛快，但他和老二是在大学时关系最好的朋友。丁齐的家境非常一般，上大学时就申请了贫困补助，几乎每个学年都能拿到各种奖学金，日子倒也过得下去。田容平的家境也很一般，可毕竟比丁齐好点，父母每学期给的生活费不多，省吃俭用勉强够花而已。

没想到毕业刚刚三年多，他就在市区买了套房子，听口气应该还是全款买的。这当然是父母给的钱，那老两口在儿子上大学时给生活费很吝啬，到关键时刻却能拿出这么一大笔，看来也是很有长远计划的，知道什么时候该节俭、什么时候该用钱。

丁齐很了解田容平的脾气，不太愿意开口求人，又很好面子，当年在学校丁齐就劝他和自己一起申请助学金，田容平到底是没有申请，结果日子过得比丁齐还苦。这次能主动找上门来，应该是实在凑不够，而且时间又很急。

丁齐手里有八万存款，差不多就是这一年多攒下的，工作的第一年根本没有留下余钱，后来收入才逐渐改善，每月工资都有节余，年终奖也存了下来。

给田容平转完账，就到了安康医院，辛主任已经安排好了。田琦是裹在束缚衣里由轮椅推进诊室的，旁边有几个小伙子手里拿着电击棍、防暴杖。所谓防暴杖就是带月牙形张口的长棍，可以在不接触身体的情况下控制住一个人。

诊室看上去就像一间谈话室，一共有三把椅子，都是固定在地面上的，两张椅子面对面，另一张椅子在侧面，距离拉得稍微有点开。在丁齐的要求下，将田琦的束缚衣给解开了，这可能是危险的，为了防范意外，又将田琦的右脚踝铐在了椅子腿上。

脚镣有软垫，带着链子，钢制的，很轻但很结实，田琦坐在椅子上并不影响手脚活动，但无法离开椅子碰到丁齐。等安排好之后，其他人都出去了，屋子里却留下了一名警察，这令丁齐稍感意外。

这种场合需要第三者在场监督，如果出什么意外状况也能及时采取措施，通常应该是院内医生。而这名警察看上去还很稚嫩，顶多二十岁出头。

小警官对丁齐挺客气，表情很腼腆，甚至还浅浅鞠了一躬道："丁老师，我姓程，您叫我小程就好。是卢处长叫我来的，说是要在现场保护好您，同时也把情况反馈回去。"

卢处长就是卢澈，也是上次给田琦做精神鉴定的三名专家之一，还是刘丰的老朋友。看来不仅是丁齐在关注这件事，公安那边也在留意，辛主任也不知是怎么和院长打的招呼，竟然把警方鉴证处的人也招来了。

警方在调查那把刀的来历，看来也希望丁齐这位专家能问出点线索来。丁齐点了点头道："程警官，麻烦你了。我就是精神科医生，知道该怎么控制状况，就请你尽量配合我，如果没有别的事情，只要注意观察就好，不要干扰。"

"我明白的，就坐着不说话，看着你们就行，假如没别的事，您就当我不存在。"说着话小程在侧面那张椅子上坐下了，姿势有点拘谨。

丁齐也坐下了，终于看向了对面的田琦，今天还是他第一次看清田琦本人的相貌。上次在刘丰的办公室里虽然有过接触，但当时他冲进去就把田琦从背后给砸倒了，注意力全在导师身上，等回过神来，田琦已经被后面冲进来的人制伏带走，他连田琦的模样都没看清。

这样一个凶残的罪犯，身材却很矮小，目测只有一米六左右，剃着小平头，皮肤偏黑、五官十分普通，属于很不引人注意的那种。穿着衣服显不出肌肉，似有些瘦弱，但丁齐却清楚这个人很健壮，甚至爆发力惊人。

被送进来的时候，无论是解开束缚衣，还是被锁在椅子上坐好，田琦一直很平静，或者说很冷静。刚才丁齐和程警官打招呼的时候，他也没说话，就坐在那里冷眼看着。但与之对视、接触到他的目光时，却令人感觉有些不寒而栗。田琦的目光不像在看一个人,而像一个厨师在看砧板上的肉,毫无感情却带着强烈的侵略性,就那么直盯过来,脸上的表情又那么漠然。

丁齐并没有回避,而是很平静地与之对视,语气温和、面带微笑地开口道:"你就是那个想杀人的田琦?"

田琦张开嘴笑了,这笑容有些森然。他的牙齿偏黄,而且很不齐整,上门牙还缺了一颗,就像一张怪鱼的利口。丁齐已经看过田琦的详细资料,田琦的牙长得乱,去年出院后也做过矫正,但他却觉得戴着牙箍很不舒服,用手给扯了下来,还把一颗上门牙硬生生给扯脱了。

田琦阴森森笑道:"你也是鉴定专家,想证明我有精神病?"

丁齐微笑道:"不不不,你有没有病,只有你自己知道。其实你很清醒,比其他所有人都清醒,一直都知道自己想干什么、在干什么、该怎么干。"

旁观的程警官看见田琦开口说话,就已经起了一身鸡皮疙瘩,再看见丁齐的反应,倒是不那么紧张了,却莫名觉得身上有些发冷。他清楚丁齐和刘丰的关系,也知道田琦对刘丰做了什么,照说丁齐应该对田琦恨之入骨。可是丁齐说话时满面春风,带着亲切的微笑,充满亲和力与感染力,就像面前是一位与他亲密多年的好友,丝毫让人感受不到威胁性。程警官在心中暗叹:"这个丁医生,是怎么做到的啊?这些搞心理学的,可真够变态!"

田琦似是在冷笑:"你想和我套近乎吗?你这种人我见得多了,嘴里说我没病,回头还是会告诉别人我是精神病。面前一套背后一套,都是该死的家伙!"

丁齐仍然笑容和煦:"其实我没资格说你有病没病,我就是对你这个人感兴趣,你不应该出现在这里的。我知道你和他们不一样,那些说你有病的人,是不允许你和他们不一样。你刚才进来的时候,我要他们别再绑着你,他们也都反对我,你看见了。"

刚才把田琦送进来的时候,丁齐要求脱掉他的束缚衣,辛主任和其他人都不同意,现场发生了一番争执。在丁齐的一再坚持下,田琦最终才被放开了手脚,恢复了"自由"。这些当然不是临时起意,是丁齐跟辛主任昨天就商量好的。

田琦说:"可是我的脚上还拴着链子,你不敢把它解开。"

丁齐叹息道:"不是我不想,而是他们不敢,我是坚决反对的。"在将田琦的脚锁在椅子腿上的时候,丁齐的确是反对的,但是反对无效。而这番现场争执,也是他跟辛主任早就商量好的。

田琦冷森森地说道:"你们在演戏给我看吗?你非常会演戏,但我能弄死你!"

丁齐面不改色道:"是的,这个世上的人都在演戏,我们却不得不看着他们演戏。"话说到这里,丁齐已大致评估出了田琦的语言理解能力能达到什么程度。

田琦反问道:"你对我感兴趣,为什么感兴趣?"

"因为我感觉你被这个世界束缚了,得不到自由,很痛苦。"

"你要把我从这里放出去吗,让我去杀那些该死的人?"

"不自由,可不是说你被关在这里,而是你比所有人都清醒……只有你才知道世界是什么样子的,你想证明他们都错了吗?"

"旁边还有个警察在看着我们,他是他们派来的代表吗?"

"他就是他们派来的代表,他们不相信你比他们更清醒,所以要把你锁在这里。我相信你,因为我也看到了,我过会儿就把他拍晕。"

坐在丁齐右侧的小程警官已经心里直发毛,令人不适的除了对话内容之外,更在于两人的神情语气。田琦突然提到了他,小程警官吓了一跳,而丁齐已经转头看向了他的眼睛,目光中明显带着某种暗示。

小程想起了丁齐先前的交待,坐在这里尽量不要干扰到他的问讯,而且还要尽量配合，于是硬着头皮嗯了一声，还点了点头。

丁齐又看向田琦道："你想让他消失吗？"

"我想把你们都踩平。"

"用左脚踩还是用右脚踩？"

"用左脚踩，吱吱地响，好烦躁，要彻底踩平才行。"

"左边又冒出来一个。"

"再用左脚踩……"

"右边也冒出来一个……"

接下来的谈话显得冗长而单调，就是不断地左边冒出来一个、右边冒出来一个，被田琦踩来踩去，嘴里还发出怪声。也不知道究竟冒出来的是什么、他又在怎么踩。听得小程警官头皮直发麻，他觉得好难受——这俩家伙都是变态！

小程警官却没有意识到自己正在陷入恍惚。丁齐的话看似单调，节奏却有些跳脱不定，并不是左边换右边那么有规律，而是难以预料，听着听着，不知不觉中就被带进去了，这声音似乎有着某种魔力。

丁齐在谈话中偶尔还夹杂着别的内容，比如"终于被踩平了，世界清静了"、"怎么又冒出来一个，实在太难受了"。不知过了多久，小程警官又有点回过神来，因为那番单调而变态的对话已告一段落。

只听丁齐说道："我看见了，果然只有你是清醒的，世界上的其他人却不知道。"

田琦不说话，眼睛只是直勾勾地盯着丁齐。丁齐接着说道："我们来做个小测试。"

田琦问："我们为什么要做测试？"

丁齐的表情似是很痛苦，缓缓开口道："因为这个世界对我们充满了恶意，你听不见别的声音，只要举起手，你就可以感受到世界的恶意，你听不见别的声音……"

说着话丁齐将自己的双臂前伸，举到了胸前，"你看，双手被这个世界束缚住了，你听不见别的声音，只能感受到这个世界的恶意，把手臂锁在这里，不得自由，想挣脱却挣脱不了，我感觉到了，你感受到了……"

　　小程警官眼睁睁地看着田琦也将双臂平举到了胸前。田琦的表情有点挣扎，似乎企图把手放下来或挪开，但周围的空气竟似成了无形的锁链，他的双臂就这么定在了那里，或者说悬浮在那里。田琦双臂上举的动作显得十分诡异，不像是他自己举起来的，就像是两条手臂自动飘起来的。

　　假如是在平常情况下，小程警官应该觉得很惊讶，但他此刻却没有什么情绪反应，就像在看着一件再平常不过的事情，或者说他根本没反应过来。

　　小程警官并没有意识到，他自己原本放得规规矩矩的双手也离开了大腿，虽然没有像田琦那么夸张地平举到胸前伸展，但手心也离开大腿面有十几厘米高了。保持这种姿势有点累人，但此刻小程丝毫都没有觉得，而且他根本就没有有意识地在用力。

　　丁齐这时站了起来，从右侧绕到了小程警官的身后，伸手在他的左右肩膀上各拍了一下，轻声道："放松。"

　　小程的双手又放回到大腿上，结合整支胳膊的动作来看，竟不像是自己放下的，而像两个气球般缓缓飘下去，全身也进入了某种松弛状态。

　　丁齐绕过小程，来到了田琦的面前。他此时离田琦的距离已经很近了，田琦的双手前伸，指尖堪堪就要碰到他的胸胁位置。假如田琦此刻突然暴起，完全可以将丁齐抱住，也可以抬手掐住他的脖子。田琦只有右脚被锁在椅子腿上，全身都是可以活动的。

　　这对于丁齐而言，可能是很危险的，照说小程警官应该及时阻止或提醒他，但小程就坐在一旁那么干看着。小程警官知道丁齐在做什么，可是脑筋却好像反应不过来。

　　丁齐在注意观察田琦的呼吸节奏，在他吸满一口气即将要呼出的一瞬间，突然伸出了右手的食指和中指，速度很快地点向他的双眼。正常人在这种情况下，会下意识地将眼睛闭上，但田琦的反应显然跟正常人或正常状态不一样，他的双眼依然就这么睁着。

丁齐的手指在堪堪要碰到田琦的眼睛之前又突然缩了回去，田琦的视线有瞬间被遮挡，紧接着又看见了丁齐的眼睛。丁齐背手站在那里，两人就这么无声无息地对视着，诊室里陷入一片诡异的寂静……

在诊室隔壁的观察室中，正在电脑屏幕上看监控画面的辛主任伸手擦了擦汗，身子往后一仰靠在了椅背上，好似刚刚松了一口气，心中暗叹自己这位师弟的胆子不小，而且技术也真好！辛主任当然知道丁齐是将田琦成功催眠了，他和丁齐一样，都是刘丰的学生。

刘丰教的催眠术，有一个特点，当他说到"我们做一个小测试"的时候，其实催眠早就开始了，而被催眠者已进入到催眠状态，所谓的"小测试"并非催眠前的测试，而是让对方进入深度催眠状态的一种强化手段。

所有"刘氏门下"的催眠师，尽管催眠手段千变万化，但施术时基本都带着这个特点。丁齐并没有蛮干，田琦的双手已经被"定"住了，只要不解除催眠状态，从肩膀到整支手臂都是动不了的，这也是丁齐的自我保护。

令辛主任既佩服又担心的，恰恰是丁齐居然施术成功了！在正常情况下，有严重精神障碍的患者并不适合成为催眠对象，因为他们的理解能力往往有限，认知方式也和正常人不同，施术难以成功且容易引发意外状况，须特别谨慎。

但今天显然不是正常情况，田琦并不会主动配合丁齐的催眠，但他事先也不知道丁齐会催眠自己，催眠方法中还有无意诱导和反向诱导的技术，丁齐显然都用上了。辛主任现在还不太明白，丁齐下一步想干什么，应该是在催眠状态下询问那把刀的来历吧？

可是辛主任等了足足有半个多小时，丁齐就那么背手面对田琦站着，两人无声地对视，居然什么话都没说！监控镜头所拍摄的角度是丁齐的侧后方，看不见他的面部表情，不知道他在干什么。

丁齐的眼皮每过一段时间就会眨一下，那是下意识地眨眼反射，除此之外并没有任何动作，他已经"不在"这间诊室中，或者说陷入了幻觉里，行走于一个奇异的世界中，就是田琦此刻的精神世界。

人的精神世界是复杂多变的，大部分人清醒状态下精神世界所呈现的景象，就是经过感官映射加工的现实世界，这一点并不神奇。所以丁齐用了那么长时间进行暗示性诱导，让田琦进入深度催眠状态，并打开某种特定的内在精神世界，这需要他对田琦有针对性研究。

让催眠对象进入潜意识状态后，根据催眠师目的和做法的不同，催眠术又分为两种，舞台催眠术和治疗催眠术，且这两种催眠术曾在学术界引起过不少分歧和争议。

舞台催眠术主要目的是表演，在催眠状态下发出各种指令，暂时成为被催眠者潜意识的一部分，从而表现出各种不可思议的状态和行为。这对催眠师的技巧要求相当高，要在现场快速筛选出催眠易感人群，常使用瞬间催眠方法达到目的。

以治疗为目的的催眠术则不同，它让患者进入催眠状态，通过诱导暗示等手段，发觉或调整患者的潜意识，就像修改已经设定好的程序，达到治疗目的。它追求的效果并不是在催眠状态下的表现，而是结束催眠状态后，在学习工作生活中所得到的改善与改变。

这两者在做法上不同，但原理上却是一回事。思维同步与意识混淆、手臂僵直测试、意识退行等各种催眠技术，丁齐今天都用了，但他的目的既不是舞台表演也不是催眠治疗，就是想进入田琦的精神世界。

丁齐通过暗示引导田琦所展现出的，便是田琦在江北杀害张艺泽时的精神状态。

眼前的场景似曾相识，大大小小的山丘起伏，很多山丘就像被切开的半个馒头，朝着水边赤色的石壁耸立，这是境湖市小赤山公园的特色景观。小赤山公园在长江岸边，朝着江岸这一侧，有断续相连的一片片赤色石壁，而石壁后的山丘林木葱郁、鸟语花香，是市民休闲游玩的好去处。

上大学时，丁齐曾有好几次和同学一起到小赤山游玩，他第一次与佳佳单独外出约会，就是到小赤山公园的江滩上野餐，在那里还留下了他人生的初吻，因此印象十分深刻。但这里并不是小赤山公园，只是地形地貌类似而已。

看不见长江，只有江岸和赤色的石壁，前方还有一条溪流穿过。溪流很浅、很清澈，深处不过没膝，可以看见水底的鹅卵石和游鱼。照说风景应该很不错，可这里却令人感觉非常不舒服，仿佛天地间弥漫着一股压抑的肃杀气息。就连那赤色的石壁，恍惚间都给人一种流淌着血迹的感觉。

丁齐并没有看见自己，他是通过田琦的感官在感受着一切。绕过石壁走入丘陵间，周围分布着稀疏的参天古木，高大的树冠张开，深褐色的树身显得有些肃穆阴森。林间的浅草是焦黄色的，蔫蔫的好似没有生气。

这里是田琦的此刻精神世界，有可能是他现实中曾去过的地方。景物能影响心境，同时也反映出心境，有可能此地并非是这般气氛，只是在田琦的脑海中被折射出如此场景。

稀疏的参天古木间也分布着一些灌木，丁齐忽然看见了一树花，有眼前一亮的感觉，仿佛是这肃杀天地间的一抹柔和之色，使压抑的心境得以舒缓。丁齐喜欢，可田琦未必喜欢，只见田琦走到花树前，伸手一朵朵地将那粉红色的花揉碎，只留下光秃秃的花枝。在丁齐看来，森暗中的柔和亮色又渐渐消失了。

摧残了这一树娇花，丁齐突然听见了奇怪的声音，像某种小动物在叫，更像婴儿在牙牙学语。循声望去，就见一株大树后的草地上冒出来一个很古怪的东西，只有一尺多高，腿扎根于地下，却张开两支肉乎乎的手臂在舞动。

这分明是个小人儿，虽看不清面目，却是人形轮廓。也不知是林间长出的什么东西，但落在田琦的眼睛里，精神世界中就显化出这种样子。

冷不丁有这种东西冒出来，本应该吓人一跳，但丁齐此刻也是在潜意识状态中，并没有什么惊诧的情绪波动，只是本能地感觉这萌萌的小东西很可爱，甚至忍不住想抱到怀里来揉一揉。可田琦却不是这种反应，精神世界中的天色瞬间就暗了下来，周围有黑雾涌动，令人感到烦躁不安甚至是痛苦不堪，连空气中都弥漫着一股难闻的味道。

田琦走了过去，冷不丁就抬起脚踩在了那小东西头顶上。小东西扎根于地躲不开，但它的身子肉乎乎的很有弹性，这一脚并没有将之踩断，它发出了惊恐的类似婴儿哭泣的声音。田琦的反应更烦躁了，一脚接着一脚踩上去……

小东西的根部终于折断了，流出了白色的汁液，田琦又狠踩它的"肚子"部位，将其踩得支离破碎，接着又用脚去踩、去抹。白色的汁液流了一地，渗入草地间、泥土中，直至难以辨认，甚至看不出它曾存在的痕迹。

这残忍的行径令人发指，田琦却觉得舒坦了不少，喘了几口气，周围的黑雾散开了，难闻的气味也消失了。然后他在林间穿行，似在竖着耳朵倾听什么，过了不久又听见了什么动静，快步来到一株大树后，果然又发现了刚才那样的小东西，又是一番残忍的虐杀场景。这次田琦还捡起了一根手臂粗的树棍，狠狠地敲击那已经被踩碎的小东西残骸……

丁齐已经看得很清楚了，这是极端的攻击与毁灭性人格，他不想再继续被动地等待下去，主动进行了干预，低语道："你看见那个人了吗，说你是精神病的那位鉴定专家。"

在这种状态下，丁齐的低语，就相当于田琦脑海中响起的声音，他进入了田琦的潜意识，也正在修改潜意识。精神世界又出现了相应的变化，前方的一棵树变成了刘丰的样子。

田琦目露凶光朝着"刘丰"走去，丁齐又低语道："你要有一把刀，有人会给你一把刀,他来了,看清他的样子。"

田琦伸手一抓,在空气中握住了一把刀,眼角的余光中出现了一个黑影,这把刀仿佛就是那个黑影递过来的。丁齐却没有看清这个黑影的面目,对方在视线中一闪即逝。田琦上前一刀刺中了刘丰的心脏,抬脚将刘丰戳翻在地,然后跪下身拿刀猛扎,直至血肉模糊。

等田琦站起身后,又用双脚猛踩,在地上涂抹着血肉残渣……当他若无其事地走开后,已经辨认不出原地有刘丰存在的痕迹了。田琦身上全是血迹,还沾满了肉末碎块,但转瞬间又变得干干净净。

难以形容丁齐的感受,潜意识状态下也是有感受的,而且是内心中最真切没有伪饰的感受。他很清醒,心神没有散乱,还保持了高度的专注状态,经历这个场景则格外难以忍受。

具有这么强烈的攻击性和毁灭性的人格,通常也具有强烈的自我毁灭性倾向,从田琦缺的那颗上门牙就能看出来。丁齐不需要特意去思考这些,也不需要去做复杂的逻辑推演,以他的专业知识自然就清楚。

丁齐低语道:"这个世界让人痛苦,只有你才是清醒的,他们都该死。"

田琦嗯了一声,丁齐继续低语道:"没必要和这个世界在一起,离开它,你只需要你自己,便彻底解脱了、彻底自由了……"

说话间前方出现了一个水潭,水色深碧不见底,丁齐的声音就像是魔鬼的诱惑:"走进去,从那里就能走出这个世界,你就不用再痛苦,不必再痛恨自己……"

07　刘丰的警告

　　感觉有点恍惚的小程警官突然"醒"了，他并没有睡着，一直看着诊室中发生的事情呢，只是停留在有点回不过神的状态中，此刻是被丁医生一巴掌拍醒的。只听丁齐叫道："你看着他，我去叫急救。"

　　只见坐在椅子上的田琦似是癫痫发作，身体抽搐着口吐白沫，双臂还保持着前举的姿势。假如他此刻还能站起来蹦两下，那活脱脱就是港片中的僵尸了。监控室中的辛主任也抓起了电话，立刻通知急救人员。丁齐刚打开门，外面就有人冲进来了。

　　当医护人员将田琦从椅子上解下来，七手八脚地抬上滑轮床、套上呼吸面罩推向急救室的时候，丁齐最后看了他一眼，而田琦的瞳孔已经完全扩散开了。

　　丁齐突然觉得身子发软，伸手扶住了墙壁。他虽没有出一滴汗，但感觉几乎筋疲力尽，刚才的场面看似平静，其实比下了一盘职业围棋同时又踢满了全场的足球赛还要累。

　　小程警官也来到了走廊上，他还在发懵，不清楚发生了什么事，也不清楚自己接下来该干什么，此刻也没人顾得上招呼他。他冷不丁看见了丁齐以手扶墙的背影，竟莫名打了个寒战，心里有种说不清楚的感觉，再也不想和这个人待在一个房间里，仿佛丁齐比变态的精神病还要可怕。

　　丁齐做了几个深呼吸，终于站直身体收回了手臂，又觉得膀胱好胀，去上了个洗手间,这才感觉到放松,甚至一阵阵发空。他就这么直接走出了安康医院,没有和谁再打招呼,也没有再问田琦的情况。

他回到境湖大学心理健康中心,见到了导师刘丰。刘丰吃了一惊,关切地问道:"你的脸色惨白,状态怎么这么差?我感觉你整个人都快虚脱了!"

丁齐说:"我就是来和导师请假的,最近好累,我想休息几天。"

刘丰应道:"我准假了,你赶紧回去休息,有什么事要马上告诉我,哪里不舒服就立刻去医院检查!……今天是周三,你下周一再上班吧。"

趁着大家都在忙乱中,丁齐就这么从安康医院离开了,却留下了一场轩然大波。在诊室中接受诊断谈话的田琦,突发疑似癫痫性症状,人送到急救室的时候其实已经没救了。初步判断死亡原因,要么是癫痫发作,要么是神经麻痹引起的呼吸衰竭,准确结果还要看尸检。

丁齐刚刚离开刘丰的办公室没多久,安康医院那边的电话就打来了,何院长告诉刘丰今天下午发生了什么事。安康医院通知了病人家属,家属已经赶到,情绪十分激动。尤其是田琦的母亲,指责院方把她儿子给弄死了,好端端的人送进来,怎么说没有就没有了?她一定要追究到底,要让杀人的庸医偿命,甚至还扬言要叫人来砸了医院!

刘丰愣了好几秒钟,随即在电话里吼道:"他儿子是好端端送进来的吗?没病怎么会当街杀人,没病怎么会送进安康医院!你们告诉她,要是真想追究,唯一的选择就是走司法途径,我们奉陪到底。除了走司法途径,没有任何商量,想用法律之外的手段,想弄死她的人也有不少!一个泼妇而已,还真以为自己能翻天了?想跟医学界、司法界、教育界甚至整个社会叫板,就凭她老公是个地产老板?"

何院长很少见到刘丰情绪如此失控、竟发了这么大火,也在电话那头赶紧道:"只是病人家属情绪有点失控,我们会协商解决方案的,一定要合理合法。今天卢澈处长那边也派人来了,还在现场监督呢,我们有详细的录音录像资料，依法调查就是。"

刘丰立刻给卢澈打了个电话，卢澈已经听了小程警官的汇报，倒不用再费唇舌解释发生了什么事。卢澈主动对刘丰道："我已经知道安康医院那边的事情了，有人扬言要砸医院，我利用了职权，通知别的部门派防暴警察过去了。"

刘丰强调道："一定要依法调查、依法追责，如果患者家属要追究，那就走司法途径，谁有责任就是有责任，没责任就是没责任！那个泼妇如果发疯想煽动治安事件，你们也不要犹豫，先给她控制起来。我还告诉何院长了，如果发现她情绪失控、精神异常，那就像对待精神病那样果断采取强制措施。"

挂断电话后，刘丰想给丁齐打个电话问情况，想了想又没打，而是叫了一帮人，乘坐心理健康中心的面包车赶往了安康医院。他叫的这帮人并不是业务能力最强的，而是体格最棒的。等刘丰赶到安康医院时，冲突性事态已经平息了，洪桂荣并没有真的叫人砸了医院。

洪桂荣一度哭闹不休、状若疯癫，但最终还是被田相龙给拉住了，并命人强行把她塞回了车里。洪桂荣表示一定要追究到底，田相龙本人也是这个态度。更要命的是，等洪桂荣回去之后，又让田相龙找来了各大新闻媒体，来了一番声泪俱下的控诉。

儿子死得太突然、太离奇，田相龙当然也怀疑田琦是在医院里被人故意弄死的，因为田琦曾向刘教授行凶，就等于得罪了精神医疗系统的很多人。丧子之痛加上媳妇的歇斯底里，田相龙也不可能保持冷静，他动用各种资源，迅速找来了各大新闻媒体。

不论花多少钱，也要将这件事闹大，田相龙此时并不能完全保持理智，也没想清楚真正闹大后的所有结果。田相龙就是下意识地根据经验，从社会舆论着手，给安康医院以及政府各有关部门施加压力，企图得到他想要的结果，至少是查清真相、惩处相关责任人。

就算正规的官方媒体不报道，或者不按他和洪桂荣的意思报道，在如今资讯传播如此发达的年代，还有大量的网络媒体和自媒体，有种种病毒式的营销推送手段，能在短时间内引起社会舆论的极大关注，发酵成热点事件。

网上的消息当天晚上就出来了，随即有很多知名自媒体跟进，很快传得铺天盖地，转发与点评者大多表现得义愤填膺，甚至上升到体制反思等各种高度。

消息的主要内容大致是这样的：身体健康、年仅二十岁的青年田琦，因为精神异常被送往安康医院接受强制治疗，短短几天时间，就被折磨致死。他临死前遍体鳞伤、遭受了非人的折磨与虐待，去世后双眼圆睁、死不瞑目，而且双手朝天举着放不下来……

在最关键问题上，田相龙夫妇显然是凭空捏造，田琦的死因和导致其死因的责任尚未确定，这么短的时间内，就算完成正常调查程序都不可能。但他们已经宣布了结论，田琦是死于医护人员的折磨与虐待，还编造出种种"事实"。

洪桂荣一口咬定事实就是这样，而田相龙也是故意如此，事件在传播过程中又经过了各种夸张的想象与加工。在真相未知之前，这就是谣言。但在田相龙看来，他想查出真相，假如田琦是被人害死的，那就揪出这个人给儿子报仇，谣言可以倒逼真相。

午夜，刘丰的办公室里，两个人正坐着说话。只听刘丰道："小祁，这么晚还把你叫过来，有点突发状况，希望你能帮个忙，在电话里说不清。"

小祁今年三十六岁，心理学博士，毕业后从事营销工作，如今自己开设了一家新媒体公司，规模还可以，去年刚刚上新三板，也算是事业有成。他毕恭毕敬地答道："导师，您说这话就见外了，您的事就是我的事，难得您有事找我帮忙，这是我的荣幸……"

刘丰摆了摆手道:"客气话我就不多说了,就在今天下午,境湖市安康医院出了一件事……"

话音未落,小祁便惊诧道:"安康医院事件?导师找我是为了这件事!"

"你已经听说了,对吧?我刚看你的朋友圈已经转发了消息。"

"不仅我的朋友圈转发了消息,我们公司也在推送这条消息。死者的父亲是田相龙,江北的大老板,大概今天晚饭时,我们公司也去人了。那位田老板这次可是花了大价钱,请了不少媒体,就是要把这件事情搞大。导师,这事与您有关系吗?"

"这事和你的师弟丁齐有关系,当然也和我有关系。你先别着急,看看这份材料,我今天晚上刚刚整理出来。"

小祁接过一个文件夹,其中有五页A4纸的内容,看着看着,他的眉头渐渐拧成了川字形,当看完全部内容合上文件夹后,倒吸一口冷气道:"居然还有这么多事!导师,您的伤不要紧吧?"

刘丰解开衬衫,露出已结痂愈合的伤疤道:"已经拆线了,你看看这个位置!"

"天呐,差一点就没命了!"

刘丰合上衣服道:"现在不是我的麻烦了,是丁齐的麻烦。你已经听说了这件事,你们公司还接了推送业务,你事先对田琦了解多少?"

"江北杀人案,我隐约听说过,但不知道凶手是什么人。这个消息被捂得很紧,只说是有神经病杀了人,小道消息传了几天便没有了热度,也没有谁去跟踪报道。但是导师您遇刺这件事,我可是一点风声都没听说。"

"我本就不想追究,也没打算追究,田相龙那边当然也不想把事情闹大。可是这一次他的儿子死了,他的想法当然变了,要把事态扩大。"

小祁沉吟道:"导师,他们这次是要把丁齐师弟往死里整啊。今天他还来不及搞清楚具体的事件经过,等掌握后续情况之后,一定会将矛头直指丁齐的。他们最主要的目的恐怕不是用谣言倒逼真相,而是用舆论施加压力。"

刘丰问："你预计这件事会被炒到什么热度？"

"假如没有传媒推波助澜，根本不会形成热点事件。但现在情况不一样了，田相龙可是花了不少公关费用，要将他想发布的消息推送到每个人的手机上。按照我的经验，在四十八小时之内，社会关注的焦点效应将达到顶峰。在全国范围来看，如果没有什么新的爆料内容，四十八小时之后社会关注度就会逐渐下降，就算他们继续花公关费用做推送，效果也会减弱。但是在境湖市，恐怕会成为一个长期社会热点话题，因为它就发生在这里。"

刘丰插话道："他们会有第二波爆料的，田相龙还没有掌握田琦之死的具体情况，但家属是有权查阅监控记录的，到时候就会专门针对丁齐了。"

小祁问："导师，您打算怎么办？"

"我给了你这份材料，你还不明白我的意思吗？你们公司既然能做田相龙的生意，也能做我的生意吧？公关费用、推送费用、水军费用……不管是什么费用，你给我报个预算，我还算有点积蓄。"

小祁赶紧摆手道："导师，您说这话就见外了！推送费用不必你花，田相龙都已经花过了，他把这件事炒成了社会热点。我还得感谢您给了我第一手材料呢，我们公司也可以继续爆料蹭这个热点。说实话，如果谁手里有这份东西方便拿出来，我还想花钱买呢。"

"有把握引导舆情反转吗？"

"有绝对的把握，也不想想我是谁的学生！"小祁拍着胸脯做了保证，顺带拍了一句马屁，然后才沉吟道，"可是这份材料里缺乏很重要的东西，就是田琦的死因，还有丁齐师弟给他做诊断谈话的过程。他为什么要去给田琦做诊断谈话？这期间发生了什么？田琦是怎么死的？这上面只字未提啊！"

刘丰叹了口气道："那是我不能私自提供给你的，至少现在这个时间不能，尸检鉴定还没做，死亡原因也没有最终确定。事件今天下午刚刚发生，也没有出正规的调查结论，我作为有关联的当事人，将某些资料私下提供给媒体是违反规定的。但这并不是重点！重点是社会舆论压力，这会对各部门领导都产生影响，不能把这个压力放到安康医院和丁齐身上，而是要加倍地还给田相龙。谣言倒逼真相这种说法，本身就很无耻！因为谣言会制造社会热点，制造者推波助澜，传得铺天盖地。而最终的调查结果没有那么快出来，往往最后的澄清却无人关注。人们甚至只会记得谣言，谣言造成的影响也无法挽回。最终的调查结论，决定的只是司法程序上清白，但真到了那个时候，往往清白早已不在。既然田相龙不惜代价要把事情搞大，他可以决定怎么开始，但不能由他决定怎么结束。你就是干这个专业的，道理应该比我更明白。"

小祁连连点头道："我当然清楚其中的门道，但导师理解得更透彻，毕业这么多年了，我还时常想听见导师您的教导呢！这次我们爆料，最佳时机就是在田相龙爆料后的四十八小时左右，这样才不会错过关注焦点，舆情反转的效果最佳。但有一个前提，就是田相龙不能在此期间第二次爆料。"

"我已经打过招呼了，死者家属在律师的陪同下观看事发时的监控资料，安排在后天午饭时间。田相龙届时才会清楚田琦之死的经过，当天是来不及做什么的，你就在那个时间爆料。"

小祁又翻开材料道："这份材料上记录了田琦从小到大多次攻击性行为和严重的反社会倾向，还有造成的严重后果。但我有个建议，导师您的名字不要出现在爆料中，我们只说田琦在杀人后接受精神鉴定时，还刺伤了境湖大学的一位教授，险些又欠下一条人命。"

"你是专业的，就根据你的意思办吧。"

小祁以商量的语气道："导师，我能不能给您的伤口拍个照片，不露脸的那种？"

"想要照片，我有一批给你，都是电子版的，不仅是我的伤口照片。但你要注意，过于血腥、引人不适的图片不要发出去，如果一定要发，也要经过技术处理。"

"这我当然清楚，成天就是干这个的！"

刘丰最后问道："小祁，你可以预测一下舆情反转效果吗？"

小祁思忖道："田相龙之所以能把它炒成社会热点事件，除了花钱之外，这件事本身也很有社会关注点。因为每个人都可能成为病人，都担心自己会碰到不负责甚至草菅人命的医生，而在这个行业，信息太不对等了，普通人难以掌握那么复杂的医学知识。但田琦这件事很特别，普通人很少遇到。我们的爆料就是要给人更大的心理冲击，让大家知道田琦是什么人、做过哪些事。谁不害怕身边会突然蹦出来一个胡乱杀人的疯子呢？他已经多次伤害无辜却一再逃脱了惩处！"

刘丰似有些疲惫地揉了揉太阳穴道："是的，我们要做的，就是改变每一位关注者看待这件事情时所代入的心理角色。每个人都是潜在的受害者，田琦这种人的受害者。"

小祁适时补充道："也是田相龙这种人的受害者！"

"其实更主要的是田琦的母亲洪桂荣，她绝对会死咬丁齐的。"

"但是提她没有什么新闻话题，重点还是要盯田相龙，当然更重要的是田琦的过往经历。"

刘丰和小祁商量了如何进行针对性反爆料，引导舆情反转，计划在后天晚饭时间发布，也是这一事件关注热点达到最顶峰时，可以说是安排得非常专业。但世事总有出乎预料，刘丰的计划就算再完美，他也不可能掌控一切。

舆情反转在二十四小时之内就发生了，有人提前爆料，而且还利用技术手段尽量做了推送。虽然没有等到小祁所说的最佳发布时间，但效果也非常不错。这也算是田相龙在帮忙，因为"境湖市安康医院事件"的关注热度正在不断升高。所有关注这一事件的人几乎都注意到了最新的爆料，然后随着该事件的推送报道一起评论转发。

爆料人可能没有刘丰和小祁那样的理论水平，但手法也相当专业。从一个小细节就能看出来，爆料的篇幅比较长，但叙事的节奏感和代入感很强，能引人不断读下去，而且没有长篇段落或无标题长句，每一段都控制在百字以内，非常适合手机阅读，爆料人显然也是干这行的。

田相龙夫妇所发布的言论，只说一个身体健康的青年，因为精神异常被送到安康医院，结果短时间内就被折磨致死。他们却没有介绍这个人为什么会被送到安康医院，以前又做过些什么，结果被最新的爆料全抖了出来，而且放的都是实锤。

田琦十三岁时，就因为和同学打架被老师批评，堵在路上将老师给捅了；十六岁时追求女孩未成，将对方两人都打成重伤，却被鉴定成精神病逃过处罚。不久之前，又在江北杀人，手段极其凶残，仍然被鉴定成精神病送进安康医院……

爆料人自称是江北受害者的表姐，还提供了大量图片资料，有些资料经过了技术性处理，但也能看出那血肉模糊的惨景。这下舆情就被引爆了，尤其是住在境湖的民众无不关注，上班闲聊、外出聚餐时，大多都在谈论这件事。

田相龙的身份也成了议论的焦点，他的儿子一再伤人、杀人却安然无恙，也引起了极大的愤慨。人们纷纷议论，这样的人渣早就该死了。爆料并没有改变什么事实，却扭转了大众的心理倾向，田琦以及田相龙不再被社会舆论同情，反而受到了铺天盖地的诅咒与谩骂。

见有人爆了田琦的料，舆情已经反转，刘丰便打电话给小祁，还是按原计划顺势推进。

田琦的死亡发生在周三下午，田相龙夫妇通过媒体发出控诉是当天晚饭时间，江北杀人案受害者的表姐爆料发生在周四晚饭时间，小祁的顺势跟进爆料发生在周五晚饭时间。也就是在周五，田相龙夫妇看见了事发时的视频监控记录。

面对铺天盖地的舆情反转，田相龙夫妇也想极力挽回，他们使出了反击手段。就在周六晚间，网上突然出现了一段视频，就是丁齐给田琦做诊断谈话的监控记录，时间差不多一个小时，完完整整没有任何剪辑，但只有图像却没有声音。

视频是由一个不知名的马甲号发布的，迅速被推送转发，并配有文字介绍，据说就是那个叫丁齐的医生害死了田琦。田琦好端端地进了诊室，却像僵尸一样被抬了出去。

长达一个小时的枯燥视频，通常情况下人们是很难有耐心看完的，但还真有人从头到尾看了，另有不少人是拉着快进看完的，场面非常诡异甚至很瘆人。

由于视频没有声音，大家搞不清丁齐究竟说了什么，只看见田琦的手平举到了胸前，然后丁齐就背手站在他面前长达半个小时，结果田琦就死了，至死手都没放下来。视频中也能显示，自始至终，丁齐与田琦之间没有任何身体接触，田琦也没有过激反应，就是最后坐在那里突然开始抽搐……

想用这段视频资料证明丁齐杀人，实在太牵强了，网上也有人做了种种猜测。有人开脑洞，说田琦可能是被丁齐给催眠了，然后丁齐用催眠术杀人。这个开脑洞的评论好像提醒了某些人，等这段视频再被转发时，标题就变成了"凶手医生催眠杀人"，非常吸引眼球！

到了星期天中午，这段视频就被删了，除了个别犄角旮旯，各大正规网络平台上都找不到了。原因也很简单，是接到了公安网监部门的通知，在事件没有正式调查清楚之前，像这样的视频资料是不适合私自发布到网上的，其来源的合法性也成问题。

带视频的爆料虽然被删掉了，但其他文字消息却流传开来，人们越看不到就越好奇，纷纷打听并发表各种议论。

丁齐出名了！在全国范围内，待此事件的热点消退之后，也许大部分人就会渐渐遗忘，平时不会再想起他。但在境湖市，丁齐几乎已算得上家喻户晓，迅速成为最受关注的社会热点名人，或许还会被人记住很久。

刘丰教授非常愤懑，田相龙夫妇当然有资格看到诊室中的监控记录，但他们是怎么拿走拷贝并特意消去声音对外界发布的？看来田相龙还是非常有能量，有人违反纪律私下里给了他这份东西。

田相龙这么做，对他本人而言并不能挽回什么，网络舆论几乎是一边倒，都说田琦死得好、早就该死了。还有人说，假如真是丁齐杀了田琦，那他就是个为民除害、见义勇为的英雄。

真相如何，在舆论上好像已经不是那么重要了，人们发泄情绪，就像一场群体的无意识的狂欢，网上甚至出现了各种离奇的传闻。比如有人说田琦是变成僵尸了，因为那段视频上他死时的姿势实在太诡异了。

关于丁齐，有传闻说他是一位心理专家兼催眠大师，就是用催眠术杀了田琦。此言论一经出现，立刻就有人从专业角度进行反驳，说这根本是无稽之谈，持这种说法者是对心理学和催眠术缺乏真正的了解。

网上的议论和辩驳十分激烈，并持续了很长时间，但这已与丁齐本人无关。刘丰教授之所以愤懑，是他极不愿意看到丁齐以这种方式成为境湖市名人。尽管有不少人将丁齐夸赞成英雄，但这不是好事，对丁齐造成的影响可能是灾难性的。

真相对某些人而言已经不重要了，但在另一种场合它又是最重要的，这牵涉到法律责任问题。说真相也许不太确切，应该说正式的调查结论。在刘丰教授以及其他很多人的推动下，各有关部门的调查以最快的速度推进，不少人周末都在加班。

临时成立的调查组当然也找到了丁齐本人谈话，向他了解情况或者说让他交待情况。丁齐早就有思想准备，很坦然地表示，他没什么好说的，现场有警察监督，并有完整的录音录像资料，那就根据事实进行调查，他本人事后的复述反而不是最有效的证据。

丁齐也承认，这件事是他自作主张，与导师刘丰毫无关系，刘丰事先并不知情，是他假借了刘丰的名义。他同时宣称，以事实为依据、法律为准绳，他该负什么责任就负什么责任，根据司法程序走，他既不会主动承认什么，也不会回避任何责任。

走司法程序，疑罪从无，在事实清楚且没有任何确凿证据的情况下，谁也不能逼丁齐主动承认杀了田琦。

星期天中午，市公安局卢澈的办公室中，卢澈和小程正在看丁齐给田琦做诊断会谈时的监控资料。和网上流传的那段无声视频不一样，监控资料是有声音的，不仅把音量调到了最大，而且还经过了技术处理，企图将背景噪音中被忽视的微声也找出来。

在监控记录的后半段，丁齐背手站在田琦的对面，监控镜头对着丁齐的侧后方，录不到他脸上的表情，也分辨不出他这段时间内是否对田琦说了什么。就这么站了半个小时，田琦便突发抽搐而亡。

技术处理的目的，就是想看看丁齐在那段时间是否还说过别的话，但是没有发现。

其实丁齐曾轻声低语，就像在田琦脑海中响起的魔鬼的声音。但他提前测试过诊室中的设备，知道在这个角度，镜头拍摄不到他的面部动作；而在这个距离、这种声音，麦克风根本收不进去，就算通过降噪等技术手段也是发现不了的。

其实老卢和小程已经从头到尾看过好几遍了，就连老卢都看得头皮发炸，假如没有卢处长陪着，小程自己一个人根本都不想再看。老卢又一次问小程道："你再仔细回忆回忆，当时是什么状况，你确定后来没有听见丁齐再说任何话？"

小程心有余悸道："自从丁医生拍了我的肩膀之后，我就再没有听见他说话，就跟监控记录中是一样的。但我当时的状态有点发愣，虽然人是清醒的却反应不过来，肯定是被他催眠了，丁医生把我和田琦都催眠了……"

卢澈脸色一寒，训斥道："小程啊，我要严肃地提醒你，这话就不要再说了！堂堂一名警察，执行任务去做现场监督，职责是记录情况并防备意外，竟然毫无警惕地被催眠了，丢不丢人？假如传出去，你会成为整个系统的笑话，对你影响非常不好，将来还想不想进步了，领导还怎么再让你挑担子？"

小程低下头道："我根本就没防备嘛，完全没想到丁医生……领导教育得对，而且我也只是猜疑而已，并没有和任何人说，只跟您汇报了。"

"跟我汇报是对的，但你的猜疑就到此为止，以后憋在肚子里、烂在心里。别忘了你是现场唯一的旁观见证者，你多说的每一句话，都可能对调查产生影响，一定要实事求是地谈，有什么就说什么，没有的、仅仅是你自己瞎猜的，就不要说。一会儿你要跟我去开会，我先给你打个预防针，记住了吗？"

小程点头道："我记住了，就四个字，实事求是。用证据说话，不添加任何不能确定的其他内容。"

卢澈又看着小程道："你好像被吓着了？"

小程擦了擦汗，惭愧道："您不知道，当时的场景实在是太诡异了。"

卢澈的语气变得温和了很多："你是第一次看见一个活生生的人死在面前，是吗？"

小程又低下了头："是的。"

卢澈语重心长道："你刚刚参加工作没多久，有些状况不适应也很正常，但你是个刑警，将来还有可能成为一名法医，各种血腥恐怖的场面恐怕要见很多，要有这个思想准备与心理素质，今天的事情就算是一次锻炼。"

小程连连点头道："领导教育得对。"

卢澈看了一下手表："时间差不多了，我们去开会吧，不能让局领导等着。"他跟小程出门的时候，又回头看了一眼电脑屏幕，骂了一句，"死得好，我都想弄死他！既然死都死了，就不要再继续祸害好人了。"

小程就算再傻，此刻也能明白领导的态度了，卢处长巴不得田琦早死，而且很同情丁齐，想尽力保丁齐没事。

两人来到会议室，这里已经坐了二十来号人。他们今天要正式开会，给这一事件下个内部调查结论，然后向市领导汇报。

本来像这种事件的调查，公安系统内部由安康医院所在辖区分局负责即可，但由于已上升为全国性的社会热点事件，所以市领导特意打了招呼，市局领导亲自主抓。辖区分局有关同志也都到场了，先由市公安局的唐局长做了个开场发言。

唐局长的发言并不长，大意是这件事已成为社会舆论关注的焦点，因此市领导十分重视，宋市长还特意打了招呼，要公安部门尽快拿出正式的调查结果。唐局长还特意提到，医疗鉴定单位这个周末也在加班，田琦的死因已经确定——心源性呼吸衰竭。

照说心源性呼吸衰竭，应该就是田琦自身的原因。但公安部门的调查目的，主要是看丁齐与此有没有直接的因果关系。只有明确了这一点，才能明确丁齐所负的司法责任，避免公众以及死者家属的误解。

社会上有些传闻是不实的，田琦在安康医院并没有受到虐待和折磨，他身上虽然有很多伤痕，但经鉴定都是旧伤，没有近一个月留下的任何内伤和外伤痕迹。那么调查所关注的重点，就是丁齐对田琦的死亡究竟有没有责任。

事发当时的人证、物证都有，人证就是小程警官，物证就是监控记录。等唐局长发言完毕，窗帘被放了下来，投影仪打开，大家一起看监控录像。

其实在场的人都已经看过不止一次，但为了表示调查讨论的正式严肃，大家还是坐在一起从头到尾再看一次。

这一看就是整整一个小时，等窗帘重新拉起，所有人的脸色都不是太好看，神情甚至有些恍惚和疲惫。监控录像的前半段，丁齐和田琦的"变态"谈话令人毛骨悚然。而后半段几乎就是一动不动的静止画面，无论谁盯着它看半个小时恐怕都不会好受。

唐局长摘下眼镜揉了揉眼道："大家都有什么结论？……老卢，你是专家，你先说吧。"

卢澈没好气地答道："监控录像我们都看过好多遍了，它是现场最直接的证据。为什么安康医院留这种监控记录，就是怕意外状况说不清。现在事实很清楚，我就想问一句，我们要根据这样的证据立案，然后报送检察院吗？"

分局的赵局长赶紧摇头道："不不不，这根本立不了案。就算我们立了案，材料报送检察院那边，也是百分之二百会被驳回的。检察院那帮人，现在就等着看我们的笑话呢！"

卢澈说："既然不可能提起公诉，那我们还讨论个屁呀！这么多人周末不休息，就为了加班扯淡吗？一个杀人的神经病自己死了，就如此兴师动众、劳民伤财，难道没有别的事可忙了吗？"他是技术官员，凭专业素质熬资历上来的，有时说话就是这么又臭又硬。

唐局长有些无奈地摆手道："老卢，话也不能这么说，我们要给公众一个交待，更要给领导一个交待。有事说事，得出结论就行了，没必要带情绪。比如现在就有传言，说这位丁医生是用催眠杀人。"

卢澈打断他的话道："首先要让学术界承认，催眠术确实能杀人；其次还要找到证据，能确凿证明丁齐是用催眠术杀了田琦。如果这两点都不能做到，那就是扯淡。我们大家都看了这个录像，如果说丁齐杀人，那他是用眼神杀的人！"

其实方才卢澈说的不少话，是在场很多人的心声，但他们不方便把这种不满表达出来。现在既然有卢澈出头，大家也都不吱声了，甚至有人忍不住想笑。

卢澈接着大声道："那我们侦查部门就首先要向世界人民证明眼神能杀人，其次要在法庭上证明，丁齐的确是用眼神杀了田琦。同志们，你们觉得呢？"

大家终于发出了笑声，唐局长见场面有点失控，赶紧敲了敲桌子道："注意态度，要严肃！我们的讨论绝不是这个意思，而是要得出一个结论，丁齐的诊断会谈与田琦之死有没有直接的因果关系，需不需要为此负担法律责任？"

这时分局的赵局长插话道："从司法程序上讲，疑罪从无，我们无法确定丁齐负有责任。"

卢澈又接过话头道："有人去商场买东西，突发心脏病死了，然后家属要追究售货员的责任，听上去简直荒谬，可现在这种荒谬的人偏偏越来越多，我们要助长这种风气吗？"

唐局长苦笑道："看来正式的结论已经有了，那我怎么向市领导汇报呢？"

卢澈道："我去汇报！"

唐局长想了想道："那明天我带你一起去汇报吧，还要整理一份正式的书面材料，今天晚上就得弄好。"

公安部门宣布散会之后，境湖大学心理健康中心刘丰的办公室里，来了一位特殊的客人，就是田琦之父田相龙。田相龙这几天心力交瘁，他花了大价钱接连发出了两波爆料，第一波是想制造传言施加压力，第二波是面对铺天盖地的谩骂企图反击，将矛头直接指向了丁齐。

然而，他被骂得更厉害了，多年来苦心经营的社会形象一落千丈。他也是个好面子的人啊,但谩骂者仿佛根本就不理解他的丧子之痛。在这种时候,恐怕很少有人能够把他单独叫过来见面,可是偏偏刘丰有请,他不得不来。

田相龙欠刘丰一个感谢和一个道歉:刘丰是田琦的鉴定人,曾做出了让田琦脱罪的司法精神病鉴定;另一方面,他的儿子田琦刺伤了刘丰,差一点就要了对方的命。

短短几天时间,田相龙仿佛苍老了不少,脑门的头发更稀疏了,他进屋后先给刘丰浅浅地鞠了一个躬:"刘教授,真不好意思,我上次就来给您赔罪了,可是您不愿意见我。"

刘丰没什么好脸色,冷冷地说道:"我是田琦的司法鉴定人,你是田琦的监护人,本来就不应该私下接触。但是今天我却有必要叫你来一趟,有些话必须说清楚,不能眼看着你犯糊涂,还在那里煽动社会事件。"

国庆黄金周之前,刘丰被田琦刺伤,田相龙也曾赶来探望,不仅是道歉赔罪,还表示要负担医药费、疗养费等等费用。但刘丰拒而不见,只是传了个话,让他承担心理健康中心的损失,并没有追究其他的事情。

心理健康中心的直接损失很小,就是坏了一面柜子,如今已经换成了新的。在这间办公室里,几乎已经看不见上次事件的痕迹,除了那尊奖杯。奖杯上断裂的水晶球用玻璃胶粘了回去,此刻就放在刘丰的办公桌上。

田相龙心里莫名有些发虚,低声道:"刘教授找我有事吗?"

刘丰不动声色道:"你应该已经知道消息了,今天上午,尸检结果出来了,你儿子死于心源性呼吸衰竭。所谓在安康医院遭受折磨和虐待,根本就是彻头彻尾的谣言。就在刚才,公安部门也得出了结论,田琦之死与丁齐并无任何直接因果关系,丁齐也不必负任何法律责任。可是现在有人四处造谣,说是丁齐杀了田琦,请问有什么证据?谣言的源头在哪里,田老板应该心中有数吧?"

田相龙抬起头道:"我这么做,也是想引起重视,好早日调查出事实,刘教授也要理解我的心情，毕竟是我的儿子，亲儿子啊……"

刘丰冷冷道："你的儿子是人，哪怕杀了人，哪怕无恶不作，你也要保护他，走司法程序保护他。丁齐是我的学生，我的学生就不是人，可以随意诋毁、造谣中伤？司法程序让田琦脱罪，可是你真的懂司法吗，调查结果没有出来之前，就这么干？"

田相龙解释道："是孩子他妈妈，一定要这么做，她认定是丁齐害死了我儿子。"

刘丰岔开话题道："现在结论已经出来了，公诉已经不可能，丁齐不必负法律责任，你还想提起民事诉讼吗？"

田相龙叹息道："律师看了监控记录之后便告诉我，根本没法提起民事诉讼。"

刘丰问："是没有胜诉的把握吗？"

田相龙摇头道："根据现有的证据，法院根本不会受理。"

刘丰的语气缓和了一些："这个律师倒还不糊涂，但我还想问一句，把那段视频放到网上，并造谣说丁齐杀人，这又是怎么回事，难道也是律师的主意吗？"

"的确是律师的主意，因为我媳妇认定是丁齐害死了我儿子，所以一定不放过他。律师就给了另一个建议，也许不能在法庭上将丁齐怎么样，但也一定不会让丁齐好过，可以将这个人搞倒搞臭。"

"律师还说了，丁齐并不是安康医院的医生，他出现在那里可能是违反内部规定的。他与田琦的死亡没有直接因果关系，法庭上无法追究这些，但只要把事情闹大，他肯定要受到境湖大学的处分，混不下去。"

刘丰的脸色又变了："你请的律师是谁？"

"姓苗，叫苗度新，刘教授您认识吗？"

刘丰在心中暗记下这个名字，又说道："心地歹毒的人，你也得防备着，最好换个法律顾问吧。你口口声声说是你媳妇的意思，可是事情都是你办的，都是你在出钱出力，损人不利己呀！既然你今天实话实说，那我也告诉你一件事，你一定要好好记住。"

"刘教授，您说。"

"司法鉴定已经给出了结论，田琦之死与丁齐无关，你先前都是在造谣诬蔑。而且退一万步说，就算是有人弄死了田琦，那也等于救了你一命，救了你全家人的命！"

田相龙一愣："这话怎么说？"

"我给你儿子做过鉴定，妄想性精神障碍，而且有严重的攻击性。他是会杀人的，而且已经杀人了，在病情发作的时候，他才不会认识自己的父母呢，弄不好连你都会杀。这种精神病人发作，杀了自己全家人的例子也不是没有。"

"我知道你的打算，还想有朝一日从安康医院里把田琦捞出来，想着他给你传宗接代。假如真的这么做了，别说传宗接代，你和你媳妇的命都未必保得住。我就不明白了，以你们夫妻的条件，年纪也不算太大，为什么钻这个牛角尖，再生一个不就是了！"

田相龙低头道："刘教授，您不了解情况，我媳妇做过一个手术，不能再生了……"

刘丰愣了愣，随即叹息道："我明白了！有些建议我不适合说出来，但你也不是傻子，如果一定要想传宗接代的话，自己知道该怎么做。"

田相龙默默地点了点头。刘丰又说道："不论是走公诉，还是走民诉，你都已经走不通了。但你夫人现在不理智，太偏激，还是想对丁齐不利。公安部门也托我打个招呼，假如丁齐受到任何意外伤害，第一个嫌疑对象就是你，有些事情太明显了，一查就能查出来！"

刘丰这话算是警告吧，田相龙吓了一跳，赶紧说道："我会劝劝她的，她这个人有时候不讲理。"

"不仅是劝她，主要在于你自己。我刚才不是说了嘛，看似是她的主意，但事情都是你做的！"

直到田相龙走出心理健康中心的大门，看见司机把车开到面前、下车打开了门，他这才有些回过神来。刚才在刘丰的办公室里，他竟然忘了坐下，自始至终站在刘丰的办公桌前。而刘丰坐在桌后，就像训孙子般把他从头训到尾，然后他就出来了。

田相龙自忖也是个有头有脸的人，在很多场合派头也是不小的，可是刚才始终处于懵逼状态。仿佛刘丰抬头看向他的第一眼起，他的气场就完全被压制得没影了。刘丰的目光穿透力太强了，语气给人的压力又太大了，以至于让他有些反应不过来。

应该是最近的心理压力太大了吧，田相龙骨子里是个很要强的人，很在意别人对自己的看法，面对公众舆论铺天盖地的谩骂，他也有些承受不住了。上了车之后，田相龙使劲甩了甩脑袋，心中想着赶紧让这一切都结束吧，这就像一场噩梦。

田相龙的车刚刚开走，刘丰也走了出来，赶向校园的西大门。他的神情很严肃，显得忧心忡忡。今天境湖大学也有一场内部会议，讨论丁齐事件。田琦之死在网上被称为"境湖市安康医院事件"，但在境湖大学内部被称为"丁齐事件"。

安康医院并非境湖大学的下属单位，也与境湖大学无关，但丁齐却是境湖大学的人。由于这一事件社会影响巨大，市领导十分关注，校领导班子也不得不格外重视。这次内部会议，由境湖大学的一把手、校党委书记谭家良亲自主持。参与者还有分管人事工作的副书记、分管校风校纪工作的副校长，以及医学院的领导班子全体成员。

谭书记首先做开场发言，强调了这次内部会议的必要性和重要性，然后又说道："我昨天让校办李主任给丁齐老师打过电话，但丁老师没有接。今天上午李主任去了丁齐的宿舍，当面通知到了丁齐本人。可是丁齐表示他不想到场，并且为自己的一切行为承担责任，学校该怎么处分就怎么处分。我们今天就是要通过讨论做出决定。"

"刘院长，丁齐一直是你的学生，你对他应该最了解，就由你先说说吧。对这件事是怎么分析的，又有什么个人想法？"

刘丰板着脸道："这又不是搞法庭宣判，丁齐又不是被告，他不来也是有道理的。田琦的尸检结果已经确定，死于心源性呼吸衰竭。就在刚才公安部门也得出了结论，根据现有证据，无法确定田琦的死因与丁齐有直接因果关系，也就是说，他是没有法律责任的。"

"来之前我刚刚见到了田相龙，和他谈过，最近在网络上挑起舆论事端的幕后指使者就是他，但他已经放弃提起民事诉讼的想法，因为根本提供不了任何确凿的证据。我不知道学校内部的讨论结果，是否具有法律上的权威性，因为这一事件的官方结论早就有了。"

谭书记看了看其他人，而其他人都不做声，他只好又亲自开口道："刘院长，你不要误会，我们这只是一次内部讨论，既有学术方面的，也有纪律方面的。在座的有些同志可能对心理学和精神病学的专业不了解，但丁齐给田琦诊治的视频却流传出去了，引起了很多误会。我们面对的有公众的舆论压力，还有市领导的重点关注。我们现在可以回放一下当时的监控记录，哪些地方可能会令人困惑，也希望刘院长能做出专业的解释。我们的讨论内容，并不正式对外公开。"

刘丰说："放录像啊？那就放吧！现场有完整的监控记录，这就是最好的证据，所以丁齐本人不必亲自到场解释什么，他本人说的话，并不比这份证据更有效。"

境湖大学的讨论小组也开会放录像，但是和公安系统不同，并不是所有人都目不转睛地从头看到尾。在场的人几乎都看过监控记录了，这次是用快进停顿的方式看重点内容。第一个重点就是丁齐和田琦那番谈话，令人全身直起鸡皮疙瘩。

林副校长问道:"丁齐在这诊治会谈中,诱导田琦说出了攻击性言论,让田琦表现出明显的妄想性症状,这是怎么回事?"

刘丰想都没想便答道:"这是思维同步技术,他面对的不是正常人,认知和思维方式都和我们不一样,必须先把握他的精神状态……就像将对讲机调到同一频率,才能接受到讯号,进行有效沟通。"

当看到丁齐的手臂举起,田琦的手臂随之举起,而且一直没有再放下来,钱副书记又问道:"网上有传闻,说丁齐是将患者给催眠了,然后在催眠状态下令其死亡,就像梦中杀人一般,刘教授又怎么解释这种现象呢?"

刘丰反问道:"梦中杀人,钱书记,你在说科幻还是玄幻啊?"

钱副书记有些尴尬道:"这只是网上的传闻,身为唯物主义者,当然不会相信这些,只是想知道当时究竟发生了什么。"

刘丰郑重说道:"暗示性技术,在精神以及心理治疗场合很常见,这并没有什么好奇怪的,手臂僵直是患者进入暗示状态的一种测试。至于催眠杀人那是扯淡,网上评论开脑洞也就罢了,谁要正式提出这一观点,会遭到整个心理学界的嘲笑。钱书记如果对专业问题不太了解,我可以推荐你看几本科普读物。"

在座的都是学院派出身,兴趣点不太一样,首先讨论的都是专业性问题,大家都想搞个明白,哪怕与事件最后的定性无关。等监控记录放完,讨论得也差不多了,刘丰从专业角度一一回答了各种问题,几乎是滴水不漏。

这时心理健康中心的副主任钟大方弱弱地说:"各位领导,方才刘院长已经说了,官方的鉴定结论已经有了,田琦之死与丁齐的诊断没有直接的因果关系。其实就算是有,那也是公安部门与法庭的事情,校方是参与不了的。校方能做主的,就是学校内部的纪律问题,我们的讨论是不是偏离了主题?"

从在座众人的身份来看,钟大方无疑是其中行政级别最低的一位,他能出现在这里,一方面因为其本人也是一位精神病学专家,另一方面,他还是心理健康中心的领导班子成员。

谭书记摆了摆手道:"也不算跑题,我们先要搞清楚当时究竟发生了什么,丁齐老师对田琦之死没有责任,这一点我们一定要坚持。要顶住来自各界的压力,坚决不能将任何不该由他承担的责任强加在他的身上。这种态度,也是校方对丁齐老师应有的保护。"

刘丰不紧不慢地接了一句:"丁齐没有责任,校方就没有责任。"

钱副书记接话道:"学校、学院以及校心理健康中心,从专业角度要统一认识,并通过各个途径向民众解释,丁齐对田琦之死没有责任,他的所有做法都是专业的、符合程序的,并没有任何过失和错误,都能做出合理的解释。对外,我们要保护他,坚决地保护他。但是对内,我们的纪律也是严肃的、严格的!今天有些话,在座的诸位不要外传,但我们一定要清楚,丁齐的诊断本身并没有什么过失,可是擅自做的这件事,却是严重违反纪律的!丁齐并非境湖市安康医院的执业医生,他擅自到安康医院给田琦做诊断,是不符合规定的,而且引起了严重后果,甚至引发了社会热点事件。我们必须要严肃处理这一违纪事件,也是对全体教职员工的一个警告,今后绝对不能效仿这样的行为……"

刘丰有些激动地打断道:"是我让他去的,你们也知道我为什么会让他去,田琦差点要了我的命,我想知道那把刀是哪来的,警方查不出来,我就派学生去问。校方要给纪律处分的话,不应该给他,而是给我,上个月刚刚中了一刀的我。"

谭书记劝解道:"刘院长,您先别激动,我们能理解你的心情,您是想保护自己的学生,想主动把责任揽到自己身上,高风亮节令人佩服。但我们已经核实了事情经过,您事先是不知情的,丁齐以你的名义去了,但是并没和你打招呼。假如没有出事,也不会有人说什么,口头警告一下就可以了,但偏偏出了这么大的事,也算是丁齐老师不走运。但无论如何,校方得严肃纪律,也需要你理解……"

众位领导连晚饭都没顾得上吃,讨论一直持续到黄昏。刘丰来之前就已经预料到了结果,他想改变这个结果,却最终无能为力。丁齐确实违反了纪律,身为教职员工必须受到处分,处分可大可小,但偏偏这件事闹得太大了!

境湖大学的处理决定,来得非常快也非常重。丁齐被开除了,他不仅被开除出大学教师队伍,也被开除学籍,不再是境湖大学的讲师,也不再是在读的博士研究生。

纪律处分的最终结果做出之后,刘丰一言不发,他该说的早就说了。

校心理健康中心的副主任钟大方又一次开口道:"谭书记,各位领导,丁齐目前还是受聘于校心理健康中心的精神科医师和心理咨询师。"

钱副书记说道:"从程序上讲,根据校领导班子做出的纪律处分决定,校心理健康中心应独立做出相关的决定,研究怎样解除劳务聘用关系。"

08　假想观众

这天晚上，丁齐打开了手机，在网上刷着有关自己的种种报道，还有好事者整理了这一事件前后的经过。前几天他一直不太想看这些，甚至在刻意回避，免得刺激到自己。当他意识到这种心态后，终于改变了决定，哪怕心理上再不适应，也要尽量坦然地去了解。

就在这时，他接连收到了好几条短信和微信，知道了学校给他的纪律处分决定。他看着手机，神情是麻木的，也搞不清楚自己究竟在想什么。

在去安康医院见田琦之前，他并不知道自己会杀了对方，当他离开安康医院时，田琦却已经死了。丁齐当时上了个洗手间出来，就已经预料到后果。他不会承担刑事责任，也不会去承担民事赔偿，却很难躲过境湖大学的纪律处分。

丁齐并不是神仙，有一些事情他没有预料到，那就是动静会闹得这么大，一度成为全国性社会热点事件，他也成了境湖市几乎家喻户晓的名人。

田相龙夫妇想把事件搞大，他们如愿了，但另一方面，却事与愿违，承受铺天盖地谩骂与指责的反倒成了田相龙夫妇自己。当洪桂荣听说无法使用法律手段追究丁齐的责任后，便听从律师的建议，采取了另一种报复性手段，企图让丁齐身败名裂。

洪桂荣也许没有得逞，丁齐在网上甚至被很多人视为为民除害的英雄，但这种说法本身就是建立在某种误导基础上的。作为一个心理学和精神病学专业人士，这绝不是什么光彩的记录，另一个更严重的后果就是他本人成为了焦点，境湖大学的纪律处分给得如此之重。

丁齐不禁想起上个月和刘丰导师的两番长谈，每个人都要为自己的行为承担后果，事情是他做的，那他就要面对选择的结果。恰在这时，又一条微信来了，有人在心理健康中心的工作群中"@"他，竟然是一条工作通知。"@"他的人是副主任钟大方，内容是明天下午三点有心理咨询预约。丁齐的神情本是茫然的，此刻却突然皱起了眉头。

为了工作联系方便，中心办公室会随时掌握每位咨询师可以提供咨询的时间，据此对外发布挂号预约信息。这在私下里被戏称为"挂牌子"，假如有人挂号预约了某位咨询师，又被戏称为"翻牌子"。

丁齐上周三请假了，所以周四、周五包括节假日的周六、周日，都不可能给他安排挂号预约，偏偏在周一就把他给挂出去了，而且还有人预约了。

难道是中心办公室的失误？可是他的事情现在闹得满城风雨，谁会出现这种失误呢，除非是故意的！但这种故意偏偏在表面上又让人挑不出毛病，因为按照原先刘丰导师批准的假期，丁齐就应该下周一上班。

而且这条通知并不是办公室专门的负责人员发的，而是钟大方副主任亲自发的，平时这种事也不用他来做啊。

心理健康中心的主任由刘丰教授兼任，但只管人事和财务的决定大权，具体业务都是钟大方在负责。丁齐出了这么大的事，刚刚被学校开除，哪还有心情去给别人做心理咨询？相信在正常情况下，中心办公室不会给他安排"挂牌"，除非是钟大方授意的。

钟大方这是什么意思？想找个借口让丁齐亲自去一趟吗？在正常情况下，丁齐是不可能去的。但丁齐如果不去，那就是无故旷工了。

搞心理学的往往擅长推理，就根据工作群里这么简简单单的一条通知，以及这条通知的耐人寻味之处，丁齐就想到了这么多。他想了想，还是按正常程序回复道:"收到,明天准时!"

第二天下午两点多钟,丁齐又一次来到了校心理健康中心,还是熟悉的场景与熟悉的同事,但彼此的感觉却显得陌生了。以往同事们见到他都会很热情地点头打招呼,但现在有人远远看见他就故意躲开了,这也许不是回避或厌恶,只是不想让丁齐尴尬。

还有人尽量保持着礼貌,就像什么事都没发生一样,仍然微笑着和丁齐点点头,但表情似乎很难看。而丁齐自以为已做出若无其事的样子,其实在外人看来,他也和平时完全不同,失去了充满阳光的笑容。

来到心理咨询室中坐好,先研究了一番预约登记者填写的基本材料,丁齐揉了揉脸,露出了职业性的很有亲和力的微笑,就像又重新变了一个人,这时求助者也敲门进来了。

求助人今年十六岁,高中二年级学生。丁齐在心理咨询室中也接待过不少学生,遇到的心理问题大多带着青春期的特点,基本上都是父母领着来的。而这位名叫高晓飞的少年,是自己主动在网上预约登记、独自一个人来的,这种情况很少见。

丁齐本有些担心,这孩子是不是看了最近的网上消息而感到好奇,所以特意挂号预约,目的就是来"见识"一番丁齐本人,那么这场咨询就没法做了。但高晓飞走进来的时候,丁齐的心就放下了一半。

不用说一句话,仅用一个眼神交流就能得出判断。高晓飞进屋时显得有些紧张,与丁齐视线接触后便低下了头,对心理咨询室中的一切都很好奇,属于正常的求助者的反应。对丁齐这位咨询师,他并没有流露出任何与内心中已有的印象进行比照的意思。

这说明这位高中生要么没听说最近的"境湖市安康医院事件",要么听说了也不怎么关心,总之对丁齐根本就没什么印象。看来也不是所有人都在关注这一事件,很多人就算听说了也没刻意记住他丁齐。

十六岁的少年目测身高已经接近一米八了,个头和丁齐差不多,现在的孩子营养比过去好，普遍发育得也早，就是身形还稍显单薄。

丁齐站了起来，温和地微笑道："小高是吧，请坐，请问我有什么地方可以帮助你的？"他给高晓飞倒了一杯水，并与对方同时坐下。

高晓飞坐下后既紧张又有些腼腆，理了理头发道："老师，您发现我哪儿不对劲了吗？"

其实他一进门丁齐就发现了，左手背上贴了个创可贴，但丁齐并没有点破，说话时也没有刻意去看他的左手，而是正色道："我还没有发现你有什么异常，无论是外貌、体态、表情、语气所反映出来的各种特征，都很正常。你预约登记的心理问题是情绪焦虑，情绪焦虑有很多种，原因也各不相同，你能自己告诉我吗？"

高晓飞的反应并不是失望，而是松了一口气，举起左手道："老师，我手背上长了个瘊子。"说着将创可贴揭下来，露出一个黄豆大小的瘊子。

丁齐点了点头道："我看见了，就是这个瘊子造成了你的心理困扰吗？你能和我具体说说，究竟是怎样的感觉呢？"

高晓飞左手背上的这个瘊子是两个月前长出来的，根据他自己观察，近一个月来的情况已经很稳定了，瘊子并没有再变大。他觉得很难看，一想到这个瘊子就觉得全身不得劲，甚至有些寝食难安。他隐约感觉自己好像变得不一样了，心里很是担忧，却又不知道究竟在担忧什么。

听完求助者的自述，丁齐忍住了笑意，露出了很关切的神情。这的确是心理问题，而且是典型的青春期心理问题。假如是一位老年人，可能会担忧自己的健康，甚至会怀疑是否会有癌变可能等等，但这孩子关注的焦点并不在于这些。

丁齐又问道："你为什么不去医院看看呢？"不过是黄豆大小的一个瘊子而已，去医院处置只是一个很小的外科手术。高晓飞来做一次心理咨询交费六百，也足够他去处置这个瘊子了。

高晓飞答道："我也上网查过，网上说瘊子过一段时间也会自己好，但是没有什么办法预防,也说不定还会长。我还查到用液氮啊、激光啊手术切除很难去根,还会留下疤痕或色素沉着。其他的方法就是吃药了,但我感觉吃药肯定不好……"

其实丁齐刚才已经想到手术切除了,尽管他只是一个精神科医生,但这实在是一个小得不能再小的手术,只要有简单的器械和消毒设备,他本人现在就可以把这个瘊子给切除了,而且心理健康中心也备有外科急救包。

但这里是心理咨询室,并不是外科处置室,他打住了这个想法,笑着问道:"这些都是在百度百科上查的吧……小高,你是不是每天都要照很多遍镜子?"

高晓飞一怔:"你是怎么知道的?"

"你遇到的困扰确实是心理问题,很多青春期的少年都会这样。你因为手背上长了个瘊子,所以对自己的形象不满,这还不单纯是一个瘊子的事,而是你感到苦恼,不知道怎样才是自己满意的形象……"

接下来是一番聊天式的谈话。很多人,尤其是男性,在没有现实必要的情况下去照镜子的次数,青春期可能比一辈子其他时期加起来都要多。青春期少年有着高度的自我关注特点,这是伴随着自我意识发展并逐渐走向成熟的必然现象。

有强烈的自尊但又时常缺乏自信,对应了他们时常自以为已经长大成人,但实际上又不是真正的成人这种身心状态。青春期有一个很突出的心理现象叫做"假想观众",就是在心理上制造出可能并不存在的观众,关注自己的同时,也以为别人都在关注着他或她。自我赞美时便以为人人都会赞美,自我失望时便以为人人都会对其失望。这样反复的情绪波动,往往就会导致内心的焦虑情绪。

成年人如果受到某种刺激,也会重新唤起强烈的"假想观众"心理,并放大各种情绪体验。比如丁齐自己,他最近确实成了境湖名人,但是在现实中,又有几个人真的认识他呢?热点消退之后,绝大部分人真正记住的并不是丁齐本人，只是这起事件中他曾扮演的某个角色，也没有不相干的人会天天盯着他。

过不了多久，丁齐就会被大众遗忘，除非在特殊的场合刻意重提、除非是与他或这件事直接相关，否则谁都不会再当回事。丁齐不过是个小小的心理咨询师而已，并不是那种大众耳熟能详的公众人物。

今天在咨询室中面对这么一位十六岁的少年，丁齐在做心理咨询的同时也在调整自己的心态。

丁齐和高晓飞谈了青春期的各种心理特点，以及高晓飞所感受到的困扰实质，最后说道："我再送你一句话——腹有诗书气自华。"

高晓飞笑了，看着手背道："但这个瘊子，我还是得治啊，但我挺害怕去医院的。"

丁齐问："你跟你父母说过，你父母没当回事，对吧？"

高晓飞又一皱眉："确实，简直没法沟通！"

丁齐尽量淡化道："这确实也不是什么事，一个小瘊子而已，你的问题是青春期困扰。这次来做心理咨询的六百块钱，也是平时攒的零花钱吧？看来你还挺重视自己的！"

"我爹妈工作忙，但平时给的零花钱也不少，去年压岁钱加起来就有好几千呢，六百块我还是花得起的。"

此次咨询会谈已经结束了，其实也没必要再进行下一次。在高晓飞离开之前，丁齐又说道："给你一个私人建议，不是心理咨询师的建议。我小时候也长过瘊子，有人告诉我用九度的白醋每天点一点，后来它就自己掉了。你回去之后可以试试，假如没有用，你还是去医院做个小手术吧，很简单的。"

当丁齐站起身说出这番话时，其实已经脱离了心理咨询师的工作状态。重新专注地投入工作的感觉很好，令丁齐感觉又找回了熟悉的自己，但他心里也清楚，这恐怕是他在校心理健康中心最后一次做心理咨询了。

当高晓飞离开后,丁齐并没有出门去办公室,而是站在门后面等着,他想印证自己的某种判断。果不出所料,不到两分钟,敲门声就响起了,丁齐随即拉开了门。门开得这么快,反倒把敲门的钟大方给吓了一跳。

丁齐虽然猜到了可能会出现这一幕,但它真的发生时,心中也在叹息,有一股掩饰不住的失望之意,面无表情道:"大方师兄,你找我有事?"

丁齐第一次来心理健康中心上班时,见到钟大方便叫了一声钟主任。可钟大方却很夸张地直摇头,告诉他不要这么称呼,以后一定要叫大方师兄。这位师兄平日对他也挺大方、挺照顾的,就像他的名字一样。

从称呼中能反映出很多信息,比如现在很多研究生都管导师叫老板,可刘丰却拒绝这个称呼,一直要求学生叫他导师。哪怕丁齐已经跟佳佳确定了恋爱关系,这个习惯一直都没改过来,无论是在公开还是私下的场合。

今天听丁齐又叫了一声大方师兄,钟大方的神情略显尴尬,赶紧以关切的语气道:"小丁啊,没想到今天还有求助者预约你,我本以为你不会来呢。"

丁齐不咸不淡地答道:"既然把我的牌子挂出去了,就得有人翻啊!我现在也算出名了,就算是因为好奇,有人也会翻我的牌子。不过今天有点不巧,刚才那位预约者,根本就没听过境湖市安康医院事件,他也不知道我是谁。"

"小丁师弟,你好像误会了。周一你并没有请假,把你的名字放在预约挂号名单上,也是正常程序。"

"师兄,你就不用拐弯抹角了,都是搞专业的,谁还看不透那点小心眼,你想让我自己主动走人就直说,用不着绕这么大弯子!"

钟大方似乎受了什么委屈,带着责怨的语气道:"小丁师弟,你这话从何说起?"

丁齐看着他的眼睛道:"难道你不是来劝我自己走人的?免得你再去找理由开除我。"

钟大方的神情有些退缩，但仍然说道："有什么开除不开除的，你的劳动人事关系原先都在境湖大学，和校心理健康中心只是劳务合作。"

丁齐嘴角露出一丝嘲讽之色："我还是说中了吧！"

钟大方有些吞吞吐吐道："其实吧，有一位求助者投诉你，说你给出的咨询建议，居然是让一个已经没有生育能力的女人再生一个孩子，这对她造成了很大的刺激和伤害。"

"你干脆就直说是洪桂荣得了，何必遮遮掩掩。师兄，你也是田琦的鉴定人，私下接触过田相龙和洪桂荣吗？"

钟大方神情微微一惊，随即岔开话题道："小丁，我们能不能进去坐下说。"

丁齐很干脆地答道："不能，就站在这里说，要么就别说！"

钟大方看了看走廊上没有别人，又压低声音道："小丁啊，我知道你有情绪。可是昨天的会议你也应该听说了，校领导班子特意指出，要根据校方对你的处理意见，做出中心自己的处理决定，你还不明白是什么意思吗？这不是我要为难你……"

没等他说完，丁齐便打断道："导师还在呢，大方师兄什么时候成了本中心的头？"

心理健康中心是从校附属医院分立出来的，虽然行政关系上从属于境湖大学，但管理是独立的。人事方面，境湖大学只负责任命中心的领导班子，至于医生、护士的聘用，都是中心自主。校领导不可能直接聘用中心的咨询师和精神科医生，一方面因为中心是一个独立机构，另一方面也因为这种事情的专业性太强了，外行人还真插不上手。

所以境湖大学可以直接将丁齐开除出老师队伍，并开除他的学籍，却无法直接将他从心理健康中心解聘。从程序上讲，这应该是心理健康中心自己做出的决定。照说校领导已经在会议上做出指示，丁齐被解聘在所难免，可是也用不着这么急，更用不着钟大方跳出来。

丁齐分明是不想好好聊的态度，但钟大方也没动怒，反而有些低声下气地继续解释道："我们的导师是个难得的好导师，从来都是那么照顾学生，他怎么能拉得下脸来做这种事情？但校领导已经有了指示，中心又不得不办，这就是在让导师为难！我知道导师难办，既不能让导师去得罪校领导，也不能让导师拉下脸来开除自己的学生，所以只能由我来做这个恶人了。被导师教导和照顾了这么多年，我们也应该为他分忧……"

丁齐冷笑着打断道："我该叫你一声中国好师兄吗？校领导的指示，导师还没来得及办，你就抢着给办了，真是会给领导分忧啊！但你可不是在担责任，分明就是落井下石。我原以为落井下石的只有田相龙、洪桂荣这些人，没想到却是大方师兄你。该怎么说你好呢，夸你是好领导，还是好学生、好下属？"

这已经等于是指着鼻子骂人了，钟大方的心理素质真不错，仿佛根本就没和丁齐计较，或者说他就是个二皮脸，仍然小声道："就算是纯粹从专业角度说，心理健康中心也不适合再聘用你，我想你是明白原因的……"

钟大方又解释了半天，丁齐只在心中叹息。其实他知道自己会被中心解聘，只是在什么时候、以什么方式而已。就算刘丰导师不发话，假如钟大方过几天亲自找到他，好好说一说，丁齐也不会让导师为难，自己就走人了。

而且他的劳动人事关系不在心理健康中心，只要中心不再安排他的预约挂号，今后就可以不来上班，自然也就解除了聘用关系，谁都不用尴尬。可是钟大方太着急了，主动跳出来揽这件事，一方面可能是为了讨好校领导，另一方面的原因恐怕就不太好说了。

就算是心理专家，丁齐也不会没事就去琢磨身边的所有人，那样多累呀。直到今天他才明白，这位大方师兄并不喜欢他，恐怕从一开始起，内心深处就是排斥他的，这种心态不知不觉已经压抑了好几年。

钟大方是刘丰所带的最早的一批博士，如今是心理健康中心的二把手，也被视为刘丰专业上的接班人,从境湖大学内部论,其专业地位仅次于刘丰。但差这么一个位次就是天壤之别啊,刘丰兼占中心主任的职务,只要他老人家不让出位子,钟大方就好似永远没有进步空间。

刘丰就像一座山,无论从哪个角度看,钟大方都感觉自己被压得出不了头。同样的情况,不同的人感受不同,比如丁齐会觉得是受到了刘丰这棵大树的庇护,而钟大方会觉得始终活在刘丰的阴影下,什么增光露脸的事都不会先轮着他。刘丰对丁齐的提携和栽培力度,也明显超过了钟大方。前面有刘丰这么一座山压着,后面还有丁齐正在赶上来,终有一日会把他挤到一旁,这也许就是钟大方的担忧。所以丁齐只能叹息,难道在某个体制里待锈了,就只能看到眼前这么一点东西吗?

丁齐出了事,钟大方是幸灾乐祸吧?丁齐这个人并不多疑敏感,但他很敏锐,没想到的事情往往只是因为以前没去多想。

钟大方说了半天,见丁齐一言不发,又抬头道:"小丁师弟,你明白我的苦衷了吗?我也是没有办法,师兄必须这么处理。假如你有什么要求,也可以提出来;假如你有什么困难,导师和我们师兄弟也尽量会想办法帮你的。"

丁齐看着钟大方的眼睛,目光似能将对方穿透,他突然笑了:"你其实可以不必有什么苦衷的,这本就不是你的职责范围,你什么都不用做,就可以对得起良心了。我也没什么困难,只想问三个问题。"

"第一,在给田琦做精神鉴定之前,田相龙和洪桂荣来找过我。是谁违反程序透露的消息,让他们拿到了鉴定人的名单,并知晓了鉴定人的身份?第二,前天有人在网上放出来一段视频,是我在安康医院给田琦做诊断的监控记录。是什么人拿到了拷贝,然后私下里又传了出去?"

刚说到这里,钟大方就变了脸色,很生气地摆手道:"师弟,话可不能这么说!那田相龙能量很大,他有的是办法,你不能凭空怀疑谁。你也知道,那个视频拷贝我是拿不到的……"

丁齐随即道:"就在昨天之前,我从来没怀疑过任何人,当然也没有怀疑大方师兄你,而刚才我只是提出几个问题而已,并没有说要怀疑谁。我相信监控记录的拷贝不是你给田相龙的,但我现在知道第一个问题的答案了。"

丁齐说话时一直看着钟大方的眼睛,他相信监控记录不是钟大方提供给田相龙的,但言下之意,上次鉴定人的名单和身份,就是钟大方泄露给田相龙的,所以田相龙夫妇才能提前找到他。由此还能得出一个推论,身为鉴定人之一的钟大方,事先也私下里接触过田相龙夫妇。这也正常,他们既然来找了丁齐,没有理由不去找钟大方啊。

明白人说话没有那么啰嗦,三言两语就等于已经点破。钟大方有点出汗了,激动地说道:"我怎么可能做那种事?你说话要有证据!"

丁齐面不改色道:"给结果要有证据,但是提问不需要。大方师兄,你别着急,我还有第三个问题呢——田琦刺杀导师的那把刀是哪儿来的?田琦可是住在看护病房里,探视都有记录的。最大的可能就是中心内部的人员提供的刀,也是那个人在他耳边说了那番话,诱导他去刺杀导师。"

钟大方刚才始终表现得很诚恳,一副顾全大局、循循善诱的样子,哪怕面对丁齐的嘲讽和斥责也能委曲求全,但此刻心理防线终于被突破了。他表情不再是愤怒,瞬间就变成恐惧,显然是被吓着了,脸涨成了猪肝色,上前一步抓住丁齐的胳膊道:"师弟,这话可不能乱说呀!根本不是我!怎么可能是我?"

丁齐伸手拍在他的胸口,将他推了一个趔趄道:"站好了说话,别动手动脚的!我说那个人是你了吗?我只是提出疑问而已!我还要告诉你一件事,这次去安康医院之前,我也没想到田琦会死,只是想问清楚那把刀的来历。但他现在已经死了,最后见过他、问过他话的人是我。"

这话太狠了!假如丁齐向别人提出了这个疑问,并将矛头指向钟大方,尽管不足采信且田琦已死无对证,谁也不能认定就是钟大方干的,但足以让钟大方百口莫辩、以后别想再混了。

有些事没必要解释，同时也没法解释。比如网上有那么多人说丁齐是杀人医生、用催眠术杀人，丁齐怎么解释？从现实角度，他也不可能一一找到对方去辩论。而且这种说法只是瞎猜而已，谁也不可能据此去追究丁齐的责任。

丁齐现在就用同样的方式把钟大方给套进去了，他虽然不可能真的去做这么阴损的事情，但是钟大方怕呀，冷汗已涔涔而下。

钟大方缩起肩膀，以哀求的语气道："师弟，你还跟谁说过这些话？有些事可千万不要乱讲，讲出来就是造谣污蔑，会要人命的！……是师兄多事，今天就算我没有来过、什么话都没有说过。你有什么困难，有什么想法，有什么要求，我能帮忙的地方一定帮。"

丁齐淡淡道："你又不欠我的，不是一定要帮我的忙。但是说要求嘛，我还真有。我也不想看见为了我的事，导师跟校领导对着干。我主动走人，不再与中心有劳务聘用关系。但是这个月，我既然来上班了，该发的奖金还得如数发。而且现在已经是十月份，今年已经过去了一大半，年终奖金该发多少，到时候也不能少。大方师兄，你一定能办好的！我就不打扰你工作了，现在就上楼去收拾东西。"

说完话丁齐拍了拍钟大方的肩膀，出门转身上楼去了，走到楼梯口他又突然转身道："钟副主任，田琦都死在我眼前，你还以为我好欺吗？现在这种情况，你根本就惹不起我，也不应该来惹我，今后可千万别再这么自己作死了！"

钟大方一个人被晾在那里，过了好久才将呼吸给调匀了，感觉仍有些懵，今天怎么就没有控制住场面，彻底演砸了呢？

来之前他想得挺好，以领导和学长的身份表示慰问和关怀，并告诉丁齐校领导的决定和中心的难处，解除聘用关系是不可避免的，然后再安慰开导丁齐一番，并问丁齐有什么地方需要帮助的，很顺利地解决这件事。

将丁齐的名字挂在周一的预约登记名单上，也是他的主意，这就是一种试探。不料丁齐居然"正常"来上班了，而且还当面来了这么一出。

丁齐毫不留情地揭开了他准备好的面具，而且把所有事都打碎了说。在钟大方的印象中，丁齐这位小师弟不是这种人啊，对谁的态度都很谦和，这些年甚至从来没有与同事红过脸。

如果换做一般的单位、一般的人、一般的事，情况或许就会按照他的设想发生了，尽管对方心里不会高兴，但面子上还能过得去，这就是办公室政治。可是丁齐根本不和他玩这一套。

钟大方随即便意识到自己犯了什么错误，他并不真的了解丁齐，而丁齐却仿佛把他给看透了。他自以为是盘菜，丁齐却不再拿他当根葱，刚才看过来的眼神，分明是发自骨子里的蔑视，当丁齐认为不应该再给他面子的时候，就很干脆地一点面子都不给了。

这个年轻人太自负了，他现在这副破落样，还有什么资格蔑视我？钟大方很愤怒，很想骂人，在他眼里，丁齐不过是一个会拍马屁的小白脸而已，会讨刘丰欢心又泡上了领导的女儿，日子才混得这么滋润，否则屁也不是。但他今天终于领教了丁齐的厉害。

在钟大方看来，丁齐已经是个失败者，连底裤都输光了的失败者。但他现在却不敢说丁齐一句坏话，哪怕在背后也不敢，因为他怕万一传到了丁齐的耳朵里。丁齐反正是破罐子不怕破摔，而他可是个好罐子，摔不起！

丁齐最后提出的要求，钟大方还得老老实实地去满足，得尽全力为丁齐争取，一定要做得令丁齐满意。钟大方只能在心中暗骂，已经完蛋的人，还有什么好嚣张的，但也只能在心中暗骂而已。

钟大方此时后悔了，何必主动出头来揽这件事呢？丁齐已经被学校开除，如今再被心理健康中心解聘，他已经失去了任何拿捏丁齐的手段。丁齐正需要发泄，他今天算是撞到枪口上了。

09　无枝可依

仅仅教训了一个钟大方，丁齐并没有什么成就感，他的心情仍然很压抑，找了个纸壳箱收拾好办公室里的私人物品，默默地回到了宿舍。

等打开门走进屋中，丁齐却吃了一惊，屋里居然有人，导师刘丰正坐在书桌前。宿舍是学校的，丁齐明白导师是特意去后勤部门拿来了钥匙，现在这把钥匙正放在书桌上。

自从上周三下午丁齐请假之后，就没有再见过刘丰，现在是周一下午，短短五天时间，竟发生了那么多事情，恍如隔世。

在这五天中，丁齐并没有去找过刘丰，也没有给导师打过电话。他不知道找导师做什么，难道惹了事去向导师求助，求导师罩着他吗？其实不需要丁齐开口，刘丰也在尽力保护丁齐，导师做的那些事，丁齐都能猜到，心中很感激，还有几分愧疚。

许是彼此都能明白对方的想法吧，刘丰也没有联系过丁齐，等一切已尘埃落定，刘丰却直接出现在了丁齐的宿舍里。

丁齐放下纸壳箱道："导师，您来了，我给您泡杯茶！"语气很平静，甚至是刻意的平静，就像什么事都没发生过。

刘丰摆手道："不用泡茶了，坐下说话吧。"

屋里只有一个座位，丁齐就坐在了床上。

导师刘丰又指了指桌上的钥匙道："我在后勤处宿管办公室拿的，没经过你同意就擅自进来了。难道我不来找你，你就不去找我了吗？"

丁齐赶紧摇头道："不是这样的，我想过几天再……"

刘丰打断他的话道："宿管那边的人说了，他们不着急收回宿舍，本学期的计划已经安排好了，你可以继续住在这里，直到明年二月初，下学期正式开学之前。"

"谢谢导师，这样的小事也让您亲自费心！"

刘丰摇头道："不必谢我，我只是去了一趟宿管办公室，什么话都没说呢，他们就主动告诉我了，然后我就顺便把钥匙拿来了。我拿了你的钥匙，也给你我的钥匙，你要是在这里住得不习惯，就搬到我家去吧，反正房子很空。"说着话，刘丰把自己的家门钥匙也放在了桌上。

丁齐已经被学校开除了，照说不能继续住在教工宿舍里，可是宿管那边并没有着急赶人，而是在能力允许的范围内，给了他四个多月的缓冲时间。丁齐跟宿管办公室的人一点都不熟，除了当初领钥匙几乎没打过任何交道，相比之下，今天钟大方那种做法更令人感到不堪。

丁齐忍不住鼻子发酸，他还是尽量平静地说道："谢谢导师，我会自己想办法的。"

刘丰直截了当道："丁齐，你现在失业了。"

丁齐尽量以轻松的语气答道："是的，我失业了，刚从心理健康中心回来。"

就算刘丰先前不知道发生了什么事，看见丁齐抱回来这个纸壳箱，箱中放着他在办公室的私人物品，此刻也反应过来了。他叹了口气道："钟大方虽然家庭出身一般，但早年学习非常刻苦，专业能力也很强，只是他这个人……当初不是这样的。"

导师欲言又止，似乎不愿意再多说。丁齐以劝慰的语气道："环境会变，所处的地位会变，人的想法也会改变的。至于钟大方，我见过的病人多了！"

钟大方的担忧其实有点多余，丁齐并没有告状。刘丰又叹了口气道："你最近经历了很多，我就是想看看你会变成什么样子。有些东西是会改变的，但有些东西是必须坚持的。还好，你还是那个丁齐。"

丁齐笑了笑："我一直就是。"

刘丰点了点头："那我就放心了！今天上午我还去了一趟校图书馆，给你找了份兼职的差事，就是图书管理员，算是临时工性质。你先干着吧，收入虽然不高，每月一千五，但也勉强够眼下的生活费了，而且有个好处，你可以继续使用现在的校园一卡通。"

图书管理员，丁齐在大学本科时就做过，那时是勤工俭学，没想到转了这么一大圈，回头又干了这份工作。可以继续使用校园一卡通，这个好处就多了，可以刷开宿舍楼、教学楼以及校园内各大场馆的门禁，还可以使用食堂、图书借阅室、公共浴室等专属学校的服务设施，既便利又便宜。

丁齐不禁站了起来，嗓子有些发哑："谢谢导师！"

下午钟大方装模作样地跑来找丁齐谈话，劝他主动走人的同时，还问他需不需要帮助。而刘丰根本就没问，他主动给了丁齐此时最需要的帮助。先解决了住的问题，然后又给他介绍了一份过渡性的兼职工作，暂时解决了生活问题。

刘丰又习惯性地摆了摆右手道："你已经说了好几声谢谢了，如果真要说谢谢，我还从来没有好好谢谢你救了我的命，佳佳也没有好好谢谢你救了她父亲。"

"我们之间，用不着这么客气。"

"那你就更用不着谢我了。其实人在排解心理压力时，可以选择环境疗法，那就是换一种环境，到一个与过往经历无关的地方。但你如果继续留在校园里，面对的还是曾经熟悉的人和事，必然会时常提醒你曾经发生了什么，而你的处境和以前又有了怎样的不同。所以校图书馆图书管理员这份差事，你如果不愿意做，完全不必勉强，我们可以再想别的办法。"

刚刚经历了那样的事情，继续留在校园里、发生这一切的旧环境中，从心理层面并不是一个好的选择，会导致强烈的失落感与挫败感。刘丰当然明白，所以干脆把话挑明了说。

丁齐又坐了下来，沉默了几秒钟之后抬头答道："我从未打算逃避什么，如果这就是我将要面对的，那就去面对这一切。图书管理员，很好，导师安排得很好。"

刘丰终于长出一口气道："这才是一个人真正的成长，不仅是经历了什么事，而是怎样去经历，经历之后又会怎样。"说到这里他的语气顿了顿，沉吟道，"你是我迄今为止最优秀的学生，如果断送了专业前途，实在太可惜了。在图书馆这段日子，你可以多看些书，我和公安那边打声招呼，帮你改个名字。明年你可以继续考外校的博士，导师我也可以先帮你联系好。"

丁齐却摇头道："我的名字是父母起的，也是他们给我留下的纪念，他们已经不在了，我不能改换。而且我自认为并没有做错什么，更没有必要去否定自己的人生。"

刘丰也只得无奈道："事情发生得太快，或许你还没有完全想明白。将来如果有这个需要，你可以随时来找我。"

丁齐拒绝了导师好心的提议，两人有很长时间都没说话，就这么沉默着，气氛显得有些低沉。最后还是刘丰率先打破平静道："丁齐，你很优秀，各方面都非常出色。但你也会犯错误，我们毕竟都只是凡人，这件事有很多地方，你处理得就不对。"

"你完全可以走更合理的程序，比如先告诉我，我再和安康医院打招呼，然后找卢处长那边安排。以公安部门调查案情的名义，请求精神科专业人士协助，到安康医院问讯精神病患者。这样一来，就算出了那档子事，就算舆论压力再大，就算校领导再怎么想和稀泥，我也能据理力争把你保下来。你还是太年轻、太冲动、太自作主张！"

丁齐低头道："就算是那样，又有什么区别吗？当然，我不是在辩解，做错了就是做错了，就要承担后果，所以我坦然接受校方的处分。"

丁齐不想告诉导师，他在刘丰遇刺时也受了刺激，佳佳反复的叮嘱使这种刺激更深，莫名又碰见刘国男堵路，促使他在突然间做了一个决定。更重要的是，如果他先告诉刘丰，刘丰恐怕不会同意，而且会阻止。

其实就算程序上更合理，有心想挑破绽的人总是能挑出毛病来，出了事总得有人背锅。田相龙把事情闹成这样，就算校方没有给他纪律处分，在专业领域和职业圈子里，他是很难再混了。

现在讨论这些，都已经是事后诸葛亮了，于事无补。而刘丰也是为了提醒丁齐，人怎么可能什么错都不犯呢？就看在什么情况下、出于什么目的。丁齐也有失误，不必钻这样的牛角尖。

又沉默了一会儿，还是刘丰先开口道："田琦究竟是怎么死的？"

丁齐深吸一口气，抬头道："严格地说，他是死于自杀……去安康医院之前，我也没想到他会死，但是经历了他的精神世界，我便诱导他走向自我毁灭。这个突然的决定，也是根据当时的情况，我认为应该做出的决定。"

恐怕只有刘丰才能理解田琦真正的死因，因为也只有他才了解丁齐那特殊的天赋。而只有在刘丰面前，丁齐才会将"真相"原原本本地说出来。

听完了丁齐的介绍，刘丰叹息道："你对他早就起了杀心，虽然并没有打算杀他，可是到了那种状态下，你必然会动手，那就是你内心深处最真实的意愿。但你居然能做到，这简直就是一个奇迹！可惜……"话说到这里就打住了，不知究竟想说什么可惜。

丁齐没有说话，算是默认了导师的判断。刘丰又叹了口气道："其实，你可以让他进入植物状态的，那样麻烦会小很多。"

所谓植物状态，是一种精神病学称呼，相当于人们平常说的植物人。丁齐低着头道："没有那么简单，或许是我的技术还不够，不是想怎样就能怎样，我已经尽全力了。再说了，只要他还活着……"话说到这里他也打住了。

丁齐想不想弄死田琦？废话，当然想，很多人都想！但他们不可能真地跑去杀了田琦。丁齐当时是清醒的，而且处在内心深处最真切的状态中，他让田琦走向自我毁灭，看似偶然突发，但在刘丰看来，这几乎又是必然的。

两人又沉默了半天，导师最后说道："丁齐，你能发现常人发现不了的世界，这就是你的财富，今后要善用这笔财富。"

刘丰告辞，丁齐起身相送。见导师收起了宿舍钥匙，但自家那串钥匙还放在桌上，便提醒道："导师，您家的钥匙不必放我这儿，我真不用搬过去住！"

"你先留着吧。这个学期末，我打算请三周假，恰好可以去美国陪媳妇一起过个圣诞，寒假也不在这边，家里没人。佳佳昨天也和我说了，放寒假也去美国陪她妈妈，就在那边过年。"

丁齐做了个深呼吸道："提前祝导师节假快乐，也请导师代我向师母和佳佳问好！"

图书管理员工作很清闲也很枯燥。丁齐并不是校图书馆的正式在职员工，轮到他值班时就在阅览室中坐着，及时提醒有的学生不要大声喧哗，还要随时收拾没有放好的书册。

校图书馆每周三下午闭馆盘整书库，但阅览室仍然开放，提供给学生上自习。扩招之后校园虽然也在扩建，但自习室始终有些紧张。图书馆最忙碌的时间有两段：一是每天晚上闭馆后，每人要将所负责的区域原样整理好；二是周三的书库大盘整。

丁齐只是个临时工，但他对图书馆的活很熟。除了打理自己负责的阅览室，他每天还在闭馆后帮其他人的忙，至于周三的大盘库也是一次不缺，还经常搭手帮忙馆内的其他工作。这样的员工到哪里都是受欢迎的，几乎是人见人爱。

但大体上丁齐是清闲的，甚至经常无所事事，正因为如此，他才总想找更多的事情做。大部分时间，他是在看书，反正图书馆里有的是书。从十月中旬被开除，到一月初学校放假，丁齐看的书比过去两年都多。现在广义的书，不再局限于纸质书本，还包括各种音像记录。尽管网络资讯已经非常发达，但还有很多资料，只有在大型图书馆里才能查得到。

刘丰提醒过他，继续留在旧的环境中会有怎样的感受，丁齐也有这个思想准备，他正在亲身感受这一切。有很多原先的同事在图书馆和他打照面，态度大多很礼貌、很温和，不少目光中隐含着同情，但感觉莫名生疏。

平日坐在阅览室中，丁齐也发现很多学生以好奇的目光偷偷打量他，估计还会私下里议论他吧。其实有时这只是丁齐的自我感觉，实情未必是这样。就算当初，喜欢偷偷打量他、对他指指点点的女生也不少啊。谁叫他这个小伙这么有气质，人长得又帅呢！——丁齐如此自我安慰。

转眼放了寒假，校园里变得冷冷清清，走在空无一人的路上，能感受到北边江风的寒意。

大年三十，早起掸尘，是丁齐家乡的风俗。丁齐一早去了导师刘丰的家，周阿姨已经回家过年去了，屋子里空空荡荡，收拾得也很干净。但丁齐还是重新打扫了一遍，完成了一个风俗上的仪式。然后他关上门离开，临走前将那串钥匙留在了客厅的茶几上。

掸尘之后就开始做年夜饭，按照老家的风俗，年夜饭中的很多菜是进入腊月后就陆续备好的。只要过了中午十二点，便是大年夜的"夜"，桌子摆好之后先出门放鞭炮，放完鞭炮就可以关门吃年夜饭了。

丁齐也准备了一串鞭炮，整整一万响的串红，卷起来是好大的一盘，他还从来没放过这么长的鞭炮呢。在宿舍楼前将鞭炮展开，从远处排出一条横线一直延伸到楼梯口。丁齐取出了一盒烟，点燃一根抽了两口，迎着冷空气用力吐了出去。

丁齐没什么不良嗜好，以前也从不抽烟，但最近几个月却学会了，偶尔也抽上两根。他用烟头点燃了鞭炮，在隆隆的鞭炮声中，转身走上了楼。楼外的鞭炮声很响，哪怕在宿舍里关上门仍觉得有些震耳。

这是教职员工的单身宿舍楼，在大年三十的下午，整栋楼都已经走空了，只有丁齐一个人还住着。

年夜饭吃什么？没有冰箱和微波炉，学校食堂也不开门，他更没心情去公共厨房做。他提前准备了方便面，还有各种各样的熟食，有罐装的也有袋装的、有荤也有素。先用电壶烧水泡面，再一包包、一盒盒将熟食打开放在书桌上。菜全是冷的，只有泡面是热的。

面泡好了，菜也全部摆好了，丁齐却一口没动。他没有半点食欲，只是弯腰从脚边的纸箱里抽出一罐啤酒，打开后大口灌了下去。可能是呛着了，酒从嘴角滴到了胸前，他伸手抹了一把下巴，下巴当然是湿的，下意识地又抹了把脸，脸上也全是湿的。

不知何时，他已泪流满面。

丁齐过年为何不回家？因为他无处可去！此时的感觉就像寒风中的荒林，光秃秃的树枝不见一片叶子，天地间只有他这么一只孤独的小鸟。

丁齐的父母已不在世。母亲在他十二岁那年病故，为了给母亲治病，当时家里几乎没有什么积蓄。在他十七岁那年，也就是高二下学期的时候，父亲遇车祸不幸身亡。还好有车祸的赔偿金和父亲单位的抚恤金能供他生活，他完成了高中学业并考取了境湖大学。

他在老家还有不少亲戚。他家在与境湖市相邻的宛陵市泾阳县。父亲出生在泾阳县山区的农村里，当年读书出来分配到县城里当了一名公务员，也算是比较有出息了，然后在县城里娶了他母亲。

父母还在泾阳县城给他留了一套商品房，面积一百平方米左右，三居室，差不多是县城里最好的地段，是丁齐的父亲以内部价从原单位买下来的，也算是当时的最后一批政策福利分房。

父亲去世后，姥姥曾和舅舅一家来找过他，还做出了安排，由舅舅家把他接过去抚养，那套房子先给表哥结婚用。丁齐拒绝了安排，他告诉姥姥自己可以独立生活，不需要谁来抚养。姥姥和舅妈都指责他不懂事，丁齐却坚决不干，最后关系闹得很僵。

丁齐当时的感情是很复杂的，他不想让别人来占据父母的房子，就像不想让别人占据父母的位置，哪怕他们已经不在了。他之所以会拒绝姥姥的安排，多少也与另一件事有关。他还记得当年母亲病重的时候，父亲带着他到舅舅那里借钱，是怎样被找借口拒绝的。

母亲病重后，父亲还打算把房子卖了，在位置更偏僻的地方换套更小的房子住，送母亲去境湖市的大医院。丁齐年纪还小不太懂事，无意间在母亲面前说漏了嘴。结果母亲大骂父亲太败家，她在县医院一样可以治病，假如父亲真敢那么干，她就连县医院都不住了，而房子是要留给丁齐的。

舅舅家住在县城里，而丁齐的大伯住在乡下。父亲家的亲戚当然也听说了这件事，后来大伯找他商量，提议由他们家来照顾他、住在一起生活。怎么照顾呢？大伯一家也搬到县城来住，两口子还带着他们的两个女儿，也就是丁齐的堂姐和堂妹。丁齐也谢绝了大伯的"好意"，只说自己已经长大了，过完年就满十八岁了，不需要别人再来照顾。大伯见丁齐的态度坚定，也不好再坚持，后来关系还算不错。

丁齐的父亲从农村读书出来，令爷爷一家人都感觉很有面子，村里的亲戚们平时进城也都在丁齐家歇脚，丁齐的父亲都会很好地招待，还时常在经济上接济他们。母亲对此是很有意见的，私下里跟父亲争吵过好几次，丁齐小时候听见过。母亲生病后，父亲就没有再接济过老家的亲戚，老家那边某些人也曾有过怨言，但至少没有谁当面说过。

丁齐后来考上了境湖大学，和他父亲一样，成了老家人在村子里的骄傲，很多人都夸奖他有出息，以他为炫耀或者对他抱着某种期待。前些年的春节，丁齐都是回老家乡下和大伯他们一起过的，否则未免太过孤单凄清了。

大学期间以及参加工作的第一年，丁齐没什么钱，但平日也会想办法节省下来一笔，过年时包给老家亲戚的孩子们当压岁钱。近两年丁齐的经济状况改善了不少，过年时会准备更贵重的礼物，红包也包得比较厚，越来越受欢迎。

这些年除了爷爷之外，丁齐没有收到过其他人的压岁钱，因为他已经是大人了嘛。说起来都是些琐碎的事情，但这就是普通人的生活。

老家县城里的那套房子，丁齐告诉大伯他给租出去了，其实并没有出租，就那么空着，所有的东西也都是原样放着。他每年抽空回去两趟，收拾打扫干净。

虽然镜湖大学附近的房价比泾阳县城最好的地段还要高出一倍还多，但丁齐如果把老家的房子卖了，也够他在这边买套新房子的首付了。可丁齐根本没打算那么做，对他而言，那是父母留给他的纪念，也是内心深处的某种寄托。

本科毕业后丁齐和佳佳建立了恋爱关系，当时就有同事议论，丁齐与佳佳虽不算门当户对，但他母亲双亡、没有负担，也算是出身干净、没有后顾之忧了。丁齐也能猜到这些议论，但他懒得计较，也没法去计较，谁爱怎么说就怎么说吧。

丁齐的经历如此，可以想象刘丰的出现对他而言意味着什么，而他在刘丰身上又投射了怎样的情感。

丁齐这次只打了个电话说自己有事，过年恐怕没法回去了。接电话的大伯母在电话那边还挺失望的，照例夸了他几句有出息，然后以开玩笑的语气说，给红包啥的用微信转账就可以了。

往年每次回老家过年，老家的亲戚们很喜欢问东问西，比如他现在干什么工作、每个月能挣多少钱、在境湖市有什么关系等等，哪怕是个人的隐私问题也要刨根问底。丁齐这次"出事"之后，没有接到老家亲戚来的电话，他们可能并不知道这回事，应该是未曾听说吧。

丁齐自以为很坚强，他也的确相当坚强与清醒。他从那样的处境中一步步走到今天，就在几个月前，他的人生道路还充满阳光，前程远大且美好，足以令同龄人羡慕。转眼间他却跌落到了人生的低谷，仿佛是一座深渊。再坚强的人也有脆弱的时候。泪水止不住无声无息地往下流，他只能一口接着一口地喝酒。

今天这啤酒却寡淡如水，喝下去一点味道都没有。丁齐干脆又从墙角取过一瓶家乡产的黄酒。往年过年时，老家的亲戚们最爱喝这种酒，还喜欢加姜丝、葡萄干、话梅等各种东西煮热了喝。

丁齐没有加东西热酒，就冷着喝寡酒，感觉这酒也没什么劲，一瓶很快就喝完了，接着又开了一瓶……不知道时间过了多久、有没有到午夜，他突然觉得胃里如翻江倒海，跌跌撞撞地跑进了洗手间，趴在抽水马桶上吐了起来。他没吃什么东西，吐的全是酒，到最后已经吐不出来了，还一个劲地在干呕，听声音就像嚎啕大哭……

丁齐醒来的时候，发现自己竟然是靠在床角，衣服和鞋都没脱。他觉得浑身酸疼，再一抬手却发现了血迹。右小臂靠近手背的位置割破了一个一寸多长的口子，流了不少血，地板上还能看见干涸的血点，衬衣的袖口也被血迹弄脏了，而伤口此刻已经结痂了。

他是什么时候、被什么东西割破手臂的，居然毫无记忆。丁齐只记得昨天放完鞭炮回来关上门，坐下来准备吃一个人的年夜饭，后来的事情就全忘了，他断片儿了。桌上打开的熟食几乎原样未动，筷子还插在泡面里，清点了一下，他总共喝了八罐啤酒、两瓶黄酒。

丁齐隐约记得自己喝了啤酒，却怎么也想不起来啥时候喝的那两瓶黄酒，这是他人生中的第一次失忆，突然觉得很后怕。

找到手机一看，居然还有电，收到了十几条拜年的微信和短信。眼下是早上六点五十，天还没有完全亮，远处传来零星的爆竹声，他醒得可真够早的。丁齐洗了个热水澡，擦干头发再照镜子的时候，发现眼睛不那么红肿了，脑袋感觉也不怎么疼了。

醒这么早，他却并不觉得困，反而感觉精力无处发泄，总想找点什么事情做。他换了一套衣服，将被血迹弄脏的衬衣搓洗干净，又将屋子打扫干净、收拾整齐。然后他觉得饿了，肚子里咕咕响，于是烧水泡面，连吃了两桶方便面才感觉饱了，再将桌上昨夜没动的饭菜全部收拾起来出门扔掉，还下楼将昨天放的鞭炮碎屑都给扫了。回到屋中环顾一圈，发现已经没什么事可做了。

他走进洗手间，照了很长时间的镜子，很精心地刮胡子梳头，打扮得整整齐齐。恰在这时，突然有人敲门。这可是大年初一的上午十点啊，而且这栋楼里的人全部都走空了，只有丁齐一个人住。这时候突然有人敲门，很有点恐怖片的感觉，丁齐也被吓了一跳。

10　神秘来客

丁齐想到，宿舍楼的门禁坏了，用力一推就能打开，看样子是有人直接上来了。导师一家人都在美国，丁齐实在想不起来还有谁会来找他，打开门一看又惊又喜，居然是大学宿舍的老二田容平。

田容平看见丁齐也是一愣，张大嘴道："小七，你打扮得好精神啊，这是要上哪里去拜年吗？"

丁齐过年虽没有置办新衣服，但穿得也很干净整洁。田容平原以为丁齐会是怎样一副颓废潦倒的样子，结果见面的反差太大了，所以才会这么吃惊。其实他是来晚了三个小时，丁齐已经把自己和屋子都收拾好了。

丁齐也惊讶道："老二，大年初一一大早，你不在家好好待着，怎么跑我这儿来了？"

田容平有些夸张地叫道："大年初一，出门拜年啊，我第一个就给你来拜年了！……说多少次了，不要叫老二！"

丁齐笑道："二师兄，快进屋！……拜年怎么没年货呀，好歹也提两筒麻饼啊。"

田容平进屋坐在床上道："二师兄也不好听，我有那么肥头大耳吗……麻饼是什么玩意？"

麻饼是一种传统面点，形状和大小与月饼差不多，大多是猪油和面做的，有冰糖馅的，也有五仁馅的，外面沾着一层芝麻。这是很土、很传统的点心了，对于现在的孩子来说并不好吃。

丁齐很小的时候，亲戚之间年节走动，就有送麻饼的，不是盒装的，而是用白纸卷成筒状，一筒十块饼。长大之后就很少见到这种东西了，它是童年的记忆。

丁齐拉过椅子坐下，和田容平扯了一番关于"麻饼"的典故，逗得田容平哈哈直乐。

田容平从挎包里掏出一个牛皮纸袋，递给丁齐道："我虽然没有带麻饼，但也不是空着手来的，这是给你包的压岁钱，快拿好！"

丁齐接过纸袋打开看了一眼，愣了好几秒钟，里面是扎得整整齐齐的五万现金。这年头电子转账十分方便，但田容平还是特意取出现金带来了。他抬头道："二哥，你这是来还钱的吗？我不着急，何苦大年初一就特意跑一趟呢！"

田容平大大咧咧道："我现在手头有，当然要先还你钱了，你肯定比我更需要。"

丁齐此刻已经反应过来了，田容平肯定是听说了他的事，以为他如今已贫困潦倒，所以赶紧筹钱把欠他的这五万先还了。丁齐摇了摇头道："二哥呀，其实我现在不缺钱，放假前刚刚拿了十万年终奖呢！"

丁齐说的是实话，心理健康中心真的给他发了十万年终奖，这是钟大方一力争取的，并在内部讨论时列举了种种理由。当时刘丰人已经在美国了，收到年终奖分配方案时，刘丰没提任何修改意见就批准了。反正钟大方乐意这么定，负责最后拍板的刘丰就乐意这么批。

田容平瞪大眼睛道："年终奖这么多？胡说的吧，你不是被……"

说到这里他欲言又止，丁齐笑着接话道："我的确是被开除了，但开除之前我还工作了十个多月啊，年终奖也得算。"

"十个月就这么多，真是好单位啊！你去年年终奖多少？"

"去年五万，今年比去年多一倍。说到底，还是因为我有个好领导啊，太有人情味了!"

"真的假的?"

"真的,我没骗你!"

"我都有点羡慕你了,我们单位今年的年终奖就是多发两个月工资,加起来也就一万多。"

"大年初一就赶着来还钱,现在是不是后悔了?"

田容平赶紧摆手道:"那倒不是,我现在手头有,就赶紧还了。"

"你结婚我可没收到请帖,连份子钱都没给呢。今天你单独请我喝顿酒,我恰好可以把礼金补上!"

田容平上次找他借钱,是为了结婚装修新房,结果当天丁齐就出事了。后来他没有收到田容平的结婚请帖,估计田容平也知道他的遭遇,所以没来打扰。丁齐根本就忘了这茬,此刻见到田容平才想起来。

不料田容平却挥手道:"别提什么礼金了,婚都没结成!"

丁齐惊讶道:"究竟是怎么回事,不是连新房都装修好了吗?"

"别在这里说了,我请你出去喝酒,边吃边聊。"

"大年初一哪有饭店开门啊?"

"瞧你这没见识的样,就没在咱们境湖这样的大城市过过年吧?别说大年初一了,三十晚上都有饭店开门!"

丁齐小声嘀咕了一句:"反正学校食堂不开门。你还不知道麻饼呢!"

丁齐自从上大学起,在境湖市已经生活了七年半,但他的确没在这里过过年。从十八岁那年春节开始,他都是在老家乡下大伯家过年,直到寒假开学前才返校。在老家乡下的镇上,如今初八之前是没有饭店开门的,而早年的老规矩是初五开门。

步行出学校,穿过一家大商场,找到了一家仍正常营业的酒楼,两人就在大厅里边吃边聊,一直聊到了下午两点多。

田容平的对象是相亲认识的,彼此觉得还合适,就到了谈婚论嫁的阶段，尤其是田容平的父母特别上心。女方提出，男方得有自己的房子，小两口婚后不和公婆一起住。田容平的父母答应了，也给田容平买了房子。

女方还提出房子要先装修好，而且是男方负责出钱，按女方的意思装修，田家也答应了。这时候家里的积蓄已经不够了，田容平还找丁齐借了五万块钱。

房子装修好了，婚宴的饭店也找好了，田容平连婚宴的定金都交了，还有一个星期就要举行婚礼，这时候女方又提了要求。原本女方父母说好不要彩礼了，但突然又改口女儿养这么大不容易，彩礼也是诚意，接亲当天要拿十万彩礼。

谈到这里，丁齐自斟自饮道："十万不算多，最关键的是，你已经投入了那么多，眼看就要达到目的，应该不会因为这个要求就不结婚了吧？就算你不乐意，你父母也会答应的。"

田容平晃着酒杯道："你别跟我谈心理学，我什么都懂！关键是那边出尔反尔，说好的不要，事到临头突然又提出这个要求，让人措手不及。你说得对，我父母着急抱孙子也许就忍了，但是我却感觉不能忍。父母辛苦了一辈子，为我结个婚就花光了所有的积蓄还得去借钱，我这个做儿子的怎么能忍心？要借也得我自己去借，将来夫妻俩一起还！这些就不说了，更要命的是另一个要求，我是坚决不能答应的，我父母也不答应。"

丁齐慢悠悠地问道："房产证上写女方的名字吗？"

田容平一愣："你是怎么知道的？"

"老套路了，假如你们彼此真的在乎，因为爱情而无私，写上对方的名字也未尝不可。其实有时候我们不愿意，内心深处的原因只是没有看上、感情还没到那一步。"

田容平冷哼一声道："听仔细了，不是在房产证上加她的名字，而是改成她的名字。没有我的名字，只有她一个人的名字！她说不答应就不结婚，那我就不结了。酒席已经定了，付好的定金只能退一半，那我也认了。"

丁齐有些愕然地放下杯子，停顿了片刻才说道："我不喜欢恶意假设他人，只说最温和的一种判断：极度缺乏自信，缺失感情中的信任与责任，对这个社会有一种强烈的不安全感，有认知障碍，她才会……"

田容平直摇头道："你说话可真够温和的，也够客气的！不必用这么专业的口吻，你已经不是医生了，我也不是来找谁给她做诊断的，她有病就有病去吧。不扯这些了，来来来，喝酒！大丈夫何患无妻，天涯何处无芳草，留得青山慢慢找，哪里跌倒哪里搞……"

酒到酣处，说的话不知不觉就随意了起来，田容平突然问道："你和佳佳也分手了吗？"假如不是酒喝得差不多了，他是不会提这种事的。

丁齐淡淡点头道："已经分手了，我们之间不太合适。"

丁齐和佳佳是怎么分的手？过程谁也说不清，甚至谁也没有主动提，好像就是这么自然而然地发生了，在已过去的几个月内渐行渐远，直至不再是恋人关系。

丁齐刚刚出事那几天，他没有联系佳佳，后来佳佳主动联系他，表达了担忧和关切。也许是事情太多，也许是心情不佳，丁齐没有像以往那样关注佳佳，联系也越来越少，感情显得越来越疏远。

后来佳佳告诉他，要去美国过年，丁齐祝她玩得开心，并提醒她注意安全。再后来佳佳又告诉他，她打算去美国留学，丁齐送出了祝福……

想当初他和佳佳越走越近时，刘丰并没有干涉，而今天他和佳佳渐行渐远，刘丰同样没有说什么，也许也没法说什么吧。一切发生得都很平淡，甚至不必有谁说分手。

丁齐正在回忆，田容平又把脑袋凑过来低声问道："你恨不恨她？"

丁齐看着手中的酒杯道："恨她？为什么要恨她？不，我根本就不恨她，也完全不应该恨她，我对她只有感谢。她陪伴了我生命中难忘的三年，给了我太多美妙的时光。她不是我的仇人，对我也没有承诺和责任，更没图过我什么，只是给了我很多不曾拥有的，正是我渴望的……"

田容平打断他的话道:"真受不了你!但你说得对,那么漂亮的女生、刘丰大教授家的千金,跟你好了三年,让你白睡了三年,怎么样你也是只占便宜不吃亏……"

丁齐赶紧举杯道:"打住,给我打住!快喝酒吧,堵你这张臭嘴。"

田容平干了一杯道:"你的心可真够大的。"

丁齐问:"不然呢?"

田容平怔了怔:"对哦,不然又怎样?干吗要有那么多负面情绪,只会让自己不痛快!"

这顿酒喝得晕晕乎乎,但是丁齐并没有吐,当然更没有断片,只是回去的时候脚步有些发飘,上楼要抓着扶手才能走稳。

第二天早上,丁齐九点才起床,刚刚洗漱完毕,突然又听见了敲门声。大年初二,又是什么人跑到他这儿来了?开门一看,不禁怔住了,竟是刘国男。

刘国男今天穿着一件修身款的无帽貂领呢绒风衣,还化了淡妆,纯黑色毛茸茸的衣领衬托得脸蛋很是白皙粉嫩。一见到丁齐,她就怯怯地低下头道:"丁、丁医生好!我是来给你拜年的。楼下的门禁用手一推就开了,我就上来了。"

丁齐没多说什么,只是点头道:"进来坐吧!"他将那张唯一的椅子拉了出来,自己则坐在了床上。

刘国男坐下之后,低着头,左手摸着右手。

丁齐问道:"你怎么知道我住这儿?"

"找人打听的呗。其实我是来给丁医生道歉的,上次我说那些话……"

丁齐打断道:"不必说了,我理解你当时的心情。后来的事情,我还得谢谢你。"田相龙第一次报料后,次日就有人在网上反爆料,引导了舆情反转。爆料者声称是江北杀人案受害者的表姐,那当然就是刘国男了。

"你不用谢我,那都是我应该做的。但我也没有想到,他们后来绕开安康医院,却专门将矛头指向你个人,把事情搞大了。有很多事要回头才能明白,我的确是错了,我不该那样看你,更不该那样说你。真要说谢谢,其实我要谢谢你,你是个好人!"

丁齐笑了:"这是给我发好人卡吗?"

刘国男赶紧摆手道:"不不不,我不是那个意思,就是觉得你这人好。"

丁齐说:"不必这么客气,我也没做什么。"

刘国男抬头道:"我知道你做了什么……不不不,我也不是那个意思,你不是杀人医生,警察都不能那么说!我的意思是说,田琦死了,你却要承受处分。这个世界太不公平了,总是无辜者倒霉,好人没有好报,你们学校太过分了。"她有点语无伦次。

丁齐淡淡道:"事情闹得太大,都是从我违反纪律开始,你如果是这么一个大机构的负责人,也会这么处理的。但好人也有好报啊,你不是来给我拜年了吗?"最后一句话是开玩笑的语气,缓和一下气氛,他不想让刘国男那么紧张。

刘国男的脸居然红了,又从随身的坤包里抽出一个鼓鼓囊囊的红包递过来,支支吾吾地说道:"我是来拜年的,这个是压岁钱,给你!"

刘国男给他压岁钱!这姑娘不太擅于人情往来,她想对丁齐表达感谢,勉强找了一个借口,可是这非亲非故的……丁齐颇有些哭笑不得,摇头道:"我也是大人呀,你过年干吗给我压岁钱?"

那个红包其实是个红色的信封,看厚度应该是两万现金。为什么要送钱呢,她的想法应该和田容平差不多,认为丁齐已经失业了四个多月,想必穷困潦倒、很是缺钱。给得太直接吧,又怕伤了丁齐的自尊心,居然想了"压岁钱"这么一个名目。

无论如何,丁齐还是很感激的。这几个月他在图书馆当临时工,每月一千五,但还免费住在学校的宿舍里,在学校的食堂里吃饭,倒是没什么别的开销。他原本有八万存款，借给了田容平五万，可昨天已经还回来了，"年终奖"又拿了十万。也就是说，他现在有十八万存款了，有生以来兜里还从未揣过这么多钱呢，今天刘国男又送来两万，这是要给他凑个整吗？

刘国男答道："拜年嘛，总不能空手来，只是一点心意，你就收下吧。其实往年我都会给表弟压岁钱，今年他不在了，而我看见你，感觉就像看见他……不不不，你别误会，大过年说这种话不吉利，但我没别的意思，就是想说……"

丁齐赶紧接过红包道："你不用说了，我明白你的意思。我不能拿这么多，这样吧，意思意思就可以了，大过年的也图个吉利，谢谢你！"他打开信封，里面果然是两捆簇新的百元钞票，他一捆抽出了一张，揣进了自己的兜里，然后将剩下的钱放回信封，又还给了刘国男。

刘国男下意识地接过信封，有些好奇地问道："这是什么风俗，百里挑一吗？"

丁齐差点乐出声来，钞票是一百张一捆，他每捆抽出来一张，可不就是百里挑一嘛，这姑娘有时候不太会说话，有时候又真会捅词！他笑着说道："你给我两万压岁钱，我年纪比你小两岁，也给你一万九千八压岁钱，我们过年都有收获。"

刘国男没有再坚持，收起信封又问道："听说你对象和你分手了？"说这句话时，她的声音很细，也低着头没敢看丁齐的眼睛。

丁齐摆手道："大过年的，不说这些了，也谈不上谁和谁分手，只是没有继续走下去。"

"我还听说，这间宿舍，学校给你留到下学期开学前，过完年就得让你搬走了……我家有一套房子还空着，是我爹妈早就买好准备给我结婚用的，眼下也没人住，你可以暂时搬到那里去，都是朋友，不用跟我客气。"

不仅她有空的房子，昨天田容平也说了，婚没结成，但为了上班方便，他搬到新装修好的房子住了，新房里还空着一间屋，丁齐也可以搬过去同住,但丁齐谢绝了好意。

丁齐答道:"我现在不缺钱,真的,工作这些年也有些积蓄。年前我已经联系了中介,找到了房子,等放完春节长假我就搬过去,多谢你费心了。"

刘国男似是鼓起勇气般抬起眼睛道:"那不还得自己花钱嘛!其实你没必要跟我客气,我总想找机会为你做些什么。"

丁齐温和地微笑道:"你刚才提起了你表弟,说看见我就想起了你的表弟,这是一种心理学上的移情现象。要知道,我曾经是你的心理咨询师,后来又发生了那些事,在这个过程中,你可能下意识地就有情感投射……"

刘国男看他的眼神,可不仅仅是像看表弟,看得丁齐很有些不自在,感觉怪怪的。他选择了一种很"职业化"的方式,从专业角度谈起了什么是移情现象。

这让刘国男很无语啊,最后只弱弱地说了一句:"你已经不是心理医生了。"

好不容易送走了含情脉脉的刘国男,并拒绝了对方请他吃饭的要求,关上门之后丁齐连连苦笑,却感觉心境已开朗多了。

隔天大年初三的早上,丁齐起床后去校园的操场上跑了两圈,回到宿舍后又洗了把脸,擦了擦汗,正在琢磨中午吃点什么,忽然又听见有人敲门。传统风俗所谓的"大年"就是三天,没想到都有人登门拜访,每天都不闲着呀!

楼下的门禁虽然不好用,但也没有谁贴纸条通知来客说它坏了,怎么人人都知道推一把,然后就直接上楼呢?这回又是谁,又是来干什么的?

打开门一看,却是个陌生人,年纪看上去不到三十岁,个子一米七出头,戴着无框树脂眼镜,看上去度数不深甚至是平光的,穿着很得体的中装,除了眼睛稍微有点小,也算得上是相貌堂堂。

来者拎着一盒海鲜干货大礼包，浅浅地鞠了一躬道："丁老师好，我是来给您拜年的！"

此人的语气显得极有礼貌，举止也是温文尔雅，看上去就令人很有好感。丁齐纳闷道："请问您是——"

那人放下礼盒，掏出一张名片双手递过来道："我叫叶行，镜湖市博慈医疗中心的董事长。丁老师不认识我，但我对丁老师您可是仰慕已久！请问我能进去说话吗？"

镜湖博慈，丁齐听说过，其实就是一家民营医院，主要经营特色专科，成立只有两年。但是这家医院的前身历史可挺长了，当年他们还曾找境湖大学校附属医院谈过合作，但那时丁齐还没上大学呢，只是隐约有所耳闻。

丁齐侧身道："哦，快请进！"

他将客人让到了屋中唯一的那把椅子上坐下，海鲜干货大礼包被放在了书桌上。这个礼盒丁齐有印象，前天中午和田容平出去吃饭，穿过一家商场时大厅里正在搞促销，这种礼盒标的特价是九百九十八。

丁齐逛街时不会刻意关注这些，但他曾受过心理学专业训练，熟练掌握"心册术"技能，有独特的思维和记忆技巧，并形成了习惯。所以他看见眼熟的东西时，往往能很快地回忆起准确的相关信息。

叶行坐得很端正，微微欠身道："丁老师，很冒昧地大过年打扰您，您一定很纳闷，我为什么会找到这里来。"

丁齐点头道："是的，我正在等叶总自己说呢。"

叶行开门见山道："我是来请您出山的！我们博慈健康医疗中心今年新开设了心理专科门诊，想聘请您为头牌坐镇专家。"

丁齐一愣，反问道："为什么会想到来请我？"

他的确很意外。民营医院也是一个法人机构，叶行是法人代表，院长负责管理，所谓的董事长，其实只是投资方的代表。

好歹也算是同行，镜湖博慈的事情，丁齐多少也听说过。它最出名的特色专科有不孕不育、无痛人流、按摩推拿、美容整形、皮肤病、性病等，因为时常见到广告。但据丁齐所知，这家民营医疗机构最赚钱的科室其实是体检中心，这也体现了公关能力。

境湖市几大保险公司的定点体检单位都是博慈，很多保单生效之前都需要有投保人的体检报告，这是按规定必须走的流程，也是很大的一笔单子。博慈能够拿到，说明他们的业务公关能力很强，而且私下里给的回扣也很高。除此之外，很多大型单位和机构每年都会组织员工体检，很多单子也是让博慈给吃掉了。

也不能说这一类民营医疗机构竞争力就很强、医疗水平就很高，因为公立大医院根本就没有兴趣和他们竞争。就拿境湖大学附属医院来说，门诊天天排长队，住院床位一直都很紧张，经常有人托关系才能住院做手术。

境湖市博慈健康医疗中心，据说是博天集团投资的下属医疗机构，很难说它与博天集团有直接的控股从属关系，但实际上从人员到业务听说都是受博天集团控制的。博天集团在国内直接和间接控制了很多民营医疗机构，引起的社会争议也较多，毁誉不一。

境湖博慈今年新设了心理门诊，真的是很会蹭热点啊，这的确也是一个新的业务发展方向，未来很有潜力。其实境湖市内完全正规的心理治疗与咨询机构，原先只有境湖大学心理健康中心一家。

安康医院是一家精神病院，也是政府指定的精神病强制医疗机构，但它并不对外开设心理门诊。还有一些人也在搞心理咨询服务，但是很不正规，专业水平很难保证，而且缺乏一个正规的医疗机构为后盾，基本上都是小打小闹不成气候。

精神卫生专业或者说心理学专业的毕业生，也可以有别的就业方向，比如丁齐的师兄祁连峰就选择了营销，而田容平则在一家大公司的人力资源部门工作。丁齐也曾想过，被境湖大学以及校心理健康中心开除后，自己要找一份什么样的工作？首先保证生活，然后发挥专长，再去想个人的发展。不料今天叶行找上门来，让他继续干专业，这是丁齐最希望的，也是事先没有想到的。

叶行双腿并拢双手放在膝盖上，很认真地答道："我们境湖博慈今年刚刚开设心理专科门诊，我们虽是一家民营医院，但背后的资本实力很强，要做的就是一炮打响。现在我们最急缺的就是像丁老师您这样专业水平高超又有名望的专家坐镇。"

丁齐有些无奈道："叶总，你还没回答我的问题呢，为什么偏偏要找我？您不会不知道我刚出了什么样的事，要说有名嘛，的确有一点，但在业内绝不算什么美誉，要说有名望嘛，恐怕谈不上。"

叶行笑了，放松身体道："丁老师，您太谦虚了，也太低估自己了！我们的业务是面对社会大众的，您的社会知名度这么高，大众口碑也很不错，这就是最宝贵的资源。我们特地来聘请你，也是经过慎重考量的。"

说到这里他又看了看手表，"丁老师，该吃午饭了，我们找个地方边吃边聊吧。您先听我介绍一下境湖博慈的情况，了解我们的诚意，然后再决定接不接受聘请。"

反正也得吃饭，丁齐也就没有再推辞。两人从学校的北大门出去，来到了靠近江边的一座海鲜大酒楼。丁齐以前来过这里好几次，都是陪着刘丰应酬，丁齐从来没有结过账，也轮不到他结账，但知道这里的消费不低。

两个人吃饭在大厅里要个散台就行了，可是叶行却一定要包间，说是谈话方便。小包没有了，叶行让服务员安排个中包，最低消费一千六。

丁齐笑着说叶老板破费了。叶行却笑道："今天是谈业务，花的是公款，我也算是沾您的光。"

包间中是一张十人座的圆桌，如果加椅子可以坐十二到十三个人，此刻却只有他们两个，面对面坐着显得房间很空。叶行请丁齐先点菜，丁齐按照这里的消费水平，没点很贵的，也没点很便宜的，只点了一道石锅鲍鱼小土豆，然后便说客随主便，将菜单还给了叶行。

叶行接过菜单道："大过年的图个吉利，先来一艘富贵呈祥吧。"

富贵呈祥是这里的一道大菜，一艘金灿灿的船，放在桌上有两尺多长，里面垫着冰块，冰块上铺着各色刺身。

叶行又说道："丁老师点了鲍，有鲍怎能无翅，每人来一盅燕麦捞翅吧。据说多吃燕麦，对男人可是有好处的……"

服务员也微笑着插话道："是男人的加油站、女人的美容院。"

丁齐笑道："我上次听人说这话，是在一家铁板烧，服务员推荐烤生蚝。叶老板啊，不用都点这么贵的。"

叶行很豪爽地摆手道："第一次请丁老师吃饭，可不能怠慢了，就应该有诚意。"

丁齐笑出了声："要不一人再来一只龙虾？"

叶行开口便道："服务员，上一对澳洲大龙虾，每人一只！"

丁齐赶紧摆手道："我就是开个玩笑，你还真点啊！"

服务员也笑着插话道："富贵呈祥里面已经有龙虾刺身了，先生不必再点。你们只有两个人，差不多够吃了，再来盘素菜就好，做完刺身后还可以做汤或者熬粥。"

叶行也就没有再坚持，又点了盘素菜，问丁齐喝什么酒。丁齐想了想选择了黄酒，于是又点了两瓶花雕，等菜上齐了，两人关上门开始边吃边聊。叶行却不着急谈正事，而是频频举杯敬酒扯闲话，加了姜丝和枸杞的黄酒半斤下肚，脸渐渐红了，额头上也见了汗。

喝得差不多了，叶行才放下杯子主动道："丁老师，知道我为什么要特意来请您吗？"

丁齐也放下杯子道："愿闻其详。"

丁齐其实一直在观察这位有些突兀的陌生来客。对方的言行明显有表演的成分，基本上都是刻意为了给丁齐留下一个好印象、让他更有信任感。

在宿舍的时候，叶行举止温文尔雅，来到饭店点菜时，又很大气，甚至有些装傻充愣。现在他又做出一副已经喝多了的样子，语气让人感觉很真诚。可是丁齐身为一名专业的精神科医生，能分辨出醉酒过程的各种细微状态，包括病理醉酒与普通醉酒的特征，也包括从兴奋期到麻痹期的各种反应。叶行并没有喝多，至少没有看上去喝得那么多。但丁齐并不以为意，陌生人打交道本就有个试探的过程，至少对方要聘请他并不是什么坏事。

叶行带着醉意道："你出了事，而且闹得满城风雨，被境湖大学和心理健康中心开除了，连带安康医院都跟着背了锅。在这种情况下，没有公立医院肯聘用你，他们不缺人，多一事不如少一事。就算你还在官方体制内，背了这么段黑历史，以后评选啊、升职啊，总会有人拿出来说事，您也很难混，我说得对不对？"

果然是难听的话要留到喝多了再说，酒后无忌嘛。丁齐点头道："说得很对，您继续。"

"有很多人这么认为，但丁老师您千万不能把自己看低了！知道什么是反向思维吗？凡事要辩证地看，你就是如今稀缺的专业人才啊，是我们博慈心理门诊最需要的专家。我们开设了专科门诊，得有人来看病才行。又不是公立大医院，谁会知道你、谁又能信任你呢？就得去搞营销、打广告。可是一提丁老师您的名字，大家都知道，也清楚您的水平很高。您已经是全国知名，如今在境湖市家喻户晓，这是我们打多少广告也起不到的效果！只要您来了，我们对外一宣传，大家也都知道了境湖博慈的心理专科门诊。"

"网上有人说你是杀人医生，还说你用催眠术杀人，这说明什么问题？说明大家公认您的水平高啊！不论传闻真假，你也是位大师了，年轻有为的大师！听说过这件事的人，也都知道死者是谁，那是个精神病，该死的变态杀人狂。而他们又不是田琦，用不着担心自己，哪怕是出于好奇，也会愿意花重金来找你的。这样一来，连带着我们整体业务都得到了宣传，甚至都不必你亲自坐诊看病。丁老师，我说的有些话虽然不太好听，但也是有道理的，您说对不对？"

听完这番长篇大论，丁齐不动声色道："的确有点道理，我听着呢，您接着说。"

叶行再度端杯相敬，干了一杯温热的酒，嗓门不知不觉就大了起来："您虽然被开除了，但国家二级心理咨询师的证书还在吧？心理咨询师的认证考试虽然被国家取消了，但以前发的证书仍然有效吧？而且您还是经过卫生部核准的中级心理治疗师！您并没有受到禁业处罚，我们博慈聘用您，法律程序上并没有任何问题。您要看到自己的价值，原先在校中心做心理咨询，是不是一小时收费六百？现在您名扬全国，在我们这里，一小时就应该收三千了！"

丁齐赶紧摆手道："太夸张了，哪能要这么多，简直就是抢钱了。"

"丁老师是学院派出身，不懂我们这些江湖人的套路。这叫'抬门槛'，你一个人每天就算满打满算，又能接待多少病人？收少不如收多，精力是有限的，不能随随便便就坐台！慕名而来的人，也不在乎花这三千块钱。他们敢花，我们还不敢挣吗？"

丁齐追问道："什么是江湖套路？"

叶行突然压低了声音，脑袋前伸、探到桌沿问道："丁老师，您听说过江湖八大门吗？"

"好像听过这个词，旧社会走江湖、跑码头的讲究，但并不是很了解，这跟干我们这一行有关系吗？"

"怎么没关系，惊、疲、飘、册、风、火、爵、要，这江湖八大门包罗万象。我给您推荐一本书，名字叫《地师》，有空你可以找来好好看看。"

丁齐当即就打开手机搜了一下，有些纳闷道："网络小说啊？"

"就是一本网络小说，作者多少还知道一些皮毛和门道的。您好好看看，也能了解一个大概。不瞒丁老师您说，有多少江湖出身的人，做梦都想像丁老师这样扬名立万,羡慕得不得了,可他们没机会啊。"

"今天酒喝得痛快,我就再跟您交个实底。我们境湖博慈的背后,就是大名鼎鼎的中国博天集团。而博天集团的老祖宗,当年就是走江湖出身,凭着一张治皮肤病的偏方,白手起家一步步走到今天。"

他所说的人,就是博天集团的创始人施良德。施良德今年其实只有五十八岁,麾下各分支公司与机构数百、资产数百亿,集团每年营业额过千亿。这位成功的企业家,在集团内部不是被称为施总、施董事长或老板、老大,而是被叫老祖宗,不仅足以说明其地位,本身也带着浓厚的江湖意味。

丁齐插话道:"我知道这张偏方,就是硝酸、水银和白醋,假如配比不正确,是有腐蚀和毒性的,但是用对了,确实能治不少皮肤病。"

"丁老师真厉害,您还精通外科呀?"

丁齐哭笑不得道:"这不能算外科。"

"不管他是哪一科,仅仅靠一张偏方,能建立起分支机构布满全国、如今业务已延伸到东南亚各地的博天集团吗?更重要的是高超的江湖手段,过人的眼光和视野,就是不走寻常路!……其实,我也是江湖八大门中的疲门传人。"说出最后这句话时,他的神情语气带着三分得意、七分神秘,似乎就等着丁齐继续追问下去,令丁齐颇有些无语。

见丁齐没有顺势追问下去的意思,叶行又问道:"丁老师,我话都说到这个份上了,您接不接受我们的聘请呢?"

"叶总,其实您没必要说这么多。我只需要看看你们医院的资质,如果手续都是合法的、没有问题的,按正规的程序聘用,我就没什么问题。无论如何我很感谢您,对我来说这相当于雪中送炭,我当然没有理由拒绝。"

叶行一拍大腿道:"那就太好了!我们是正规医疗机构,所有手续都是合规合法的,您签了合同直接来上班就行。您是我们机构的大牌专家,我们包吃包住。但我个人还有一个小小的要求,我知道您在境湖大学图书馆兼职做管理员，请您继续保留这份兼职。"

对方居然提出这样奇怪的要求，丁齐诧异道："这又是为什么？"

"就算我个人的一点独特趣味吧，我没有上过重点大学，在我的心目中，大学图书馆一直是个很高尚、很神圣的地方。我会给专科门诊打招呼，您的挂牌预约时间，要和您在校图书馆的兼职时间错开，两边都不耽误。为了丁老师上下班方便，我们再给您配一辆专车。"

对丁齐而言，今天谈的是职业与专业问题；而对叶行而言，谈的就是生意。不论叶行说得多么天花乱坠，甚至连传说中的江湖八大门都扯出来了，丁齐真正在意的只有一件事，就是这家民营医院的资质是否正规、开设专科门诊的手续是否齐全、聘用他的程序是否符合规范？这些才是最重要的，而且有这些就够了。

每个人都有自己看待问题的方式，有自己的需求和目标，能达成协议，就是各取所需。在连连碰杯中，丁齐点了头表态愿意接受聘请，并向叶行表示了感谢。

接下来就是谈聘用合同的细节问题，谈着谈着，丁齐也感觉真有必要暂时保留一份兼职了。对方的话虽然说得很好听，但这份工作的具体情况究竟会怎样，目前还真不好打保票。

境湖博慈眼下与丁齐签的并不是劳动合同，与当初的校心理健康中心一样，是劳务聘用合同。这种情况在民营医院很普遍，他们有很多医生包括招牌专家教授其实都是外聘的，有不少还是退休后返聘的，人事关系都不在医院。

博慈承诺包吃包住还配专车，但是丁齐并没有底薪，这有点像工厂里的计件工资，他每个月的收入主要是拿提成。叶行说每小时收费三千，丁齐却坚决不同意。境湖市乃至本省内的心理咨询收费，根本就没有这么高的。

丁齐最高只想收一千，可是叶行觉得一千太低，两人说来说去，最后达成的一致数字是一千五。叶行表示绝不能再低了，因为丁齐是头牌专家，收费太低影响专科门诊的形象，而且其他医生也不会答应，因为他们的收费都不好超过丁齐。

这一千五当然不全归丁齐，丁齐的提成是五百，另外一千归医院。这也没什么不公平的，因为医院提供了场所和设施以及各种从业手续，并有其他的运营费用。

一小时就净挣五百，听上去收入已经相当不低了，但也得有生意上门才行。将自己的牌子挂出去，还挂得这么贵，究竟有多少人愿意花钱挂号预约、找他做心理咨询和心理治疗，丁齐心里也没底。

而且丁齐也不可能一天二十四小时连轴转，每天面对患者进行心理治疗或心理咨询的时间，达到三小时就相当于满负荷了。如果认真尽职，这其实也是相当消耗体力与精力的工作。

假如丁齐的"生意不好"，境湖博慈是不是吃亏了？那倒未必，因为境湖博慈并没有什么实质损失，心理诊室也不是丁齐专用的，其他医生照样可以用。对于境湖博慈而言，最重要的并不是丁齐个人能给他们挣多少钱，而是一种"名人"广告效应。

丁齐没有要求底薪，本来也许还可以再谈谈的，但他干脆没谈。因为对方也不要求他坐班，根据他在图书馆的兼职时间安排挂号预约时间，有挂号预约他便过去，平时并不需要考勤。丁齐只要求这每小时五百元是税后收入，叶行也很痛快地答应了。

酒桌上基本都谈妥了，但丁齐还要到医院去实地考察，看到各种正规的资质手续他才会签字。叶行主动离席绕过桌子跑来握手道："丁老师，您年后就可以来上班，祝我们合作愉快！"

叶行看似随意点单，但是结账开发票的时候，连酒带菜打了个八八折，去了零头正好是一千六，不多不少就是这间包房的最低消费。

11　全新的开始

这个年，丁齐原以为自己会过得很孤单凄清，却不料三天"大年"一天都没闲着，甚至年后的工作和生活问题都有了着落。回去后他又对着镜子照了半天，喃喃自语道："你是好人，好人毕竟有好运。"

大年初四这一天，丁齐收拾行李回到了老家宛陵市泾阳县的县城。他没有去乡下大伯家，也没有去见任何亲戚同学，只在父母留给他的房子里住了几天。

每年他都会抽空回来两次，将屋子打扫收拾干净，交齐水、电、卫生等费用。过年时他为什么留在宿舍而不回这里，因为他不想让父母看见自己当时的样子，虽然父母已经不在了，这仍是一种潜意识。

过年时，丁齐只主动给三个人发了拜年的微信。第一个当然是导师刘丰，通过刘丰祝导师全家春节快乐。第二个是大伯，通过大伯向亲戚拜年。第三个人是他的师兄，境湖市安康医院的辛主任。

丁齐违反纪律挨了学校的处分，辛主任也跟着背黑锅，虽然没有受行政记过，但也象征性地受到了警告处分。丁齐心中很有些愧疚，反倒是辛主任回信息安慰与鼓励了丁齐一番。

令丁齐意想不到的是市公安局的卢澈处长，这位领导居然主动加他微信拜年，并告诉丁齐，以后遇到什么麻烦可以找他帮忙。

丁齐一个人回家乡"度假"，从大年初四到大年初七，他只待了四天，恰恰就是在这段时间，境湖大学的教工宿舍却出了事。

学校有寒假，除了值班人员，其他人的假期都很长。丁齐走了之后，教工单身宿舍楼就空了，没人会那么早回来。可凡事偏偏有例外，有一位女助教回家过年被逼婚，连轴转被安排着相亲，实在是身心疲惫，干脆一跺脚就提前回校了。她的宿舍与丁齐同一楼层，位置在斜对面。

丁齐是初四上午八点钟走的，这位女助教是九点钟回来的。过了不久她听见了动静，原以为宿舍楼里根本没人，所以觉得害怕，既没敢开门也没敢吱声，通过猫眼悄悄往外看，发现三个陌生人弄开了丁齐宿舍的房门。

这位女助教吓得够呛，随即就打电话报警了。校园内的治安由学校保卫处负责，保卫处是有正式警务编制的，过年也有人值班。保卫处的人及时赶到，将那三个家伙堵在宿舍中当场抓获。

那三个人承认自己是小偷，声称就是想趁着过年宿舍没人来偷点东西。可是早就有人特意跟校保卫处打过招呼，于是搜身，结果发现了绳索、锤子、头罩等作案工具。

校保卫处将疑犯移交到辖区分局，经过分别突击审讯，三个人先后都招了，供认他们是受洪桂荣的雇用来收拾丁齐的。

好险呐，丁齐算是逃过了一劫！

警方立刻找到了洪桂荣，洪桂荣却撒泼抵赖，最后只承认，她雇了人只是想教训教训丁齐，并没有杀人、绑架之类的其他企图。至于被抓住的那三个歹徒，当然也不承认自己有恶性犯罪企图。

这个案子其实不太好处理，三名歹徒暂时被治安拘留了。田相龙也很震惊，他事先并不知道老婆做了这件事，获悉之后便告诉警方自从田琦死后她的精神一直就不正常，并要把她送到精神病院去治疗。可是境湖市两大收治精神病人的医院，境湖大学心理健康中心和市安康医院，在春节值班期间没有一家肯收治洪桂荣，她暂时也被送到了看守所里。

大年初六早上，丁齐接到了卢澈处长特意打来的电话，告诉了他刚刚发生的事情，并提醒他注意安全。初六下午，丁齐又接到了学校保卫处的电话。保卫处提醒，有人已经盯上他了，住在学校宿舍里不再安全，要尽快搬出去。面色铁青的丁齐并没有多说什么。

大年初八，各单位节后第一天上班，丁齐来到了境湖市博慈健康医疗中心。他提前给叶行打了个电话，是叶行开车到高铁站来接的。董事长亲自来接，令人受宠若惊，但丁齐却有几分疑惑。

他当然很感谢对方的热情，但叶行也太过热心了，难道仅仅是想借他的"名头"打开心理专科门诊的局面吗？坐在车上闲聊了几句，结合自己的推测判断，丁齐倒也了解了叶行的大致处境。

所谓的董事长，其实就是投资方派来的代表而已，在医院这样特殊的机构里，很难说有多少实权。博慈医疗有正副两位院长，正院长姓周，退休后返聘的内科专家，全面负责并直接分管体检中心；副院长姓龙，也是集团领导通过关系聘来的外科专家，分管整形美容专科。

而体检中心和整形美容专科，就是博慈医疗眼下最赚钱的两个部门。叶行虽然名义上是法人代表，是领导，但平时的业务插不上手，也就意味着没有太多油水可捞。可他也有自己的办法，叶行原先在境湖博慈办了一个培训机构，搞心理咨询师资格认证考试。叶行本人就有国家二级心理咨询师证书。可是去年九月，国家取消了心理咨询师的资格认证考试，这个培训机构当然就办不下去了。叶行又想了个主意，成立心理专科门诊，让原来的培训老师都换个岗位，也就是说，这个心理专科门诊是叶行控制的，也是他插手医院内部业务的一种方式。

丁齐闻言暗暗摇头，医院可不像公司，无论是中医、西医，还是内科、外科，业务能力都是需要长期的工作经验堆出来的，仅仅只看过几套教材，哪怕一字不落全背下来也不行。非专业出身的叶行确实很难插手，所以才想着另辟蹊径，才会来聘请自己。至于叶行还有什么其他目的，既然他没说，丁齐也就没追问。

境湖博慈位置离境湖大学有些远。丁齐记得自己曾经来过这一带，印象中这栋六层楼原先是一家三星级经济型酒店，如今却改造成了医院。很多病房干脆相当于宾馆里的标准间，这可比公立大医院舒服多了。

叶行带着丁齐参观了各科室，这是一家特色专科医院而不是全科医院，所以挂的牌子是"健康医疗中心"。

丁齐见到了周院长和龙副院长，他们的态度很热情，但丁齐也能看出礼貌中有些刻意的疏远。叶行介绍丁齐的时候，两位院长都连称久仰，只是这"久仰"听着总令人感觉有些别扭。在真正的专业领域内，丁齐出的可不是什么好名。

然后叶行又带着丁齐参观了心理专科门诊，除了丁齐这里还有另外九名"心理医生"。心理咨询师这个职业认证考试国家已经取消了，所以在这里干脆都叫心理医生。有七名同事是原先考证培训机构的老师，他们都是有心理咨询师证书的。另外两人，也是叶行特意从外地聘请的有执业经验的心理治疗师。

这些人对丁齐都很好奇，尤其是那几位培训教师，感觉明显很佩服他，而那两名心理治疗师的感觉却好像如释重负。丁齐只做心理医生，并不想成为专科门诊的管理者，主任、副主任啥的就不兼任了，该怎么安排是叶行自己的事。

参观完毕，医院的资质没有问题，手续上也很正规，丁齐便到办公室签定了聘用合同，暂定一年，到期后若无异议便可顺延。

条款很明确，提供宿舍和专车，甚至还有油费自理、交通事故责任自负这样的细节条款。丁齐当然希望合同里能写清楚具体待遇，而且写得越细致越好，检查之后没什么问题便签了字。

签完合同后，叶行对丁齐道："走，去看看我们给你提供的宿舍。"

宿舍离医院不远，七层的单元楼看上去有些年头了。丁齐的宿舍在四楼，打开门就吓了一跳，有五个姑娘竟然在客厅里列队鞠躬道："丁老师好!"

这是一套三室两卫的商品房,丁齐没想到居然是男女混住,而且男的只有他一个。主卧室留给了他,还有单独的卫生间。次卧住了三个女孩,一个上下铺加另一张小床,稍显拥挤;本来是书房的屋子里也放了一张上下铺,住了另外两位姑娘。

客厅不算小,角落里放了一张餐桌,靠墙还放了一排柜子,里面堆着各种资料和文件夹,中间放了五张办公桌,有电脑和电话,完全就是办公室的布置。看来这五位姑娘不仅吃住在这里,而且就在这里办公。

叶行是怎么想的?居然将自己这么个大小伙子安排到这里住!进了主卧,关上门只有他和叶行两人时,叶行低声道:"丁老师,我们的宿舍比较紧张,这已经是条件最好的了,特意给您安排了一个带卫生间的单间。"

"怎么是男女混住?外面那五个女孩都是什么人?"

"都是我们医疗中心的市场代表,她们五个,可是市场营销部的五朵金花,丁老师还满意吗?"

对房子满意还是对人满意?丁齐皱眉道:"你把我一个大男人安排进来,她们就不别扭呀?"

"只要丁老师您不觉得别扭就行。再说了,您这间是主卧,是独立带卫浴的,关上门互不打扰。我事先就问过她们了,她们对丁老师您都很仰慕和好奇,医院这么安排,她们也都没反对。"

"人家男朋友不反对吗?单位居然这么安排!"

"工作都挺忙,哪有时间搞对象,再说合适的也不好找。假如真有男朋友,也就搬出去住了。"

就在这时,突然有人敲门,五位姑娘中的小组长进来了,刚才做过介绍,她叫张丽晨,自称小晨。小晨微笑道:"丁老师怎么一来就关上门只和叶总说话?我们还在外面泡了茶,想和丁老师多聊一会儿。"

"丁老师,我正在网页上做您的介绍呢,能不能提供一张你的照片?清晰一点的、帅一点的，生活照也行。叶总给了我们一个简介，如果丁老师有什么修改意见，还可以再补充。"

丁齐很礼貌地摇头道："就按你们叶总给的简介吧，照片待会儿现场拍几张挑挑就行。我对简介没什么要求，实事求是就好。还有，不要提境湖市安康医院事件。"

叶行说："我们出去坐着聊，喝点茶。"

丁齐去客厅里喝了一会儿茶。叶行说这里住的是五朵金花，倒也不算太夸张，五位姑娘都不难看，其中至少有三个在丁齐看来身材相貌都还不错。五位姑娘对丁齐都很好奇，显然也听说过他的"事迹"，看他的时候，眼神里都有些崇拜的意思。

稍微问了几句，丁齐了解到她们都是卫校毕业的，原先到境湖博慈来应聘医药代表，却在叶行的劝说下做了业务代表。工作地点就在这里，平时也跑外勤，主要负责营销、客服和业务推广，也可以说是联系业务的。

境湖大学附属医院和心理健康中心可没有这种部门和职位，看来是博慈医疗这种民营机构的特色。丁齐不动声色扫了一眼她们的办公桌和文件柜，看见了几本《电话接诊技巧（以美容整形为例）》、《医生营销十大技巧》等内部资料，恍然间很有种搞传销的既视感。

能看出来，正如叶行所说，这五位姑娘并不排斥他住进来，甚至很欢迎。这看是什么人吧，至少丁齐很年轻，而且颜值挺高，还是心理专科门诊的"头牌专家"。丁齐难免有些小得意，但另一方面，他也很打怵。

聊了几句，小晨突然问道："丁老师，我们平时可以借用你的浴室吗？"

这套三居室有两个卫生间，外面的卫生间稍小一点，而主卧带的卫生间比较大，浴房也更舒服，估计这五位姑娘平时也经常用主卧的浴室。但这个问题有点生猛了，想借浴室洗澡，来回都得穿过丁齐的卧室，想一想就感觉画面太美。

丁齐有些尴尬地答道："我并不经常住在这里，我不在的时候，你们随便用。"

又有一个姑娘点头道:"对对对,丁老师白天还得出去上班呢。"

有点接不上话了,丁齐赶紧找了个借口拉着叶行告辞出门。下楼时他问道:"叶总,能不能换一间宿舍,这样不太方便吧?"

叶行笑道:"实在抱歉,我们医院就剩这么一间单身宿舍了。再说了,独门独卫有什么不方便的?人家姑娘们都不计较,丁老师您计较什么?摸摸自己的心口说,你是和一群姑娘住在一起好呢,还是和一群大男人住在一起好呢?"

丁齐问:"你就不怕我行为不轨?"

叶行的笑意更深:"她们是五个,你才一个,谁怕谁呀?"

丁齐叹了一句:"学医的胆子就是大。"

叶行拍了拍他的肩膀道:"丁老师是搞心理学的,应该心理素质更好,胆子更大才对。我不仅给你安排了宿舍,还给你配了五位美女,怎么样,够意思吧?"

丁齐不想再接这个话题,转而问道:"给我配的车呢?"

叶行掏出车钥匙递给他道:"就是我今天开的那辆,现在交给你了。"

叶行今天开的是一辆老款的帕萨特,已有近八年的车龄,在二手车市场上卖不了几个钱,是外单位欠债抵账的东西,但看上去保养得还不错,表面包括内饰竟是八成新的样子。叶行倒也没有违反合同,宿舍提供了,专车也给了,正式上班时间是下周一。

丁齐虽在大学本科期间就拿到了驾照,但平日开车的机会并不多,上手有点不太适应,起初开得很慢,过了好一阵子才感觉自如。

他回到学校的第一件事就是找人办了一张车辆出入证。他毕竟在学校生活了这么多年,认识不少熟人,尽管眼下只是个临时工,但这点事情还是能办到的。校内不允许外单位车辆随意出入,里面更好停车。

第二件事就是给房屋中介打电话,中介是他年前就联系好的。本来以为已无必要，可是去了一趟医院宿舍后，他还是决定在学校附近自己租房子。至于叶行提供的宿舍嘛，既然是"福利待遇"，那就留着吧，但他平时不会在那里住。考虑到博慈医疗距离境湖大学有点远，上下班偶尔来不及或者时间太晚，在那里临时休息一下也可以。

房屋中介领他看的第一处房子是一套"江景公寓"，离江岸还有段距离，但是位置比较高，在二十二楼，站在窗前视线穿过街对面林立的高楼，以及高楼背后的小赤山公园，还可以看到一段断断续续的长江。

丁齐一进门就愣住了，因为这套公寓他住过，时间不长，只有三个小时。怎么会这么巧？他第一次和佳佳在校外开钟点房，来的就是这个房间！这栋商住两用楼离学校的北大门不远，里面有好几家酒店式公寓，既提供长租房，也提供钟点房。

丁齐第一个念头就是想转身出去，但是想了想又站住了，假如真的已不在意，又何必刻意回避？告别过去的新生活，莫不如就在这里开始吧。他没再去看别的房子，便点头租下这里了。

这是一套精装修公寓，建筑面积约四十平方米，进门处右手是卫生间，左手还有一个简易的灶台，没有通煤气，但可以用电磁炉做饭。长租有优惠，租金每月两千五，丁齐没说什么便签了一年的租房合同。他还特意打听了一下，如果是买房的话，这个地段四十年产权的商住两用房，每平方米是一万五左右。丁齐又想起了老家县城，父母老房子所在的地段，眼下房价差不多是六千左右。

租完房子的第二天，丁齐就搬出了学校宿舍。他没有太多东西，也没必要叫搬家公司，反正自己有车了，后备箱来回拉两趟就搞定。已在校园里住了七年半，感觉这似乎是一种告别，但还不是彻底的告别，他仍然是图书管理员。

12　神奇的石头

"丁医生，真不敢相信，上次的治疗总共才用了三个小时，我在沙发上睡了一觉，感觉却像睡了三天三夜。这几个月以来，我从没有睡得那么舒服！"

说话者叫涂至，三十岁，从两颊到下巴有着淡淡的络腮胡茬，应该是早上出门前刮过，但到了下午又长出来一点。这里是境湖博慈健康医疗中心的心理门诊会谈室，他已经是第二次来找丁齐做"心理辅导"了。

丁齐原先在校心理健康中心，每次心理咨询一小时，挂号登记时交足费用，结束后求助者就要等待下一次心理咨询。可是在博慈，每次心理治疗的时间是不确定的，想挂丁齐的号，登记预约者须交纳三个小时的押金，最后根据实际情况再结算。这种做法，也有利于医院"创收"。以会谈为主要形式的心理咨询，是很好控制时间的，但如果辅以其他的心理治疗手段，时间就很难确定了，这么做也许更科学。

丁齐的收费很贵，但还真有人愿意来挂他的号，虽然不能说门庭若市，但如果他愿意的话，几乎每天都可以出诊。但丁齐有自己的工作节奏，基本上每天只接待一位患者或求助者，周末也会休息。校图书馆的工作分三班，分别是上午、下午和晚上，丁齐每天只有一班，具体是哪一班要看安排。当然了，身为一名心理医生，工作时间不仅仅是面对患者时，也包括患者离开后所做的病历整理、病情分析等工作。

就职的第一个月，丁齐拿到的提成就有两万多，他已经很满意了。

境湖博慈的心理专科门诊开设得很顺利，叶行所期待的广告效应确实是有的，不少人就是"慕名"而来，有的人则是谁收费贵就找谁，代表水平高嘛！丁齐所发挥的作用，可不仅仅是他个人接诊，他也的确起到了"坐镇"的效果。

其他心理医生遇到情况不太好处理的求助者，经过沟通后，往往都会转介到他这里来。更重要的是，博慈医疗只有心理专科门诊，并没有精神科门诊，更无法收治神经症或精神病患者。但来到心理门诊求助的患者，症状却是事先无法预计的，可能不仅只有心理问题。这时候就需要人把关，及时做出诊断甄别，推荐患者转院到更合适的地方接受治疗。丁齐既是心理咨询师，也是心理治疗师，还曾是精神科医生，而且丁齐的业务精、门路熟，在转院推荐的时候，他可以直接告诉患者该到什么地方、找哪个医生，大多数时候甚至能先电话联系好。

丁齐并不是全天都待在医院里，所以有时也不方便，后来他干脆又给叶行推荐了他的师兄辛霜红，就是安康医院的辛主任。辛霜红当然没有从安康医院辞职，只是成了境湖博慈的外聘专家，倒是分担了丁齐的不少压力。

论"名气"辛霜红当然远远赶不上丁齐，谁让丁齐出过那么大的事呢。但辛霜红在业内的资历要比丁齐老得多，业务能力也很强，早就是主任医师了。他会不会抢了丁齐在博慈的"头牌"位置呢？丁齐对此倒从来都没想过。辛霜红是眼下叶行能外聘到的、最大牌的专家了，他不仅能及时将有精神异常的患者介绍到安康医院转诊，还能给博慈的心理专科门诊带来患者，也就是介绍业务，这也是有提成的。

肯花大价钱来找丁齐进行心理治疗的，基本经济上都算宽裕，但他们在情绪上往往比一般人更焦虑，平时承受的压力也更大。职场压力、商业竞争压力、中年危机、家庭危机……不一而足。

面前的这位涂至先生，问题很简单也很常见，就是失眠。导致失眠的原因有很多种，比如神经衰弱，更常见的是精神压力与情绪焦虑，这需要心理医生仔细甄别。首先要做到的，就是让求助者体会到心理治疗的效果，然后再尝试逐步彻底解决。

涂至在深圳工作，是一家超大型网络公司的游戏项目负责人，平时的工作非常繁忙，经常没日没夜地加班，作息很不规律，受失眠困扰已有很长时间了。这次是请了个公休假，回父母这里想好好休息一段时间。

暂时告别了繁忙的工作，可他仍然失眠，是熟人推荐他到丁齐这儿来的。上次丁齐先引导他做了放松训练，然后将他催眠了，让他靠在沙发上舒舒服服地睡了两个多小时。

催眠所谓的"眠"并不是睡眠的"眠"，但催眠师可让被催眠者在深度催眠状态下进入睡眠状态。很多受失眠困扰的求助者来到丁齐这里，丁齐第一次接诊都会设法让对方好好睡一觉。

这么做的目的，主要让对方明确感受到，自己是可以睡得着的，而且还能睡得很香，接下来的治疗就会好得多。丁齐通常都借助了深度催眠手段，而且基本上都用足了三个小时，这与他原先的心理咨询工作不太一样。原先他从不使用催眠术，但在这里不用都不合适，不少人就是冲着他这位"催眠大师"的名头来的。

挂号预约先要交三个小时押金，也就是四千五。在很多人看来，花这么多钱只是为了在沙发上睡一觉，简直就是疯了！但收入不一样消费观念便不一样，所面临的问题也不一样，几乎每位求助者都认为这钱花得很值，很多人事后对"丁大师"的高超技术更是赞不绝口。

这位涂至先生三天前来过，今天是第二次来做心理治疗，他谈了自己的感受并向丁齐表示了感谢。丁齐笑着问道："涂先生，我给你的那块石头，效果如何？"

涂至掏出一块石头放在茶几上道："这块石头我也带来了，再请您给加持点法力。它还真有效果,我按您的叮嘱放在枕边,这三天睡得都比以前好多了。丁医生,您给我的是哈利·波特的魔法石吧?在我眼中,您就是魔法师,而我们这些人就是不懂魔法的麻瓜。"

说完这番话,两人都笑了。丁齐拿起那块小石头道:"我的老家在宛陵市,宛陵市有一条河叫青阳河,青阳河向下汇入泾阳河,泾阳河再向北流入长江。青阳河的上游是山区,河谷中出产一种石头,文特异、各成景,名为景文石,这就是我捡的一块景文石。"

上次治疗结束后,丁齐给了涂至一块石头,让他带回去睡觉时放在枕边,说是可以起到定神与安神的作用。这并不是石头本身有什么魔力,而是一种催眠后暗示的手段。它就相当于很多人通过影视作品所熟知的、催眠师拿出来晃动的那块怀表。使用催眠道具和暗示媒介,可不仅仅在施术当时,也经常用在施术之后。丁齐只是医生并不是神棍,上次就把话说清楚了,而涂至刚才只是在开玩笑。

两人又笑着闲谈了几句,看似随意地聊,但丁齐一直在不动声色地引导话题,起到放松的效果。过了一会儿,他又问道:"你再仔细说说,睡不着觉时是什么感觉,又会做什么?"

"我一般都刷手机,看看工作群里大家聊了什么,想着白天的项目进度。我也知道这样不好,有时候就把手机放下强迫自己睡觉,却总是睡不着,然后看一下几点,又想想几点就要起床,琢磨自己还能睡几个小时。越是这样,就越睡不着,然后就越担心自己的睡眠时间不够,经常看时间,结果到后来天都亮了。往往刚刚睡着不久,就要起床了。"

"我给你提了两点要求,一是不要在床上做别的事;二是不论几点钟上床、几点钟起床,除了对闹钟之外,都不要看表去数时间,就是睡觉而已。你都做到了吗?"

"您告诉我,把那块石头放在床头,便是把各种念头都定住,自己就是那块石头,石头当然不需要看表算时间,我都照做了。我也没在床上干别的事，包括性生活。"

涂至说话总喜欢一本正经地开玩笑，丁齐也被逗乐了："我让你不要在床上干别的事，但性生活例外，它有助于睡眠。"

"打飞机算不算性生活？"涂至仍是一本正经。

丁齐也一本正经地答道："这还真不好说，但它的确也是性释放的一种形式。这样吧，给你一个简单的参照原则，入睡前算，醒来后不算。这不是医学或生理上的标准，是根据你的情况给出的标准，针对现阶段的失眠治疗。"

"我还没结婚呢，但性生活也是有的，可是打飞机不算的话，从几年前开始就没有了……丁医生，您果然名不虚传啊！其实我是听刘叔，也就是你的导师介绍过你的情况的。我还有件事想请你帮个忙，恐怕也只有你能帮上忙了。"

丁齐吃了一惊："你认识我的导师？"涂至称呼刘丰为刘叔，语气非常自然，可能是刘丰亲戚朋友家的孩子。

涂至答道："刘叔和我父亲是老朋友了，我们两家人很熟。当年我还曾缠着他要亲身感受催眠术，刘叔把我给催眠了，结果我看到了一个姑娘，就坐在我家客厅里，太神奇了！我也认识你们医院的叶总，前不久经朋友介绍一起吃的饭，他也推荐我来找你。"

丁齐站了起来，向前一步伸出手道："幸会，久仰！"

握手之后重新落座，涂至开口便问道："丁医生，你做过连续的梦吗？"

问题有些突兀，丁齐反问道："什么连续的梦？"

"就是像电视剧一样，一集接着一集，先做一个梦，过几天再做一个梦，好像能和前面的那个梦的情节接上，过几天又做后续的梦。"

丁齐有些好奇道："你都能记住？"

"记得好清晰，通常别的梦就算当时能记住，时间长了也就模糊了，可这几个梦我却一直记得很清楚。"

人的梦境往往是荒诞的、散乱的，场景切换也缺乏现实逻辑，就像碎片化的意识流。人每天睡觉时都会做很多梦，但醒来后大多不会记得。如果观察一个人的睡眠状态，会发现由浅睡眠进入深睡眠时，眼球会快速转动，称为快速动眼期。假如在这个时候醒了，人就会记住正在做的梦，假如过了这个阶段，所做的梦就会遗忘，醒来后根本就不知道。

就算梦被记住了，那也是短期记忆，很快就会忘却。有时候人们只朦胧地记得自己曾经做过什么样的梦，却回忆不起细节场景。有很多人能够长时间记住一个梦，而且还能将梦中的各种细节讲述出来，实际上是经过了一个再加工的过程，就是俗话说的"脑补"。这种情况往往是梦醒之后的短时间内，做梦者刻意去回忆这个梦。大脑能将记忆中缺失的片段自行弥补衔接，形成完整的意识印象，经过再加工之后形成了长期记忆。

有意思的是，进入催眠状态往往也有一个快速动眼期，催眠师经常通过观察被催眠者的眼皮是否快速颤抖，来判断催眠是否成功，这很像是让人进入了梦境。更有意思的是，在催眠状态下还可以将眼睛睁开，正常地说话和做出各种行为，有点像在梦中的活动。催眠师可以让被催眠者忘记催眠状态下所发生的事情，也可以让他记住特定的场景或暗示，这就是在修改人的潜意识，很有点像人们对梦境的回忆。

梦境的成因有很多种说法，直到现在心理学界也没有明确的结论，只是有很多种学说和假设，取得了一定程度的研究成果。所谓的"解梦"，很多人都忽略了一个问题，那就是首先要搞清楚做梦者究竟做了什么样的梦。

描述梦境，就是一种意识再加工的过程，很多场景和细节其实并不是梦境中真的发生的，而是通过事后回忆自行脑补的。所以人们诉说的梦境，所反映的不仅是梦境本身，也反映了人在清醒后的思维状态。

而涂至所说的梦是很奇特的，通常情况下很少会发生。人们有时会反复经历类似的梦境，但极少那么清晰地在不同的梦境中把情节和情景都衔接上，因为梦境本身是不受意识控制的。涂至做这个连续梦，是好几年前的事情了，总共有三段，就像剧目的上中下三集。

涂至说："梦中是一个很奇怪的地方，有点像境湖市的小赤山公园，但我又能肯定那不是小赤山公园。我问过刘叔，刘叔却说很难通过我的描述去感受梦境，除非真的能看见。他还告诉我，有一个人能看见，就是你。有意思的是，你们叶总和我的另一位朋友也推荐我来找你。"

丁齐终于明白导师为何会推荐涂至来找自己了，他问道："那你的目的又是什么呢？"

涂至苦笑道："其实我也说不清，也许是想搞清楚那是怎么回事，也许是想听听别人的看法。"

丁齐问："你还想继续做那个梦，对不对？"

涂至点头，"我的确想，但人不是想做什么梦就能做什么梦的。"

丁齐想了想道："我倒是可以试试，需要你的配合，我们先做一个小测试……"

真正让丁齐诧异的，是涂至提到梦境中的场景很像境湖市的小赤山公园。在田琦的精神世界里，丁齐也到过一个地方，场景很像境湖市小赤山公园，为何会有这样的巧合？

大大小小的山丘起伏，很多山丘就像被切开的半个馒头，朝着水边赤色的石壁耸立。看不见长江，只有江岸和赤色的石壁，前方还有一条溪流穿过。溪流很浅很清澈，可以看见水底的卵石和游鱼。

蓝天上白云飘荡，风景很美，可是越往前走，就越能感受到天地间仿佛有一种压抑的肃杀气息。这里丁齐曾经来过，在田琦的精神世界中，就连脚下的起点都是一样的，可是很显然，涂至走的不是同一条路，绕过另一个山丘进入了丘陵间。周围分布着稀疏的参天古木，高大的树冠张开挡住阳光，深褐色的树身显得有些肃穆阴森。也许正是这种环境，给了人一种压抑与肃杀的感觉吧。

涂至可没有田琦那种暴虐与毁灭的精神状态，更多还是在欣赏四周风景。林间的野草也不再是枯黄的颜色，青翠中带着生气。草地间有稀疏的灌木，偶尔能见到一丛丛野花开放，显得娇媚可人。走到花丛边，涂至轻轻伸手触碰着花瓣的边缘，显得小心翼翼。风中带着花香，令人只觉舒适温柔。假如去分辨时间，田琦的精神世界展现的应该是黄昏时分，这里却是白天。

丁齐是通过涂至的感官和视角来观察这个世界的，他没有做任何事，也没有发现上次那种奇怪的生物。

并不能说丁齐是在经历涂至曾经的梦境，他只是通过催眠诱导的手段，使涂至的精神世界展现了曾经梦境中的场景，然后他进入了对方的精神世界。

在这种状态下，丁齐本人是清醒而专注的，但没有复杂的推理与思考，心中所得出的结论，都像是潜意识中直接的判断。或者换一种说法，复杂的推理与思考过程，已自然包含其中，一切都在于丁齐平时的知识储备与思维方式。

站在花丛边的涂至忽然心有所感，转过身来望向不远处。另一株花丛下站着一位姑娘，清澈的眼眸也正看着他。姑娘穿着一件浅蓝色的长裙，丁齐见过这件裙子，某次陪佳佳逛商场时看见过，佳佳当时还摘下来比划了几下，但又放了回去没买。这件长裙圆领、短袖、束腰，没有任何其他的装饰和花纹。令丁齐感到奇怪的是，这姑娘身上好像只有这件裙子，其他什么都没有，应该连内衣都没穿。衣料虽不透明，但已勾勒出身体的轮廓，胸部柔软而饱满……

姑娘很美，肌肤如雪，长发乌黑，就连脚都是光的，没有穿鞋。可是她站在那里，自然而然就给人一种感觉，仿佛她天生应该就是这样，任何其他的饰物都是多余的。

正在诧异间，姑娘说话了："你是从里面跑出来的吗，你不该来这里的，快回去！"

涂至这才回过神来："你是谁，里面又是哪里？"

姑娘说："河流的尽头，里面的世界，你知道怎么回去吗……"

话刚说到这里，涂至忽觉脑后一阵冷风袭来，刚要扭头去看，突然失去了意识，朦胧中只听见姑娘发出一声惊呼。

涂至失去了意识，对于丁齐而言就是什么都感受不到了，但他还是清醒而专注的。这是一种非常恐怖的体验，简直无法描述。丁齐是在涂至的精神世界中，可以想象一下，这个世界什么都不存在了，一切都完全空了。进入他人的精神世界有时是凶险的，比如在这种情况下，丁齐非常容易迷失自我，或受到意外的惊吓和刺激。但还好，他仍然是清醒的，或者说是清明的，随即退出了涂至的精神世界。

"丁医生，你看见她了吗？"这是丁齐让涂至睁开眼睛、告诉他可以说话后，涂至说的第一句话。

"我看见她了，很美的姑娘，十八九岁的样子，穿着蓝色的长裙，光着脚，皮肤很白，身上没有任何其他的饰物。"

"对，就是她。"终于有人真的看见了他的梦中所见，涂至应该很惊讶也很激动才是，可他现在的反应却有些不对劲，确切地说是有点太平静了。其实涂至虽然睁开眼睛在说话，但仍然处在催眠状态中，丁齐并没有真正地让他彻底醒来。

高明的催眠师，可以让被催眠者在深度催眠和浅度催眠之间进行切换，让被催眠者睁开眼睛说话，还能做出种种举动。眼前的涂至就是这种情况，或者说处于一种"后催眠"状态。倒是丁齐本人，已经从深度自我催眠的状态下完全清醒了，正在观察与分析着涂至。

丁齐又问道："我的导师刘丰，曾经给你做过一次催眠，让你看见了一位姑娘，也是她吗？"

"是她，就是她。"

"你是先做了那些连续的梦,还是先被我的导师催眠、看见了那个女孩?"

"是先做的梦,但后来我忘记了。直到刘叔那次给我催眠,我在客厅里看见她坐在桌边。等催眠结束后的当天晚上,我突然想起来,曾经做过那几个连续的梦,就像是唤醒了回忆。"

涂至自述的经历颇有点离奇,他是先做了那几个连续剧般的梦。梦分三次,到了那个地方,走得更深更远,在那里见到了一位姑娘。后来他就忘记了,就像人们曾经做过的很多梦一样。直至刘丰给他做了那次催眠,并开了个小玩笑,涂至"又见到"了那位姑娘,突然唤醒了某种回忆。

假如没有刚才进入对方精神世界的经历,丁齐可能会判断,就是因为刘丰那个玩笑,使涂至的记忆发生了错误,其实他并没有做过那样的梦,却以为自己做过。这也是自然"脑补"的结果,人的大脑有时能将各种碎片化的信息自行补充为完整的印象。

但此刻丁齐却有了另一种判断,那就是涂至真的去过那个地方,很可能真的见到了那位姑娘。奇怪的是,他的这段记忆一度被遗忘了,就像在深度催眠状态下被"删除"了一般。

在深度催眠的状态下,确实有可能删除某段特定的记忆,但那也仅仅是有可能而已,而且也不是真正的删除,只是潜意识中不再触及、不再想起。在受到某些相关刺激的情况下,这段记忆还会重新恢复,而且有可能变得格外清晰。

丁齐从专业角度判断,涂至的情况可能就是这样,但丁齐却没法直接告诉涂至,因为仅仅是一种可能性的推测。更重要的是,丁齐也不知道那是什么地方、那姑娘是什么人,涂至的那段记忆为何又一度消失了?

心理咨询和心理治疗工作有一条原则是真诚,但真诚不等于要完完全全实话实说,而是得出某种判断、指导某种行为时,要面对真实而诚恳的内心。有些话可以不说,有些话要知道该怎么说,因为要预见言行的后果。

假如他把自己的判断告诉涂至,涂至恐怕就会从此落下心病,原本没有心理问题可能也会导致心理问题。假如找不到那个地方、那个人,涂至可能永远都会受其困扰。

丁齐站起身来,走过去开口道:"我们现在做个小测试,我把你这条胳膊放在这里,它是动不了的,想动也动不了。"

说着话丁齐轻轻抬起了涂至的右臂,这只胳膊悬在那里,就似飘浮在空气中,已不受涂至的控制。丁齐又说道:"现在我从五数到一,你的整个身心就会复苏,重新恢复清醒和舒适,今后的睡眠质量也会更好……五、四、三、二、一!"

就听"啪"的一声轻响,涂至的右臂突然垂了下来,手拍在了自己的大腿上。手臂僵直测试,可以用在施展催眠术的任何阶段,很简单很常见,既可以用来判断催眠是否成功,也可以用来判断催眠状态是否已真正解除。

涂至眨了眨眼睛,从沙发上坐直身体舒展了一下双臂,长出一口气道:"丁老师,你真是太神奇了,其实我知道刚才的事情,但就是……我的胳膊是怎么回事,刚才想动也动不了?"

丁齐笑道:"就是催眠术当中的手臂僵直测试,其实不仅是手臂,全身都可以,你就把它当成传说中的定身术好了。"

"这要是在战场上就厉害了!敌人冲过来的时候喊一声'定',然后对方就被定住了。"

丁齐笑出了声:"你这个想法真有创意,倒是可以编到游戏程序里面当一个技能。可是真要到了战场上,谁能老老实实坐在那里让你催眠,你早就被砍死多少回了!"

涂至很认真地点了点头:"那倒也是。"

丁齐问:"刚才发生的事情,我们说的话,你还都记得吧?"

涂至很激动地答道:"都记得,丁老师,我要感谢您!"

"感谢我让你又见到了那位姑娘吗?"

"不仅是这样,更重要的是,你让我知道,还有别人能见到她。虽然情况很特殊,但你真的看见她了!从你对她的描述中,我知道你不是骗我。"

"你想找我帮的,就是这个忙吗?"

涂至叹了口气道:"是的,就是这个忙。"

他的要求就是这么简单。丁齐看着涂至,此人没有精神异常,其实也没什么严重的心理问题,失眠更多是由工作压力和生活习惯导致的。结束催眠状态后,涂至首先是和丁齐开玩笑,开口谈论的是"定身术",由此也可见他的心态很正常。但丁齐从导师那里了解过涂至更多的情况,知道他自从经历那次催眠后,就不愿意相亲谈恋爱了,因为他心目中已有一个理想的对象。

涂至这不是精神病,更像是单相思。假如对婚恋有正确而清醒的观念与认识,单相思也不算是心理问题,涂至只是无法找到对方去表白。

人们花钱来找心理医生,都是为了解决困惑,虽然涂至没有提出进一步的要求,但丁齐也得尽职尽责。假如"先定一个小目标",丁齐又应怎么做呢?

沉吟片刻,丁齐主动说道:"涂先生,对你的这种情况,我不做评价。但根据我的判断和诊断,你没有精神异常,除了由于工作压力和生活习惯导致的入睡困难,也没什么严重的心理问题。"

"我知道,刘叔也是这么说的。"

"我给你讲个故事好不好,是在一本小说中看到的……"叶行年前给丁齐推荐了一部网络小说《地师》,书中有一个故事,此时正适合讲给涂至听。

有个名叫方悦的小伙,偶尔得到了一幅"古画",风格有点像唐寅的《秋风持扇图》,画中有一扇月亮门,门前的花丛旁站着一位美丽的姑娘。得到这幅古画后,方悦不仅与家里介绍的对象分了手,而且再也不愿意找对象谈恋爱了。

父母当然着急，亲朋好友也很奇怪。有一次和朋友聚会喝酒时，方悦喝多了不小心说漏了嘴，大家这才知道，原来这段时间他一直在"谈恋爱"，对象就是那幅画中的姑娘。

　　方悦不仅是爱上了画中人，而且真的能见到她，就像现实中真实存在一般。可别人却见不到，以为他魔怔了，父母甚至想把这幅画烧掉……

　　这个故事彻底勾起了涂至的好奇心，听到这里，他忍不住开口追问道："后来呢？"

　　丁齐不紧不慢地微笑道："后来嘛，也很有意思。方悦不想被周围的人议论，于是就搬了个地方住。在小区里，他遇到了一位姑娘，名字叫檬檬，感觉她就是那画中人，然后他们俩就好上了。"

　　这个故事的结局太突兀，涂至有些愕然道："就这么简单啊！您现编的吧？"

　　"当然不是，我是最近在一本书上看到的。"

　　"什么书，我也找来看看。"

　　丁齐将书名告诉了涂至，并叮嘱道："不要在床上看书，上了床就是睡觉，不要在床上做与睡眠无关的事，否则会形成一种不好的自我暗示，总感觉自己还要做点什么才能睡着。"

　　"放心好了，我会遵照医嘱的。"

　　涂至结束这次心理治疗告辞离去时，又正好是三个小时，仍然带着那块景文石。对于涂至而言，这次心理治疗的效果很好，甚至有种如释重负的感觉。但身为心理医生的丁齐，反倒是添了心事，坐在那里默思良久。

　　丁齐为什么要对涂至讲那样一个故事？其实就是一种暗示，引导他去调整行为，将注意力放在身边的现实生活中。哪怕他的心态是在身边去寻找梦中见过的女子，这也是不知不觉中的一种情感释放，因为故事有那样一个结局。丁齐也想到了另一种可能，假如那个地方和那个姑娘真的存在，万一有一天涂至真的找到了，那么仍然符合现实的心理期待。从江湖套路来说,这叫"两头堵",是丁齐最近从书上刚学的。

丁齐为何确定那个地方是真实存在的,而田琦和涂至都去过?进入他人的精神世界时,丁齐相当于是在潜意识中直接得出判断,而此时此刻,他才开始仔细分析这个判断所包含的逻辑推理过程。

从精神分析的角度,田琦和涂至有可能是读了同样一本书,更有可能是看过同一部电影或电视剧,而其中有那样的场景,恰好给他们留的印象都非常深刻,甚至精神都受到了刺激。但这种理论上的可能,很快就被丁齐给否定了。

精神世界反映了每个人的心境,但如果忽略田琦与涂至的心境差异,他们精神世界中所展现的场景几乎是一模一样的。这不是文字描述能达到的效果。而行走的路线、景物的视角不同,3D电影也不可能仅仅通过布景或电脑设计做出那样的场景,除非是实地拍摄。但如果是实地取景,就说明那个地方是真实存在的,是不是影视剧中的场景反倒没有意义了。田琦是一个精神病患者,从小没有出过远门,就生活在境湖市,而涂至的父母家也在境湖市,那么这个地方应该就在境湖市。

可是据丁齐所知,境湖市并没有这个地方,其场景虽然和小赤山公园很像,但绝对不是小赤山公园。境湖市很大,包括市区和郊区农村,丁齐也不可能走过所有的地方,但丁齐很想找到它。

就在这时,有人推门进来,很惊讶地问道:"丁老师,您怎么还在这里?"

丁齐看了看表,原来不知不觉中他已经独坐了快一个小时,这间心理会谈诊室是大家共用的,接下来另一位心理医生有预约。他赶紧起身道:"正在想点问题,没注意时间。"

丁齐离开博慈医疗后,直接开车去了江边的小赤山公园。他在公园里逛了很久,景物是那么熟悉,但都不是在田琦或涂至的精神世界里所见的地方。站在江边再向远处望去,好像也没有什么地方能对照的。

13　少林扫地僧

在丁齐的老家，山区农村这些年也搞了村村通工程，境湖市地处长江中下游平原，是江淮省内仅次于省会的经济发达地区，公路当然修得更好了，无论去什么地方都很通畅。这个周末，丁齐又休息。有车就是方便，他开着车在境湖市郊沿江岸行走，有的地段江堤上就有公路，有的地段则需停车走上江堤远眺。他手里还拿着个高倍双筒望远镜，就像电影里的侦察兵或指挥员，这可不是地摊货，是花大价钱找人买来的正品。他用了整整两天时间，走访长江两岸，却没有任何发现。

到了第二个周末，丁齐一咬牙，干脆花钱雇了一条船，坐船沿江而下，提着望远镜观察两岸风景。晚上不太好观察，他又不想走得太快，第一天从上游到境湖市区，第二天从境湖市区到下游，仍然没有任何发现。

丁齐没有告诉涂至自己的判断，就是怕涂至落下心病。殊不知他自己这样的行为，看上去也是有点魔怔了。

时间精力有限，财力也有限，丁齐不可能考察整条长江，而丁齐实际考察的江段，两端都已经超出了境湖市辖界。折腾了这么一大圈，还是没有结果，但丁齐还是继续在找。他不仅在江岸或船上找，也在图书馆里找。

丁齐就在图书馆工作，知道怎么去找，也有条件去找，他开始查阅历朝历代境湖一带的地方志，也留意历史上的境湖名人所撰写的游记、书札、文集。境湖大学图书馆这方面的资料不全，他还特意搞了张介绍信跑到境湖市档案馆去查阅。

想法挺简单，但实际去做却太不容易了。这么多资料多少年来可没有人整理过电子版，不可能输入关键词就搜索出想要的结果，有很多还是孤本、善本，只有戴着口罩和手套一卷卷小心翼翼地去翻，在浩瀚的信息中留意相关线索。

地方志中具体的风景地貌描写很少，需要一点点关注古籍中提到的地名，这太累人了！

但丁齐还真的发现了两条线索，其中第一条线索尤为醒目。"镇郊，江之阴，有大、小赤山，连丘临水壁立。"

这是唐代的记录，文言没有标点，说的不是小赤山而是大、小赤山，所谓阴，指的是长江南岸，应该就是现在小赤山公园的位置。而在后来的史志中，又有好几处提到了"大小赤山"这个地名，丁齐知道小赤山在哪里，却不知大赤山在何处。

他所看过的资料中也没有刻意解释。后来丁齐出去一打听，才发现大小赤山这个说法在境湖当地很流行。很多老人甚至年轻人，居然都听说过大赤山与小赤山，问他们听谁说的，却又说不清楚，总之是一种约定俗成的说法。

丁齐和博慈医疗看大门的老杨头的一段谈话，最有代表性。

老杨头大名杨策，是博慈医疗夜间的值班老头，俗话说就是打更的。

老杨头白天不在传达室值班，那里有保安站岗，他到晚上九点之后才过来，就算看见了也没人会留意。可是丁齐的眼神不一般，他某天在医院里整理病历资料回去得很晚，出院门时跟老头打了个招呼，莫名觉得此人有些眼熟，却又想不起在哪里见过。

等开车回到公寓之后，丁齐突然想起来了，他打开电脑找到了境湖博慈的网站，看见了老杨头的照片。照片上的老杨头稀疏的头发向后梳得纹丝不乱，戴着一副老式的金丝边眼镜，西装笔挺卖相不凡。看介绍，这是出身中医世家的杨策教授，全国著名的推拿正骨专家……

丁齐当时就有点发懵，这博慈医疗究竟是藏龙卧虎还是招摇撞骗呢？

丁齐也看见了自己的照片，位置比老杨头高，如今挂在第一排的最右边，当然也附着介绍。心理医生的心理素质当然要过硬，但丁齐自己看着也臊得慌。他曾对负责制作网页的"室友"张丽晨说过，简介要实事求是。网站上介绍他是心理学博士，丁齐确实读过博士，但在博士一年级就被开除学籍了，并没有拿到学位。丁齐要求不提"境湖市安康医院事件"，网站上确实只字未提，却说"丁齐博士是誉满全国的知名专家，因其卓越成就，受到广泛而高度的赞誉"。当然了，简介中还有几段话，很难说是完全虚构，但用的形容词太夸张了。丁齐看的时候有一种感觉，假如按照这份简介，自己还差一点点就可以拿诺贝尔医学奖了。

因为最近的事情，丁齐的好奇心变得很重，他很想搞清楚老杨头的来历，难道是"少林扫地僧"那般深藏不露的高人？

想找机会和老杨头套近乎很简单，某天丁齐故意等到晚上九点后才下班，拿着一瓶酒，提着几盒外卖送来的菜，走到大院门口往传达室里一看，老杨头正在用电磁炉炖锅子呢，小桌已经摆好了，上面还摆着打来的散装白酒和酒盅。

丁齐站在门口打了声招呼，老杨头也笑道："丁医生，这么晚才下班啊，还没吃饭吗？"

丁齐答道："单身一个人住，吃东西倒也简单。我看您老的锅子炖得挺香，我这里正好有酒有菜，我们搭个伙一起吃怎么样？反正回去一个人吃饭也没意思。"

老杨头有点惊讶，但也很高兴地点头道："好啊，快进来坐吧，外面冷。"

自来熟的丁齐就进来坐下了，将菜放好，老杨头又取出一个口杯当酒盅，丁齐打开自己带的那瓶酒，将两人的杯子都满上了。

几杯白酒下肚，语气也很随意了，两人就像已经认识很久的忘年交一般。丁齐趁势问道："老杨，您的名字叫杨策吧？我在医院网站上看见过你的照片，是出身中医世家的著名教授。来，我敬您老一杯，真是深藏不露啊！"

老杨头一愣："丁医生真是好眼力，这都能认出来？"

丁齐却故意不接这茬，只是干了一杯道："喝酒！我已经干了，您老也干。"

老杨头干了这杯满满的酒，脑门上已经冒汗了，不用丁齐追问，他自己就主动说出了缘由。老杨头并不是孤老头子，他是境湖乡下的农民，有老伴也有儿女。女儿嫁到外地了，家里在村中也盖了一栋二层小楼，老两口原本跟儿子和媳妇一起过。可是儿媳妇比较挑剔，老伴觉得无所谓，但老杨头却觉得不自在，干脆跑进城里打工。

老杨头年轻的时候，是乡里面的赤脚医生，也会按摩推拿。这手艺算是家传的，他父亲也是个赤脚医生，医院网站上介绍他"出身中医世家"，虽言过其实，多少也算有点谱。在医院打更，每个月有一千五，把他的照片放在网站上当作"中医专家"，医院每个月还多给他五百块，其实就是充个门面。

杨策虽是个普通的乡下老头，平日根本不引人注目，但若仔细看，他的五官很端正，也不弯腰驼背。假如挺起胸好好打扮一番，戴上眼镜穿西装扎领带，形象也是不错的。

杨策教授是"大专家"，不会轻易出诊。但有人就是看了介绍慕名而来，点名要杨策教授出诊怎么办？换上平日收起来的行头好好打扮一番，那就去呗。按摩推拿是个技术活，也是个力气活，杨教授年纪大了且德高望重，不能全程都是他亲自来，通常都是在他的现场指导下，由其他年轻医生接着上手。这样的效果也是很不错的，至少患者的心理感觉很好，场面也都能对付过去。

假如遇到这种情况,老杨头也是有提成拿的,所以他一个月不止固定的那两千,经常有个三四千的收入,情况好的时候,甚至还能拿到五千以上,这可比在家里受儿媳妇气强多了。如今他每次回家,儿媳妇都对他很客气,也是家中说了算的人物。

丁齐夸赞了一番老人家活得潇洒,又问道:"那么教授职称是怎么回事呢?"

老杨头端着酒杯笑道:"我也是有证书的!"

说了半天,丁齐才听明白,老杨头有张外省某家民办大学的客座教授证书,就是博慈医疗给他办的。发这种证书就像发奖状,成本不超过二十块,写个名字盖个戳就行了。境湖博慈背后的博天集团,和很多民办学校有关系,它下属的很多机构会给这些学校的学生提供实习,也会聘用他们的毕业生,想给谁办个客座教授的证书,打声招呼就行了。

丁齐了解"真相"后也是哭笑不得。老杨头还很热心地说道:"丁医生,你跟医院领导熟,假如也想当教授,就让他们也给你办个证书。"

丁齐笑着岔开话题道:"您老就是境湖本地人,有没有听过大小赤山呢?"

老杨头随口答道:"当然听过了!大赤山、小赤山,山花开、三月三,逛庙会、多好玩……我们小时候还唱过儿歌呢。"

丁齐追问道:"那您知道大赤山和小赤山在什么地方吗?"

"就在江边上,现在有个公园。"

"我去过那个公园,现在叫小赤山公园,可是大赤山又在哪里?"

老杨头一愣:"大赤山?应该也在那里吧,只是现在不这么叫了,都叫小赤山。"

又是这种答案,丁齐已经听过十几个当地人这么回答了。

可是丁齐去过小赤山公园很多次,无论从哪个角度看,也很难发现有什么大小的分别,难道是因为江岸被侵蚀、地形地貌已发生了改变?这就像一个历史谜题,但也只是丁齐自己的谜题,如今的人们根本不会去想。

丁齐说:"您老记性真好,小时候唱过的童谣还记得。您刚才唱的歌里还提到了逛庙会,据说那里原先有一个赤山寺,您去过吗?"

赤山寺是境湖历史上的一座名刹,始建于南朝,历代数次毁于战火,又数次重建,但在"文革"期间被彻底拆毁。丁齐是在地方志中看到的记载。而老杨头是一九五〇年生人,应该有机会见过赤山寺。

老杨头来了兴致,抿了一口酒道:"我当然去过了,我的老妈妈当年也喜欢烧香拜佛,带我去逛过庙会。我还吃过一次赤山寺的素斋呢,其中有一道油炸南瓜花,真好吃,那个香啊……南瓜花能吃出来肉味道,现在想起来都流口水呢!"

丁齐笑道:"南瓜花在农村很常见,回家也可以自己做呀。"

老杨头摇了摇头道:"不一样的,小时候都穷,肚子里没油水,吃什么都好吃,那是用庙里的香油炸的,油放得多……我爷爷小时候还跟我讲过,赤山寺的和尚偷肉吃的故事。"

喝酒闲聊就是这样,东一句西一句的。丁齐好奇道:"怎么偷肉吃?您老也给我讲讲呗。"

"和尚的床底下有夜壶,把肉切成小块拌上佐料放进夜壶里煮,过去有那种粗的木香,放在夜壶底下点着,小火煨上半夜,肉就炖得很烂了,那个好吃呀!"

"夜壶,就是夜里撒尿用的壶吧?"

"对,大肚子带个把手,上面没有盖,只有旁边的一个大敞口,陶烧的,你们这些年轻人都没见过呢。"

"那玩意能炖肉吗?"

"和尚也不是傻子,他们拿来炖肉的,都是没有用过的新夜壶。"

"您老是亲眼看见过呀,还是一起吃过呀?"

"我可没见过,都是听我爷爷说的。但赤山寺的和尚是真有钱,他们那时候的确是吃得起肉。听说'文革'破四旧的时候,把庙里的菩萨打碎了,里面的银元哗啦淌一地。那些菩萨的肚子里,都藏着袁大头呢!"

"这事你也亲眼看见过吗?"

"当时我在乡下,没看见。但我有个堂兄在城里读书,也是砸赤山寺的红卫兵,他是亲眼看见了,后来告诉我的。"

丁齐在古籍中发现的另一条可疑线索,与大赤山无关,而是与"境湖"这个地名有关。

明代时一位名士,某次郊游自叹怀才不遇,暗生慕道之心,写下一篇游记,提到了当地流传的一个神仙故事。

大意是某道人得仙箓指引往求仙踪,去城南三十里,寻得圣境名小境湖,风光灵秀,水行于山间如"之"字,三湖高下相叠。最低处谷中大湖荡清波十里,景致尤胜。道人于湖畔林中得仙饵,服之冲举而去。

所谓"冲举",就是指飞升成仙了。

中国古代读书人所撰的各种荒诞离奇的故事很多,在丁齐这种心理学家看来,要么是某种人生抱负的隐喻,要么是郁郁不得志的意淫。

丁齐原本也没当回事,可是他最近一直在留意古籍中的地名,几乎有点神经过敏了。"大赤山"还没找到,居然又看见了"小境湖"。

境湖市因境湖而得名,这座湖泊是现实中存在的,如今就在市中心。

丁齐和佳佳谈恋爱的时候,就曾跑到境湖里划过情侣船。可是古籍中"小境湖"却是"去南城三十里"。

那位名士游记中不仅提到了"仙饵",还对它有一番描述:"似巨芝,高尺余,肉质,色白,有杈若双臂。昼隐夜现,月照有声,若儿啼。"

这番描述,酷似丁齐在田琦的精神世界中见到的那种奇异生物。

境湖市在明代规模很小,只是宛陵府辖境内的一个驿镇。到了清代,它才逐渐发展成为江岸边一个重要的通商口岸,日渐繁华,成了新的州府所在。丁齐查到了明代的地图，对照现在的境湖市地图，从古镇向南划出十五公里左右，居然还没出市区呢。

五百年过去了，如今的境湖市区比明代不知大了多少倍。长江大桥修通后开发了江北新区，而向南则开发得更早，那一带如今是雨陵区，仍在不断的建设中。

丁齐抽空开着他那辆二手帕萨特，转遍了雨陵区的大街小巷，也寻遍了各个公园与小区，甚至连正在建设中的工地都没放过，但根本就没找到古迹中所描述的"小境湖"的影子。

丁齐甚至怀疑所谓的"小境湖"和"大赤山"就是同一个地方，只是唐代和明代的地名不同。

但不论他怎么推测分析，还是找不到线索。丁齐也只得暂时息了心思。

14　上帝的悖论

"卢总,你的样子很憔悴,看上去没怎么休息好,有什么地方我可以帮你的?"和老杨头喝酒聊天的半个月后,丁齐接待了一位求助者。

这位女士名叫卢芳,今年五十四岁,打扮得很得体,保养得也很不错,在一家大型国企做副总,再过一年就要退休了。国企领导来找心理医生的情况比较少,估计是比较忌讳、怕人议论。而到丁齐这里来不太引人注意,打电话挂号预约时也得到了保密的承诺。

丁齐的收费不便宜,而且是医保不能报销的,卢芳挂号预约点名找他,看来确实是有事,可能问题还比较严重。

卢芳答道:"我认识你们医院的叶总,是他的一位朋友推荐了丁医生你,而我以前也听说过丁医生的名字。"

"原来是叶总的朋友推荐,请问您有什么问题需要解决?我指的是心理方面的问题。"

"其实也没什么大事,我最近生了一场病,总是觉得神经有些衰弱,夜里经常做同一个梦,休息得非常不好。听说丁医生特别擅长治失眠,我就来找你试试。"

丁齐温和地微笑道:"仅仅根据你的表述来看,你这不是失眠,而是睡眠质量有问题。你能详细告诉我梦的内容吗?"

"也没什么不能说的,就是走到一个地方,周围都是树林子,还能看见地上冒出来像小人一样的东西，咿咿呀呀地叫，环境有点吓人。"

丁齐微微一怔，立即追问道："你能具体描述一下那个地方吗？在现实中有什么熟悉的地方吗？"

卢芳边想边说道："刚开始有点像小赤山公园，丁医生知道小赤山公园吧，就在境湖市江边上。但是往里走就不好形容了，树都长得很高很大，光线有点暗，感觉有点阴森。"

"你是最近才做这个梦的，还是以前就做过差不多的梦？"

"是最近这一个多月才开始做这个梦的。"说到这里卢芳的语气顿了顿，"好像又不是这样，听丁医生您这么一提醒，我恍惚记得很久以前也做过类似的梦，但是记不清了。"

这种经过诱导得到的恍惚记忆，很难说是真实的，丁齐便没有再追问下去，又换了个话题道："您最近去过小赤山公园吗？"

"是的，就是最近去过，我还在那里坐了一会儿，走的时候天都黑了。可能是着凉了，回家生了一场病，然后就开始经常做那个梦了。"

丁齐尽量使表情放松，显得很认真但又不是那么凝重："卢总，您能告诉我为什么一个人去小赤山公园，而且一直待到天黑呢？"

"丁医生怎么知道我是一个人去的？"

"哦，我只是这么一问，您难道不是一个人去的？"

"我的确是一个人去的，本来想找朋友，但没找着……"

卢芳最近的心情不太好，上级领导找她谈过话，委婉地告诉她，从现在开始就渐渐淡出一线业务，好让后面提拔上来的新领导熟悉并接手工作，令她很有失落感。

她当年的老同事，如今有不少都已经退休了，有人也曾劝说过她，好好享受退休生活。可无论是身体还是心态，她都认为自己还很年轻啊！就在去年，她还报名参加并完成了半程马拉松赛，证书如今就在办公室墙上挂着呢，见者无不夸赞。

有个已经退休的老姐姐说，如今天天在小赤山公园里跳广场舞，日子过得也很快活。那天卢芳下午出去办事，办完了恰好路过小赤山公园的门口，听见里面传来音乐声。卢芳想起了自己那位老姐姐，于是就走进去。

小赤山公园里有好几拨跳广场舞的，隔着山丘分别占据了好几片平整的地方，卢芳走了好久也没看到那位老姐姐，却来到了一个山包脚下。许是触景生情，想到了小时候的事情。小时候这里有一座庙，叫赤山寺，整个山包都是赤山寺的，大殿修在山顶上。

赤山寺是一九七四年拆毁的，如今这座小山包的草木间还能看到残存的石块、雕花的柱础。山下有一条石阶小路能走上去，山顶上有个亭子。凉亭所在的这一片平地，其实就是当年大殿的地基，如今已是公园里的一处景观。

赤山寺被拆毁的时候卢芳已经十岁了，她还记得自己小时候来过这座寺庙玩，登上山丘回忆往昔，不知不觉就走了神。等她回过神来，发现天已经黑了，晚间的风很冷，她裹紧外套赶紧回家了。

丈夫和儿子都问她上哪儿去了，连晚饭都没回家吃，也不打声招呼，电话也打不通。卢芳只说自己路过小赤山公园去找跳广场舞的老朋友，找了一圈就这么晚了，想必是公园里的信号不太好吧。

可能是在公园里着了凉，后来她就感冒发烧了，到医院打吊瓶折腾了一个多星期才好。病差不多快好的时候，有天晚上她做了一个梦，到了一个很奇怪的地方，有点像小赤山公园，可是沿着一条溪流再往里走，四周都是参天大树，梦中光线很昏暗，她还看见了人形的小东西从地里钻出来，发出婴儿般吱吱呀呀的声音……醒来后回忆起梦中的场景，竟然莫名觉得身体发冷、头皮发麻，越想越是不安。

做一次梦还不要紧，过了几天她又做了一个梦，梦中还是那个地方，醒来后便有些不敢睡觉了，精神变得越来越疲惫。丈夫听了这回事，说她是神经过敏，但看她确实很多天都睡不好觉，又建议她去阆江寺烧香，再请个有修为的和尚看看。

阅江寺在江对岸,是三十年前修的,境湖历史上原本并没有这座寺庙。赤山寺在一九七四年被拆毁,改革开放之后,佛教协会也想重修,但那一带已经被建成市民公园,所以未获批准。小赤山公园里修不成,就有一批善男信女捐资在江北修了一座庙,名字改成阅江寺。

当年田相龙去庙里烧香,遇见老和尚拦路看相,据称就发生在阅江寺。阅江寺起初的规模很小,经过不断的募资扩建,如今已是很大的一座寺庙了。据说田相龙这些年也给阅江寺捐了不少钱。

提到丈夫的建议时,卢芳刻意强调道:"丁医生,我是党员干部,坚信马列主义和唯物主义,是根本不信烧香拜佛这一套的。但是我丈夫坚持让我去看看,还说是熟人介绍的,那里的和尚不仅仅是信佛,也可能懂医术,我儿子也是这么劝的。我为了让他们心安,才去了。"

丁齐暗中做了几个深呼吸,调整了一番心态,他提醒自己此刻是心理医生,首先要解决的不是自己的困惑,而是对方的心理问题,面带微笑点头道:"是的,我能理解。你去了阅江寺之后,效果又怎么样呢?"

"真有效果的话还用来找你吗?我老公的朋友给我介绍了一位高僧,那位高僧听说我睡不好觉,给了我一服药,说是能帮助睡眠。可是我回家之后,当天夜里又做了那样的梦,哪还敢继续吃那个药啊!"

丁齐暂时压下自己想刨根问底的好奇心,神情很温和但也很郑重地说道:"卢总,你登记挂号自述的问题是失眠困扰,你和阅江寺的僧人说的症状也是睡不好觉。但你实际上的症状恰恰相反,不是睡不着觉,而是不想睡觉,担忧再做那样的梦,真正的问题是情绪焦虑。"

卢芳点头道:"丁医生,你说得太对了!我自己仔细想想,确实不是睡不着觉,而是不想睡觉,所以每天睡得都很晚,当然休息不好。"

"我虽然不知道阅江寺的僧人给了你什么药,但如果是帮助睡眠的药,其实是不对症的,所以也解决不了你的问题。我现在需要明确,你这一个多月究竟做了几次那样的梦?"

"一共三次,我刚才都说过了。第一次是在一个月前,第二次是隔了三天,第三次是我从阆江寺回来的当天晚上,也就是大前天。"

丁齐笑了:"也就是说在最近一次做梦之前,你已经差不多有一个月没做过那个梦了,但还是休息不好,或者说每天晚上不想睡觉,对吗?"

卢芳也笑了笑:"是的,其实我已经挺长时间没有继续做那个梦了,假如不去庙里折腾那一回,估计就没事了呢。丁医生,你看我的问题出在哪里?"

丁齐斟酌着答道:"我刚才也已经说了,是情绪焦虑。请问提到睡觉,你首先会想到什么?不要思考,直接回答。"

"当然是休息。"

"那么提到休息,你现在首先会想到什么?"

"我就要退休了。"

"这就是问题的根源。我不能说您是不想退休、想继续留在领导岗位上发光发热,但您的确为即将发生的改变感到焦虑,心理上非常不适应。你潜意识中觉得自己不能适应退休后的生活,从习惯到感受等方面都不适应,你并不想积极地迎接这种改变。至于那个梦,放大的就是你原本已经有的焦虑情绪。梦本身不是问题,我们每个人可能都做过噩梦。你担忧的其实不是那个梦,而是担忧一种陌生的处境,担忧离开这么多年来已经熟悉、留恋的一切。"

卢芳连连点头道:"丁医生说得很有道理,那应该怎么治疗呢,你能不能给我做个催眠治疗?听说你是一位催眠大师,我就是冲这个来的!"

丁齐刚才还在琢磨呢,她自己反倒先提出来了。丁齐微笑着点头道:"如果你要求的话,我们可以试试,但需要你的配合……"

让卢芳进入深度催眠状态后,引导她重新回到那个梦境场景中,于丁齐而言并不难。丁齐又一次来到了那个神秘难寻的地方,还是连绵的赤色山丘，似乎是小赤山公园的景象，却看不见长江，前方有一条清澈的溪流，而天色接近黄昏。

脚下是同样的起点，前行却是不同的路线。丁齐通过卢芳的感官见证这个地方，而卢芳沿着溪水行走，来到起伏的丘陵深处，周围是稀疏的参天古木和遍野的花草。天色越来越暗，远处的树木仿佛黑影重重。气氛很是阴森肃穆，假如独自走在这种地方，确实有点吓人。

丁齐已经可以确定，这里就是现实中存在的某个地方，而且就在境湖市，可惜找不到，而曾经找到的人好像又都忘记了。田琦的情况不好说，但卢芳和涂至的确都忘了，只是因各自的原由把它当成了梦，或者在梦境中又回现了曾经历的场景。

但丁齐的潜意识并没有忘记自己是个心理医生，他进入卢芳的精神世界，并不只是为了满足自己的好奇心与求证欲，更是为了治疗对方的心理问题。

丁齐缓缓说道："人在心情压抑的时候，就会觉得环境压抑，或者回忆起曾经令你感到压抑的环境。但你意识到为什么会有焦虑情绪时，就要知道怎样去调节，这里的风很温暖……景色很优美……心情很舒适……"

这里毕竟不是现实，而只是卢芳精神世界中展现的场景，在深度催眠状态下，是受到丁齐的暗示诱导的。这相当于修改某种潜意识，心境转变的同时，也在转变着精神世界中的环境。还保留了原先的景象，但气氛和感觉却不同。沿泉水、沐清风继续前行，突然又听见岸上的草丛中传来窸窸窣窣的声音。

卢芳扭头望去，只见一个奇怪的小东西从草地里钻了出来。丁齐这回看清了，这小东西是白色的，看上去像个杏鲍菇，但个头却比杏鲍菇大多了，顶部微微有些发黄，是圆形的，并非伞状，通体约有一尺多长，还有两条像胳膊般的分岔，又像一个肉乎乎的婴儿。它白天藏在草丛中是看不见的，到了天色转暗之后，才从松软的泥土里冒出来，手臂般的分岔展开，发出咿咿呀呀的声音。丁齐记得涂至的精神世界中展示的场景是白天，难怪没有发现这种奇异的生物。

在深度催眠的状态中，卢芳并没有太多的反应。丁齐又说道："多么可爱的小东西，太萌了，看着心里就软软的，好想摸摸它。"

卢芳走了过去，弯下腰很温柔地抚摸着那肉乎乎的小东西，整个身心都变得放松舒适……也许在她的现实经历或者梦境中，并没有做过这种动作，也没有这样的感受，这是在深度催眠状态中丁齐暗示诱导的结果。

离开卢芳的精神世界后，丁齐告诉她可以睁开眼睛说话了。卢芳睁开了眼睛，但其实还停留在催眠状态中，丁齐说道："你会美美地睡一觉，醒来后会忘记这一切，只记得是很舒适的体验，今后你每天都会安然入睡……"

丁齐"修改"了卢芳的潜意识，卢芳醒来后，不会记得催眠状态中的经历。他这么做也可能导致另一个结果，那就是卢芳或许会将曾经的梦境渐渐忘掉，就算再想起，恐怕也不是原先的情境与感受，或者根本不会再做那个梦。

这也意味着，丁齐想从卢芳这里追寻"大赤山"或"小境湖"的线索断了，他甚至都不应该再向她提起。但身为心理医生，丁齐必须这么做，这是他应有的职业操守，首先要保证解决求助者的心理问题，而不是使其症状加重甚至导致精神异常。这个结果可能会让丁齐本人很遗憾，但对卢芳而言却是最好的。心理医生就是心理医生，不能在这个时候干私活或者有个人企图。

说着话丁齐站起身走到卢芳面前，突然伸出两根手指点向她的双眼。卢芳的双眼下意识地闭上了，没有再睁开，随即眼皮开始快速颤动。丁齐一直很专注地看着她，呼吸很轻柔，几乎没有发出声音。

卢芳就这么睡着了，她不是躺着睡的，而是靠在沙发上，身体两侧还垫着两个柔软的大靠枕。丁齐在诊室中给人做催眠的时候，通常都会让被催眠者准备好这种姿势。他一直等到三个小时还差十五分钟的时候，才将卢芳唤醒。

卢芳揉了揉眼睛，坐直身体伸展双臂，神情有些茫然道："天哪，我睡了多长时间了？好久没睡得这么舒服、这么踏实了！"

丁齐笑道："你睡了大概两个小时，先喝杯温水，稍微缓缓神。"

卢芳惊呼道："才两个小时？我感觉一天一夜都有了，丁医生，您真是太神了！"

"看来这次的催眠治疗效果不错，您回去之后，要继续巩固，做好心态上的自我调整。我们刚才已经分析了导致您心理问题的原因，如果想解决困扰，内心深处就不能采取刻意回避或消极对抗的态度。"

"我想是想明白了，可是具体该怎么做呢？"

"我们先定一个小目标。你随身带着一张卡片，在下面两种情况时就拿出来看一眼。一是想到离开工作单位退休，感觉未来不知该怎么办的时候；二是你莫名总是想回忆这些年来在单位的工作和生活经历的时候。卡片上写两句话，'不要总是回忆已经做过的事情，仔细想想我曾经还有多少想做而没做的事情。'卡片上的字可以打印出来，如果是手写的话，一定要你自己亲手写，而且是一笔一画认认真真地写。"

卢芳点头道："我明白了，丁医生，我一定会照做的。"

自从她醒来后，一句都没有再提曾做过的梦，此刻可能还没有完全忘记，但在没有刺激提醒的情况下，已不会再刻意想起，丁齐当然也是一句都没有提。卢芳这次心理治疗的效果很不错，不出意外的话，应该没什么问题了。

卢芳是没事了，可是丁齐原本已渐渐息去的心思又重新被唤醒，在脑海中就像星火燎原，怎么也摁不住了。他离开医院后径直开车去了小赤山公园，在公园里一直待到天黑。

小赤山公园中有好几片平坦的空地,晚上有灯光,在日出和黄昏这两个时间段,有不少市民健身。原先有打太极的、练剑的、唱花鼓戏的,但近两年几乎都让广场舞给收编了,划分成好几片跳广场舞的势力范围。

丁齐穿行于此起彼伏的音乐声中,最后来到了卢芳所说的那个凉亭。这里是整个公园视野最高的地方,但视线被周围的树木挡上了。周围稀疏分布着几十株参天大树,都挂着境湖市古树名木的牌子,应该是原赤山寺院落中的遗迹。

丁齐穿着一件黑色的羊绒风衣,这件衣服还是佳佳去年帮他挑的呢,行走在晚间阴森的树影中仿佛是一个幽灵,逡巡着不知在寻找什么。后来他在凉亭中独坐了很久,仿佛走神了,思绪纷飞想到了很多。

他想到了外星人、引力波……脑洞几乎开成了宇宙虫洞,也想到了神话传说中的洞天福地、结界仙境,还有玄幻故事里的任意门等等。他总感觉这世上有些地方,是人们看不到的,可是不小心也会误入其间,也许走着走着,莫名其妙就进去了。

不知过了多久,浮想联翩的丁齐才回过神来,发现天色已经完全暗了下来,风很冷,他下意识地裹紧了风衣,掏出手机看了一眼,时间竟然已是晚上九点多了。他是晚上七点钟左右进公园的,感觉在这里没坐一小会儿啊,怎么就这么晚了?丁齐皱起眉头,忽然想到了一种可能,自己是不是已经去过那个地方了?但已然忘记。

假如是这样的话,那里就是一个理论上既存在又不可能被发现的神秘之地。因为就算你去过那里,回头也会忘记。世上真的存在那样的地方吗?丁齐由此又想到了一个神学悖论。

上帝究竟存不存在?中世纪的神学家给出了一种答案:第一,上帝是存在的;第二,上帝的存在超出了凡人的认知,是不可描述的。

这就是江湖套路中的两头堵啊!

丁齐不想证明上帝是否存在,只想寻找大赤山和小境湖,解开未知的谜题。恰在这时，他突然收到一条微信，是叶行发来的："丁医生，今天下午给卢总的治疗情况怎么样，效果还不错吧？"

自从丁齐来到博慈医疗后，和叶行见面的次数并不多，每次见面也只是简单打个招呼，也不知道这位董事长天天神神秘秘地都在忙啥。这么长时间以来，叶行还是第一次主动联系丁齐。

丁齐突然间想到了什么，立刻回道："治疗效果还不错，卢总应该没什么问题了。叶总，你什么时候有时间，我想找你聊聊，问你点事情。"

叶行回复道："我现在就有时间，找地方一起吃个消夜吧，你开车了吗？假如开车的话就过来接我一趟。"接着发来了一个地址。

这个地址可够远的，在城南的雨陵区，丁齐这才想起来自己还没有吃晚饭，肚子已经饿得咕咕叫，赶紧走出公园开车去城南接上了叶行。叶行上车之后，丁齐问道："叶总，我们上哪儿消夜？"

"我知道一个地方，离博慈医疗不远，我们去那里。"叶行说着话瞄了一眼里程表，惊讶道，"这才两个月，你就跑了八千多公里了，都干吗去了？"

"我最近在找一个地方，一直没找到，城里乡下都转遍了。今天找叶总，还和这件事情有关呢。"

叶行看了他一眼道："不急，有什么事待会儿坐下慢慢说，我们可以边吃边聊。"

丁齐有种感觉，叶行刚才看过来的那一眼似是暗藏喜色，难道他早就料到自己要来找他，或者就是等着自己来找他？丁齐从小赤山公园跑到城南，再从城南开回博慈医疗附近，距离可都不近。叶行点的地方是一家大排档，离他的住处很近，赶到的时候差不多都快十一点了。

时间虽晚，但食客还不少，他们找了张桌子坐下，点了两个热气腾腾的锅仔，一锅小龙虾和一锅鱼杂，又叫了两盘凉菜。小龙虾和鱼杂的口味都偏咸偏辣，叶行道："来点啤酒吧。"

丁齐说："我开车了。"

"叫代驾就是了……咦，不对，你的宿舍就在附近，把车扔这儿，走几步就回去了。"

丁齐接过一瓶酒道："那我就陪叶总喝几杯吧。"

丁齐没吃晚饭，就着锅仔喝啤酒，一杯接一杯，酒劲上来得很快，而且他有心事，不知不觉中喝得就有点多。眼见两瓶啤酒都已经干了，叶行却不问丁齐找他有什么事，只是聊着医院里的闲话。丁齐终于主动问道："叶总，今天这位城建集团的卢总，是你的朋友？"

"是的，酒桌上认识的，虽然是位女领导，但是为人很豪爽，酒量也相当不错。"

"上个月有一位涂至先生，听说也认识你，而且你也推荐他来找我。"

"是的，朋友的朋友。这两个人怎么了，有什么问题吗？丁老师是不是发现了什么？在这个世界上，确实有很多事神秘难解，假如你有什么特别的发现，不妨说出来听听。"

听他的语气，显然是知道什么。丁齐凑近了说道："我最近遇到了一件很奇怪的事，的确与这两个人有关，包括曾经的那个精神病人田琦，他们可能都去过同一个地方，我却找不到。我这两个月车就开了八千多公里，也是这个原因……"

丁齐酒喝多了，而且心思很重，他实在是找不到人问。叶行曾给丁齐留的印象很神秘，再加上涂至和那位卢芳都是他介绍来的，刚才的话中又分明暗示丁齐他知道些什么，丁齐一开口便把最近的困惑都说了出来。从他给田琦做"诊断"开始，他有什么发现，又做了哪些事情，甚至包括他和老杨头之间的谈话都讲述了一番。

上次和叶行吃饭，两人喝的是黄酒，没一会儿叶行的样子就像是喝多了。今天在大排档炖锅子，喝的是啤酒，丁齐倒是喝多了，但叶行的眼神却越喝越亮，并没有丝毫醉意。

丁齐一开口就讲了差不多一个小时，锅里又添了汤，加了豆皮和青菜，点火的酒精也重新换了，这才告一段落。

叶行缓缓喝了一杯酒，放下杯子道："丁医生，你果然是个了不起的专家，已经有所发现。其实你说的事情，我知道，你说的地方，我也一直在找。不论名字是叫大赤山还是小境湖，总之这境湖市存在一个普通人并不知道的地方。"

丁齐感觉大排档周围嘈杂的声音都消失了，仿佛只剩下眼前的叶行，他瞪大眼睛追问道："叶总是怎么知道的？"

"我是听人说的。"

"谁告诉你的？"

"我爷爷告诉我的。你刚才提到了赤山寺，我爷爷就是赤山寺的和尚。"

"和尚还能有孙子？"

"1949年后不久，乡下土改分了田地，他就还俗回家了。"

"我听老杨头说，1949年前赤山寺的和尚可有钱了！'文革'破四旧的时候，把大殿里的菩萨打碎了，里面的银元哗啦淌一地，这事是真的假的？"

叶行点头道："这事是真的。我爷爷当年可不是一般的小和尚，是寺庙里的领导，相当于二把手。他当年还俗回家，就带了不少银元，还在乡下盖了新房子。那时候已经土改了，假如是以前，估计还会买很多地呢。到现在，我家里还有爷爷留下来的袁大头呢！"

叶行的神情高深莫测道："我爷爷告诉我，这个世上有神秘未知之处，明明就在那里，普通人却看不见、摸不着，称之为方外。"

"方外？不就是指出家人待的地方嘛！我经常在电视剧里看见这样的台词——老衲乃方外之人。你爷爷是个和尚，他是不是别的意思，比如佛家的某种说法？"

叶行笑了："丁老师，虽然你很有学问，但也不是什么都懂。所谓方外,可不是佛教名词,《易经》里就有,'君子敬以直内,义以方外'。"

丁齐微微一皱眉:"你说的这个方外,是待他人、待身外事物,态度方正的意思吧?这个'方'是动词,不是名词!'直内方外'是个成语,讲的是一种做人的态度,持己以敬、待人以义,与很多人说的'外圆内方'含义有所区别。"

叶行说:"《楚辞》里也有啊,'览方外之荒乎兮',还有《淮南子》里'驰于方外,休乎宇内'。"

丁齐点头若有所思道:"这个方外,倒是你爷爷说的那个意思。"

"屈原可不是和尚,也不是道士,可见'方外'一词古已有之,就是中国汉语的原生词,用以形容世外神秘未知之地,原本跟和尚道士这些出家人没什么关系。"

"叶总的知识面好广啊,您是史学家还是文学家?"

叶行有些得意地笑了:"我可不敢跟丁老师比学问,当年大学只是上了个三本而已。但我爷爷既然告诉我这些了,我就特意做了番研究。"

"他老人家告诉你,境湖市就有方外之地。那么他说了在哪里、是什么地方、怎么才能找到吗?"

叶行收起笑容,叹了口气道:"老人家只是告诉我两句话,有缘者自可见之,无缘者见之不得。除此之外,他便什么都没有说了。"然后又伸过脑袋压低声音道,"但我怀疑,那里很可能就是赤山寺的藏宝之地!"

丁齐一愣:"藏宝之地?"

"你想想啊,赤山寺的和尚很有钱!'文革'破四旧的事情你也听说了,砸碎了菩萨,肚子里都是银元。从南北朝到现在,一千五百年啊!有过多少好东西?那些金银财宝,历朝历代的古董,放现在哪一样不是宝贝,都哪儿去了?不可能只有袁大头,很可能另有藏宝之地。"

"你说了等于没说,既然找不到,有和没有又有什么区别?"

"怎么能说找不到呢?既然有人能把它们藏进去,就有人能把它们找出来。我爷爷不是说过嘛,有缘者见之。丁老师,你想不想找?"

"我这两个月一直在找,但不是冲着金银财宝。"

"不管是为了什么,只要你想找就行。既然已经有了线索,不找到它岂不是太遗憾了?"

"可是你爷爷什么都没说,你还有别的线索吗?"

叶行双手按住桌面道:"有!我研究了这么多年,可不是白混的!明天到我办公室来一趟,我们私下里单独谈谈。我有件事情要告诉你,还想请你帮个忙呢!"

吃完消夜,丁齐没有回宿舍,而是叫了代驾回到自己在学校附近租的公寓,晕晕乎乎地上了楼,时间已经快两点了。但第二天早上他起得很早,洗漱完毕就出门了。

博慈医疗不止那一栋五层楼,主楼后面还有一栋横向的三层小楼,一楼原先是做培训学校的,现在改成了心理专科门诊,二三楼一直都是领导办公室。叶行的办公室在最靠里面的一间。

叶行今天打扮得挺精神,头上还抹了发蜡,衬衫很白,条纹状的领带很鲜艳。他看了看手表笑道:"丁老师,您还挺着急嘛!现在才八点四十。"

丁齐笑道:"叶总不是也来得很早嘛。"

叶行开门见山道:"有些事,昨天在大排档不方便说,今天可以在这儿好好谈谈。其实我怀疑赤山寺的历代住持都在保守一个秘密,我爷爷只了解一些情况,但并不清楚具体的内情。"

丁齐追问道:"赤山寺早就不在了,叶总的意思是说,你已经找到了当年的住持,或者找到了老住持留下的线索?"

叶行轻轻一敲桌子道:"专家就是专家,一句话就猜对了!那位老住持已经不在世了,但我查到了赤山寺当年一批东西的下落……"

1949年前,赤山寺没有方丈,住持俗家姓张,叫张锦麟,跟当地达官贵人多有往来,很受尊敬,经常参加各种官方活动、主持各种仪式庆典,也算是当地的一位大人物。在解放军过江之前，他就跑路了。

张锦麟先是南下广州，后来去了香港，听说又转道台湾待了一阵子，最后去了美国。他究竟是什么时候还俗的，如今已没人能说得清楚，可能是在逃离境湖之时就换了俗家装束，也可能是到达美国之后。

总之晚年的张锦麟并不是和尚，而是一位颇有名望的收藏家兼爱国华侨，在美国拥有一座庄园，据说精通东方文化以及各种艺术品鉴赏。改革开放后的上世纪九十年代初，他以探亲的名义从美国回来，受到了当地政府的热情接待。

张锦麟去世之后，留下遗嘱捐赠了一些东西，其中两批是捐赠到境湖市的。一批捐给了境湖市博物馆，经鉴定应该都是赤山寺的传世法器、从唐代到清代的各种文物。另一批捐给了境湖大学图书馆，是他收藏的各种书籍，有中文的也有外文的，据说其中还有一部分是在大陆收藏的珍本古卷。叶行想找的线索，可能就在这批珍本古卷中。

叶行对丁齐道："我费了不少工夫，好不容易才打听清楚一件事。当年的赤山寺中，藏有一部名叫《方外图志》的古卷，也不知是哪一朝哪一代传下来的。'文革'时赤山寺被拆毁，东西都不知道哪儿去了，我原先是按照这个思路找的，结果毫无线索。后来我突然想到，也许这部古卷不是'文革'的时候弄丢的，而是解放前就被张锦麟带走了。那么有没有一种可能，张锦麟后来又把它捐献给了境湖大学图书馆？丁老师，你就在图书馆工作，不妨去找一找。如果真有这么一部古卷，将里面的内容记下来就行。"

丁齐想了想道："我还真没听说过这么一本书。"

"也不一定是书，其实我也不知道它是什么东西，只是知道它有可能收藏在境湖大学图书馆。"

"境湖大学有几百万册藏书，这些年很多校友、归国人士、文化名人也捐献了不少，其中也有很多古卷。有很多到现在都没有修复整理呢，想找可不容易。"

"那就要麻烦丁老师了，我特意给你准备好了设备，不论你能不能确定就是我们要找的《方外图志》，只要是有嫌疑的古卷，你就拍下来保存，我可以再找专家来辨认。"

说着话他递过来一样东西，是台超高分辨率的数码相机，只有名片大小，厚度不到一厘米，非常小巧，可以很方便地揣在兜里随身携带。它还有伸缩光学镜头，配了照明射灯，特别适合近距离拍摄各种文件资料。

丁齐拿过相机研究了一会儿，抬头道："叶总，你是早有预谋吧？"这话问得好突然，叶行的笑容有点发僵，一时不好回答，屋里的气氛也僵住了。

丁齐又不傻，当初叶行聘请他时提出了一个要求，让他不要辞去图书馆的工作，他就觉得很奇怪。结合种种迹象，丁齐已然反应过来，这些都是套路！叶行早就设计好了，就是想利用他去一步步调查所谓的方外之地。

假如换一个人，就算意识到了，也可能只会在心里琢磨，给对方留点面子，而丁齐则是立刻就当场挑明了，这也让叶行感觉很尴尬。

叶行不说话，丁齐也没有移开视线。过了一会儿，叶行才干笑道："丁老师，有些内情您并不是很清楚。想当初田相龙曾找过江湖高人给田琦看病，是通过我介绍的门路，所以我也知道一些情况。田琦说过，他去过一个地方，是什么地方现在您已经知道了。他是精神病嘛，说的话也没人当回事。至于涂至，他父亲其实也找高人给他看过，时间还在田琦之前，也是通过我介绍的门路，所以我也听说了他的情况，但当时并没有留意。可是后来又听说了田琦的情况，就不可能不留心了。田琦死在你眼前，他最后见过的人就是你，而当时你又把他催眠了。我是几个月前才打听到境湖大学图书馆有一批张锦麟捐赠的珍本古卷，而您又恰好到了图书馆工作。我不去找您又找谁呢？您就是我的线索！但是您不要多心，就算没有这些事，博慈医疗也会聘请您，您的确是我们急缺的专家。"

丁齐颇有些无语，涂至的父母认识刘丰那样的专家，还要去找所谓的江湖高人，但转念一想倒也正常，身为国企领导的卢芳，既来找他这样正规的心理医生，同时也不去找了阆江寺的高僧吗？在普通人眼中，不论是谁，能解决他们的问题就行。

丁齐淡淡笑道："叶总啊，你的门路还挺广啊！"

叶行也赔笑道："江湖中人嘛，就是路子多点、人脉多点，办法也多点，要不然我一天到晚怎会那么忙？"

"叶总，其实你不必绕这么大弯子，当初直接说就行。"

和丁齐这种人打交道，最好的方式是有什么事就直接说出来，别玩心眼，其实玩也没多大用处。丁齐是位优秀的心理咨询师与心理治疗师，他的习惯是面对问题，打开他人的内心世界寻找真相与根源，甚至是直接触及内心深处的种种隐秘。

叶行反问道："丁老师，如果我一开始就说出这样一件事，您会相信吗？又有什么人会相信呢？其实城建集团的卢总，也是我前不久才认识的，在酒桌上听说了她的事，当即就吃了一惊，赶紧想办法把她推荐到您这儿来了。"

这倒是个合理的解释，就算当初叶行对他说了这件事，丁齐也未必能信，弄不好还会怀疑叶行也是个神经病。但丁齐一直看着叶行的眼睛，心中还有另一种推断。手里拿着锤子的人，眼中便在寻找钉子。叶行一直在寻找方外世界的线索，而他所知的两条线索恰恰都和丁齐有关。田琦死于丁齐手里，丁齐事后又恰好到图书馆工作，很难让叶行不怀疑丁齐也是"同道中人"、也在寻找同样的东西。

叶行将丁齐聘请到博慈医疗，并将涂至和卢芳先后介绍到他这里"看病"，就是一种观察和试探。等于丁齐在明、叶行在暗，叶行可以利用丁齐找到他想要的线索，打的是一手好算盘。

丁齐见到卢芳后，直接跑去找叶行问。叶行这才明白丁齐原先并不知情，话已经说开，所以才有了后一步的打算。丁齐并不知道古卷的事，叶行又希望通过他找到那部古卷，所以才告诉了他这些。

丁齐想到这些，看着叶行又问道："多谢叶总告诉我实情！可是您的江湖套路太深，我心里有点打怵。假如还有什么没说的，您现在就都告诉我吧，我别不知不觉又被您给利用了。"

对于丁齐而言，这番话其实也是一种反应测试。叶行尴尬地摆手道："您这话说的！我当初不是不想告诉你，只是不知道该怎么说，说出来也怕您不相信。现在既然您相信了，那就好办了。我只是想找到那个地方，而丁老师您也想，我们就有了合作的基础，对不对？"

丁齐已大致心中有数，便没有多说什么，收起相机道："好的，我确实很感兴趣，一起合作吧，看看能不能找到。"

15　图书管理员

博物馆中的藏品，并不是都分门别类地整理好放在展台中的。很多博物馆，都有大量未经整理、鉴定、修复，甚至是不知来历的收藏品，长年堆放在库房中，而且这样的藏品可能每年还在持续地增加。想将它们都清理修复并鉴定完毕、达到展出条件，还需要漫长而繁重的工作过程。有些东西自从进了博物馆，就只是馆藏品而已，恐怕永远都难见天日。

其实图书馆也一样，有很多藏书是不对外提供借阅和查询服务的，其中最主要的原因是根本没整理好，就连图书管理人员都不知道是什么书。这些藏书往往来自于其他部门的移交以及社会捐赠。

对这些书，首先要进行版本鉴定，看看是不是合法出版物。然后还要鉴定其类别，置入磁条或芯片，编写目录索引，分门别类入库上架。

有一些书籍文献，可能不适合面向社会公众提供借阅和查询，只作为内部资料保存。有很多破损的文献，还要判断其是否有修复的可能与馆藏价值，如果有的话，就需要组织专业人员进行修复。修复工作也是需要成本和时间的，有馆藏价值的文献假如暂时修复不了，就只能先内部收藏，而且有可能就永远被内部收藏了。

规模越大、接受社会捐赠越多的图书馆，这方面的工作就越繁重。处理捐赠来的书籍文献，比处理图书馆直接外购的书籍要麻烦多了。

上世纪九十年代初，境湖大学图书馆就号称有一百六十万册藏书，如今二十多年过去了，仅仅是可公开借阅、提供目录索引的藏书量已有近五百万册，可想而知有了多大的增长量。而实际的馆藏总量，早已突破了六百万册。

所以图书馆的工作看似清闲，但整理社会捐赠馆藏书籍文献工作，向来是人手不足的，重要文献的整理、鉴定、修复、保存、上架工作，又有较高的专业水平要求，一般人干不了。它既没什么油水，又非常枯燥，甚至是默默无闻，所以很多人不愿意干。

丁齐从叶行那里回来后，就在琢磨，想什么办法能接触到图书馆中的这一类文献？他只是一个临时工，照说正式的工作人员才有资格接触馆藏的珍本古卷。不料实际情况比他想象的要简单得多，他只是主动找馆长说了一句，馆长就非常痛快地答应了。

馆长名叫赵春铃，今年已经六十多岁了，原先是外语系教授，退休后返聘到图书馆，负责指导外文资料管理。前两年随着中央的反腐力度不断加大，原图书馆的馆长也被"拍苍蝇"拍进去了，暂时无人接手主持图书馆的工作，校领导就让她来总体负责。

赵馆长当即就对丁齐说："你愿意干这个活，真是太好了！图书馆就是大学的一个脸面，说出去好听得很。但是在学校内部呢？简直都成了教工家属安置基地。典型的清水衙门，只有采购上有点油水，不必等外面的人监督，内部就有那么多眼睛盯着，上一任馆长不就被拍进去了吗？愿意到这里来的人，都是图个清闲没压力的正式工作，有出息、有想法的年轻人越来越少了。"

没想到一句话就引发了赵馆长这么多牢骚，丁齐笑着提醒道："赵馆长，我只是个临时工。"

赵馆长却误会他的意思了，有些惋惜地说道："你的事情我清楚，年轻人遇到点挫折也别气馁。我现在没法给你解决正式编制，但可以给你涨工资。以前是一个月一千五吧？哪够生活的，我给你涨到三千！虽然也不算多，但我也就这么大的权限了，再多就得报领导批准。"

丁齐赶紧解释道："您误会我的意思了，我不是想加工资。只是想问问，临时工也能接触馆藏珍贵文献吗？"

赵馆长又笑了："小丁啊，你知道我为什么高兴吗？因为这些活实在是缺人干啊，给你涨工资是应该的。我也不给你工作进度压力，不规定你每个月必须要整理出来多少部文献，你只要愿意认真去做就行。临时工？那要看怎么说了，说你是外聘专家也行啊！有很多文献的鉴定和修复工作，必须要从外面聘请专家。我的权限，每个人每个月才能给三千块辛苦费。如今真正能干这种活的，别说三千块，就是三万块也请不到啊！"

丁齐补充道："文献修复方面，我并不擅长。"

"我知道你不是干修复专业的。你只需要负责鉴定整理，能分类上架入库的就上架入库，需要制作索引内部收藏的就内部收藏，破损文献先鉴定出是什么类别、有没有修复价值。库房里堆积如山了，整理出来的速度还没有新收进来的速度快。"

丁齐又说道："我不是外文专业的，所以申请先整理中文文献，重点是社会捐赠的珍本古卷。"

赵馆长说："就是这个工作最缺人，外文资料还好办，可以找外语系的学生来帮忙，但是搞古籍考证可难多了。需要整理的文献多得是，你根据自己的兴趣和特长，先挑重点的做，按照规定的流程来就可以。校领导给图书馆指示，都是搞改革创新，我们几乎所有的人员精力和新增拨款，都用在以最新的科技手段保存与检索文献资料上了。这的确是好事，但是基础工作还是得有人做啊……"

这么轻松就搞定了计划，而且还有意外之喜，工资比原先翻了一番，丁齐内心非常感谢这位赵馆长。

真正进了库房，才清楚想要找到东西有多难。这可不像在电脑里输入关键字得到检索结果，然后到相应的书架上取下来就可以，因为根本就没有记录。说到窃取文献资料,很多现代人或许会联想到黑客入侵,可是这种事,黑客也不好使。

就算是摸进来偷东西,也得知道自己要偷的是什么东西、放在哪里。

根据图书馆的记录,张锦麟当年捐赠的书籍文献约一万册,其中外文书籍一千多册。这些都是约数,因为还没有详细清理完毕,只是做了最简单的分类,其中还有线装古书及古卷三百余册,保存在图书馆的 302 库房。

丁齐的工作就是从 302 库房开始的,这里有近十万册藏书,绝大多数都是线装或轴装古卷。

通常的清理工作,首先要确定版本以及版权信息。一般而言,普通作品的版权期限,是自作品创作发布时起至作者逝世后五十年。丁齐的工作基本不涉及这个问题,但也要稍加留意,可能有些民国时代的书籍,作者逝世还不到五十年。对于这样的书籍,制作电子版文档以及影像资料保存,并提供内部查询当然没问题,但不可以公开向外发布,因为图书馆不是出版社,它能提供的只是借阅与查询服务。来到图书馆的人,怎么知道自己想借阅或查询什么资料呢,这就需要编制内容简介和索引。

有一些书籍是没有入库价值的,比如原先已有较多数量的馆藏,且保存质量很差。就算是古卷,有时也没有必要特意制作电子版影像资料。比如这个库房里就有很多版本的《论语》,大多是翻刻四库全书的版本,有很多是成套的书却缺了册。这些线装古书,清理登记完毕之后作为版本保存就可以,有些书籍本身可能是文物,但其内容到处都有,一般人也用不着上这儿来查。

丁齐戴着手套和口罩,将心理医生工作之外的时间,几乎都用在了故纸堆中。戴口罩不仅是为了保护古籍,有时气味确实很不好闻。有些书已经发霉了,带着虫蛀的痕迹与腐烂的气息,打开时不小心就会破碎,甚至不能用手直接翻页,而要用竹镊子夹。

对于这样的古籍,其实翻阅一次就等于破坏一次,无论你再小心,细微的新增损毁也是不可逆的。如果有保存价值，整理的同时就应该用现代设备将其记录下来，比如将书页制作成图片资料保存，这是很枯燥且必须细致耐心的工作。

如果是珍贵文献，有修复的必要，还要专门登记收藏，由图书馆再行安排修复工作，没有修复之前最好就不要再去碰了。

丁齐开始这项工作的第二天，叶行就打来了电话，问他有没有找到东西，语气很着急。丁齐说他正在找，已经开始清理工作了，并介绍了张锦麟捐赠的珍本古卷情况。

叶行在电话那边叫道："只有三百多册，你花了两天还没找着！上柜子里翻一下，一会儿工夫不就翻出来了吗？"

丁齐解释道："不是你想当然，没有登记资料，我得一册一册地整理，我的手只要动了，就得把动的古籍整理完。这可不像在菜市场里挑菜，可以随便乱翻，整理每一卷都是需要时间的！"

叶行惊讶道："你还真去整理古籍了？直接找东西不就行了！"

丁齐很郑重地答道："我是申请了整理馆藏珍本古卷的工作，才有机会去找你想要的东西。我已经用了速度最快的方式了，首先清理张锦麟当年捐赠的珍本古卷，而且就是从图册一类的古籍开始清理的。没有打开之前，我也不知道是什么东西，打开之后就必须完成工作，我是来整理馆藏的，不是来破坏古籍的！你说要找的古卷是《方外图志》，我没有发现哪卷古册的外面写着'方外图志'，你又不知道那东西是什么样子的，我只能一卷卷去整理。"

他将叶行噎得没话说了，叶行也只好鼓励了他几句，希望他尽快查找，然后就挂了电话。丁齐的态度很明确，这是他的工作，就得认真负责，他利用这份工作去找方外图志，那也得先把工作做好了才行。

丁齐还有另一个想法，如果这里有很多珍本古卷都是当年赤山寺中的收藏，那可能在别的古卷中也会发现某些线索。

丁齐并没有将叶行给他的那个相机带进库房，甚至都没有带回自己的公寓，而是留在博慈医疗给他的那间"宿舍"中。他为何要这样做，可能是潜意识作祟，他对叶行并不是完全信任。通过最近的接触，他发现叶行是早有预谋，跟他耍心眼、玩套路。虽然事出有因，但丁齐从一个心理医生的角度看，一个人的行为习惯反映了思维习惯，那就是一个喜欢搞阴谋算计的人，而丁齐不喜欢。但这世上什么样的人都有，有时候还不得不和他们打交道，要懂得怎样容纳。丁齐和叶行有一致的目的，所以可以合作。但是合作归合作，丁齐有自己的原则与态度。谁知道叶行给的那个相机有没有问题，会不会暗藏了跟踪监控装置呢？丁齐最近想的事情有点多，脑洞开得也有点大。

丁齐接手"新工作"的第一个星期，就有了重大突破，却不是发现了《方外图志》。成果说出来有点让人脸红，他整理出来一部春宫图册。

春宫图自古有之，明末创作与流传最盛，大致有三个作用，一是"新婚教学"，二是"房中情趣"，三是"镇宅辟邪"，当然了，还有阐发艺术思想等等。丁齐发现的这本图册，名叫《十荣》，原画作者署名十洲先生。

十洲先生就是仇英，明代绘画大家，与沈周、文征明、唐寅并称，也是最负盛名的春宫绘画大师。丁齐发现的当然不是原画，而是清代康熙年间的刻本，但也相当珍贵了。更难得这本图册保存得相当不错，从刻本中仍能看出原画的神韵。不愧是大家之作，功力精湛，刻画细腻入神，人物皆精丽艳逸、神采飞动。仇英所作春宫套图《十荣》早已失传，如今又重新发现了清代刻本，这可是重大成果。这一发现很快惊动了馆领导、校领导、文化及文物部门领导，也成了一条不大不小的热点新闻。

丁齐的名字并没有上新闻，报道中只说境湖大学图书馆的工作人员，在整理社会捐赠的珍本古籍时，发现了明代大画家仇英所作、被认为已失传的套图作品《十荣》的清代刻本。

赵馆长又特意把丁齐叫过去一次，语重心长地说道："在大学里干，如果想往上走，最重要的是出成果，而且成果的影响越大越好。图书馆工作是很难出成果的，但谁都没想到，在我主持工作期间，这些年影响最大的成果居然是你搞出来的！可惜我已经退休了，是返聘回来的，假如换个年轻的馆长，这弄不好就是他的资历和资本啊。我看好你，果然没错，是金子在哪里都会发光的！我们图书馆受到了表彰，功劳其实是你的。我跟校领导特意强调了你的工作贡献，如果你愿意的话，可以给你解决一个正式编制，成为图书馆的正式在职员工，也相当于重新回到了大学教职员工的队伍中。你也不用感谢我，这是你自己争取来的机会。"

能继续保留大学教职员工的身份，曾经是丁齐的期待，可这半年来，他经历了这么多事，想法已经不同，苦笑着摇头道："我很愿意做一个称职的图书管理员，但这只是一份兼职。我现在已经在一家民营医院受聘当心理医生，就多谢领导的好意了。"

赵馆长叹了口气道："这里留不住人才啊！"随即又很高兴地说道，"这对你来说是好事，既能发挥专业所长，待遇和前途也不错……你还有什么要求？趁这个机会尽管跟我提。"

丁齐说："我只要求善始善终，把手头的工作做完，已经整理的这一批珍本古卷，就让我继续整理。至于待遇嘛，赵馆长刚刚给我涨过工资，有奖金能发就发，没有我也不强求。"

赵馆长点头道："你提的要求理所应当。工资待遇嘛，有机会我会考虑的。至于奖金，肯定也是有的，但你并非正式在职员工，多少也只能是个意思。你已经入手整理的那一批珍本古卷，就由你继续负责，我不会让别人插手。谁要是也想干这份工作，就去负责别的地方，反正没有整理出来的书籍文献多得是，珍本古卷也还有。302馆室，还是你来整理。"

丁齐提这些要求，主要当然不是为了工资待遇或奖金。他刚刚接手这项工作一个星期就有了"重大成果"，图书馆中其他工作人员都很羡慕，也有人认为他是走了狗屎运。看来丁齐所整理的珍本古卷中,藏着不少好东西呀,恰好被他碰到了,但好事也不能都是他一个人的呀!

于是就有好几位图书管理员提出申请,也要参与这项工作,有人明确提出,希望接手302库房的古籍文献整理工作,甚至直接要求接手丁齐正在整理的这一批珍本古卷。丁齐最怕的就是这种事情。

赵馆长当然看得明白,既然丁齐明确提出了这个要求,无论从哪一方面来说,她都不该拒绝。丁齐达到了目的,又陪着赵馆长闲聊了半个多小时,这才离开办公室。他去食堂吃了晚饭,晚上又回到图书馆阅览室给同事代班。

在阅览室值班,就是丁齐原先的工作。他与图书馆的很多同事,不论兼职还是专职,关系处得都不错,除了本职工作之外也愿意帮各种忙。有时候谁有事,大家互相之间也会换班代班,今天就是这种情况。

丁齐坐在对着大门的墙角处看资料,手中是一本介绍明清两代书画家的图册,面前的桌子上放着一台电脑,电脑屏幕面对墙角,阅览室中的其他人是看不见的。

有学生想查找哪方面的书籍若找不到,可以到他这里来搜索,阅览室顶部也安装了监控,丁齐坐在这里可以看见不同角度的监控画面。

图书馆中上架的书册都内置了磁条,粘缝在夹页里面,想偷偷带走的话,出门时就会报警。但也有的学生挺贼,会在看书的时候找到夹页揭开,将磁条悄悄取出来。但这样的动作一般比较大,在监控里可以看得清清楚楚。

丁齐当过大学老师,当然也曾负责监考。他自己干了监考老师之后才清楚,考场上谁有什么小动作,只要监考老师稍微留点心,其实都是很容易就发现的,而作弊的学生还自以为很巧妙、很隐蔽。

在阅览室里也一样,大家都安安静静地在看书找书,谁的动作有点不对劲,其实一眼就能注意到。丁齐记得自己读本科时,图书馆阅览室中是没有这种监控手段的，这几年确实增添了很多新的科技设备。

偷书的情况当然极少，找出磁条拆掉也挺麻烦的，但前些年有的学生有个坏习惯，看到什么重要的地方需要记录保存的，有时候就会偷偷把书页撕下来。书中有缺页，在盘库的时候最不容易发现。

偷撕书页的情况这几年也少多了，因为智能手机已经普及，就算不想做笔记，随手用手机或者 pad 拍下来就是了，何苦损坏公物呢。可是还有少数人，仍有一种恶习至今防不胜防，那就是在书本上写笔记、做批注，甚至是发表一通感想。

今天晚上倒是一切正常，只有一个挺漂亮的女生看书似乎有点走神，眼睛经常往他这边瞟。丁齐虽然低着头在看自己的书，但也早就发现了，这种事情也不罕见。

图书馆晚上九点一刻响第一遍铃声，九点半响第二遍铃声。学生九点半之前就必须离开阅览室，中间这一刻钟时间是留给他们收拾东西的，将取来的书籍按编号找回书架放好。今天的学生表现都不错，只有一本书还留在桌面上，在一排排书桌间十分显眼。

就是那个女生的座位，丁齐记得很清楚。他走过去拿起了这本书，却发现书下面压着一张对折的纸条，打开纸条一看，是两行娟秀的小字："小丁老师越来越帅了，不仅人长得帅而且还那么有才。不论你做什么都会有成就的，我为你点赞！"字条上没有署名，却留了一个手机号码。丁齐知道是谁写的，女生名叫孟蕙语，他曾经带过她的课。这个小女生对自己很有好感，还曾找机会含蓄地表白过。

时过境迁，好感依旧，此刻再见到这样的一张纸条，丁齐不禁面露笑意，神情温柔了许多。那位正在读大二的女生孟蕙语，应该并不完全清楚他的近况，但肯定知道他在学校中的遭遇，他去年出的事实在是太轰动了。假如换一位古代的落魄书生，可能会像很多才子佳人小说里写的那样，有一番风尘患难中遇知己的感慨。丁齐看着纸条，面带微笑发了一会愣，然后将纸条折好揣进了兜里。

这时图书馆响起了第二遍铃声,时间到九点半了。图书馆十点关灯关门,从九点半到十点这半个小时,是留给管理员盘点整理阅览室书架的。丁齐沿着一排排书架走了一圈,目光上下扫视着书脊上的标签编号,无论是字母还是数字都应该是相连的,假如哪本书插错了地方很容易就能看出来。将放错的书抽出来重新插入正确的位置,差不多就快下班了。有些书放错了但没有发现,那就留到每周的大盘库时再整点吧。丁齐很细致很负责,每次几乎都能把所有放错的书挑出来重新插好,这也与他的观察习惯有关。

第二天起床洗漱完毕,穿好衣服,丁齐又将那张纸条从兜里掏出来看了两分钟,嘴角微微上翘带着微笑。最后他将纸条夹进桌上的一本书中,当书页合上的那一刻,仿佛听见脑海中一个清脆的响声。

丁齐有一种清晰的感觉,某个他曾经自认为并不在乎但又始终存在的心结,终于彻底解开了,或者说释然了。解开心结当然要靠自己,但是说实话,丁齐也很感谢这位名叫孟蕙语的女生。回头加个微信吧,逢年过节发个祝福,人活在世上不应孤单,心中总需要各种朋友。

丁齐先开车去了市中心,快到中午的时候又来到了曾经工作过的校心理健康中心。从一楼走到三楼,他微笑着朝那些熟悉的面孔点头打招呼,对方的反应多少都有些惊讶,但也不失礼貌与热情。丁齐在刘丰的办公室门前敲了敲门,听见请进的声音才推门而入。

刘丰看见来者是丁齐,愣了大概半秒钟,随即额头的皱纹就像积雪渐渐融化开,笑着点头道:"你来了!手里拿的是什么东西?"

刘丰没有站起来,这并不是不礼貌,因为他根本没把丁齐当客人,语气也显得很轻松自然。半年之前,丁齐每次来刘丰的办公室,也都是这样的场面,不需要刻意招呼什么。

自从刘丰去美国度假回来后,丁齐就再没有见过他,仿佛总有点别扭,说不清是什么感觉。假如刘丰主动叫他,他当然是会来的,但是刘丰不叫他,他自己却不主动登门。丁齐甚至还曾在心中暗想,假如在某个场合偶尔遇见会是怎样的情形,该怎么和导师打招呼?

今天他终于来了,一切却仿佛和以前一样。但也有不一样的地方,他不可能再像读博士时那样经常来到这间办公室,只能偶尔有空时来探望导师。

丁齐把手中包装好的东西递过去道:"导师您的生日,这是我给您的礼物。"

刘丰接过礼物呵呵笑道:"真会找借口!我不过生日,你就不来看我了?每年过生日,你的师兄弟们总是要找地方凑齐几桌,说是为我庆祝,其实都是他们自己热闹,我今年都不想再过这个生日了。"

丁齐笑着劝道:"师兄弟们给导师过生日,您这个面子还是要给的。那也是个难得的机会,让大家能够在一起多联系交流。"

刘丰笑:"我知道他们的目的,这也是借着我的场子建立和维持人脉。丁齐,这次你去不去?"

丁齐摇了摇头道:"今年我就不参加了,所以才会提前来送生日礼物。我倒是没什么,就怕有些师兄弟感觉尴尬,弄不好会破坏气氛。"

"不去就不去了吧,你有这份心意就好。真要是坐在那里,大家也不知道该和你聊什么更合适,你恐怕也会觉得无聊。"

丁齐不打算去参加师兄弟们给导师办的生日宴,这么说话,恰恰说明他如今已经很坦然。然后他又掏出手机道:"导师这次在美国待了这么长时间,是不是有了新的口味,今天点些西餐?"

以往丁齐这个时候来,都要给导师点餐,今天也很顺手。刘丰摆了摆手道:"美国我去过多少次了,吃的东西很一般,我的口味你了解,就像平常那么点吧。"

丁齐发现了一个细节，那就是自从他出事离开之后，导师每天中午应该都是自己点餐，要么就是去餐厅或者外面吃饭，没有再叫别人帮他点餐。否则刚才坐在办公室里，应该有人进来问导师中午吃什么或者去哪里吃。

丁齐点了两菜一汤，有荤有素，在茶几上摆好，陪着导师吃午饭。吃完后将东西收拾干净，又给导师新泡了一杯茶。师生两人坐在沙发上又聊了一会儿，谈起了工作和生活的近况。虽然没有见过面，但丁齐的情况刘丰一直是知道的。

刘丰笑道："听说你在博慈医疗干得挺不错，涂至来看我的时候还特意提到了你，如今你可是境湖市谈话收费最高的心理咨询师了！"

丁齐也笑道："那是导师您教得好。"

"你也别谦虚，单凭我教是教不出来的，我有过那么多学生，烂泥扶不上墙的也不少！今天恰好你来了，我有件事想咨询咨询，问问你是什么看法。"

"导师有事尽管说。"

"最近有位校领导，也就是钱副书记，在我汇报工作的时候，插话问我，也算是委婉地提个建议。他问我能不能将主要精力都放在教学研究上，为培养新一代的高素质人才多做贡献，并且为境湖大学多出更有影响力的科研成果。你说他是什么意思？"

"导师还用问我吗？估计是有什么人找过他递话，他想劝你辞去校心理健康中心主任的职务，专职做医学分院的副院长。但是这话不太好直接开口，就只能这么说。"

"那么你的意见呢？"

"导师无论做什么决定，我能有什么意见呢？"

刘丰一拍大腿："我就不该这么问！换个说法吧，假如你站在我的角度，又是怎么看的呢？你应该很了解我，各方面都很了解，有什么看法就直说吧。"

丁齐说："您今年才五十五，退休还早着呢！身为一位专家学者，其实很年轻。"

刘丰插话道："领导的话，不是要我退休的意思。"

"您现在只是医学院的副院长，而且在医学领域，精神卫生只是一个小专业，只是您的成就和名望十分突出。心理健康中心几年前才从校附属医院独立出来，在中心您才是一把手，安排什么事情都方便。"

"我明白你的意思，还不如直接说心理健康中心才是我的地盘，也是我真正说了算的地方。假如我不再做这个主任，平时很多事情都不方便，这不仅是吃个饭、用个车、有事找人帮个忙。就算在研究领域，搜集第一手病历资料，报项目申请科研经费，都会受到影响。"

"那您还问我干什么？"

"旁观者清！我就怕有些年轻同志等不及呀，嫌我总占着位置碍事。"

"是您的就该是您的，如果有人坚决要求上进，也得有那个能力和素质。"

刘丰又笑了，话锋一转道："我今天上午接到赵馆长的电话，说是鉴于你在图书馆的工作成果，学校现在可以给你解决一个正式编制。而你却拒绝了，是这样吗？"

"什么工作成果，就是发现了一本春宫图，说出来都有点脸红。导师，您和赵馆长的关系很好吧？"

丁齐如此回答，其实就是岔开了话题。刘丰答道："赵春铃是我的老大姐，我当初刚参加工作的时候，她就对我挺照顾的。否则你出事之后，我干吗不找别人，去找她给你安排在图书馆呢？"

"而你真有本事啊，这才半年时间，就已经有机会拿到一个正式编制，重新恢复大学教职员工的身份。赵馆长很关照你的确不假，但也需要你自己争气，不声不响就搞出成果来了。赵春铃也觉得脸上有光，你这件事不再是给我面子,而是证明了她慧眼识人!今天上午打电话的时候,她还希望我再劝劝你,这是个回来的好机会,很多人想争取都争取不到呢。"

丁齐说:"我只是运气好而已,恰好碰上了。"

"话可不能这么说,图书馆中的古籍,这些年就堆在那里,这种好事怎么没让别人碰上呢?如果只说运气,难道当初你被学校开除也是因为运气?"最后这句话,特意提到丁齐当初被学校开除,很有点当面给人难堪、故意揭伤疤的意思。以刘丰的身份,应该不会犯这种错,但他既然说了,肯定就有其用意。

刘丰在观察丁齐的反应,包括他刚才说的某些话,多少也带着反应测试的意思。揭伤疤会有什么反应?首先就能看出那伤疤还在不在。

丁齐没什么尴尬的反应,只是有些腼腆地笑而不语。

刘丰又问道:"丁齐,你是真的不回学校了?"

"谢谢导师还有赵馆长,但我有那样的履历档案,也不适合再回来。"

刘丰盯着丁齐看了半天,仿佛是想从他脸上看出一朵花来,又突然露出了笑容,"丁齐啊,我一直很不放心你!但是你现在不仅看得明白,而且活得认真,尤其是今天能有勇气拒绝这个机会,我今后也就能放心了。"

丁齐低下头道:"其实人做出选择,凭借的主要不是勇气,而是端正的观念。就像古人说的,敬以直内、义以方外,不直内又怎能方外?"

刘丰点头道:"做选择不仅要有勇气,更要靠端正的观念,这话说得好!让我想起了一句流传全国的宣传口号。"

丁齐纳闷道:"什么口号?"

"时代不同了,男女都一样!"

丁齐正端起杯子喝水,听见这话差点呛着。导师的这个比喻真是绝妙,换个人恐怕一时间还反应不过来。解决重男轻女的陋习,并不是要求谁有生女儿不生儿子的勇气,而是一个社会观念问题。观念是现实所导致,但很多固有的观念,往往都滞后于现实的发展情况。

师生两人不禁都笑出了声。恰在这时，有人敲门进来，是拿着一个文件夹的钟大方。钟大方是来找刘丰签字的，进屋时眼神有些惊疑不定，但随即便满面春风道："小丁师弟也在啊！导师，你们在谈什么呢，笑得这么开心？"

见刘丰有正事，丁齐不再打扰，和导师打了声招呼便告辞出门，心里还在琢磨导师刚才说的话。正因为他拒绝了图书馆正式编制的机会，导师才对他真正放心了。这也说明丁齐有了自己的底气，底气源于心境，他的事不需要刘丰再去过多地操心。

刚才刘丰半句都没有提到佳佳，丁齐当然也没问，两人心照不宣。有些事既然过去了，就没必要再说了。

16 重大突破

境湖大学图书馆的研究成果上了新闻报道，叶行也打听到了内情，还特意来找丁齐道："你这活干得，真是出奇了！我们要找的东西没找着，你却搞出了重大发现成果。我就想不明白了，古代的春宫图有啥意思？感兴趣的话我请你去夜总会，现场表演活春宫。"

"好啊，谢谢叶总了，就等着您请呢。但我可听说警方最近正在从严整顿文娱场所，重点加强扫黄打非工作。"

"丁老师在警方有熟人，知道什么情况就及时告诉我一声……我当然要好好请你啊，但是你先得把东西找到。你发现的那套《十荣》，肯定有图片资料，给我也见识见识呗！"

"叶总不是说没意思嘛。"

叶行咳嗽一声道："丁老师可别误会，我是以研究和欣赏艺术的目的，解锁古代已经失传的新姿势，不，新知识！"

"叶总可以上网去查，新闻带配图，网上都有。"

"网上的图片分辨率不行，我当然想看高清晰大图。就用我给你的那个相机拍，相机你随身带着了吗？"

"图书馆做内部保存的高清晰资料图，我手机里就存了一套，现在原图发送到你的微信上吧，你回去慢慢撸。"丁齐当场就发送了图片，只是费点流量而已，回避了相机的事情。

丁齐的工作方法果然很有效率，又过了一个多星期，他终于在张锦麟捐赠的珍本古卷中发现了《方外图志》。有此发现纯属意外，在正常情况下，就算他看到了那卷东西，也不可能认出来。

这次他打开的是一卷经文。打开之后他就微微吃了一惊，这是手绘本长卷，内容是《妙法莲华经》，不仅图文并茂，而且显然经过了精心的修复。经文和图画都绘在宣纸上，然后用绸缎装裱。这样的经卷在这批古籍中共有七卷，每一卷都宽三十二厘米，打开之后长达五点六二米，卷起后呈直径六厘米的圆筒状。

发黄的古卷保存得非常完好，经文是用蝇头小楷工工整整地书写，字迹错落疏密很有规律，留白处则有大量佛教绘画，题材包括各种菩萨、明王、飞天、莲花、七宝、法器、法会与佛国景象。

绘制图文的宣纸和装裱宣纸的绸缎，明显不是一个年代的东西，说明此物经历过装裱修复。

古卷上只有经文和佛教绘画，并没有其他的留款，暂时还不好判断准确的年代，根据纸质及其氧化程度以及绘画风格，丁齐初步推断是清中期的东西。丁齐并不是考古学家，只是在图书馆工作的时间长了，相关书籍读得多了，有那么一种模糊的印象而已。

《法华经》共七卷二十八品，这里一卷不缺，应该就是赤山寺当年的收藏，难得保存得这么完好。丁齐在整理登记、编制索引的同时，也要制作影像资料。毕竟这样的古卷今后有谁想去研究，直接翻动原物的次数越少越好。

五点六二米的长卷，首先放在专门的工作台上，拍摄从头到尾匀速推进的视频。然后再按照统一的规格，一幅幅拍摄局部画面，最后用技术手段拼成完整的高清晰大图。

在第七卷最后，装裱经文完毕留下的空白处，丁齐发现了一张应该是修复者接裱上去的宣纸。有人在上面留了一段记录，他才了解到这七卷经文的来历。

清代雍正年间,赤山寺有一位僧人法号昙华,发愿募资修经,终身托钵四处化缘,延请了当地著名的书画家绘制了这七卷经文。手绘本保存于寺院中,然后又请来高手匠人雕刻成石板,镶嵌于药师殿的地基四周,一直到嘉庆年间、昙华圆寂后才彻底完成。

一九三七年,抗日战争全面爆发。淞沪会战失利,紧接着南京失守,日寇沿长江西进,战火很快蔓延到境湖一带。兵荒马乱中,不少达官贵人举家逃亡,跟着撤退的大部队逃往江西、湖南一带,老百姓纷纷逃到乡下躲藏。

赤山寺的和尚也几乎跑光了,在隆隆炮火声中,有位经律院执事僧,法号行甫,用一根扁担挑着两口樟木箱子逃进了山中。那时赤山寺在市郊,所谓山中,也就是离赤山寺不远的、无人居住的荒丘野林。徒步挑着两口沉重的箱子,他也不可能走得太远。山中有一座隐蔽的岩洞,为赤山寺历代高僧闭关参悟之处,所以行甫才知道这个地方。他用乱石封住了洞口,再也没有人见过他。直到抗战胜利之后,赤山寺的新任住持,也就是那位张锦麟先生,才带着僧众找到了这里。大家打开山洞一看,行甫坐在那里早已圆寂。

其灵骨旁放着两口樟木箱子,身前的空地上有火烧的灰烬痕迹。樟木箱中是赤山寺收藏的重要经卷,其中就有这七卷《法华经》。行甫挑着箱子逃进山中时,天上正下着大雨,他在路上不小心滑了一跤,其中一口箱盖摔开了,有不少经文都淋湿了。行甫所做的最后一件事,就是在洞中生火将这些经卷烤干,再放入箱中封存,防止被虫鼠蛀咬。有的经卷可能当时没有干透,又在箱子里捂了这么长时间,保存状况已经非常恶劣,卷如焦炭状,令人碰都不敢碰。

赤山寺僧众伏地恸哭,纷纷要求住持立塔撰铭供奉行甫灵骨,再请高手匠人修复这批经卷。张锦麟还真请来了一位高手,此人名叫吴太询。吴太询用了两年多的时间，修复了这批经文古卷，其中最重要的东西就是这七卷《妙法莲华经》。

当未修复的经册还剩下最后一卷时，吴太询家中有急事必须返回。《法华经》最后一卷所附宣纸上的记录，就是这位吴太询写的。吴太询感叹，身为江湖册门传人，此次在赤山寺修复经卷，是他有生以来付出心血最多的一件事，也尽展所传承技艺。但还有最后一卷《方外图志》尚未修复，实为人生憾事，暂收于金丝楠匣中，以待来年再修。

看到这一段记录，丁齐取出了柜子中的一个小木匣。他整理这批珍本古卷时，其实第一个打开的就是这个木匣，但是看了半天没敢动，只得又放了回去。它就像一根木炭，大小就似小超市里两块钱一根的粗火腿肠。给人的感觉是只要打开就得碎成渣。

没想到这就是《方外图志》，东西是找到了，可是根本没法查看啊！他不禁又想起了那位修复大师吴太询，其人自称江湖册门传人。册门是江湖八大门之一，叶行就自称是江湖疲门传人。

旧时代的江湖术，分为惊、疲、飘、册、风、火、爵、要八门，涵盖走江湖混饭吃的种种手段。但是真正的江湖八大门，是这世上一切人为之道。三山五岳、五湖四海，上至庙堂、下至市井，皆称江湖。

广义而言，八门各有玄机。

惊门，是江湖八大门之首，主要是研究吉凶祸福，为人指点迷津。如今看相算命的都算惊门中人。惊门始祖是伏羲与周文王，传说伏羲画八卦而文王演周易。江湖术士们常拜的还有另外一位祖师爷，是汉代的东方朔，据说东方朔曾经在长安城中摆摊占卜。

如果说惊门也有经典的话，那就是《易经》。

江湖八大门以惊门为首，不是没有道理，因为它研究的是天道变化。惊门一旦精通，则其余七门江湖术都可触类旁通，推演吉凶祸福世事变化本就是世间道的核心。现代的算命先生恐怕没这个本领，但是看人的眼力活还是基本功，而江湖术总而言之就是看人下菜碟。

疲门，讲究的是行医济世之道。这里的行医不仅包括江湖游医，也包括坐堂医生，甚至包括古代的巫祝等等。疲门中人拜的祖师爷有两位，医圣张仲景与药王孙思邈。但是如今说江湖疲门，大家指的大多是游方郎中。

疲门仅次于惊门，位于江湖八大门之二，地位也很重要，因为它研究的是人自身的学问。严格说起来，疲门的始祖是黄帝轩辕与炎帝神农，他们也是传说中的中华民族始祖。疲门的经典当然是《黄帝内经》与《神农本草经》。

飘门，讲究的是云游求学之道。飘门的祖师爷是孔子，这恐怕是很多人想不到的。而时至近代，江湖杂耍卖艺、登台现演的，甚至烟花妓女，都自称飘门中人。

册门，讲究的是考证今古之学。册门的祖师爷是司马迁。时至近代，捣腾真假古董的，卖春宫的，经营字画的，都自称册门中人，甚至还包括盗墓的。

风门，研究的是天下地理山川。风门的祖师爷据说是郭璞，如今的风水先生、阴阳宅地师都是风门中人。

火门，讲究的是各种养生之术。火门的祖师爷是葛洪天师，经典包括《抱朴子》《参同契》等。炼丹术、炼金术、房中术都是火门江湖人的把戏。

爵门，讲究的是为官之道。传说爵门的祖师爷是鬼谷先生，经典是《鬼谷子》与《战国策》，鬼谷先生有两个很有名的弟子，苏秦和张仪，传统爵门讲的其实是纵横术。近代以来，买官卖官的把戏，包括以官方机构的名义诈骗等等，也算是爵门的江湖术。

要门，因乞讨要饭而得名，讲究的是落魄之道，各种手段门槛多示人以卑弱。这一门的学问深奥，时运不济时该当如何自处又如何渡厄？要门的祖师爷据说是朱元璋，还有一说是柳下拓，其究竟已不可考。近代以来，打莲花落要饭的，吃大户打秋风的，装作僧尼化缘骗人的，甚至下药拍花的，都可算要门中人。

由此可见，江湖八大门包罗万象，讲的是人世间做事的手段与道理。江湖术本身没有善恶好坏，就是各种手段，但是江湖中人良莠不齐。而近代的江湖八大门讲的几乎都是江湖把戏了，归于狭义的"走江湖"之中。

古时江湖中人有两种讲究："里"与"尖"，也称为"术"与"道"。"里"指的是手段，类似生意经，要揣摩人的心理，琢磨运用何种方法才能达到目的；"尖"指的是真正的功夫与追求的大道。

比如疲门讲行医，"里"指的就是怎么故弄玄虚能忽悠人，而"尖"指的是真正的医术本领与医道修为。

在世间行事，这"里"与"尖"二字不可偏废，否则就算你有真本事，也未必有人肯买账，古往今来天底下怀才不遇之人多得是。俗话说"尖中里，了不起；里中尖，赛神仙"，讲的就是这个道理。

时至今日，以各种术法以及江湖手段谋生的八大门，早已消失在现代文明社会的喧嚣中，但其包罗万象的各门传承，仍以另一种方式在我们的身边若隐若现，几乎无处不在。

如今想看到《方外图志》上的内容，必须先请高手修复才行。对比尚未修复的《方外图志》与已经修复的《妙法莲华经》，吴太询的技艺简直是巧夺天工，魔术都不足以形容，简直就是魔法呀！

如今再想修复这卷《方外图志》，比当年的册门高手吴太询修复《法华经》更难，对已经遭损毁的古卷而言，时光是最大的伤害，毕竟保存时间又过去了七十年。

这天回到公寓后，丁齐给叶行打了个电话，告诉了他自己的最新发现。《方外图志》已经找到了，但必须要找高手修复，否则连看都没法看。他还将那卷东西的照片发到了叶行的手机上，让对方有个直观的认识。

叶行刚开始是狂喜，后来又大感懊丧，挂断电话看了照片之后，过了好一会儿，他给丁齐回微信道："我来找人修复，但现在需要高清晰的、各个角度的照片，越清晰越详细越好。尽快给我，就用我给你的那个相机拍。"

丁齐这次倒没有再玩心眼，他将那台相机带进302库房，将能拍的资料都拍下来了，包括《妙法莲华经》上吴太询留的记录、木匣，还小心翼翼地将那件木炭般的卷册拿出来拍摄了各个角度。

他自己保存了一份拷贝，当天晚上就连着相机一起给叶行送过去了。

但丁齐还留了一个心眼，没有着急将最近发现的"成果"汇报上去。刚刚搞出来一个重大成果，假如紧接着再搞出来一个重要成果，必然有人会坐不住，定会认为这批馆藏的珍本古卷大有价值甚至是价值连城，不可能再让他一个临时工单独负责整理工作。

《方外图志》尚未修复，里面的详细内容更没看到，此时不可节外生枝。

这天夜里，丁齐做了一个梦。梦中似是一座西式的庄园，庄园里一间古色古香的书房中央摆着一张中式的黄花梨长案。有一名男子穿着对襟盘扣绸衫，坐在案前正在品读古卷。此人的年纪不太容易分辨，身材非常魁梧敦实，梳着背头。额前的头发一直向后梳到耳际，乌黑发亮。

丁齐从来没见过此人，但醒来后却意识到自己梦见了谁，应该就是赤山寺的那位住持张锦麟。

张锦麟当年不知从赤山寺带走了多少东西，如今境湖大学收藏的珍本古卷只是其中一小部分。那些曾经遭到损毁的经卷，也是张锦麟请吴太询来修复的，可是他为何要将《方外图志》放到最后？

吴太询的语气，他还想着把家里的事情忙完后，再回赤山寺将最后一卷东西修复完毕、不留遗憾。可是很显然，他没有这个机会了，因为张锦麟带着东西跑路了。在其后长达几十年的时间内，张锦麟始终将这批东西带在身边，却为何一直未找人将它修复呢？

也许是很难再找到吴太询那等高人巧匠，也许是他不想修复。叶行说赤山寺历代住持可能都在保守着一个秘密，可能张锦麟并不知道这个秘密，或者他也不想再知道。毕竟张锦麟早已不是和尚，而赤山寺亦已无存。

可是就这么一卷未能修复、无法辨认的东西，张锦麟却一直留着，在去世后又捐献回了境湖市。他是怎么想的，如今已无法询问，丁齐却感受到了其人那种复杂的心态，就似是一段跨越时空的心灵感应。

谁说只有坐在咨询室里，面对面时才能看到对方的内心。哪怕素不相识，哪怕远隔时空，哪怕对方早已不在这个世上，也依稀可见。因为他们留下了行迹，行为取决于意志与动机，而意志与动机又反映了其人的思维和认知。

17　技术流与套路流

丁齐因为这个梦沉思良久，坐在床上看着面前的椅子，仿佛张锦麟就坐在那里，而他正在给对方做一场心理咨询或精神分析。就在这时，叶行又来电话了。

叶行已经请来了能修复古卷的高手，要介绍给丁齐认识，让丁齐中午过去一趟。丁齐上午正好有心理门诊预约，先去医院完成了坐诊，然后再上三楼去找叶行。推门进去之后，他一眼就被茶几上的东西吸引了。

茶几上放着一个小巧而古旧的金丝楠木匣，匣盖是打开的，里面放着一卷木炭状的东西。丁齐顺手带上门，惊呼道："叶行，你把图书馆里的东西偷来了？"

叶行没说话，坐在沙发上的另一位年轻人却笑了："是丁老师吧？做个自我介绍，我叫石不全，江湖册门弟子。这东西不是从图书馆偷来的，而是我根据您提供的资料，赶工做出来的仿品。刚才我还在担心呢，影像资料再清晰，很多细节也会失真，我毕竟没有见过实物，不敢保证做出来的东西有多像。现在看丁老师进门的反应，倒是放心了。如果连您都认错了，估计别人就更认不出来。"

册门高手？赝品？丁齐的脑海里同时冒出这两个词。叶行已经笑着迎上前来道："丁老师，我来给你做下介绍。我的这位石师弟，是江湖八大门中的册门高手，专业就是文物修复，他的导师可是大名鼎鼎的周小玄。周小玄的名字不知道您听说过没有，他老人家在故宫博物院工作，可是我国头号文物修复专家，人称鬼手……"

俗话说隔行如隔山，丁齐以前还真没有听说过周小玄的名字，但听了叶行的介绍顿有如雷贯耳之感。

叶行给丁齐介绍石不全，说的话却有一大半都在介绍他的导师周小玄，卖出身、卖名头、卖门第，倒是典型的江湖习惯。

石不全赶紧插话道："叶总，你就不要再吹我的导师了。虽然他老人家不在这里，你怎么说他也听不见，但是'鬼手'这个外号，我的导师向来不喜欢，总觉得江湖气太重，他老人家可不是野路子出身。"

说着话他已经从沙发上起身走到近前，和丁齐握手道："丁老师，我可是久仰大名啊。半年前就听说过您的事迹，最近又听说了您的成果。叶总给我发了一套康熙年间的刻本《十荣》的高清晰图片资料，我才知道这原来是您的最新发现。前两天叶总又给我发了一卷《法华经》的影像资料，居然还有册门前辈吴太询的附言。叶总说有事邀请我过来，那我就非来不可了！丁老师啊，我得感谢您。如果不是您，我也没机会欣赏到明代大家的春宫图，更没有机会领略前辈高手的技艺。我原先以为您只是一位催眠大师，可是催眠术应该只能把人催眠吧，难道您还能把一屋子的古籍也都催眠了，让它们自己交待情况……"

石不全今年二十六岁，与丁齐同岁，是周小玄带的研究生，去年刚刚硕士毕业，他是被叶行"勾搭"过来的。叶行先是给他发了《十荣》刻本的高清晰资料图，然后又发了册门前辈吴太询修复过的经卷图片以及其人留下的亲笔记录。既是学文物修复专业又是江湖册门传人的石不全，哪能经得起这种诱惑，屁颠屁颠就跑到境湖来了。不用叶行开口求他，他就主动要求设法修复吴太询所说的《方外图志》，甚至连报酬都不要，看他的意思，恐怕连倒贴都愿意。

丁齐对石不全的印象很不错，比他对叶行的印象好多了。石不全个子一米七出头，留着寸头，相貌虽普通，但也称得上端正，给人一种很"干净"的感觉，这种干净可不仅是指衣着整洁，而是无形中的某种气质。

石不全握着丁齐的手半天没松开，话也说得很多，很有点见到"名人"的激动。

丁齐对石不全的这种气质很熟悉，他在学校里工作，在同龄人中感受到最多的就是这种气质，便是俗话说的书生气。这位带着书生气的江湖八大门传人，说话还有点逗逼，见到丁齐有些自来熟。

丁齐还注意到两个细节。其一是石不全的手很嫩，皮肤就像小孩子，但骨节却很有力。其二是石不全没有戴眼镜，也没有戴隐形眼镜，这本不算什么特征，但至少在丁齐身边，读完硕士的学生不戴眼镜的不多。

丁齐自己就是一个例外，他的视力很好，不需要戴眼镜，但是女友佳佳当初给他挑了副平光镜，说戴着更显儒雅、更像个大学老师，这些年他也就戴习惯了。

丁齐握着石不全的手问道："石先生，您认识吴太询吗？"

石不全答道："我听说过这个名字，是我们江湖册门的前辈，可惜无缘见面啊，他在我出生前就去世了。论起来，他还算我师父的师父的师弟，也就是师叔祖。"

丁齐问："那就是周小玄教授的师叔喽？"

石不全摇头道："不，周小玄教授只是我的导师，与江湖册门传承是两回事。我正因为对文物修复专业感兴趣，才报考了他老人家带的研究生。"

叶行在一旁插话道："你们两个大男人，能不能先把手松开？有什么话，我们坐下来慢慢说。"

不是丁齐不松手，石不全一直只顾着说话，忘了还在握手呢。几人在沙发上坐下后，叶行又指着茶几上的木匣道："我石师弟做的这件仿制品，丁老师还满意吧？"

满意？丁齐随即便意识到什么，有些意外地问道："这东西足以乱真，难道你们是想玩调包计,把真的从图书馆里偷出来?"

石不全赶紧解释道:"不是偷,就是暂时换出来。等我把它修复好了,再悄悄换回去。我们这也是学雷锋,做好事不留名。我的目的很简单,就是向吴太询前辈致敬,并且证明我的技艺已不亚于前人。"

丁齐却盯着叶行,叶行只得也解释道:"《方外图志》的内容关系重大,而且只有我们知道,其中应该就有我们要找的方外世界的线索。在没有找到之前,最好不要节外生枝。东西还是拿出来修复更稳妥,这样可以确保我们在第一时间看到里面的记载。"

石不全又说道:"假如真有传说中的方外世界,能找到当然是最好不过,但我们首先要考虑的事情,是怎么修复古卷更方便。丁老师,我绝对没有偷东西的想法,但是干这种工作,需要专门的工作室,还要一大堆东西,更需要不受打扰的时间。我可不是周小玄导师,也不是你们图书馆的员工,不可能自己进图书馆去修复,你们图书馆也不可能提供我所需要的条件。要想让古卷重见天日,让已故去的吴太询前辈不留遗憾,就必须把东西拿出来专门修复。"

见丁齐还没有点头,叶行又做了一番说服。他告诉丁齐,根据《方外图志》的保存现状,国内能叫得出名且有本事将它修复的专家,如今不超过两手之数,石不全的导师周小玄就是其中之一。

且不说境湖大学图书馆愿不愿意请这样的修复专家,也得能请得来才行。这些修复专家都很忙,有数不清的重要文物和重要典籍等待修复,工作日程表恐怕都排到下个世纪了。至于石不全,倒不在叶行说的这两手之数中,因为没人知道他,可他也是有这个本事的。

《方外图志》的保存状况堪忧,继续放下去,到最后恐怕就彻底无法修复了。叶行他们所做的事情,其实是在挽救古卷。

叶行说话的时候,石不全也连连点头,确认这些都是事实。丁齐最后无奈道:"好吧,我配合你们把它拿出来修复。你们说的也是实话,否则它的命运很可能就是永远不见天日，放到最后也就彻底损毁了。"

皆大欢喜，石不全又说道："叶总对我讲了方外世界的事情，但他说得云山雾罩的。丁老师，我想听您亲自介绍一下您的发现。"

在这个场合，倒也没什么不能说的，丁齐将自己的发现经历详细介绍了一番，最后看着石不全道："石先生，您信吗？"

"我信！"石不全答得倒挺干脆，想了想又补充道，"我小时候跟随师父学艺，稀奇古怪的事情听说得多了，师父不会骗我的，我一直想亲眼见识见识呢。其实这种事情，无所谓我们信与不信，只在于它是不是真的。丁老师好像已经找到证据了，所以我信。"

这个人倒是不难沟通，又聊了几句，叶行请客一起吃了午饭。大家都很上心，事不宜迟，说干就干，决定下午就把《方外图志》给换出来。

丁齐开车带着石不全以及他做的仿制品一起去学校。在路上，丁齐问道："石先生，你大概需要多长时间才能修复古卷？"

"丁老师叫我阿全就行，不用总叫石先生，怪别扭的，认识我的人都叫我阿全。"

"那你也别总叫我丁老师了，就叫丁齐。"

"那不太好吧，您可是有成就的名人。想当初我刚跟着导师干活的时候，不管去哪儿，总是有一堆不认识的人不知道该怎么称呼。导师就告诉我，这种情况一律叫老师。我后来一想也对呀，祖师爷说过，三人行必有我师嘛……"

丁齐赶紧打断他道："阿全啊，你不用叫我老师，我们互相学习。叶总怎么叫你师弟呢，他跟你是同一个师父吗？"

石不全笑了："据我所知，叶总并没有得到八大门中哪一门的正式传承，他只是接触过，然后自称疲门传人。我师父可不认识他，他叫我师弟，就是想在你面前显一显，表示他也是江湖八大门传人。但他也不能算完全不懂行，八大门的事情多少也了解一些。"

丁齐已心中有数，又问道："阿全，你还没告诉我呢，需要多长时间才能修复古卷？"

石不全皱眉道："这可说不好，什么情况都有可能发生，不真正打开它，就不清楚具体的保存状况。按叶总的意思，我们不需要将古卷完全修复，只要能得到其中的内容就行，找到方外世界的线索，就达成了目的。但我的想法不一样，既然干了就要干好，当然要彻底修复……"

他一开口又说了很多，甚至介绍起文物修复工作中的细节，反正路上无事，丁齐就当成听新奇了。

说话间已经到了学校图书馆楼下，丁齐将车停在了停车场，做了一个深呼吸。虽然话说得好听，是为了挽救古卷，是学雷锋做好事不留名，但到了真要动手的时候，还是难免感到心虚。丁齐很清楚，这事实上就是偷东西。

石不全凑过来问道："丁老师，您好像有点紧张，是第一次吗？放心好了，这里是图书馆，又不是五角大楼，你还是内部人，很简单的，拿进去换出来就是了。"

丁齐笑了笑："俗话说做贼心虚，确实不假，从小到大我还是第一次干这种事呢。"

石不全点头道："理解理解，凡事都有第一次，过去了就好了。假如你被人抓住了……"

丁齐赶紧道："打住打住，不会的……你怎么又叫我丁老师了？"

石不全深吸一口气道："我也有点紧张，一紧张就喜欢叫人老师。"

丁齐看了他一眼："这么好的手艺，做的仿制品足以乱真，但你也是第一次干这种事吧？"

石不全有些不好意思地低下头道："我们都是第一次。"

丁齐推开了车门道："你在这里等着，我半个小时之内就下来，你直接把东西带走，车也先借给你。"

石不全突然伸手拉住丁齐道："等等，我有一个请求，刚才都考虑半天了，一直在想该不该说出来、怎么开口。"

他这一路上的话可不少，居然还有事情一直憋着没说，丁齐抽出胳膊道："有话就说，别拉拉扯扯的，叫人看见了还不知道怎么回事呢！"

"我想看看吴太询前辈修复的那几卷《法华经》的原本，特别是他留下记录的那一卷。影像资料和原物毕竟是两回事，我就是为这个来的，看一眼行行，否则就是终身遗憾啊！"

丁齐倒是很能理解他这种心情。丁齐可以用仿制品将《方外图志》的原物替换出来，能做到神鬼不觉，但再要将那七卷《法华经》偷出来，心里可就完全没底了。他想了想，做了个决定道："这事也简单，你跟我一起上楼吧，就在302库房里现场看。"

石不全又惊又喜，却有些迟疑地问道："我们会不会一起被抓啊？"

丁齐苦笑道："放心吧，没事的，有我罩着你！"

事实证明，两人纯属做贼心虚，他们进入图书馆一路来到302库房，根本就没人过问。在302库房中，丁齐取出了那七卷《妙法莲华经》，放在工作台上让石不全一卷卷观看。

石不全一句话都没说，眼里几乎已没有了丁齐的存在。他一卷又一卷地看了很久，尤其是反复观看吴太询的留字，给人的感觉，他简直就想焚香跪拜了。

这天下午，丁齐什么工作都没做，就在库房里陪着石不全，快下班的时候，他终于将那七卷经文重新收了起来。石不全的眼神是那么依依不舍、可怜巴巴，就像被心爱的姑娘甩了一般。将装着《方外图志》的木匣换掉，两人又一起离开，一切顺利！

坐进车中关上门，石不全主动和丁齐来了个击掌庆祝，压抑着兴奋和激动，脸绷着显得很严肃，嘴也闭得很紧。等出了境湖大学来到大街上，看着川流的车辆，应该是彻底"安全"了，石不全的神情终于放松下来，挥起拳头来了一句："太刺激了！"

听这语气，感觉跟间谍窃取机密档案似的，可实际上过程却波澜不惊。但这种事情不能仅看过程，还要讲心理感受。丁齐其实也紧张了一个下午，只是表面上不动声色，此时此刻才松了一口气。

石不全接着叹道："我听说有人从博物馆里偷东西，就是勾结内部人玩调包计，这一套拆门槛果然好使呀！"

"你都说什么呢？什么叫勾结内部人偷东西，不是说好了这是学雷锋嘛！"

"不是说我们，我听我导师说的，河北那边的事。我的导师有回出差去一家博物馆，偶然从库房经过扫了一眼，突然发现了好多赝品，觉得好奇怪，顺嘴就说了出来，结果旁边好几个工作人员脸色就变了……"

"博物馆的人被打了眼，收错了东西也有可能，现在赝品那么多。"

"不是那么回事，那些东西可不是博物馆外购的，而是官方入库的。现在各个城市都在扩建，楼越修越高、地基越打越深，经常能碰到古代遗存、墓葬啥的，一般都要组织文物部门进行抢救性发掘。出土文物很多都是有破损的，需要鉴定修复。往往都是拍个照记录一份档案，然后就堆在库房里，登记为待整理、待修复、待鉴定，一放就是很多年。像这种东西，不是市场流通的商品，怎么可能出现大批赝品呢？只能是博物馆内部人员调的包。他们以为不可能有人查，也确实没人查。但谁叫他们那么倒霉呢，恰好碰见我的导师进了库房，一眼就发现了不对！后来我一琢磨，这就是江湖术中的走偏门啊。"

丁齐问："走偏门是啥意思？"

石不全兴致勃勃道："江湖术首先就是门槛术，讲究抬门槛和拆门槛。抬门槛就是把自己的门槛抬高，好拒绝别人或者提高身价把别人引进来；拆门槛就是拆别人的门槛，把要做的事情难度降低。"

"比如偷东西吧，有句俗话说得好，'家贼难防、偷断屋梁'。就像我们想拿这卷《方外图志》，换个电影里的江洋大盗，趁夜潜入图书馆偷出来，几乎不可能，外人也不知道是什么样的东西、放在哪里啊！但是有了丁老师你，就变得轻轻松松，通过你来偷，这就叫拆门槛。"

丁齐不满道："别说得那么难听！我刚才问的是什么叫走偏门，你啰嗦这些干吗！"

石不全颇没有眼色，居然好似没有注意到丁齐语气中的不满，接过话头很起劲地解释道："拆门槛的套路有很多种，走偏门就是其中最方便的一种，所以又叫方便之门。过去的大户人家，包括衙门、祠堂、寺庙，门槛都是很高的，但是偏门就不一样了，几乎没有门槛，那是内部人出入的地方。内部人做事不仅方便、没人防备，而且有些事情未必就是坏事，只不过走正门进去比较麻烦，不熟悉情况，说不定哪个环节卡住了就做不成。走偏门的话，人家熟悉流程，知道该怎么办成，很容易就把问题解决了。哦，对了，走偏门有时候也叫走后门！"

丁齐咳嗽一声差点没呛到："你早说'走后门'三个字，我不就全懂了嘛！现在社会谁不懂？"

石不全扭头看着他，很认真地说道："你真的懂了吗？说走后门人人都知道，但怎么才能走得畅通，那才是拆门槛的讲究。再说了，江湖术中的走后门，可不仅仅是拉关系送礼的意思，外行人的理解都狭义了。"

丁齐只得点头道："对对对，你说得有道理，经过你刚才一解释，我倒是有了点新认识。但是所谓的江湖门槛术，也不过如此嘛！"

石不全淡然答道："说穿了当然不过如此，不然你以为呢？它本就没那么神秘，是人人都会的东西，就看能不能学得精了。而且丁老师您也不是简单人物，有些江湖把戏，就是利用人的各种心理，对您这种专家好像没太大用处。"

丁齐叹了口气道："谁说没用处，有些事情就算能看穿，并不意味着你就不会那样去做，无非图个心里明白而已……阿全，你怎么又叫我丁老师了？"

"不好意思，感觉还是有点兴奋，我一兴奋也爱叫别人老师。对了，我刚才说拆门槛中的走后门，就是江湖套路，没有更现代的意思，丁老师您可别想歪了。"

丁齐这回是真的呛着了，拍了一把方向盘把车喇叭都拍响了："你才想歪了呢！……这个调包计的主意，是不是你想出来的？"

石不全有些得意道："当然是我想出来的，我听了叶总介绍的情况，就想出了这个点子，谁叫我有这种技术呢？理论联系实际嘛，说实话，这是我第一次干，感觉真挺爽的。"

"看出来了，你也就是个空谈理论的。"

石不全正色道："你错了，我是个技术流，是真有本事的，平时也没必要跟谁玩什么套路。像叶行那样的，才是套路流。"

这话说得丁齐倒是深有感触，其实他和石不全都算是被叶行套路了。叶行见招拆招，知道能找什么人去做什么事。

想到这里，丁齐又很不放心地追问道："阿全，你刚才说的博物馆那件事，后来结果怎样？"

石不全答道："既然让我的导师无意间说破了，当时还有好几位领导在场呢，当然就要查了，还专门立了案。这案子越查越大，最后破了。那家博物馆有两个工作人员被收买了，调包的东西是别人提供的，还牵扯出一个国际文物走私团伙，头目是个美籍华人……"

丁齐不无担忧道："我们调包的那个东西，不会有问题吧？假如恰好现在有人发现了那个古卷，组织专家来修复，会不会发现不对劲呢？"

石不全笑了："你想多了，也太小看我们技术流了。首先我问你，有人知道那个古卷是什么东西吗？既然不知道，怎么会发现调了包呢？吴太询前辈虽然提到了《方外图志》，但谁也不知道那就是《方外图志》啊，更不知道《方外图志》是什么东西啊！"

"那你究竟是用什么东西做的赝品？"

"我这个人是很讲究的，就算是调包，也要调得有水平！那是一卷民国时期手书的《金刚经》，我特意做旧成那个样子。别说一般人无法修复，就算万一被修复了，也不会发现什么破绽。我知道你在担心什么，放心好了，等东西修好了就把它换回来，谁也不会发现的！"

"你想得倒挺周到的，居然找了那样一件东西来做赝品，还挺下本钱！"

石不全又来了兴致，喋喋不休道："你知道那是谁写的《金刚经》吗？他姓刘，是民国的一个军阀，某地督军，管的地盘最大时相当于现在三个市。有一次各路督军喝酒，有人嘲笑他没学问，这位刘督军就生了气，回家后便请了先生开始练书法。他请来的先生当过和尚，每天教他写《金刚经》。刘督军就拿他写的《金刚经》问人，这字写得好不好、他有没有学问？在他的地盘上，大家纷纷夸他是远超钟、王的书法大师，还夸他有学问、有佛性。后来这位刘督军就把自己写的《金刚经》到处送人……"

石不全精神专注的时候，几乎一句话都不说，可是当他闲下来的时候，嘴就有点闲不住了。他和丁齐说了一路，又来到了叶行的办公室。

叶行就在办公室里等着呢，见石不全从背包里拿出木匣，下意识地就想接过去。石不全却将东西抱回怀中道："你先别碰它，弄不好就给碰坏了，等我修复了再说。"

叶行眼睛盯着木匣悻悻道："那好，就请师弟早日将它修复，在修复过程中能够读到什么内容，师弟随时告诉我……"

丁齐插话道："阿全在哪里修复这东西？"

叶行一脸惭愧道："照说我应该给石师弟准备专门的工作室，本来打算把我这间办公室给让出来，可是很不巧，博天集团的董事长，也就是人称老祖宗的施良德先生，过几天要来视察……"

石不全打断道："这些就不用叶总操心了，来之前我就找好地方了，就在朱区长那里，我连需要的东西都快递到他那儿去了。也不耽误时间了，我今天晚上就过去，连夜开工。"

"别那么急，先吃完饭再走。"

叶行请客吃了顿晚饭，又是丁齐当司机，送石不全去他早就找好的地方。叶行本来也想一起去，可是吃饭时接了个电话，医院里有事不得不留下，他还一个劲地叮嘱石不全，一定要代他向朱师兄问好。

18　江湖术

石不全要去的地方，在境湖市雨陵区，名叫南沚小区。石不全上车后就取出手机定位，打算用高德地图设导航。丁齐道："不用导航，南沚小区我认识。"

石不全惊讶道："那么偏的地方你也认识？"随即反应过来道，"哦，我想起来了，你在图书馆查到过一份古代名士的游记，提到了一个叫小境湖的地方，位置是城南三十里，你还找过很久呢。"

丁齐苦笑着点头道："是的，雨陵区那一带我都转遍了，别说小区了，包括公园、各个政府部门，还有在建工地，位置我都熟。"

"你的记忆力可够好的，一般人就算转过，也不可能把路都记住。"

丁齐笑道："不就是心里有张图嘛。"

石不全玩笑道："这话说的！如果说您是江湖风门传人，我都信了。心里有张图，说起来简单，但仅仅是开车在大街小巷转一圈就有了，那可是本事啊。"

丁齐解释道："这也没什么神奇的，心理咨询师有会谈技巧训练，在谈话中观察对方，同时在脑海里建立文档，而且随时调用，久而久之技巧也就熟练了，我的导师还起了个名字叫心册术。既然可以建立文档，也可以建立地图，建立记忆场景，熟能生巧嘛。"

石不全点头附和道："对对对，有些东西会者不难，比如江湖门道，说穿了也没什么神秘的，但真本事还是得练出来，不会的就永远不会。你提到心册术，倒让我想起了江湖风门的秘传，叫心盘术。"

丁齐好奇道："心盘术！是怎么回事呀？"

石不全微微一笑："秘传就是秘传，而且那是风门的秘传，哪能随口一问就告诉你。等有机会，你自己去请教风门传人吧。"

丁齐心中暗道，我随口一问，你说的话还少了？口中仍然追问道："你只是看了我给叶总的照片，就能把赝品做得足以乱真，这本事是怎么练出来的？"

"从小练的呗！最早的时候，我都不知道老头子要教我什么，那时候才几岁大，就当玩。你玩过华容道吗？"

"在手机上玩过，这就是老头子教你的本事？……你说的老头子，应该就是你的师父吧？"

"对，就是我师父，我一直叫他老头子。我小时候玩的华容道可不是手机上的游戏，是木头板做的，师父反复打乱了让我玩，后来又让我蒙着眼睛玩。他告诉我心里得有东西，下手得有位置，做到心手通感，再后来就换成孔明锁了……你玩过孔明锁吗？"

"听说过，也见过，但没怎么玩过。"

"老头子让我先拿着看，等心里有了东西之后，再蒙上眼睛拆，拆完了再原样装起来。我记得老头子那时候拿了九套孔明锁给我玩，等我都玩熟了，他把那九套孔明锁都收起来不让我看了，然后又给我一堆木头，让我原样做出来……"

丁齐叹道："你的童年过得真精彩！"

石不全也感叹道："是啊，我读书的时候，同学都学钢琴、舞蹈啥的，而我什么课外补习班、兴趣才艺班都没报过，实在是没时间呐。老头子教我玩的那些东西，给你讲三天三夜也讲不完，就不啰嗦了……你是不是嫌我说话太啰嗦？我告诉你，这都是从小憋出来的毛病。每天放学做完作业，包括节假日，总是鼓捣老头子教我的东西，也没人陪我聊个天、唱个歌啥的。后来老头子又告诉我，要学会跟手里的东西说话，要用心体会它们，把它们当成活的去沟通……"

人啰不啰嗦，要看他们正在说什么，其实丁齐对石不全介绍的事情很感兴趣，还想接着往下听呢，结果石不全自己打住了，又换了个话题。

丁齐反问道："跟手里的东西说话，把它们都当成活物，你现在跟我说话，难道也……"

石不全赶紧摇头道："不不不，你可别误会，你又不是什么东西。"

这话说得不太对，两人又都笑了。石不全接着说道："其实老头子的话很有道理，我的导师也说过类似的话。导师最擅长的是修复瓷器，他的手上好像是长眼睛的，一堆碎瓷片，只要他摸过，就能记住。有时候他能把同一器皿中的碎片都挑出来，还没动手之前，心里已经把完整的东西都拼好了，已经有什么碎片、还缺什么碎片都清楚。别人都觉得神奇，叫他鬼手。其实我清楚，这就是小时候老头子教我练的本事，眼睛不是在手指上，而是在心里。"

"江湖八大门中，册门秘传的'入微术'，练到这个地步才算真正入了门。我的导师并不是江湖传人，但是万物相通，他干了那么多年的文物修复，也有这个天赋，在多年工作中练出来了。他老人家能成为国内头号文物修复专家，绝不是偶然。"

丁齐饶有兴致道："册门秘传入微术，这也是不能随便打听的吧？"

石不全有些得意道："那是当然，不过和你介绍一下也没关系。其实吧，像我的导师，没得过什么册门秘传，人家不也有同样的本事吗？"

"那你和导师又学了什么呢？"

石不全以有些夸张的语气道："知识啊，系统的知识啊！我又不是怪物，江湖传人也是现代人。我也是从小学、中学、大学读到硕士毕业。有了知识还要会创造，不能固步自封，你知道我的毕业设计是什么吗？"

"这我还真不知道,得石老师您自己介绍。"

"大师助手!我起的名字,是一套分析软件。现在计算机技术这么发达,云计算知道不?我就是基于这个原理设计的,用它去模拟导师的鬼手。先用技术手段通过断面检测碎瓷片的材料构成,加以肉眼辅助判断釉色等特征,全部数据化输入计算机。然后将碎瓷片扫描转化为三维数据,通过云计算模拟拼接成器物原型。你想想啊,像我导师那样水平的专家,全国能有几个?通过这套系统,虽然不能让人人都成为我的导师,但也极大提高了效率。你知道吗,干文物修复的,经常面对一屋子的碎片,那感觉,简直让你欲哭无泪啊!"

丁齐在心里已然可以肯定,这就是位资深工科技术宅男啊!他赞道:"真是好设计,做成了吗?"

"做不成我能毕业吗?系统的准确度高达八成,偶尔出错还能用人工辅助鉴别。但目前这套云计算软件,主要针对的还是瓷器,将来如果继续升级的话,就可以针对各种器物了。我说的八成也是有条件的,需要碎片材料构成鉴别、输入的数据足够准确。但如果条件放宽的话,比如现场打碎一个花瓶,省略了前面的鉴别步骤,扫描输入三维数据,拼接准确率几乎是百分之百。我毕业答辩的时候,就是这么现场演示的,打碎了从市场买来的一个碟子、一个汤碗、一个花瓶……然后就通过了。"

"你真是个高智商的技术型人才。"

"老头子也是这么夸我的。"

"听你刚才说童年经历,好像没和父母住一起,是和师父住在一起的?"

石不全叹了口气道:"我是老头子捡来的,从能记事开始就跟在老头子身边。"

丁齐一怔:"这也能捡!从哪儿捡到的?"

这是一段凄惨的身世,通常情况下丁齐不会这么直接问,弄不好会引起对方情绪上的伤痛应激反应。但他观察得很仔细,石不全说出这番话时,心态很平和，并没有丝毫自哀自怜的意思，此人将自己的经历本身也视为了一段传奇。

石不全果然打开了话匣子："小孩当然不能随便捡了，其实刚开始他以为我是被拐卖的。我师父告诉我，当年在宁夏与甘肃交界那边一个村子，有户人家生了两个女儿，又从人贩子手里买来一个儿子，那就是我。我师父坐火车的时候碰巧发现了一伙人贩子，协助警方把人抓住了。那伙人贩子刚刚把我卖掉，警方顺着线索又找到了我。花钱买来的儿子，怎么能交出去呢？警察进村的时候，还差点引起了一场村民械斗。我师父生气了，出手把我给带了出来，还教训了那户人家一顿。接下来他老人家却有点傻眼，因为警方查不到我是从哪里被拐卖的，转了好几手了。没办法，我就砸师父手里了。自己做的好事得负责到底呀，师父就带着我在全国各地跑了两年多。"

"中间还有不少故事呢，有好几户人家说丢的是我，结果撒谎被老头子拆穿了，他们又改口说想收养我，但是老头子不信任这些人，到底也没送出去。眼看着我到了该上学的年纪，也不能全国各地到处跑啊，就带我回家定居了，上了家门口的小学，然后嘛……就一直到现在。"

丁齐张大了嘴，过了好半天才说道："你师父真是一代奇人，你是在哪个村子长大的？"

"中关村。"

丁齐又是一愣："哪个中关村？"

石不全扭头看着他道："当然是北京中关村了，这么有名的地方你居然不知道？你以为我师父住哪里？他就住在北京，从小学到大学，我都没离开过海淀区！"

丁齐有点尴尬，他刚才想当然地以为，传说中的江湖高人都会隐居在哪个神秘的村庄里呢，笑了笑又问道："你师父他老人家现在怎样了？"

石不全叹了口气道："老头子三年前去世了。"

"抱歉，真是遗憾。"

"其实也没什么好遗憾的，他去世的时候已经一百零一岁了，走得很干脆，丝毫没吃苦。捡到我的那一年，他就七十八岁了。我记得从十四岁开始，他将入微术传给了我，然后也不知在哪儿接了一堆活让我干，挣的钱就供他花。我每天放学回家做完作业，还得干活挣钱，他拿百分之七十的提成，然后就出去花天酒地……他去世的三个月前，还去逛会所呢。"

丁齐很无语，这时又见石不全突然双手合十，仰头看着车顶道："老头子，我可没有在背后编排你啊，说的都是实话。您也不怕别人这么说，认为这是夸您老当益壮！"

丁齐这才回过神来，不得不叹道："你师父他老人家，过得当真潇洒。"

石不全又说："他去世前曾告诉我，不会给我留别的东西，留给我的只是他一身的本事、册门的传承。他当年说没有找到我的父母，其实是骗我的。他找到了，但是打听之后才知道，我不是被拐走的，是被父母主动卖掉的，他就没把我再送回去，也不会告诉我他们是谁。当年曾有很多人家想收养我，是他自己不想把我送人的。他要留个传人，不能让秘传断在自己的手里。"

"我刚才说的江湖各门的秘传，其实大多都是家传，找到合适的传承弟子太难了。老头子还很郑重地告诉我，这是他的负担，但不要成为我的负担。时代不同了，有的东西正在渐渐消失，有的东西已经换了面貌。我理解他的心情，就像我的导师周小玄教授，教了那么多学生，也没教出第二个鬼手来。所以我做毕业设计的时候，才会设计了那么一套软件，的确是时代不同了。"

最后这番感慨稍显沉重，丁齐听得也很认真，然后两人都沉默了一会儿。这也是这段路上难得的沉默，前方已经望见了南沚小区。

丁齐突然问道："一路上都在聊你的事情，我刚想起来，你说已经找好的地方是朱区长那里。那位是什么区长,江湖外号吗?我听叶行特意叮嘱,要你代他向朱师兄问好。"

石不全瞟了他一眼道:"你在境湖市住了这么久,一点都不关心当地新闻吗?朱区长是正儿八经的区长!境湖市雨陵区区长朱山闲,国家正处级干部。"

丁齐一愣:"原来真是朱区长啊,那么叶总为什么叫他师兄?"

"攀江湖门的关系嘛,朱区长是江湖八大门中的爵门传人。"

丁齐这才反应过来,爵门中的爵,就是官爵的意思,讲究的是官场之道,不仅仅是怎么做官,还包括利用官场套路做种种事情。

南汊小区是八年前开始修建的,从刚动工时就搞内部预售集资,基本上都是卖给当地手里有钱的动迁户。它的位置在如今的雨陵区边缘,号称沿山而建的别墅小区,里面是一栋栋独立的二层小楼。每栋小楼的面积,在房产证上写的是二百六十平方米左右,但加上各种赠送面积差不多能有三百平方米。

这个小区刚刚发售的时候,当地动迁户预购的内部价是四千块一平方米,总价一百万出头。说贵不贵,说便宜也不便宜,因为那是八年前。这里的位置也很偏,只是环境好。小区的背面就是丘陵山地,如今已经是被保护的森林绿地,翻过这片起伏的山丘密林,再往外就是郊区的村庄了,平原上有不少蔬菜大棚,丁齐都开车寻访过。

据石不全介绍,朱区长就是原南汊镇人,他家的老院子被动迁了,在区政府附近又买了一套三室的商品房,同时在这里买了一栋二层小楼。朱山闲一家人平时并不住在南汊小区,只是朱山闲自己偶尔过来,在这里做什么事都方便。

小区门口有保安,但是直接开车进去保安一般不管。这不像市里别的住宅小区,停车位不紧张,里面有的是地方。丁齐前不久就开车进来转了两次,保安只是看一眼也没问什么。

丁齐这次也是直接开车就进去了，石不全打了个电话，根据电话那边的指引告诉丁齐该怎么拐，左绕右绕到了小区的最后面。

今天不是周末，时间是晚上九点半，丁齐目测了一下，这个小区里亮灯的小楼约三分之一。看来有很多人虽然买了房子，但平时并不住，毕竟这里离城中心比较远，偶尔周末过来一趟就算度假了。

小楼前面的空地左右都可以停车，后面有院子。有的人家干脆在前面也修了院墙，将那片空地圈进来，这样家里就有了前后两个跨院。丁齐还看见有两栋并排的小楼，将原先的后院墙都拆了，连着各自的前院，合并新修成了一个很大的院子，看来是同一户人家买下的。像这种改建，如果在市中心的住宅小区里是不允许的，但在这种市郊别墅区，和物业说一声就行，只要不妨碍到公共道路和邻居。

远望各家院里都种着不少绿植，晚上看不太清，灯光照处可见郁郁葱葱间点缀着各色花朵，正是春暖花开时节，近看却发现大多数是品种繁多的蔬菜。有不少人家修的是通透的栅栏院墙，沿着院墙还搭着架子，高架子上挂的是丝瓜，低架子上垂的是豇豆，看上去真有几分田园风光与耕读情趣。丁齐还在小区道路的几个拐角处看见了同样的牌子，上书四个醒目大字——禁止养鸡！

小区的最后一排小楼是紧邻着山脚线修的，再往后就是山丘林地了。从风水的角度看，这是倒置的户型，因为山在屋子的南面，所以这里的二楼主卧窗户都是朝后院的，露台也是朝那个方向。

小区后面的那一大片山野，如今名叫"南沚山森林公园"，地方可不小，有的山谷和山峰之间落差有好几百米，地势也很陡峭。森林公园里不少地方都修了小路，可供人游玩远足。丁齐也去过南沚山公园，而且深入没有路的野林间，为了寻找所谓的小镜湖。他为此还特意买了一身装备，诸如登山鞋、登山杖、户外服、防刺手套、多功能背包等，为了防范迷路等意外状况，还准备了绳索、刀具、指南针、急救包、常备蛇药，下载了详细的卫星地图和地形图，总之没少下本钱。

靠近南汜小区这一侧是低丘缓坡，山势向上渐渐延伸，视野很好，远望则是层层的青翠丘峦。山脚的地势当然不是整齐的一字排开，朝着小区里凸出来一块，小区最后一排楼前的道路也走了个弧形，朱山闲买的小楼恰好在这个位置。这栋小楼向前伸出来一截，与左右两栋小楼呈品字形排列，也就是说邻居家的楼房恰好与他家后院平行。

朱山闲没有修墙将前院的整片地方圈起来，却在前院的右角位置修了个凉亭。凉亭居然是两层的，高度比那栋小楼稍矮一些，亭子外面架了个扶梯可以上二层。而在前院的左角位置，立了一根差不多有三层楼高的圆柱子。凉亭和柱子的位置恰好标出了前院的地界，等于无形中有了个开放式的前院，柱子上缠绕着紫藤，而凉亭上挂着葫芦。

石不全指向侧前方道："左藏龙、右卧虎，没错，那就是朱区长家了。"

丁齐纳闷道："哪里有藏龙卧虎呀，我怎么没看见？"

"柱子就是龙，凉亭就是虎。"

"左右搞错了吧？"

"我们在楼的北边，从南面看就不错了。拐到柱子旁边停，朱区长就站在门口呢。"

楼前右侧停了一辆SUV，丁齐对车不是很熟，好像是大众途观，应该是朱区长开来的。地方够宽，他将车停在了旁边。两人刚刚开门下车，朱山闲就已经走下台阶迎过来笑道："阿全，好久不见呐！东西都已经给你放好了，房间也准备好了。"

石不全上前握手道："麻烦朱区长了！"

朱三闲摇头道："不麻烦，一点都不麻烦，反正闲着也是闲着，难得你有事还能想起我。"

丁齐也走上前去道："朱区长好！"

朱山闲主动握起他的手道："丁齐吧？我可是久仰大名呐，你是我们境湖市的名人啊！最近又听说了你的事迹，看样子是金子就会发光，不论在哪个岗位都有成就，这就是人才。"

这话说得丁齐不知如何作答，他不认识朱区长，看样子这位朱区长却认识他，至少听说过他的不少事，包括最近在境湖大学图书馆的"研究成果"。还好朱山闲没有继续说下去，又招呼他们进屋喝茶。丁齐本以为把人送到了自己就走，可朱区长盛情相邀，也就进屋坐了会儿。

一楼有个南北通透的大厅，进门处摆了八扇屏风，屏风上雕的是八仙过海。绕过屏风来到厅中，陈设其实都是按照面朝后院的格局摆放的。案上已经沏好了茶，是生普，恰好放了三个杯子。

朱山闲今年四十多岁，但看上去只有三十出头的样子，神气很足。像这个年纪的很多官员，包括企业领导，往往看似精神饱满其实气血虚亢，在工作岗位上一直精神头很足、干什么都很有劲，但身体和精神的透支消耗都很大。

朱山闲显然不是这种情况，丁齐又不是精通望诊的老中医，怎么能一眼看出来这些？其实他的导师刘丰也有这个本事，刘丰不仅能判断生理特征，甚至能一眼看出某个人的行为特征，包括犯罪倾向。

这种判断准不准？非常准，有时甚至准得令人感到不可思议！从某种意义上说，丁齐是得到了刘丰的"真传"，某些方面甚至是青出于蓝。

朱山闲很和善，丝毫没有摆领导的架子，说话时总是笑呵呵的。可是丁齐却感觉朱山闲的气质无形中就有那么一种范儿，不太好形容，可称之为官气吧。这种官气可不是脾气，而是在某些位置上坐着，总需要拿主意、做决断、下指示，久而久之养成的一种气质。

官员未必有官气，有官气的也未必是官员，根据这种感觉去判断人的身份，虽不能说是百发百中，但也是八九不离十。

朱山闲只是个不大不小的正处级干部，假如是在首都，也就是个毫不起眼的基层。但是在地方上可不一样，雨陵区的户籍人口就有六十多万，常住人口更多，朱山闲是二把手，除了区委书记就属他最大，是手握实权的领导。

导师刘丰也对丁齐解释过这种现象，道理很简单，就是工作过程中见的人多了，而且观察与分析得很用心，久而久之便会养成这个能力。上升到理论的高度、总结出种种规律，便成了所谓的相学。比如曾国藩就写过一本《冰鉴》，专门讲怎么由相而知人。最高明的相术，不是看了多少本所谓的相学书，而是有真正的观察技巧与经验积累，从而达到某种水平，就像一个渐悟的过程。

丁齐不仅在观察人，也在观察环境。客厅的左右墙壁上各挂着一幅字。东边是一幅横卷，写的是陶渊明的《桃花源记》，行楷字体非常漂亮，每个字差不多都是荸荠那么大，卷末的落款题的是"山闲"，应该是这位朱区长亲笔所书。

当代很多所谓的书法家，其实论功底比不过古代的一个秀才。因为书法如今已经脱离了实用功能，当代真正的书法家大多胜在作品的意境和气韵上。意境源自于阅历与眼界、体验与感悟，而气韵则更体现出在此基础上的个人修养。

丁齐并不是书法家，但他在图书馆工作了这么久，最近的工作就是考证各种古籍，虽说不出所以然，可鉴赏的眼光还是有的。朱山闲的字写得非常漂亮，不仅很见功底，而且相当有气韵，这幅字已经称得上是艺术作品了。

西面的墙上挂着一幅立轴，写着一首五言诗："归山深浅去，须尽丘壑美。莫学武陵人，暂游桃源里。"丁齐悄悄用手机上网搜了一下，这是唐代诗人裴迪所作的《送崔九》，与对面那幅《桃花源记》意境呼应。

这首诗每个字都有菜盘大小，和对面那幅是一样的行楷字体，应该也是朱山闲的亲笔。小字考功力，大字考劲力，能将大字和小字都写得这么漂亮，完全保持了一致水准，可见这位朱区长的书法造诣相当不错。

丁齐不由赞叹道："朱区长，这两幅字都是您的亲笔吧？原来您也是一位书法家！"

朱山闲摇头笑道："闲来无事，陶冶情操而已，哪敢称什么书法家，我也没指望借此闻名。"

石不全在一旁打趣道："朱师兄，我看还是你的官做得太小了。假如你的官做大了，就凭屋里挂的这两幅字，你不是书法家都不行，弄不好还成当代书法大师了！"

朱山闲连连摇头道："不指望这个，不指望这个！真要是那样，可能就坏事了，那些个江湖门道我还不懂吗，防不胜防啊。"

刚才在门外时，石不全的称呼是朱区长，但到了屋里喝茶时，便改口叫朱师兄。看来有些称呼只是自己人之间才会用，没必要让门外人听见。

这栋二层小楼，楼上楼下都是双卫结构。一楼有客厅、厨房，还有两个房间，其中一个是带独立卫浴的套间。另一个应是客卧，被朱山闲改成一间私密的小会客室兼书房，如今就是石不全修复古卷的专用工作室。

二楼有个连接楼梯的小厅，外面还带了个大露台，同样有个带独立卫浴的套间，另外还有三个房间。那三个房间都是空的，只有套间收拾出来放了家具、床铺。整栋小楼的原始户型朱山闲几乎原封未动，更没有拆墙改造，楼上楼下共六室三厅。

朱山闲对石不全道："师弟，假如你想在二楼干活，就挑一间空屋子，把东西都搬上去。"

石不全摇头道："不用了，一楼好，工作台放在一楼更稳。假如师兄原先安排在二楼，我还打算搬到一楼来呢。"

一楼的桌子比二楼更稳？丁齐听得有些发愣。这种细微的差别也能感觉出来？对工作环境的要求也太挑剔了，简直不是人类！

朱山闲看见丁齐的表情，也知道他在想什么，又特意解释道："这个小区很安静，但出门往北还有好几个工地。夜里会有很多重载大卡车经过，过个沟坎或者意外爆胎，是能感觉到震动的。"

然后他又对石不全说道："这里一楼放桌子的确很稳，雨陵区的地质勘探资料我都查过，我们这片地方下面是整体基岩，你就安心干活吧。"

石不全放下茶杯起身走向书房道："我去检查一下快递来的东西，打开包裹就准备开工了。我工作的时候，你们谁都不要进来打扰。"

丁齐本来还想观摩一番石不全的绝活呢，不料这小子直接来了个免打扰。朱山闲笑道："别去管他，他就是这脾气。丁老师今天如果想住这儿，楼上还有一个套间是收拾好的。假如你不留在这儿住，我就住这儿陪阿全。"

丁齐问："朱区长，您忙不忙？"

"最近不忙，而且从这里开车去办公室只要十分钟，我住哪儿都一样。孩子上大学了，上海交大，他妈妈也通过关系调到上海工作，正好可以陪着，现在家里也就我一个人。"

丁齐其实挺想留下来陪石不全的，他对《方外图志》的内容以及石不全的修复工作都很感兴趣。但一来他还要去图书馆上班，这里的确太远，二来听朱山闲的语气，这位区长其实是想亲自陪石不全住在这儿，于是便告辞离去，临走前还加了个微信。

19 麋鹿的故事

接下来的日子，丁齐突然变得清闲了。他每天仍然在工作，但心理感觉却有点无所事事。前段时间他将太多的精力用在了寻找方外秘境的线索上，如今线索已经有了，只要等待石不全那边的结果。

在这段时间，丁齐倒是把 302 库房中张锦麟捐赠的珍本古卷全部整理完毕。《方外图志》被找到并调包换出去之后，他的目的其实已经达到了。石不全已经告诉他，调包换进来的东西就算被检查修复也没有问题，他就又一次向图书馆领导汇报了自己的最新发现。

这七卷带着历史传奇的《妙法莲华经》，对图书馆而言又是一项重要研究成果。此事也许算不上什么社会新闻，但再次惊动了相关领域的很多人。

同事们都羡慕丁齐的运气，赵馆长也对丁齐的工作赞赏不已。可是没过几天，赵馆长就把丁齐叫到了她的办公室，有些为难地说道："小丁啊，你原先要求继续完成 302 库房的整理工作，我也答应了，可是现在情况有点变化……"

如果说丁齐上次发现《十荣》刻本只是运气好，那么这次发现七卷珍贵的历史文物，就不能仅用偶然的巧合来解释了。无论是谁都会想到，图书馆中那批捐赠来的典籍有重大价值，甚至是价值连城。既然这样，怎么能让一个临时工继续负责整理工作呢？

市文化部门、文物部门、文宣部门，包括科委、教委，甚至宗教部门的有关人士，都对此极感兴趣，在市文化部门和境湖大学牵头下，成立了专门小组前来接手丁齐的工作。赵馆长今天不是来和丁齐商量的，而是直接通知他移交手头的工作。

那么丁齐怎么安排？他可以换个岗位，考虑到他的重要贡献，如果自己愿意的话，也可以继续协助这个小组的工作。所谓协助，也就是个好听的说法，实际上等于是被一脚踢开，今后没他什么事了。

职场中有句话叫"领导的承诺"，有时候不能太当真。丁齐对此早有预料，否则也不会特意等到现在了。

丁齐苦笑着反问道："因为我的工作成果太出色，所以不能再继续工作了，对吗？"

赵馆长很尴尬地答道："小丁啊，我的专业是搞外国语研究，我也很反感官场上的这一套，但是没办法，毕竟身在江湖嘛。也不能说你不可以继续工作了，只是调换一下工作岗位和工作内容而已。其实你吃亏就吃亏在身份上，毕竟不是正式编制员工，也没什么过硬的专业背景。假如你已经是个古籍研究专家，背后又有哪位领导为你站台，这次的事情肯定不会是这个结果。两次重大发现都是你的成果，就算成立了专门小组，本来也应该以你为主继续展开工作，不仅不能把你撇开，而且这也是你的职称和职务晋升的机会。小丁啊，再听你赵阿姨一句话，我上次说的事仍然算数，而且和校领导都打好招呼了，你随时可以转正式编制……"

丁齐笑了笑，摇头道："多谢赵阿姨了！我上次就拒绝了，之所以还继续在这里干，只是想善始善终，完成手头的工作而已。现在既然是这种情况，那我就不干了吧。"

赵馆长有些着急道："小丁，不要赌气嘛。"

"您误会了，我没有赌气，只是最近事情很忙，我恐怕没有时间每天再到图书馆来工作了。"

赵馆长长叹一声，若有所思道："你的确挺忙的，天天跑来跑去也不适合。小丁啊,你看这样好不好?你继续做图书馆的外聘专家,每月还是三千块。平时不用来坐班值班,有事需要你就过来一趟,每月给的钱只是个车马费。"

丁齐一愣:"这样也行?"

赵馆长笑了:"当然可以,我上次给你把工资涨到三千块一个月,就是用外聘专家的名义啊。像这种事情,本来是要经过领导办公会讨论的,我现在就做主决定了。反正我是退休返聘回来的,也不怕人说什么了,谁都知道这事做得对你不地道,我在领导办公会上提出来,估计也没人好意思反对。这就算赵阿姨在权限范围内给你的工作奖励了,只要我还在管着图书馆,你就是外聘专家,继续享受这个待遇。"

这是好事啊!丁齐没有拒绝赵馆长的好意,衷心地感谢了她一番。有时候接受别人的好意,也是回以善意,并且是给对方的一种安慰。赵馆长未能遵守承诺,面对丁齐也会觉得惭愧,甚至感到憋屈恼火,才会尽力做出这种安排。

假如丁齐拒绝,说不定会得罪这位真正想照顾自己的长辈,只有接受,才能照顾对方的情绪与面子。因为人们在潜意识中,都不太愿意面对让自己感到愧疚的人,总想找一个能自我安慰的借口。

第二天向专门小组移交了手头的工作,丁齐就不用每天再去图书馆上班了,身份从临时工正式变成了外聘专家。虽然每个月三千块钱的车马费,对应"专家"这个名头显得不伦不类,但这已经是赵馆长的最大权限了。更难得的是,光拿钱不干活呀!

理论上外聘专家要参与图书馆中须专家协助的工作,但实际上并没有硬性规定。至少在赵馆长主持工作期间,没有什么事情会来烦丁齐。

去年被学校开除,然后又和佳佳分了手,丁齐说不在乎那是假的,只不过是一种自我安慰。直至收到孟蕙语同学的那张字条时,他才彻底解开了心结。如今是真的不在乎了,他离开得很从容。或许唯一还需要考虑的问题，就是将来怎么找机会把《方外图志》再给换回去，因为那是图书馆的东西。

新来的专门小组接手了丁齐的工作，但是张锦麟捐赠的那批珍本古卷，丁齐已经整理完毕。专门小组只能接着整理 302 库房里的其他典籍文献，倒是有一些颇有价值的发现，可是论"成果"远不能与丁齐先前两次的发现相比。

至于被丁齐和石不全调换的赝品，放在木匣中就像一根焦炭，专门工作小组的鉴定结果是难以修复、无法鉴定，决定还是继续放在那里。这个结果，石不全早就想到了，丁齐原先的担心显得有点多余。

由此看来，假如不是丁齐等人刻意寻找，《方外图志》恐怕永难再见天日。听说了这个结果后，丁齐心里也有些犹豫，还有没有必要将修复好的《方外图志》再还回去？

不用去图书馆上班，丁齐在心理专科门诊的工作时间更多了，挣的钱当然也更多，但却觉得很轻闲，他最近养成了一个习惯，就是逛公园。

照说他已经没有必要住在境湖大学附近，这里离博慈医疗毕竟有点远，每天上下班开车来回多少有点辛苦，但丁齐并没有打算搬走。不仅是因为公寓一次性租了一年，而且他在境湖大学生活了七八年，对这一带的环境很熟悉。

他经常去逛的就是小赤山公园，离他租的公寓很近，下楼走人行天桥穿过一条街就是。丁齐在公园里最喜欢去两个地方，一是沿江岸漫步，二是登上原赤山寺遗址所在的那座小山包，有时在凉亭中独坐一会儿。

也许潜意识中他仍在寻找传说中的大赤山，已经形成习惯，或者说对这种行为有了某种心理依赖。

这天早上，丁齐又来到长江边驻足眺望，他身后是高矮不等的连绵赤色石壁，眼前是滚滚江水，远方则是境湖市江北区的林立高楼。在江对岸的一处高坡上，树木掩映间露出红色的墙角与黄色的琉璃瓦，远望只是一个朦胧的轮廓，那是改革开放后新修的阅江寺。

丁齐莫名想起了那首《滚滚长江东逝水》，恍惚间进入了一种似是空灵的状态，眼前只有天地长江，仿佛忘了自身的存在。

不知过了多久，不远处忽传来哗啦一声响，将丁齐从这种空灵的状态中惊醒。有什么东西跃出了水面，像是一条大鱼，体长接近两米，浑身无鳞呈月白色，漂亮的尾鳍拍起一片水花。丁齐愣住了，虽是第一次亲眼见到这种东西，但脑海中下意识就冒出了一个名字——白鱀豚。

这是长江中早已绝迹的生物，但丁齐看过影像和图片资料。这只白鱀豚跃出水面又钻进去，紧接着脑袋冒出来，一双圆眼睛好奇地看着丁齐，距离岸边大概也就七八米远。待丁齐回过神来，白鱀豚已经消失于水中，只留下一道迅速游往江心的水线。丁齐已经把手机掏出来了，可惜并没有来得及拍下照片或视频。

丁齐揉了揉眼睛，几乎以为自己出现了幻觉。丁齐在江边又站了半天，那头白鱀豚再也没有出现，仿佛它从来就没有出现过。他用手机上网打开一个新闻推送APP，输入关键词"白鱀豚"搜索了一下，排在第一条的居然是网友最近上传的视频，标题是《长江中又发现了灭绝的白鱀豚》。

这条视频是用手机拍的，光线不是很好，看上去江水很浑浊，隐约可见一条大鱼状生物在远处的江水中游动，大概只有短短的五秒多钟，然后就消失于波涛中不见。仅凭这条视频，不可能确定那就是白鱀豚，但新闻推送都讲究如何找到最吸引人关注的焦点。

虽然仅凭这段视频不能确定究竟是不是拍到了白鱀豚，但丁齐已经可以肯定，自己刚才并没有看花眼。视频中的环境丁齐很熟悉，就是他现在所站的小赤山公园这段江岸，那位网友应该是从长江对岸的江北区拍的。

白鱀豚早已绝迹，有些网友的判断也很合理，也许他刚才看见的是一头白化江豚，也就是俗话说的江猪。但这也仅仅是一种看似合理的解释，丁齐不禁又想起去年在大学课堂上给本科二年级学生讲课的场景。他讲了那三个"灵异"故事，让台下的同学发言分析，最后他却又说了一句——也许故事里的那些人就是真的看见了。

这是思考问题与做科学研究应有的态度，不要排除最直接的可能，哪怕这种可能性看似很小。真正严肃的态度就是承认有这种可能，然后再去分析自己到底看见了什么，又为何会看见？

大数据和云计算的运用如今已经很广泛，各种新闻推送 APP 都会自动记录用户已浏览的内容，然后会继续推送用户可能感兴趣的相关信息，其算法也有心理学家参与设计。

丁齐又点开了相关推送，果然发现了不少类似的新闻，其中有几条引起了他的关注。

第一条来自国内，《福建发现巨型阳彩臂金龟，我国曾在 1982 年宣布其灭绝》。这是一条很正规的官方新闻报道，配有非常清晰的采访视频。阳彩臂金龟并不是乌龟，而是大型甲虫，一种体长可达十五厘米的金龟子。

第二条来自国外，《树龙虾灭绝近百年，如今又重现世界》。所谓树龙虾并非龙虾，而是世界上最重的、不会飞行的竹节虫，体长可达十二厘米，看上去有点像龙虾。生物学家曾认为树龙虾已灭绝八十年，但是去年有人在南太平洋中的一座岛屿上又发现了这个物种。

看着新闻中的老外拿着树龙虾的照片，丁齐愣住了。图片非常清晰，用手指放大之后可以看见很多细节，这种虫子他小时候分明见过很多次。

父亲在世的时候，经常带他去乡下老家看望爷爷，有时寒暑假他还会在大伯家住一段时间，经常和村里的孩子一起钻山林玩。他见过这种竹节虫，有的体形比新闻照片上还大，恐怕不止十二厘米。老家那里的乡民叫它树虫子，据说还可以烤着吃。

生物学界的调查是基于统计学结论，多少年内没有出现过可信的目击报告，便可宣布某一物种已灭绝。但实际上在很多偏远地区，有些人见到了也不知道是什么物种,既没有留下影像资料,更不会想到什么生物学调研结果。

想到了老家山区见过的疑似树龙虾,丁齐又想起了另一种动物,此物学名麋鹿,俗称"四不像"。丁齐可以百分之百确定,生物学界对这个物种的调查结论,很多年来其实一直都是错的。这种错误当然不是科学研究角度的错误,只是统计学结论与实际情况不符。

丁齐的大伯上世纪七八十年代参加农田水利建设的时候,就在山里好几次亲眼见到麋鹿。近年来家乡一带的生态环境变得越来越好,麋鹿的踪迹也更多。后来丁齐也亲眼见到了野生的"四不像",他不仅见过,甚至还吃过呢!

野生动物如今是受保护的,偷猎被抓住了将受重罚,但是在山区农村,这种事时有发生,打个野猪、套只兔子啥的,只要不太过分,执法部门也就睁一只眼闭一只眼。都是乡里乡亲的,而且乡派出所也就那么几个人,哪能全部管得过来。

麋鹿,鹿角、马面、牛蹄、驴尾,故称"四不像",在《封神演义》中曾是姜子牙的坐骑。八国联军进北京的时候,抢走了南海子皇家猎园中豢养的"四不像"种群,将这种珍贵而奇异的动物运到了英国,在乌邦寺庄园中豢养,并从此宣称麋鹿在野生环境中已经绝迹。后来世界生物学界也认可了这个结论,包括国内。

1985年,通过外交努力,在世界自然基金会的协调下,二十二头麋鹿从英国被送回北京南海子公园麋鹿苑,1986年,又有三十九头麋鹿被送回江苏大丰自然保护区,在中国境内重新繁衍了麋鹿种群。

这是一段传奇的故事,背后是一段屈辱的历史,对于麋鹿这个种群来说,这也是一段离奇的身世。

直到2009年,远在洞庭湖畔,有科考队一次发现了二十七头野生麋鹿,这才修正了生物学界的结论,确认野生环境中一直有"四不像"生存繁衍。至于丁齐老家那边，不论人们怎么认为，麋鹿一直生活在深山野林中。

麋鹿的故事，也在告诉丁齐：这世上有些事物、有些地方，无论人们认不认为它存在，它都始终存在着。

接下来的日子，丁齐仍然每天都会逛公园，他习惯在日出时分于原赤山寺所在的小山丘中独坐一会儿，然后去江边漫步。看着滚滚江水，不禁总会想那只白鱀豚还会不会再出现？

丁齐挺关心那只白鱀豚的，内心深处总在为它担忧。如今长江主航道虽然不允许打渔了，但船只来往经过、水体污染，都可能会给那只白鱀豚造成伤害。那只从眼前一闪而过、疑似白鱀豚的生物，他始终没有再见到，过了几天，"老祖宗"却来了。

20　催眠全世界

老祖宗就是博天集团的创始人施良德，早年是江湖游医出身，凭着一张治皮肤病的单方四处行医，在城乡各地电线杆上打广告，还在老家村子里带出一批"徒弟"，白手起家创立了博天集团。

博天集团的业务以医疗为主，原先是"承包"各医院的特色专科，后来收购并新建了大量民营医院，如今业务范围不仅在国内各大城市，而且延伸到东南亚一带。博天集团今日已经成为一个以医疗产业为主的大型投资集团，施良德本人更是一位商界巨子。

老祖宗只是他身边内部人的称呼，叶行在丁齐面前私下称呼施良德为老祖宗，无非是想显示他和施良德的关系很近，可实际上还离得老远呢。博天集团的下属机构有上百家，博慈医疗只是其中很不起眼的一个，从股权控制关系上要拐好几个弯。

施良德的年纪并不大，今年只有五十八岁，近几年已常住新加坡，这次回国有事，路过境湖顺便来视察博慈医疗。只是路过来看一眼而已，但博慈医疗上下都很紧张，为此已经准备了半个月。

叶行尤其紧张，甚至紧张得过了头。叶行还特意找丁齐商量，如何迎接老祖宗视察？丁齐笑着说他只是一个坐诊专家而已，又不负责管理工作，该怎么办就怎么办，用不着找他来商量。

叶行让后勤部门买了一批崭新的白大褂，告诉博慈医疗全体员工，先别着急穿，到老祖宗来的那一天再全体换上，听说老祖宗最喜欢干净整齐了，一定要给他老人家留一个好印象。他还特别叮嘱丁齐，那天别忘了穿白大褂。

心理医生穿不穿白大褂？这其实是个很有意思的专业问题。在境湖大学心理健康中心时，心理咨询师通常都不穿白大褂。

咨询师的着装本身就会给求助者一种暗示，对于某些求助者来说，心理医生的白大褂会增加对方的紧张与焦虑情绪；而对于另一些求助者来说，心理医生的白大褂在增添信任感的同时又会增添依赖感。

所以穿不穿白大褂，要根据求助者的具体情况，这需要准确的观察与分析，而丁齐一般是不穿的。叶行对心理专科门诊提出的这个要求未必专业，但既然事出有因，丁齐倒也没提什么反对意见，反正那天穿就穿呗。这事还真用不着特意来单独找他，随便让谁打声招呼就行。

说完这件很无聊的小事，叶行还不走，有些吞吞吐吐地又说道："丁老师，假如老祖宗单独找您说什么，您可千万要留个心眼，说话要有分寸，不能露出破绽。"

丁齐一愣，这什么意思，叶行可没有贪污受贿、职务侵占之类的把柄在自己手上啊？博天集团与博慈医疗虽然都是私营企业，但规模大到一定程度，就会形成内部体制和利益团体，有很多毛病其实和国企以及官场差不多。

丁齐不解地反问道："施总会找我单独谈话吗？我只是一个坐诊医生，医院内部其他的事情也不了解啊。"

叶行皱着眉头道："也许会，也许不会。我本打算那天让你请假别来，可是心理专科门诊是我今年一手主抓的新业务，而你又是头牌专家，不出现也不好，老祖宗一定听说过你的名字。但你有没有想过，老祖宗为什么要到这儿来视察，而且不早不晚偏偏在这个时候？"

丁齐突然反应过来了，原来叶行在担心别的事，追问道："叶总是指我们寻找方外秘境的事？你是怕施大老板听说消息，想来插一手吗？"

叶行忧心忡忡道："这事是我私下干的，与博慈医疗无关，也没有对外透露任何消息。无论有什么发现，都是我们自己的发现。万一老祖宗听到什么风声，就是为这件事来的，问你话时可千万不能说漏嘴。老祖宗可精了！他当初就是遇到了一位江湖疲门大师，然后才有了今天。我也是听说了他老人家的传闻，才会对江湖八大门感兴趣，然后认识了不少人……以老祖宗的背景，说不定也会听到什么风声。"

丁齐拍了拍他的肩膀道："叶总啊，你也许想多了！你想想施良德是什么人，数百亿资产的巨富！底下有多少个像博慈医疗这样的分支机构，他恐怕都记不清。每个人在不同的位置上，感兴趣的东西是不一样的，你的想法在他看来，可能只是个笑话。退一万步说，这种人如果想找什么东西，早就动用各种资源去找了。人家不过是顺道视察下属机构而已，你就别操那个心了。"

叶行稍显安心，点了点头道："但愿是我想多了。"

事实证明，叶行确实想多了。

施良德是周五下午来到博慈医疗的，一行八人，前面是一辆SUV，后面是一辆商务车。施良德这么成功的商界巨子，丁齐居然没有在网上搜到他的照片。博慈医疗的工作人员事先也都被打了招呼，不要掏出手机拍照，也不要与施总合影。

施良德如此低调而神秘，令丁齐也颇感好奇。亲眼见到的施良德，和他想象中的差别有点大，对于一个学习过心理画像技术的专家而言，这种情况是不太多见的。

三十岁之前，施良德是住在乡下的普通村民，后来一度是走街串巷的江湖游医，丁齐曾在心目中勾勒出一个像传达室老杨头那样的形象。这位施总如今事业做得很成功，近些年应该保养得很好，又有一身富贵气，但可能还会看出些许风霜痕迹。

结果施良德本人的形象根本不是这么回事,他长得相貌堂堂,身材虽然不高,但身姿很挺拔。戴着一副眼镜,非常有范儿。不知是否染过发,总之没见到一根白发,年纪虽然有五十八岁,可是面色红润、精神饱满,丝毫看不出饱经风霜的样子。丁齐还在施良德身上看见了所谓的"官气",这和朱山闲给他的感觉还不一样。上次和朱山闲是在家中私人场合见面,朱山闲的神情语气非常平和,而今天施良德是在视察下属机构,气势很足。

施良德穿着一身灰色的中山装,身边有一位穿着浅色职业套裙的妙龄女子,听介绍是王助理,后面还跟着七位男子,年纪二十出头至四十左右不等,穿着统一制式的蓝色西服,难怪说这位老祖宗喜欢干净整齐。

施良德视察了各个科室,和医护人员一一亲切握手、点头微笑,大家都浅鞠躬说一句:"施总好!"

而施良德则微笑着回一句:"辛苦了!"

等视察队伍来到主楼后面的辅楼,心理专科门诊的全体医生也都穿着白大褂列队相迎。和丁齐握手的时候,施良德特意停下脚步,话说得却和其他人不一样:"丁齐老师吧,我可是久仰大名!"

施良德认识他,至少是听说过他的名字、见过他的照片,见面时能认出来。丁齐只得笑道:"惭愧,没想到施总还听说过我。"

陪同在一旁的叶行赶紧插话道:"施总,丁老师是我们心理专科门诊的头牌专家,也是我三顾茅庐才请来的。"

施良德点了点头道:"我来的时候,在车上听了你们博慈医疗的介绍,不错不错,你的工作做得不错,今后要继续努力!"

听这句话丁齐便能大概推断,施良德其实对博慈医疗并不了解,恐怕连叶行都不认识,是来这里的路上才听下属介绍的。在场所有的工作人员中,施良德原先听说过名字的恐怕只有丁齐,没办法,这也是身为名人的好处或者说烦恼。

施良德虽认识丁齐,但视察中也仅限于握手时多说了两句话。下午五点半,博慈医疗又集合了所有科室主任职位以上人员,在会议室听施总讲话。丁齐并没有出席,更没有被施良德单独叫去问什么。

施良德六点钟左右就离开了博慈医疗,工作人员中只有叶行是跟着他一起走的,估计是要陪着吃晚饭。他们走出大楼的时候,丁齐恰好也下班准备回去了,却突然注意到另一个人。

此人原先站在传达室旁边,看上去就是一个不起眼的乡下老头,丝毫不引人注目。丁齐一眼扫过,想当然的就认为是老杨头。现在还没到老杨头的值班时间呢,他怎会这么早就来了,但丁齐也没多想。

可是当施良德等一行人走出医院主楼时,丁齐却不得不注意到这个人。这是一种什么样的感觉,勉强形容一下,就像黑暗中突然亮起了一个大灯泡!

人是有"气场"的,这和一个人的形象气质、肢体语言,以及周围人群的态度倾向有关。但气场这东西很难形容,有时纯粹就是种心理感觉。传达室门口原先站着个毫不起眼的老头,而这个老头突然"亮"了,丁齐下意识地看向了那边,这才发现那不是老杨头,而是一位陌生的长者。

此人穿着浅灰色的盘扣衫,散脚裤,一双白底黑面的平板鞋,看年纪差不多六七十岁,满头银丝微微带点自来鬈,正背手挺胸望向施良德等人。

施良德仿佛也有感觉,立刻望向了那边,脸色随即就变了。看见他这个动作,随行的七名身穿深蓝色西装者,其中四个立刻就有了反应,齐刷刷地也扭头望去。那位王助理则小声问道:"施总,您怎么了?"

施良德的神情旋即就恢复了正常,若无其事地摆了摆手道:"没什么!就是刚想到点事情,让小蒋去买点东西。"然后和身边一位三十岁左右的男子低声耳语了几句,那人应该就是小蒋。小蒋随即快步走出了医院大门。

方才那位老者在医院门前与施良德有个短暂的遥遥对视,然后转身便走。而看小蒋的去势,应该是去追踪这位老者了。正从楼角走出来的丁齐恰好看见了这一幕,当即一愣,这里面一定有故事!

那位长者应该是故意出现在这里、想让人看见他。但丁齐觉得有些奇怪，那位长者想见施良德大可亲自走过来；如果施良德想和他打招呼，也可以亲自走过去或开口叫住他，为何只派了一名手下追过去？

但这是施良德自己的事，丁齐管不了也没打算去深究，只是对那位老者收放自如的"气场"感到很惊讶。

让叶行以及博慈医疗忙活了半个月的领导视察，就这样不到半天时间就结束了。第二天是周六，丁齐这段时间已经习惯了周末休息，这天仍然来到小赤山公园闲逛。

早上八九点钟，太阳已升起，晨练者已离开，而广场舞还没开跳，所以公园里的人很少。丁齐首先来到赤山寺遗址所在的小山包，这里是他最近常来的地方，但通常不会在天黑时，因为晚上感觉这里的阴气很重，太阳落山后便觉得不太舒服。

丁齐离开小路，踩着落叶和青草走进半山腰，在一片灌木丛环绕的空地中坐了下来，还特意带着一个网购的乳胶坐垫，他是来静坐的。

刚开始的时候，丁齐是在山顶上的凉亭中静坐，可是白天来往的人很多，容易受到打扰。有的人倒还好，看一眼就走了，有的人会好奇地小声议论，还有人更过分，也不管他正闭着眼睛在静坐，直接就过来开口问他是不是在练气功、练的是哪门哪派的功夫、有什么感觉等等。

丁齐当然不是在练气功，他也从来没学过。静坐是一种锻炼方式，或者是一种自我修养。他常常在专注内省的状态中翻阅"心册"，并做出推理分析。有很多专业技能，就是平时这么锻炼出来的，下的功夫不一样，掌握的水平自然就不同。

另一些时候，丁齐调整姿势、呼吸，甚至感觉自己的心跳，以求达到最舒适放松同时大脑又保持专注清醒的状态。这是在催眠施术时，催眠师首先要做的自我调整，也需要在平时锻炼或训练。

但是这段时间，丁齐在这里静坐，感受的却是另一种状态和心境。这与他近来的经历有关，更与他的独特天赋有关。

去年导师刘丰"遇刺"的那天晚上，为了缓解情绪压力，刘丰和丁齐扯闲篇，曾经问了一个问题——进化有没有目的？进而又引申到另一个问题——世界有没有意识？当时只是随口一说。

前不久丁齐认识了石不全，第一次见面，石不全就和他开了个玩笑："久闻丁老师大名，原先只知道您是位催眠大师，难道您不仅能给人催眠，还能把满屋子的东西都给催眠了？"

后来石不全又对丁齐讲述了自己的经历，他修复加工各种器物时，有一种心境，就是要把那些东西都当成是"活"的，甚至是可以用意识去沟通的。

说者无心，听者有意，丁齐受到了很大触动，最近莫名总在想，自己能不能将别的东西也催眠了呢？进而又想到，他可以在催眠状态下进入另一个人的精神世界，但假如对方不是人呢，是否也有精神世界可以让他进入？

丁齐不可能把整个世界都给催眠了，但他有自己的天赋，如果将所在的天地视为一个精神世界，那么他就可以用自己的方式进入这个精神世界。没有人叫他这么做，也没有人教他怎么做，这一切都是丁齐自己的体悟。

那次在江边看见疑似白鳍豚的生物时，他曾恍惚进入了一种似空灵的状态，这段时间来到小山丘中静坐，就是在体会这种感觉。他进入了这片天地的精神世界，所见就是现实的显化。身心一片空灵，仿佛忘了自己的存在，但人却是清醒的，知觉也莫名变得异常敏锐。这种状态中感觉非常好，丁齐能更清晰地察知自己和身处的环境，而且每次静坐后都觉得很有精神，不是亢奋，而是神气饱满、身心舒适。

昨天见到了那位神秘的老者，丁齐很好奇，那人怎么能从毫不引人注目瞬间变得光彩夺目？假如不想让人看见，哪怕就站在那里，也会被人视而不见吗？一念及此，丁齐无意中也在收敛自己的气息，他又进入了那种似空灵的状态，感觉上他仿佛与草地、树丛融为一体。假如有人从不远处经过，只要不刻意搜索他坐的地方，恐怕都不会注意到他。

别人注意不到丁齐，但丁齐自己的知觉却很敏锐。一位出色的心理医生与催眠师，在这种类似于深度自我催眠状态下，应该掌握一种技巧，就是如何调整自己的注意力。不想听见的声音就不去听，想听的声音便能专注而清晰地听闻，而此刻的丁齐，是将自己的注意力寄托于天地间。

不知过了多久，丁齐突然听见了一句话："你就在这儿等着，我一个人上去。"

另一个声音问道："老祖，您真要一个人去见他吗？"

第一个声音答道："三十年不见，有些话要单独聊聊，最好不要有人打扰。假如听见我招呼，你再上来。"

听见谈话声，丁齐本可以不理会的，在潜意识中将其"屏蔽"掉。但那人的声音引起了丁齐的注意，随即将心神"投射"了过去。因为他已听出来，先前第一个正是施良德的声音。

从心理学角度，人的潜意识中已过滤掉多余的信息，真正能引起意识反应的信号并不多，否则每个人早就被烦炸了。

在平常情况下，照说丁齐听不见这么远的声音。但此刻这种状态下，施良德的声音引起了他的关注，自然就过滤掉其他的杂音，很清晰地听见了这段对话。假如用心理学术语形容，就是"注意"的"稳定性"与"指向性"都极为清晰。

导师刘丰还曾经介绍过一种"感官相通"或者简称为"通感"的现象，不是在课堂上教授理论，而是在私下里和学生探讨。在某种特定的情况下，大脑处理信息时，会把一种感官信号同时转化成另一种感官信号，比如听到很熟悉的脚步声，脑海中就会浮现出这个熟人走路的样子。此时此刻，丁齐听见了施良德的声音，就仿佛看见了这个人、看见了这座山包、看见他一步步走上山进入凉亭。

施良德来到凉亭中,仿佛是鞠了一躬。为什么说仿佛,因为丁齐不可能真的看见,可以说是来自通感,也可以说是纯粹的主观猜测判断。施良德鞠躬道:"吴老前辈,我们三十年没见了!"

"是二十九年。"随着声音,凉亭中"出现"了另一个人,正是丁齐昨天在博慈医疗大门口看见的那位神秘老者。

人不可能凭空出现,但在丁齐的感觉中就是这样。丁齐原本没发现那位老者的存在,但此人一开口,在丁齐的感官中、反映于脑海中的场景里,就好似突然冒出来一般。

这只是一种直觉判断,仿佛没有思考的过程,但实际上也是根据所知的信息做出的推断。

丁齐还很自然地猜到了这位老者的身份。据说在三十年前,施良德遇到了一位江湖游医,给了他一张治皮肤病的单方,还教了他种种江湖术,其人是江湖八大门中的一位疲门大师。

施良德鞠了一躬后便站直了身体,而老者应该是坐着。施良德很感慨地答道:"是的,已经整整二十九年了!这些年我一直在找您,还根据记忆请人把您的样子画了出来。前不久听说您老人家出现在境湖,我就特意赶过来了,终于又见到您了!"

"你找我做什么?"

"没有您老,就没有我今天的一切!我当然要好好感谢您,您老年纪大了,不必在江湖漂泊,我总想找机会好好孝敬您,让您老人家舒舒服服地颐养天年。"

老者笑了:"谁说我一定是在江湖漂泊,就不能舒舒服服在家待着吗?我也有晚辈供养啊,身体更没问题,手头还有积蓄,日子过得挺不错。如今偶尔出来逛逛,就叫你给找到了。"

"前辈,我只知道您姓吴,还不知道您老的名字呢。您有晚辈孝敬,那当然更好，但我同样也很想孝敬您老人家。您的儿女也等于我的亲人，有什么能照顾的地方，我也一定会尽力帮他们的。"

"你如果知道我的名字，可能早就找到我了，毕竟我也是有户口的。就算你没有找到我本人，恐怕也能找到我的儿女、找到我的家乡去。假如真是那样，你恐怕就要倒霉了，那里的人可不是你能算计的。"

施良德错愕道："您老这是什么意思？我只是想报恩而已，刚才说的都是真心话！没有您，就没有我施良德的今天。无论您有什么需要，我都会尽全力满足的，我今天已经有这个能力。"

老者的笑容很是耐人寻味："没有我，就没有你今天的一切。这种话，你也只能在这里、单独在我面前说。假如换一种场合，你是不可能承认的，也不愿意听人提到你早年的传闻。所以我也只能听你说说而已，当不得真，而且这也不是事实。你能有今天，都是自己打拼的结果。我当年教你的那些东西，假如换个人，不过是能混口饭吃。但你既然有这个心意，我也不好让你失望。这样吧，今天留个联系方式，假如今后我真有什么需要，比如缺个千八百万的，我会随时联系你的。"

施良德仿佛没听出老者的话中有刺，面露喜色道："太好了，我一直都愁怎么联系您老呢。给您留个私人号码，您老也给我留个手机号，再加个私人微信，这样我也能随时联系上您。"

老者摇了摇头道："你把私人号码留给我就行，我这把年纪，不习惯用手机，也没有微信。"

施良德没办法，只得给了老者一个私人号码。老者摆了摆手道："没事了，你回去吧！"

施良德一怔，上前一步道："我好不容易才找到您老人家，您这就让我走吗？"

老者的神情也是一怔："哦，你找了我这么久，今天是空手来的，总不好意思也空手走……既然你说要报恩，我且给个账号，你打三千万就得了，我拿这笔钱好好享受享受。"

三千万？现金！说要就要？施良德的神情也有些尴尬，但他仍然很恭敬地问道："您老这是和我抬门槛吗？这么多钱，是想办什么事情？假如是遇到了什么麻烦，我可以出面帮您摆平。"

说到这里，见老者的神情似有些不悦，施良德又语气一转道："至于这笔钱，回头我就叫人转给您。这么多年未见，我也想和您老好好聚聚，让我招待您一番以表心意。"

老者又摆手道："我不喜欢这种热闹，那钱打不打也无所谓，既然已经见了面，也有了你的联系方式，就请回吧！你也挺忙的，我这个老头子就不打扰了。"

施良德有点着急了："这么多年好不容易才找到您老人家，怎么也得让我好好孝敬一番、接到我那里好生款待。就算您老再客气，我也应该这么做。"

老者抬头看着施良德的眼睛，突然叹了一口气，沉默了片刻才说道："当年我路过你们村，天上正下着大雨。我又冷又饿，敲了好几户人家的门，好像里面都没人。到了你家，你让我进了屋子，请我一起吃了顿晚饭。大雨一直不停，我还在你家住了一夜。你有恩于我，我很感谢你，所以我给了你一张偏方，并告诉你，我是江湖八大门的疲门传人，对你讲了很多行走江湖的套路，包括疲门的十二道门槛，还有江湖行医的顶、串、截、抽、挡、盖、退等等讲究。当时我想，假如你将来遇到什么变故，好歹还可以混口饭吃。我也实话告诉了你，一入江湖，良心就被狗吃了一半，但另一半还得好生守着，尤其是疲门行医，关乎他人身家性命。"

"我在你家只待了一天，这些东西我也只讲了一遍，换个人未必能全都记住，就算记住了也未必都能用得上。你的确是个天才，你的本事也是自己的，并不是我能教会的。我当年说过，有机会可能还会来找你，江湖术讲究'尖'与'里'，假如你真是合适的传人，疲门另有秘传。七年后，我回过你们村子一趟，当时你出门行医去了，而我正好有事要办，就没有特意再去找你。再后来我听说了你的名字，也听说了你的事迹，知道你已经不再需要我做什么了，我也没什么可以教你的了。"

施良德说："吴老，话怎么可以这样说呢？我还有很多东西要向您老请教！"

老者缓缓道："假如你真想找我，早就可以找我了，二十年前你就发了大财。可是你找人画出我的样子、派人在各地打听我的消息，是从五年前才开始的。那时候你早就是博天集团的创始人，港股上市公司都有好几家了，不会是才想起来吧？"

"我知道你是为了什么。你已经应有尽有，根本不是当年了，可是你总还觉得有些遗憾。一是你始终不知道我是什么人，二是为了我尚未传授你的疲门秘术。大名鼎鼎的施良德、博天集团的创始人，怎么可以是从一个江湖游医手里拿到一张偏方起家呢？你希望我是一代名医或神医，就算我不是，你也能想办法让我的身份变成那样。当然了，我那天酒喝得有点多，还告诉你江湖疲门有'观身术'秘传，假如你是合适的传人，我将来会教给你。你什么都不缺之后，恐怕也会想起一直都未曾得到的东西吧？"

人和人之间打交道，往往都有自己的小算盘，没必要全部揭穿，彼此都留几分面子，否则就没法聊下去了。而这位老者说的话可够直接的！

施良德也够有涵养，居然没动怒，仍然站在那里道："吴老，您为何要这样说呢？您的确有恩于我，我也是真心想报答您。您当年提过江湖疲门秘传观身术，我的确想得到传承，这也是人之常情。如果您觉得我的年纪大了，不再适合学习您的绝技，也可以让我的儿子、孙子拜师学习，总之我一定不会亏待您、会好好孝敬您老人家。我已经与当初不同，能力也不一样了，可以为您老做到很多事。"

老者摆了摆手道："我有自己的传人，这种事没必要你来操心。你不欠我什么，我也不欠你什么，假如你真心想报答我，就不要带别的目的。想当年,那天晚上吃饭,你做了一条咸鱼,我曾经问过你——假如咸鱼翻了身,会怎样?"

施良德说:"我还记得,把这个问题当成一句励志的话,三十年来一直在打拼,所以才有了今天……"

老者打断他的话道:"我今天终于见到你了,也可以告诉你答案了——咸鱼翻了身,还是咸鱼!……你如果真想感谢我,现在就帮我办件事,别再派人到处找我了。反正我有了你的私人联系方式,有事自会找你的。"

施良德的保镖小蒋在小山包下静静地等着,他这个位置看不到山上的凉亭,也听不见凉亭中的谈话。施良德突然走了下来,脸色很不好看,经过小蒋身边时脚步不停,只是低声说了一句:"我们走。"

施良德的样子显然很不高兴,小蒋赶紧快步跟上,走了很远快到公园门口时,小蒋才小心翼翼地问道:"老祖,究竟怎么了,您这么气冲冲就回来了,难道他还敢不给您面子吗?"

施良德冷哼一声道:"我好心好意要报答他,他却像防着我似的,还没等我开口提要求呢,他就先告诉我,江湖疲门秘传的观身术不能教给我。"

小蒋劝道:"不过是一套江湖把戏而已,以老祖您如今的身家地位,完全不必在意了。"

"你懂什么!听说过一篇古文《扁鹊见蔡桓公》吗?"

"有点印象,好像中学课文里学过,他真有神医扁鹊那种本事?"

"那天他喝了点酒,特意和我提起,看样子不像说假话。那是能知病可不可治、一眼便能断人生死的绝活。"

小蒋愣了愣,接着又说道:"老祖,这事且不说是真是假,就算是真的,也不过是一种高明的望诊技巧。现在都是什么年代了,我们什么样的诊断设备、诊疗技术没有?最近和中科院的合作项目都拿下了好几个,您学不学这些,有什么关系吗?这么多年来,至少做医疗行业的,没有谁比您更成功。而他又算个什么人物、谁听说过他、他又怎能和老祖您相提并论？就算他会那什么观身术，一辈子也不过如此。至于老祖您，无论会与不会，都毫无关系。"

施良德那么多下属，这个小蒋能成为他的贴身保镖，当然也是个很贴心的人，说的话也让人很爱听。

施良德点了点头道："你说得不错，可是我惦记了这么多年，总归有点遗憾。原以为只要我恭恭敬敬地开了口，他就会点头的，无论什么样的答谢，我都给得起。江湖人嘛，无非图名图利，没想到他拒绝得这么干脆。"

小蒋皱着眉头道："老祖，您有没有想到另一种可能？他根本不会什么秘传绝技，当年就是忽悠您的、吊您的胃口，其实想教您也教不了。他当年给您的不过是一张治皮肤病的单方，剩下的就是那些坑蒙拐骗的手段，一个江湖骗子而已！"

施良德的神情一惊："倒是也有这种可能。"

"假如不是这样，他怎么可能不要老祖您的好处呢？但是以老祖您现在的身份地位，他不敢再骗您了，否则后果承受不起。您也知道，这些都是江湖套路。"

施良德的神色变幻不定，过了一会儿才长出一口气道："果然厉害，轻飘飘一句话，就让我惦记了几十年！无论是真是假，这套路的确也够深了。你说得对，我已经没必要在意这些，不过是当年的一丝执念，早就该放下了。"

小蒋又凑近了说道："老祖，想知道是真是假很简单。他现在就在境湖，就算今天不动他，我们能找到他第一次，就能找到他第二次。事情可以做得隐蔽点，我们也不会把他怎么样，而且和老祖您一点关系都没有。只是要这个老东西交待，他所谓的秘传是真是假，如果是真的，那就把老祖想要的东西交出来，想要什么报酬嘛，他可以尽管提！"

施良德显然有些意动，但犹豫再三还是摇头道："算了，此人不明底细，我们连他叫什么名字都没搞清楚呢。如今家大业大，很多人都盯着呢，没必要再惹麻烦。而且不论怎么说，他毕竟当年对我有点恩惠。假如我真的对他动了手、表现得不够尊重，万一传出去也不好听。不论他当年是不是骗了我、如今是不是想为难我，我也不想为难他。"

小蒋赞道："老祖仁义！"说着话他们已经走到了公园门口，一辆黑色的商务车前还等着另外三个人，施良德一言不发地上车离开。

施良德和保镖小蒋是走出很远后才开口说话的，当时周围并没有其他人，他们当然以为谁都听不见。可丁齐偏偏都听见了，他们一直走到了公园门口，大白天这么远的距离早就超出了正常人的听觉范围，可是丁齐仍然听得很清楚。

21　季咸见壶子

施良德走了，丁齐仍在半山腰静坐，又不知过了多久，他终于睁开眼睛长出一口气，缓缓地活动身体站了起来，紧接着突然向后退了两步，几乎靠到了一丛灌木中，惊讶道："你怎么在这里？"

那位老者就站在身前几步远的地方、两丛灌木之间，背手看着他。这把丁齐吓了一跳，他刚才丝毫都没有察觉，感觉跟见鬼了似的。

老者看见他的反应，呵呵一笑道："年轻人，你还是没有修炼到家啊！我是不是吓着你了？"

丁齐实话实说道："还好是大白天，您突然在这儿冒出来，我一点防备都没有，确实挺吓人的。假如换个有心脏病的，说不定被您吓出个好歹来。"

"要是这样就能吓出个好歹，你也不会一大早在这里练功了。小伙子，你的养气功夫很不错，气息与山林草木浑然一体，连我上山时都没有发现。后来施良德上了山，我怕他另有埋伏，特意查探一番才发现了你。我本以为你是施良德埋伏在这里的高手，结果不是，你就是在这儿练功的，看来是我们打扰你了。能将气息收敛得这么好，隐藏得连我都无法察觉，年轻一代中也算是高手了，你是江湖飘门的传人吧？"

这下误会可大了，丁齐赶紧解释道："老爷子，我哪是什么高手，只是个心理医生而已。我也不是在这里练功，就是静坐，却让您老误会了。"

老者饶有兴致地盯着丁齐道:"规矩我懂,你不想说的我也就不问了。我昨天见过你,你叫丁齐,很有名,是博慈医疗心理门诊的头牌专家,对吧?你的灵觉不错,昨天是你最先注意到我的,没想到今天又见面了。"

丁齐也不知该怎么解释了,很多事情是三言两语说不清的,他只得点头道:"幸会,但您老真的是误会了!"

老者也点头道:"是的,我的确是误会了。你没有跟踪我,是你先来的,而我们打扰到你了。我跟施良德说的话,你刚才应该都听见了,有什么疑问就说吧。"

丁齐有些尴尬道:"我不是故意偷听的,只是觉得有些好奇。如果涉及您老的隐私,我也不想打听,更不会说出去的。"

老者却仿佛没听见他的解释,自顾自地又说道:"你真以为施良德特意找我,只是为了报恩吗?假如他真的心怀感激、把我当成恩人,昨天看见我的时候,就应该亲自追上来,这才是一个正常人的正常反应。可他却装作若无其事,叫一个保镖把我盯上了。你是一个心理医生,应该明白'事出反常必有妖'的道理。多年不见,我也知道他在找我,可是再见时却是那种反应,我也就心中有数了。他无非是想得到当年没有得到的东西而已,以为凭着他如今的身家地位,只要开口许诺,我就一定会双手奉上。"

还真是这么个道理,老者这番话说得已经很清楚了,丁齐也看出了施良德的心态。今天见面时不论施良德话说得再好听,昨天的情形已经暴露了他内心中真实的态度。

施良德并不愿意在大庭广众下让别人知道他与这位老者的关系。

但这是老者和施良德的私事,丁齐尽管好奇,也不想去管闲事,他只对另一件事感兴趣,又开口问道:"老前辈,您真的是江湖疲门大师吗?请问'观身术'是怎么回事,真的能做到像《扁鹊见蔡桓公》中神医扁鹊那样吗?"

老者微微一怔,随即又笑道:"你连他们后来那番话都听见了,还说自己不是高手?"

"您老真的误会了,那些话我的确听见了,我可以解释的,只是我自己摸索出来的一种技巧,刚才的状态……"

老者摆手道:"你不用解释什么,能听见也没什么大不了的。但我要提醒你,你听见了今天所有的谈话,最好不要让施良德知道,今天的事情也不要告诉任何人,否则可能会有麻烦。不好意思,我偏偏选中了这个地方见他,给你带来麻烦了!"

丁齐摇头道:"我当然不会说出去,您老就放心好了,我今天就当什么都没听见。"

老者看着他又说道:"江湖疲门秘传的观身术,内行人也不是没听说过,没什么不能告诉你的。你既然知道《扁鹊见蔡桓公》这个典故,回去之后可以再查查《庄子》中的另一个典故,就是《季咸见壶子》的故事。看明白之后,大概就能理解了。"

丁齐一时有些发愣。老者说完话已经离开,丁齐在后面又问道:"老前辈,您到底是什么人,我能不能请教……"

老者转身打断他的话道:"我姓吴,叫吴申守,你可不要告诉施良德……江湖相见便是有缘,有缘还会再见的。"言毕便飘然而去。

吴伸手?好奇怪的名字,听上去甚至有点搞笑,丁齐一个人被晾在了灌木丛中,好半天没有回过神来。

当天晚上,丁齐在家上网查资料,《扁鹊见蔡桓公》的故事又读了一遍,《季咸见壶子》的典故也查到了。

《扁鹊见蔡桓公》典出《韩非子》。神医扁鹊某日见到蔡桓公,开口道:"君有疾在腠理(体表),不治将恐深。"蔡桓公曰:"寡人无疾。"等扁鹊走了,蔡桓公还对别人说:"医之好治不病以为功。"

十天后,扁鹊见到蔡桓公又说:"君之病在肌肤,不治将益深。"再过十天，扁鹊见到蔡桓公再次说："君之病在肠胃，不治将益深。"但蔡桓公都没当回事，还很不高兴。又过了十天，扁鹊见到蔡桓公时什么话都没说，居然转身就走了。

蔡桓公也很好奇，就派人去问扁鹊，今天是怎么回事？扁鹊告诉来者，国君病已入髓，他没法治了。五天后，蔡桓公突发急病，赶紧派人去找扁鹊诊治，而扁鹊已经收拾东西跑路了。结果蔡桓公暴病身亡。

另一个《季咸见壶子》的故事，典出《庄子》，就比较复杂了。

壶子是列子的师父，而列子是战国人，也是后世道家尊奉的冲虚真人。季咸是郑国的一位巫，开口能断人死生存亡、祸福寿夭，应验如神，简直快赶上阎王爷了，谁见了都怕。

列子见到了季咸，回去便对壶子说："师父，我以为您已经老厉害了，可是现在有位季咸比您还厉害！"

壶子说："我的本事，你只学到了皮毛，远未得道。其人只认表象、未知实质，不信的话，你明天叫他来，为师让你见识见识！"

第二天列子请季咸来。季咸见到壶子后，出门便对列子说："你师父不行了，也就能再活十来天。我看他的气色，所透露出的生机就像被水浇灭的灰烬。"

列子回来哭着告诉了师父。壶子却说："我刚才显示的，是大地寂然不动、无始无终的心境，他当然看不见我的生机。你明天再找他来一趟。"

第三天，列子又把季咸找来了。季咸出门后说道："你师父遇到我真是走运，他有救了！我看到他的生机不再完全闭塞，已有重新吐露的迹象。"

列子回去告诉了师父，壶子说："我今天展现的，是天地交感，万物将分未分、已现萌芽的心境，他则看到了其中孕育的一线生机。你明天再叫他来。"

第四天，壶子又来了，出门摇着头对列子说："今天不合适，因为你师父的状态很不稳定。等他不再这么恍惚难测了，我再来看。"

列子回去告诉了师父，壶子说："我刚才给他展示的，是阴阳交互、万物并作的心境，以他的本事当然看不明白。大鱼潜藏的深水曰渊，静止不动的深水曰渊，流动汇聚的深水曰渊。渊之相有九，皆深不可测，这里我只说了三，反正他都看不透。你明天再叫他来吧。"

第五天，季咸好像已经上瘾了，列子一去叫，他就又来了。结果只看了壶子一眼，季咸转身便跑。壶子道："一句话不说就想跑？快把他追回来！"

列子出门转了一圈，回来对师父说："看您把人给吓得，他早就跑没影了，我没追上。"

壶子笑道："我刚才给他展现的，宛如世界之本源、万物变化之始终，似有迹又似无迹。他看不到究竟，心神被牵夺，无所适从，所以就跑了。"

列子这才清楚，自己根本还没得到师父的大道真传，收拾心思好好修炼吧……

反复看了这两个故事，丁齐坐在那里琢磨了半天。扁鹊的故事好理解，其人应精通望诊，甚至能一眼断人生死、知病可不可治，这也许就是江湖疲门秘传"观身术"的本事。

可是季咸和壶子的故事，"正派"和"反派"好像调换了过来。壶子可不是蔡桓公，他想让季咸看见什么，季咸就会看见什么，结果是完全看不准。

假如只谈扁鹊的本事，那么"观身术"应该叫"观生术"才对。而壶子向季咸展示的，应该是他的精神世界，其境界是层层递进的，而且是身心一体，他是怎么做到的？

观身，难道是先观己身，而后观身外众身，甚至清楚别人都看见了什么？丁齐是个心理医生，他也清楚，每个人看到的世界是不一样的。故事中壶子第一次见到季咸时所展示的心境，丁齐似曾相识，仿佛有点像他今天静坐时的感受。难道《庄子》中的这个故事，是某种修炼秘籍？这也太玄了吧！

不对！季咸可不是神医，他是看相算命的，按江湖八门的说法，他应该算是惊门中人而非疲门中人。但丁齐看过的那本《地师》中介绍，江湖八大门手段相通，有时候惊、疲难分，门槛术都是通用的，看相算命的有时也懂望诊。

丁齐本想去请教石不全，可是吴老临去前提醒，不要将这件事说出去，所以丁齐也就暂时打住了念头。吴老称他是高手，丁齐感觉自己好像无意间触碰到了一扇通往神秘境界的大门。

22　八仙过海

又过了几天，石不全终于发现了方外世界的线索。

石不全先给丁齐打了电话，紧接着又给叶行打了电话，并同时给他们的微信上发了一张图。这张图就是石不全修复的内容，丁齐一眼就看出来了，是境湖市古代的地形示意图，和他查过的明代古地图差不多，但据石不全说那图册是宋代的。

古代的地图，远没有那么精确，这张图不过是个地形示意，在其中标注了一个点，旁边写着三个字——小境湖。

假如就按这张图中的点去找，那是很不靠谱的事情。可是古人有古人的智慧，图中还另有标注，又画出了另外四个点，并配有相关的注释，竟然应用了三角定位法。甲点和乙点相连成一条直线，丙点和丁点相连成一条直线，这两条直线的交叉处就是小境湖的位置。

甲、乙、丙、丁这四个位置，注释中都有详细的说明，描绘了特殊的地形地貌，只要找到这四个地方就可以完成定位。丁齐看见这张图之后闭上眼睛仔细回忆了一番，就大概想起了其中三个点的位置。

按照图示，那四个点如今应该都在南沚山森林公园内，丁齐曾详细考察过那一带，图册注释中描述的地形地貌又很特殊，所以丁齐有印象。

丁齐当时正好在医院，拿着手机就去找叶行。敲门进去，却发现叶行办公室中还有一位客人，于是便说："叶总，石不全刚才给我来了电话，他那边的工作有进展。你如果有空的话，忙完了我再找你聊聊。"

有客人在场，丁齐说话很有分寸，具体是什么意思，叶行应该能听得懂。不料叶行却微微一皱眉，随即便招呼道："原来石师弟也告诉你了，我还正想找你呢。给你介绍一下，这位是范师兄，江湖八大门的要门传人，他也是来和我们一起寻找方外秘境的。"

丁齐很擅长解读微表情，叶行方才开口时微微一皱眉，虽然很快就掩饰过去，但丁齐也注意到了。好像这位叶总对石不全绕过他直接将最新发现也告诉了丁齐，感觉有些不满意。有这种反应，就说明叶行在潜意识中并不愿意丁齐继续参与这件事，至少不是平等地参与。

或许在叶行看来，他才是这次"探索行动"的策划者、组织者与主导者，丁齐的任务就是考证线索以及拿到《方外图志》，而接下来的事情已经用不着丁齐了。叶行虽不能说就将他一脚踢开，但他至少已经不是整个团队的重点成员。

这种话当然没法直接说出口，也许只是叶行潜意识中的想法。看来石不全的想法和叶行不一样，他是同时给丁齐和叶行发来消息，而不是先通知叶行之后，再由叶行去通知丁齐。

这不过是一瞬间的心理活动而已，坐在沙发上的那位客人已经站起身，迎上前来伸手道："丁老师，久仰大名啊！我叫范仰，不说什么江湖要门传人，就是个开营销公司的。今后假如有机会，还想请丁老师去给我们公司的员工们好好讲讲营销心理学呢！"

丁齐看见范仰一愣，握手时露出思索的神色。范仰的反应也很敏锐，当即就问道："丁老师认识我吗？"

丁齐答道："几年前我在从宛陵市到境湖市的火车上，好像见过你一面！"

范仰微微吃了一惊："丁老师真是好记性，几年前火车上见过什么人，竟然还能记得住。"

丁齐笑道:"就是有些眼熟而已,果然是见过的,我这人的记性一向不错。"

他只是笑着掩饰过去,并没有多说什么,心中却想起了一段往事。丁齐的记性再好,也不可能几年前坐过一趟火车,就把同车厢的人都记住了。他之所以能认出范仰,当然有特殊的原因。

那是三年前的暑假期间,在宛陵市开往境湖市的一辆普快列车上,并非出行高峰,但车厢中的座位差不多也坐满了。外面天气很热,但车里有空调,丁齐在身上罩了件外套,靠在那里闭目养神,感觉就像是睡着了。

他在回味导师不久前刚刚教授的催眠术,调整身心状态,仿佛是进入了自我催眠中。枯燥的火车行驶声仿佛渐渐远去,他处于半梦半醒之间,这时听见了几个人在说话。

一个声音道:"范总,我们是搞市场营销的,不是要饭的!这种事情可做不来。"

另一个应该是范总的声音道:"做市场营销,最重要的就是如何向客户推广自己,这需要过硬的心理素质。怎么能说要饭呢!今天就是一次培训,也是一次对你们的考核。假如连这点小事都做不好,将来面对客户,当对方提出各种问题时,你们又怎能做到镇定自如?"

"做任何事情、推广每一个项目,都需要我们全心全意地投入。这既不是骗人也不是演戏,而是催眠,你们听说过吗?这就是自我催眠!不说了,小袁,你第一个去!"

有人莫名其妙提到了催眠与自我催眠,正是这番话引起了丁齐的注意,但他当时迷迷糊糊的感觉就像做梦一般。事后回想,他还真的在做梦,只是梦境和现实有一段交错。

小袁起身走进了前面的一节车厢,咽了一口唾沫,硬着头皮低声向旁边的几人开口道:"老乡,我是出门探亲的,买完票上了火车,才发现钱包和手机都丢了,现在身上一分钱都没有,存在手机里的电话号码也丢了,联系不上亲戚朋友。我从早上到现在都没吃饭,实在是饿得受不了,能不能借我点钱买点东西吃,回头到了站,也好有钱坐车去亲戚家。"

有个别人给了钱,但很多人以警惕的眼光看着他,那神情仿佛就写在脸上——你是个骗子。

最后小袁一共要到八十五块。

范总点了点头,问道:"你们清不清楚,刚才那些消费者掏了钱,购买的是什么产品?"

小袁小声说了一句:"消费的是同情心。"

"错,你消费的才是他人的同情心!任何消费者付了钱,得到的应该是某种需求的满足,让他们觉得自己道德高尚、值得尊敬。你对每一个给钱的人都表示了感谢,这是应该的,但态度应该更诚恳一些。"

"还有一点你做得不足,那就是不能只感谢给钱的人,那些没有给你钱的人,甚至对你翻白眼的人,你也要很恭敬地表示感谢。这样会让他们在潜意识中,因为没能成为你的消费者而感到不安,也会对你留下更好的印象,下次有机会才好合作。一位出色的营销人员,就应该有这种素质和涵养。……小朱,轮到你了,换另一节车厢。"

刚才小袁向前走,这次小朱向后走。走进另一节车厢后,小朱弯腰将一只裤脚掖在了袜筒中,另一只仍露在外面,起身做了个深呼吸,露出忧愁的神色。他走上前去说道:"各位老板,各位美女,我是出门打工的,老婆孩子都在家等着我呢。可是工头跑路了,干了半年一分钱工钱都没拿到,就连买火车票的钱都是跟工友借的。我的孩子才一岁多,老婆正等着我回家送奶粉钱呢,诸位好心的帅哥美女能不能帮帮忙,给我的女儿买袋奶粉,我的一家人都谢谢你们了……"

他的声音不大不小,恰好能让周围几排乘客都听清楚,有人露出动容之色,拿出钱包给了钱。许是因为刚才得到了范总的指点,小朱向每一个人都诚恳地道谢。有些本来没掏钱的人,见小朱也向自己道谢,感觉颇不好意思地也掏了钱。

一节车厢走到头,小朱点了点,一共是四百三十块。

范总看着几名下属道:"你们知道为什么小朱的钱要比小袁多得多吗?这就叫引导消费升级!小袁只是丢了钱包,想借点钱吃饭坐车,帮助他只是临时帮一个人;而帮助小朱,则是在救助一个家族,甚至是在挽救一个孩子!还有一点值得表扬,小朱讲了一个故事,是真正投入进去了。真正的市场营销大师,推荐的不仅是产品,更重要的是项目。"

"小朱啊,你刚才说出门打工,大半年都没收到工钱,这很好。让好心人帮忙给一岁的女儿买奶粉,这也不错。但你如果再加一点细节,说是孩子在家里得了重病,没有钱去医院,恐怕收到的就不止这四百多了。"

小朱一怔,微微皱了皱眉,又赔笑道:"范总啊,我是怕真遇到那样的好心人,要留我的姓名、地址和联系方式,打听我家的详细情况,给我组织社会募捐啥的,那样不就穿帮了?毕竟我们今天只是一次培训和考核。"

范总又露出不满之色道:"小朱啊,你还没有全身心融入,虽然表现很好,但对工作本身还怀有疑虑。今日看似只是一次培训与考核,但当你站到那里的时候,目标就成了让每一个项目进行到最完美……"

列车开始减速,缓缓停靠在宛陵市与境湖市之间的花汜站。车厢连接处发出金属响声,丁齐突然就醒了。

恰在这时,他又听见"梦"中的那位范总压低声道:"到站了,我们休息一会儿。小沙,你待会儿去观察一下乘警和各节车厢乘务员的位置,等时间合适了我们再继续。"

丁齐吃了一惊,原来梦见的事情是真的,至于细节,可能有脑补成分吧。

等列车重新开动之后,丁齐连续穿过两节车厢,等着范总一行人看热闹。

小沙摸了摸前两天刚剃的小平头,微微一笑,随即便敛起了笑容,昂首挺胸前走几步朗声开口道："各位老板美女、各位叔叔婶婶、各位兄弟姐妹，不好意思，今天打扰大家了！我是刚从宛陵监狱刑满释放的犯人。三年前我做错了事情，被送进了监狱，这是我该受的惩罚。这三年我在监狱表现很好，终于减刑一年提前出狱。可是我的父母不愿意再见我，老婆也跟别人跑了，我现在无家可归，不知道怎么办才好。我不想再做错事情了，更不想再回到那个地方，但我也要好好生活下去。我打算租一个小房子先安顿下来，然后再找一份正经的工作，哪怕只是力气活。可是我现在不仅无家可归，而且身无分文，希望大家能够帮帮我，给我一个重新开始的机会……"

与其说这位小沙是来要饭的，还不如说他在搞一场演说，声情并茂，神情语气非常诚恳、极具感染力。假如丁齐事先不明内情，恐怕也会被他打动。

一节车厢走到头，最后一个人就是站在那里的丁齐。小沙看了过来，两人之间有一个对视，丁齐感觉对方的目光带着一种压迫感，既是在祈求，更是在询问。还没等小沙鞠躬说话呢，丁齐很自觉地主动摸出钱包，掏出一张钞票就递了过去。

小沙当即一愣，他倒不是惊讶于丁齐的动作，刚才不少人都是没等他开口就主动掏钱了，而是丁齐这张钞票与众不同，紫色的，只有五块。

丁齐也不富裕，但他今天可不是打发要饭的，可以说是听课费，火车上的这一出，对他而言也是一节生动的心理专业社会实践课。

小沙惊讶的神情一闪即逝，假如换一个人并不容易注意到，却逃不过当时已是心理咨询师的丁齐的眼睛。小沙接过钞票鞠躬道："太感谢您了，我会努力的，不能再……"

丁齐摆手道："不客气！"随即侧身与他擦肩而过，快步穿过两节车厢，先回到自己的位置上坐好了。他还要等着偷听范总的总结发言呢。

范总等人很快就回来了，点了一下刚才小沙的收获，居然不多不少是三千零五块。那五块钱的零头有点煞风景,就是丁齐给的。

范总掂着钞票道:"你们看看,这就是差距!知道小沙为什么成绩这么出色吗,因为他将事业做出了境界。给小袁的钱,是在帮助一个人;给小朱的钱,是在救助一个家庭;而给小沙的钱,是在挽救整个社会啊!这次社会实践活动,既是培训也是考核,实践出真知,实践也最有说服力。我就在这里现场宣布,小沙升任新部门的经理,也是你们这个项目组的负责人……"

丁齐当时和那位范总打过一个照面,印象非常深刻,因此今天一见面就能认出来,正是出现在叶行办公室中的这位范仰先生。听说他是江湖要门传人,丁齐这才恍然大悟,难怪呢!丁齐道了一声久仰,又寒暄了几句,接着谈起了正事。

谈话中提到了一件事,令丁齐颇有些意外。原来叶行要寻找方外秘境,并非完全是他本人的突发奇想,最初的起因竟与这位范仰先生有关。

范仰坐下后,拍着沙发的扶手笑着冲叶行道:"叶总,我当初听说了你爷爷的故事,回去就查到了赤山寺的很多记录,告诉你去境湖大学图书馆找线索,还向你推荐了丁齐老师。我的判断果然没错吧,现在真的找到线索了!"

这个情况,叶行可半点都没有提过,丁齐用疑问的眼光瞟了他一眼。叶行也有点尴尬,似掩饰般冲范仰道:"范师兄,当初你也就是提了一嘴,但是吃完那顿饭之后,你就没管过这事了,我好不容易请来了丁老师,让他相信有这回事。后来我们总算找到了《方外图志》,我又想办法请来了石师弟。现在石师弟修复了古卷、查到了线索,范师兄好像没出多少力啊?"

范仰反问道:"调查张锦麟的事迹,难道不是出力?这可比你想象的要复杂得多!我又推荐了丁齐老师,没错吧?不说别的,你当时想搞心理专科门诊,丁老师可是金牌专家啊,而且《方外图志》也是丁老师找到的,我提供了最重要的线索。"

丁齐插话道："范总，你我素不相识，你怎么想起来向叶总推荐我呢？"

范仰笑道："丁老师可是大名鼎鼎啊，事迹流传全国，一度轰动得很。我听说过你，又有什么好奇怪的？而且我是做市场营销的，最擅长打听消息。"

丁齐忽觉后脑勺有点冒凉气，这才见识到真正的江湖八门传人的厉害！

假如这次行动的参与者只有范仰，丁齐肯定是不想和他单独合作的，还好另有他人。石不全并不是范仰找来的，而朱山闲又是石不全早就认识的朋友，接下来的事情不可能是范仰一个人说了算。其实"探索"进展到了这个程度，已接近于发现真相前的临门一脚，丁齐也绝不愿意放弃。

范仰看着丁齐，饶有兴致地又问道："丁老师是位出色的心理学家，网上还有人说您是催眠大师，我早就佩服得要命。可还有一件事情我很好奇，我们这些人当中，最坚定不移相信方外世界存在的，如今应该就是丁老师你。原本叶总还担心，怎么说服你相信这件匪夷所思的事、愿意帮着去图书馆找东西，但你后来主动去找他了。如果说我们这些人当中，有谁已经亲眼见过方外世界的景象，恐怕也就是丁老师了。听说你是在做心理治疗时有所发现，根据专业知识自己做出了推断。虽然叶总已经对我介绍过情况，但我还是很感兴趣，想与您本人单独聊聊，让我也长长见识、开开眼界，知道想找的地方是什么样子。"

这也没什么不能讲的，丁齐先后进入了田琦、涂至、卢芳的精神世界，见到了同样的场景，这三个人在现实中的生活轨迹并没有交叉，也排除了来源于影视作品的可能性，那就说明他们在现实中到过同样的地方。

关于这个发现，丁齐已经告诉了叶行、石不全、朱山闲，今天也不妨向范仰介绍一番。

丁齐并没有说出自己那种独特的天赋，反正深度催眠状态下的事情很复杂，换一种方式去描述也没问题，反映的是人在潜意识中看到的景象，他再转述一遍就是了。范仰听得啧啧称奇、连连赞叹。

三人一起叫外卖在办公室里吃了晚饭，事不宜迟，决定明天上午就到朱山闲和石不全那里会合，根据最新得到的明确线索，去寻找那名为小境湖的方外世界。已修复的古卷上明确无误地标注了"小境湖"三个字，与丁齐查到的古代游记内容吻合，从考证角度已经可以做出确认了。

第二天一大早，范仰开车捎上叶行，与丁齐约好了在半路会合，三人一起来到了雨陵区的南沚小区，事先已和朱山闲打好了招呼。朱山闲和石不全都在等着，小楼中却多了另一个陌生人，至少丁齐原先并不认识。

范仰和叶行见多了一个人，都不禁眉头微皱，朱山闲则笑呵呵地介绍道："这位谭师弟，你们应该叫谭师兄，是江湖火门传人，我的好友，这次我特意叫他一起来帮忙。"

那人上前自我介绍道："我叫谭涵川，是中科院生物力学研究所的研究员，是老朱告诉我，说这里有件很有意思的事情值得研究。"

丁齐有些意外道："您是中科院的研究员？科学家呀！"

谭涵川很憨厚地答道："不是中科院的研究员，是中科院下属生物力学研究所的研究员。可不敢称科学家，只是一名最普通不过的科研工作者。"

丁齐问："那您应该是在北京工作，特意大老远赶过来的吗？"

谭涵川说："我在上海工作，生物力学研究所在上海也有机构，坐高铁过来很方便，也就两个小时，我这次特意请了个长假。"

问什么答什么，不吹牛不忽悠，这位江湖火门传人，看上去三十多岁，很是憨厚，甚至稍显木讷笨拙，就是一副搞科研的书呆子模样。但丁齐可不敢认为对方真的笨，江湖八门传人就没有一个简单的。

比如石不全，典型的技术型资深宅男，可并不代表他不懂各种套路门槛。当初石不全特意住到朱山闲这里来修复古卷，是到达境湖之前就自行安排好的，很可能存了另外的心思，不想事事都听叶行的摆布。

现在就看出石不全这一步棋的后招了，朱山闲参与了进来，然后又找来了老朋友谭涵川。

范仰带着叶行上前和谭涵川很热情地打招呼，互相做了介绍。范仰还笑着对朱山闲说："朱师兄啊，我们找的地方很隐秘，这件事情知情范围要控制，就没有必要再把消息扩散给更多人知道了。"

朱山闲笑容和蔼，连连点头道："我当然知道的，谭老弟与我相交多年，且得了火门的真传，绝对不是外人。有他在，能帮很大的忙。如果没有意外状况，我们就不必再扩散消息了。"

官场上讲究站队伍、建立与培养自己的派系势力，而眼前的场面就能看出点苗头了，这下范仰和叶行都尴尬了。叶行原先一直以此事的主导者自居，确实也是他从头到尾在撺掇，但幕后还有一个设局操盘的范仰。范仰正式露面后，恐怕也想将所有事情都掌控在自己手里。

石不全虽是叶行找来的，可是他的关系显然跟朱山闲更近。而朱山闲又找来了谭涵川，这三人应该是同一条阵线。在他们看来，叶行、范仰和丁齐应该是另一条阵线。

这样的话三对三，哪方势力都不会占据主导地位，只能平等合作。

丁齐甚至还有一种感觉，假如再过一段时间，朱山闲这个原本的局外人，恐怕就能彻底掌控局面，无形中成为此次"探秘行动"实际上的主导者。

但丁齐也无所谓，他是个心理学家，与擅玩心计者打交道最好的方式，就是不要动其他多余的念头，也就不会被绕进去。明智的态度恰好就是那句古话——敬以直内，义以方外。

丁齐没有什么贪念，他只是一个发现谜题的人，想解开谜题。有这么多身怀各种秘术绝技的高人参与，当然是最好不过。

23　方外世界

　　且不提这个团队中有些微妙的派系关系，大家来自五湖四海，为同一个目标聚在一起，首先还是要干正事。简短的寒暄之后，朱山闲便摆出了一堆东西，有南沚山森林公园的高清地形图，还有从区水利局借来的测量仪器。

　　石不全修复的古卷内容已经放大打印出来，铺满了整个桌面。谭涵川负责讲解道："古代的地形示意，很难判断准确的坐标，但是图上标注了甲乙丙丁四个点，都描述了详细的地形地貌特征，我和老朱昨天已经进了山，根据图画和标注，找到了那四个点，今天还要上山做最后的确认，并测量出小境湖具体的坐标。既然人手已经齐了，现在就可以行动了！"

　　丁齐插话道："你们已经找到了那四个点？图我看了，南沚山森林公园我也很熟，已经大概认出了三个点，不知道和你们找的是不是一样？"

　　朱山闲说："我们也不能算准确找到，只是有大概的目标，所以需要做最后的确认。丁老师发现的三个点，能不能把大概位置在地图上标出来，看看与我们找到的是否吻合？"

　　丁齐用铅笔在地图上画了三个小圈，解释道："其实离这里都不远，我回忆起的三个位置，最远也不超过两公里。"

　　谭涵川连连点头道："和我们找到的地方是一样的，这里还有最后一处。"说着话他用铅笔在地图上添了一个位置，"这样四个点都齐了。"

范仰惊讶道:"离我们在的地方这么近!这个最近的乙点好像还不到几百米吧?"

乙点就是谭涵川刚刚补到图上的,他点了点头道:"确切地说水平距离三百七十米左右,等高距离十九米左右。"

石不全拿着直尺和铅笔,将地图上的甲点和乙点相连,又将丙点和丁点相连,指着两条直线的交叉位置道:"你们看,这是哪里?"

范仰与叶行同声惊呼道:"这不就是我们在的位置嘛,老朱家的这栋小楼!"

朱山闲摇了摇头道:"地图上这么画线,误差很大,有可能都偏出一个小区了,我们要实地测绘才能定下准确的坐标,今天就是要干这个。"

丁齐说:"那还说什么,我们赶紧上山吧,我今天连登山装备都带了。"

众人开始收拾东西,朱山闲留下负责举标尺,谭涵川与范仰各自背起一个三脚架,石不全和丁齐各自拿起一个装着光学经纬仪的箱子,再带上叶行一起出发。谭涵川手拿一柄砍刀带路,却没出门,而是冲后院去了。

范仰喊道:"老谭,你走错了吧!还要去后院拿什么东西吗?"

朱山闲笑道:"路没错,我在后院开了扇门可以直接进山。"说着话也拿着标尺杆进了后院。

范仰一进后院便叫道:"朱区长,您怎么在这儿开了扇门?没人管你吗?这可是利用职权啊!"

石不全在一旁打趣道:"这个别墅小区,管理非常人性化。再说了,这扇门又没有影响到别人。"

这个小区的管理虽然松散,但也是封闭式的,其东、西、北三面的围墙为格栅式,而南面是一道实心砖墙,墙外便是绿地山林。朱山闲家这栋小楼在小区的最后一排,后院的南墙便是小区的围墙。

墙上开了一道门,像是老式庭院的双扇后院门,通过这道门可以直接走出小区进入南沚山森林公园,等于是擅自将小区的围墙打了个洞。

南沠山森林公园是收门票的,不算太贵,一张二十,其中还包含五元人身意外保险。但是南沠山的范围这么大,不可能修围墙圈起来,附近的农民知道很多条小路可以上山,而且他们平日进山也根本不需要买票。

几个收费口都设在进山的游览路线上,沿着修好的台阶可以顺利到达公园内几个著名的景观点,不会有什么危险,也能避免迷失方向。门票收入用于公园内的景观建设,支付保洁、保安人员的工资,这就是朱区长在任时做的事。

在此之前,南沠山森林公园只是一座野山,经常有驴友在山中出意外。今天丁齐等人从朱山闲家的后院进山,也当了一回"野驴子"。

朱山闲打了个哈哈道:"其实开这道门,是一位风门同道的建议,包括前院你们看到的那个亭子和那根柱子,也都是他帮我设计的。"

野草间有一条依稀可辨的小径,应该就是朱山闲平日进山散步踩出来的,几人沿着小径走上山坡。坡并不算太陡,但是走这种路还背着东西,对平常人而言也是很吃力的。丁齐却发现,走在最前面的范仰与谭涵川丝毫看不出吃力的样子,脚步很是轻健。

他们俩背的东西最沉啊,表情却最轻松。尤其是谭涵川,背上背着三脚架,右手持一柄砍刀,左手还拿着两支竹扦,走在最前面简直是身轻如燕。

就连石不全这个宅男,拎着装仪器的箱子走崎岖的山路也若无其事。丁齐拎着另一个箱子,勉强才能跟得上。至于空着手的叶行,反而落到了最后,一看就是所有人中体力最差的。

最近的乙点,离朱山闲家的后院水平距离只有三百七十米,等差高度是十九米,能报出这么精确的数据,说明谭涵川等人应该已经进山测量过。但是今天要当着丁齐等人的面,所有人一起再确认一番。

乙点是一块形似卧牛状的山岩,古卷的标注旁还配有图画示意,因此不难辨认。这一带是花岗岩地貌，岩石都非常坚固，从宋代至今，这块山岩的形状变化并不大。

突出地表的岩石有一人多高，谭涵川背着三脚架，双手还拿着东西，脚尖在岩石上一点，就已经很轻巧地跃了上去，只见他将一支核桃粗的竹扦往岩石上一插，居然就插了进去。站在下面的丁齐吓了一跳，这也太匪夷所思了！只听谭涵川说道："再上来一个人，留在这里看着扦子。"

石不全、范仰都没动，丁齐很好奇地爬了上去，谭涵川还伸手拉了他一把。丁齐觉得谭涵川的手劲很大，被对方握住手腕，仿佛就有一股无形的力量将他向上一掀，稳稳地站在山石顶端。叶行也七手八脚地爬了上来。

等上来之后才知道是怎么回事，原来这块状如卧牛的岩石"牛头"位置，不知何时被人凿出了一个圆形的小孔，恰好可以插进去一根这么粗的扦子。叶行有些惊讶地问道："谭师兄，这个孔是你们凿的吗？"

谭涵川摇了摇头道："不是的，原先就有，应该是古人留下来的，就是为了插扦定位用的。叶总，你既然爬上来了，就留在这里看着吧。如果风大，就把扦子扶好、保持垂直。"

小孔的深度如今在五厘米左右，若是古人所凿，几百年的风化后可能比当初变浅了，但是孔底位置基本是不变的。准备好的竹扦不多不少正好是一米长，插到底即可。

体力最差的叶行终于不用再爬山了，就留在了这块山石上，剩下的四人继续前行。接下来的这段路就不好走了，直线距离差不多一点五公里，但在山中上下攀援，已经没有小径，不少地方还要谭涵川手持砍刀开路。

丁齐有全套的登山装备，但走得仍然很吃力，只觉手里的箱子越来越沉，一个小时后才到地方。第二个位置是甲点，位于一处峰顶，站在这里，视线与刚才的乙点以及朱山闲家的后院恰好呈一条直线。

峰顶有一块平坦的岩石，上面也有一个小孔，小孔中的淤泥杂物明显已经被清理过。谭涵川道："阿全，你留在这里架仪器吧。我和范师弟去另外两个点,丁老师也留在这里帮帮忙,不用再跟着我们爬山了。"

丁齐总算松了一口气,一路上为了跟上这三个人,他的手脚都酸软了,赶紧把箱子放下找个地方坐着歇会儿。范仰留下了三脚架,将石不全拿的箱子拎走了,与谭涵川一起很快消失在山林中。

丁齐也不好意思闲着,喘了口气便起身帮石不全安放仪器。先将三脚架支好,三脚架的中心垂下来一个圆锥形的坠子,锥尖正对着小孔的中心。将水准定位仪装上,看上去就像一个带着各种旋钮的单筒望远镜。调节三脚架的高度,使镜头的中心恰好距离孔底一米。

再调节镜头的角度,使其对准叶行所在乙点的那根竹扦的顶端,这样就连成了一条直线,然后再调节焦距,将这条直线一直推进到朱山闲家的后院中。石不全弄了大概有十多分钟,然后说了一声:"调好了,丁老师你也看看。"

丁齐凑过去一看,感觉有点像战争片里狙击手的瞄准镜。镜头是一个圆框,中心还有十字形的标线,水平标线和垂直标线上都有细小的刻度。十字标线的中心点,对准的是一双大头皮鞋。

朱山闲就站在后院里,而院门是敞开的,镜头中的视线穿过院门,他的一双脚恰好站在十字标线中心点上,手中拿着一根标尺杆。

仅有这么一条直线还定不了坐标,要等丙点和乙点的测量结果。理论上朱山闲需要拿着标尺沿着其中一条直线前后移动,如果恰好出现在另一台仪器的观测位置中,那里便是两条直线的交叉点。

大约又过了二十分钟,石不全收到了一条微信,打开一看是张照片,谭涵川发来的。照片稍微有些变形,应该是用手机摄像头对着仪器的观察孔拍的,但也能清晰地看见,十字标线的中心正是朱山闲的双脚。

石不全也取出手机拍了同样一张照片,给谭涵川发了回去。已经没有必要再让朱山闲举着标尺杆找位置了,两条直线的交叉点,恰好就在他站的地方。

丁齐很吃惊，他看过地图，知道从甲点到丙点再到丁点的直线距离不算远，但是翻山越岭很不好走，而谭涵川和范仰不到半个小时便搞定了。更令他惊讶的是，《方外图志》中标注的小境湖的位置，通过图示的三角定位法，坐标竟然就在朱山闲家的后院里。

等大家再次于客厅中聚齐，丁齐的内衣都已经汗透了。后院中也插了一根扦子，便是朱山闲方才站立的位置，标尺杆根本就没用上。

不知为何，大家的神情都很凝重，沉默片刻之后，范仰首先问了一句："阿全，准确的坐标点在哪里？"

石不全答道："我们的两条观测线，比实际的标注线都高出了一米，如果按照角度计算再往下降一米，交叉点要前移，就是后院门槛差不多正中的位置。"

范仰看着朱山闲，面无表情地开口道："朱师兄，这是怎么回事？都是江湖同道，没用的话你就不必说了，也不要告诉我们这是巧合。"

世上没有这种巧合，就算有，在座众人恐怕也不会相信。

在丁齐看来，此事唯一的解释，就是朱山闲早就通过别的渠道也查到了相关线索，早在所有人之前，他就把地方占了下来。

朱山闲长叹一声道："诸位，我知道你们有疑惑。我已经泡好了茶，大家坐下来喝茶吧，且听我慢慢说。今天我印证了一件事，那就是我听过的传说是真的，我找的地方也是对的。但所谓的小境湖究竟是怎么回事，我们还是没有搞清楚。"

范仰说："先不说小境湖是怎么回事，就说说朱区长您这栋房子、这个院子，还有您特意开的那道门是怎么回事？"

朱山闲缓缓答道："我就是本地人，祖居南汜镇。现如今已经没有南汜镇了，早就并进了雨陵区。当年南汜镇动迁改造的时候，我还不是区长，从镇政府调到区城建局工作，南汜小区的规划就是我牵头做的。那时这里还是荒山野地，往前一片地方都是郊区的菜田。可是在清朝的时候，这里有一座道观，名叫梁云观，毁于太平天国期间的战乱。我们现在的这栋房子，就建在梁云观的遗址上，为了定下准确的位置，我还特意请交好的风门同道来看过。小区施工的时候我来了，在这里还挖出来半截石碑，就是原先梁云观的，说明位置找得非常准。当时南汜镇动迁改造，我可以在这个小区里要一栋小楼，就先选了这一栋。丁老师查到过一篇明代游记，是一个书生遇仙的故事。其实在南汜镇，自古也有类似的传说，说这里有仙家福地，而梁云观便是仙境的门户。"

叶行插话道："听你爷爷说的吗？你家祖上也在梁云观当过道士？"

朱山闲摇了摇头道："不是我家祖上的事情。我当年在南汜镇工作的时候，政府有任务，一帮一扶贫。我当时的帮扶对象，是附近村庄里的一位孤寡老人。老人家当时已经九十岁了，但身子骨还算硬朗，为人也很和善，读过私塾，走南闯北去过很多地方。我是江湖爵门传人，他就是我师父……"

丁齐观察人的习惯是无意识的，在朱山闲诉说这段往事时，看石不全和谭涵川的反应，这两人显然早就知情，而叶行和范仰应该是第一次听闻。只听叶行又插话道："原来如此！可惜啊，我怎么就没有机会遇到这等高人？"

朱山闲却没有理会叶行的感慨，接着说道："我那时二十六岁，刚参加工作没几年，一开始只是政府要求的帮扶任务，我经常给老人家送米、送面、送油，还联系人帮他通上了自来水，逢年过节经常去看望他。老人家见识渊博，常跟我聊过去走江湖的各种故事，我非常感兴趣，没事总愿意往他那里跑，顺便帮他干一些活，渐渐就不再是为了完成帮扶任务了。老人家对我说了江湖八大门的很多事，大概一年多以后，他告诉我，他其实就是江湖爵门传人。"

"他三十多岁时也曾在民国政府中做过官，但是乱世不堪，抗战胜利后，他就回到了家乡。再过几年便是新社会，老人家从此隐居在这里。老人家告诉我这些，是想将他所得到的爵门传承交给我，仅仅是为了却一桩心事，并没有要求我正式拜师。可是我还是主动按古礼拜了师，又陪了老人家最后三年，算是给他养老送终了。梁云观有通往仙境的门户，就是老人家临终前告诉我的。我小时候就隐隐约约听过当地的传说，而老人家说得很郑重、很具体，他说那道门就是梁云观的后院门……"

丁齐也忍不住插话道："那么您师父进过小境湖吗？"

朱山闲摇了摇头道："他没有找到，感觉很是遗憾。临走前对我说，人间很多事物，往往近在咫尺，却不得见。"

丁齐问："他老人家从未找到小境湖，却对此深信不疑？"

朱山闲又叹了口气道："他是旧时代的人，很多观念与我们不一样，但绝对是有眼光与见识的，不比在座的任何一个人差。他虽然没有见到小境湖，但我的前辈祖师进去过。丁老师不是查到了一份明代名士的游记嘛，上面记载曾有一位书生在小境湖遇仙。我可以明确告诉你，此事发生在明代永乐年间，那位书生名叫陈眠竹，他在小境湖遇到的仙人名叫朱敬一。陈眠竹得到仙人指点，并服用了仙家饵药得以延年益寿，但他并没有成仙，后来还做官了，就是我的祖师，也是当时的江湖爵门弟子。"

听到这里，叶行一拍大腿道："朱师兄，你怎么不早说！"

朱山闲喝了口茶道："我早说这些，有人会信吗？恐怕会认为我脑子有问题吧！陈眠竹祖师临终前将自己的经历告诉了弟子，可是他的弟子再来寻访小境湖时，却怎么都找不到。于是这段隐秘往事一代代传承至今，我师父他老人家临终前也告诉了我。"

"我师父他老人家，对历代祖师相传之事深信不疑。很惭愧，我其实是将信将疑，之所以想找小境湖，多少也是想弥补他老人家的遗憾。于是我牵头规划了这一代的动迁改造，特意请风门同道来找梁云观的遗址，利用职务便利先挑了这栋小楼、在后院开了那道门。今天才知道，那位风门同道的手段真是高明，他指点我开的这道门，几乎与当年梁云观的后院门位置完全重合。我也才知道历代祖师口口相传之言不虚！"

说到这里他站起身来，给石不全和丁齐都斟了一杯茶，然后端杯道："石师弟、丁老师，我要谢谢你们，就以茶为敬吧！……诸位，我知道的都已经说了，你们还有什么想问的吗？"

他率先干了这杯茶，石不全和丁齐也起身一饮而尽。

范仰问道："你师父是否给了你历代传承的东西，记载了怎么进入小境湖？"

朱山闲摇了摇头道："没有，只是口口相传、不落文字。祖师当年只说小境湖的门户就是梁云观的后院门。"

谭涵川此时突然开口道："我早就听朱师兄讲过这个故事，最初我也是不信的，但在没有调查清楚之前，也不敢断然否认。有了最近的发现，各方面交叉证据能够相互印证吻合，说明传闻并非不靠谱，必有其事实来源。准确的坐标今天已经定下来了，现在的问题就是，小境湖在哪儿呢？"

"小境湖在哪里？怎么才能进去？它又是个什么样的地方？推开那道后院门，就是南沚山森林公园。身为一名科研工作者，我最直接的判断，难道古代的小境湖就是现代的南沚山？"

"门"是找到了，可是地方在哪里，这才是眼下最关键的问题。丁齐不禁脱口而出道："绝不是南沚山森林公园，不仅与记载和传说对不上，也与我的经历不符。"

朱山闲看着丁齐道："这里最有发言权的，应该就是丁老师了，因为只有你见过，不论是通过什么方式见过。您来分析一下，所谓的小境湖，究竟是怎样一个地方，为什么我师父他老人家没有找到呢？陈眠竹祖师的明代传人，那时梁云观还在，他为什么也没找到？"

范仰也说道："丁老师就当自己是在课堂上，而我们都是您的学生，您给我们大家上一课吧。"

看着满屋子的江湖八门传人,个个都是人精,却要丁齐这个"门外人"来上课,丁齐沉吟道:

"不敢说上课,只是和大家一起探讨。据我分析,情况可能包含但不局限于以下三种。第一,就是像谭老师刚才说的,所谓小境湖就是今天的南沚山。但是这种可能性,我个人首先是排除的,因为我见过那方外世界。不同的人被我引导催眠后,他们都进入了同样一个地方,我也是根据这个线索去找叶总询问,才得知了关于方外世界的传说。后来发现了《方外图志》的记载,证明传说确有依据。

"第二种情况,就需要大家开脑洞了,想想各种玄幻、科幻、仙侠小说,里面描写的各种仙家福地、洞天秘境甚至是空间结界。它与我们所在的世界并不是同一个地方,或者说是重叠的,平常人在平常情况下根本看不见,只有在特定的条件下才能发现。

"至于第三种情况,与第二种情况有些类似,姑且就根据朱区长介绍的祖师传说,小境湖是仙人所居之地,未得仙人允许,凡人是找不到的。这听上去虽然不可信,暂时只做这么一个假设也无妨。或许仙人已经不在了,所以门户关闭了,或者坏掉了。但是这种假设也是有问题的,因为据我所知,至少有三个人去过这样的地方,他们都是生活在境湖的普通人,涂至还在方外秘境中见到了一位姑娘。或许不可思议,但从专业的角度分析,这就是最合理的推断。"

24　双盲测试

丁齐这番话说完，所有人都沉默了半天。最后还是朱山闲率先开口道："丁老师说了三种可能，但是又排除了两种可能。那么在你看来，情况就是第二种喽？"

丁齐点头道："是的，我个人认为方外世界应该是存在的，而且在某种特定的条件下，人们能够找到它，甚至还有人生活在那里。但在没有搞清楚之前，也不好排除其他的可能。"

谭涵川又问道："既然那三个人都曾进去过，我们能否从他们身上查到线索，看看他们是怎么进去的？"

丁齐皱起眉头道："这个问题，我已经想了很久，哪怕在深度催眠的状态下，都没有发现线索。还有一件事我要提醒大家，田琦已经死了，情况我不好说，但是涂至和卢芳这两个人，根本就没有保留进入方外秘境的记忆。他们只是自以为做过那样的梦，这只是潜意识中留下的痕迹。所以就算我们能找到地方，可能还会遇到一些危险或意外状况，希望大家心中有数。范总，您这位消息灵通人士，一定也调查过涂至和卢芳的背景吧？有什么发现，不妨和大家说说！"

有些话点到为止即可，丁齐已然可以确定，范仰在幕后的小动作肯定不少。

范仰倒也不尴尬，咳嗽一声道："丁老师说得没错，我从叶总那里听说消息后，倒是调查了一番。但这三个人毫无关联，性格也大相径庭，我确实没有发现什么共通的线索，除非是把他们本人找来再好好问问，但是那样的话……"

丁齐赶紧摆手道："那就不必了，他们当初找我是来做心理治疗的，如果真的那样做了，只会导致他们的心理问题更严重。而且他们根本不记得发生了什么事，哪怕是在深度催眠的状态下，也没有任何结果，就算再找来又能怎样？"

这时谭涵川也摆手道："既然这样，空谈无益。门就在那里，我们都去试试！"

石不全站起身道："我先来！"

众人又一次来到后院，将院中插的那根竹扦子拔起来放到一旁。石不全上前将门关上，闭上眼睛凝神静立良久，然后伸手缓缓将两扇门板推开。门轴发出吱吱呀呀的声音，仿佛打开了一个神秘未知的世界。但放眼望去，门外还是南沚山森林公园。

石不全却保持双手推门的动作静立不动，就像化为了一尊雕塑。其他人都没有说话，甚至连大气都没有喘，唯恐惊扰到他的状态。大约过了两分钟，石不全终于睁开眼睛转身道："朱师兄，门后面有东西，我能感觉到。可是把门推开之后，却又感觉东西不在门后！"

叶行疑惑道："会不会是心理作用？"

丁齐答道："不排除心理暗示作用，但也有可能这感觉是真的。"

石不全却很认真地解释道："丁老师，你说的话我也懂。但我刚才用了江湖册门秘传的入微术，如果不这么做，我是感觉不到的。"

范仰道："换我试试，你们都退后一点，不要打扰到我。"

众人都往后退到了墙角的位置，只留范仰独自站在门前。也没见范仰有其他的动作，就是背手静立良久，仿佛在眺望门外的山色。又过了一会儿，他伸手在自己脸上拍了一巴掌，声音打得还挺脆，就像要把自己拍醒一般。

范仰又上前将门关上，还是刚才的姿势，仿佛在眺望远处的山林风景，但实际上他的视线是被门板挡住了……大约过了十来分钟，范仰也回头道："石师弟说得对，我动用了江湖要门秘传的兴神术，关上门后，感觉另有风景。"

叶行有点傻眼了，又嘟囔道："有这么神吗？"

丁齐却不置可否道："或许真有！"

谭涵川皱眉道："丁老师，我想和你单独聊聊。"

丁齐一愣："和我？现在？"

谭涵川很认真地点头道："是的，我们去书房。"

等进了书房，谭涵川要听他亲口再说一遍"发现"经过，听完后若有所思。

他们大概聊了半个小时，谭涵川推门出来便对大家道："我来试试吧，你们都在屋里等着。朱师兄，能不能给我个垫子？"

朱山闲找了个坐垫给谭涵川，众人也都留在客厅里。可以看见，谭涵川将院门重新打开，将垫子放在门槛前，双腿交盘很端正地坐了下来，仿佛已凝神入定。他这一坐时间可不短，半个小时过去了也没见什么动静。

众人在厅中等得有些无聊，但也不好过去打扰。叶行小声问道："江湖火门的秘传，究竟是什么？"

范仰笑着小声解释道："如果按过去江湖说法，那就夸张了，有各种炼丹修仙的秘诀。其实他们最擅长的是房中术……"

朱山闲插话道："那些江湖说法也不能说不对，只是有些夸张。神仙当然不归火门管，但火门秘传确实和丹法有些关联，名字就叫炉鼎术。"

恰在这时，端坐的谭涵川忽然动了，双手举起又往回一引，仿佛带起了一阵风，那两扇木门嘭的一声就自己关上了，将屋里的众人都吓了一跳。

这下可将丁齐惊着了！刚才大家在小声闲聊，别人都没有注意到谭涵川的动作，毕竟他已经一动不动坐了很长时间了，没什么好看的，只有丁齐一直在留意观察。谭涵川坐在地上身体没动，只是伸出双手，而他的位置只能以指尖将将触到门板。

有点常识的人都清楚，这个姿势是不可能将两扇门板向里合上的，因为没有任何可抓握的地方。难道这是武侠小说中的劈空掌、擒龙功，抑或是仙侠小说中的隔空御物？丁齐上午就看出来了，谭涵川会功夫，此刻才知道这位的功夫恐怕厉害得很，甚至超出一般人的想象。

然后谭涵川又保持端坐入定的姿势，大约过了二十分钟，才听见一声浑厚悠长的吐气声。他站起来走回客厅，神情就像喝醉了一般，闭上眼睛在沙发上坐下便一言不发，样子好像是在醒神。

众人不知道出了什么状况，一时面面相觑，谁也没开口打扰，因为朱山闲竖起一根手指放在嘴前做了一个噤声的动作。过了一会儿，谭涵川似是已回过神来，突然睁开眼睛说道："我看见了！"

大家纷纷追问道："老谭，你看见什么了，搞得这么神秘兮兮的？"

谭涵川的视线并不在众人身上，似是穿过墙壁正在眺望远方，犹如仍在回味，有些木讷地答道："我看见了方外仙家世界，传说中的小境湖。"

这样的话，从一位中科院研究员口中说出来，而且是这种神情语气，莫名给人一种强烈的违和感。范仰探着脑袋道："你是看见了，还是感觉到了？"

谭涵川说："我是真真切切地看见了！"

范仰的语气更急了："是真的看见了？不是幻觉？究竟是什么样子的？为什么我们都只是有感觉，而你却直接看见了？是通过那道门，看见了另一个世界吗？"

他一口气问了这么多问题，而谭涵川的语气仍是不紧不慢，似是边想边答道："你们可能是心境修为不够、养气功夫不足，又或者秘术应用方法不对。收摄心神再好好试试，可能也会看见。"

这话说得很直接，言下之意论"修为"的话，他是在座众人中最高的。但这也是基于事实得出的结论，是科学工作者应有的态度。

说完这番话，谭涵川仿佛觉得自己已经说得太多、不能再说了，又对丁齐道："丁老师，请你跟我进书房一趟，有些话，我先只能对你一个人说。其他人不要来打扰。"

谭涵川的行事风格很直接，根本就没有回答大家最关心的问题，他究竟看到了什么东西，反而把丁齐单独叫进了书房。丁齐一头雾水地跟着他进去，谭涵川还顺手把门给锁上了。

谭涵川率先开口道："丁老师，在某些问题上，你才是专业的，最有发言权。刚才我们已经有过讨论，范总、阿全、老朱都说自己感觉到了，门外有东西或者某种气息、环境，但你说也不能完全排除心理因素的影响。"

丁齐只得点头道："是这样的，谭老师究竟看到了什么？"

谭涵川仍然自顾自地说道："无论我看到了什么，也不能排除心理暗示的因素，所以我们要用双盲测试法来检验。这最早就是一个心理学测试，现在倒是常用在科研实验中。"

丁齐立刻就反应过来是怎么回事了，难怪谭涵川没有告诉别人他看见了什么，就是不想也不能让别人知道。这是一个双盲试验，而身为心理专家的丁齐则是检验人。

这间书房就是石不全前段时间的工作室，除了整面墙的书柜之外，还放了一张长沙发和茶几，另一侧靠墙的位置有一张很大的书案。书案上的纸和笔都是现成的。

谭涵川坐到书案前，取过一张书画纸开始画画，丁齐背手站在一旁静静地看着。谭涵川与其说是在作画，还不如说是在描图，所有的景物画得都很刻板。但谭涵川的工科制图功底显然非常好，图中景物的透视比例很严谨。谭涵川落笔很快，还时不时停下来向前方望一会儿，似是在回忆，也时不时换一种笔，为了将描绘的景物特征表达得更准确。

大约过了二十分钟，谭涵川的图描好了，将之递给丁齐道："丁老师，我的画画得不好，但这不是重点。重点是结构特征，我已经尽量将它描绘出来了，这就是我刚才看见的景物。上方有浮云飘荡，遮挡了部分视线，云层好像就压在门梁上。而我所处的位置比较高，好像是在山中。往前看，下面的山谷里有一座大湖，湖对岸也是山，有一条河流绕山流入大湖，略呈之字形。之字形的第一个拐弯处，在半山腰还有一座湖，再往后便看不太清楚，有云有山，视线被挡住了……我把这张图交给你保存。你先不要给任何人看，接下来就看老朱和阿全他们了。假如他们也能看见什么，同样不要告诉别人，都单独画出来交给你。"

丁齐接话道："你们彼此都不知道对方看见了什么，假如看到的景物，细节上都是一致的，那么就能排除心理暗示的作用，说明你们是真的看见了。"

谭涵川点头道："不仅要单独画下来，而且还要分别向你描述。而你不能给任何提示或暗示，对照各人的描述是否一致。还有另一种可能，就是老朱和阿全他们分别都看见了，但描述的景物却不一致。假如出现这种情况，丁老师又怎么看呢？"

丁齐分析道："那不是一种可能，而是两种可能。第一是他们受到了心理暗示的影响，在恍惚的状态下看见了东西，但其实是潜意识中想象出来的景物。第二是他们真的发现了小境湖，但小境湖中的景物是会变化的，或者每个人的视角不同。具体情况，要具体分析，可以通过摄入性会谈来观察……"说到这里丁齐欲言又止，他虽然保持着平静，仿佛在探讨一个科研课题，但内心是震惊的。因为谭涵川画的这张图，和他在田琦、涂至、卢芳的精神世界中看到的影像并不一样，可以说完全就是两个地方。

谭涵川虽然不会画画，但通过他的描述再对照这张图，应该是一幅高山流水、碧波荡漾、祥云飘浮的仙家景象。不像丁齐所"见到"的"大赤山"，那里丘陵起伏露出赤色的石壁，山并不高，四处都是参天古木，气氛显得有些肃杀压抑。

但丁齐也不能立刻就得出不一样的结论,有可能他看见的只是深山中的某处,只是视角不同而已,谭涵川所画出的景物范围可是相当广阔的。丁齐想了想决定暂时还是不要说这些,因为他现在的身份是双盲测试的检验人,是不参与描述的。

谭涵川又说道:"我看见的是传说中的仙家景象,现在想想,如果是心理暗示的结果,可能是受了老朱讲的那个故事的影响。别人也有可能因为心理暗示看见类似的场景,但既然是潜意识中想象出来的,景物的细节就不可能完全一致。这张图并不能表达出我看到的所有细节,但它是一份研究数据或者说检验证据,丁老师先收好,我再给你详细介绍我看到了什么……"

客厅中另外四人坐在那里等了半天,也不见书房里有什么动静。叶行小声道:"谭老师在搞什么鬼?只说自己看见了,却不说看见了什么,就把丁老师单独拉到屋里去了,难道他们之间还有什么秘密吗?这两个人,好像今天才认识的呀!"

石不全突然说了一句:"双盲测试。"

朱山闲也点头道:"不错,应该就是双盲测试。"

范仰有些不满道:"这个老谭,一声招呼都不打,直接就把丁老师拉进屋了,先把话说清楚了也不迟啊。"

朱山闲笑道:"他就是这个脾气,科研工作者嘛!"

叶行也不傻,此刻已然反应过来了,又皱眉道:"看来谭老师真的是看见了什么,我真的很好奇啊!"

范仰叹了口气道:"既然要做双盲测试,好奇也没用,我们中得有另一个人也能看到才行,而且不能是已经知情的丁老师。想知道谭老师看见了什么,还得继续等啊。"

朱山闲又说道:"范总,这次我将老谭叫来,是找对人了吧?江湖门道讲究尖与里,他可是我们之中最出尖的。科研工作者嘛,态度和方法都是这么严谨!"

叶行感觉有些跟不上这些人的节奏,无形中有点被甩开了,就像今天上午走山路一样,他是跟在后面最吃力的那一个。叶行又有些不甘心,他自以为也是江湖八大门的传人,各种套路和门槛都懂,怎么也能算得上是半个疲门弟子吧?而丁齐完全是个门外人,到了这种场合,怎么反倒显得更受重视?又转念一想,这也是没办法的事情,不论是做双盲测试,还是对各人的自我描述做出判断分析,丁齐无疑都是在场众人中最合适的。恰在这时,书房的门开了,谭涵川和丁齐走了出来。

依然是朱山闲笑呵呵地先问道:"谭老弟,你和丁老师在屋里都商量什么了?"

谭涵川一脸严肃道:"我将看见的都告诉了丁老师,就由丁老师做检验人,计划做个双盲测试。接下来就要看你们的了,如果还有谁也能看到那门后的小境湖,也单独告诉丁老师,由丁老师来负责判断分析。在这一方面,相信丁老师是我们中最专业的……"

叶行插话道:"谭师兄,你看见了小境湖,却怀疑自己是出现了幻觉吗?"

谭涵川点点头:"我认为不是幻觉,也知道不是,但这话我自己说了不算。入定时的确有可能出现幻境,幻境中出现仙家世界也不稀奇。心理学家则有另一种解释,我们等结果就是了。"

这时丁齐坐到了石不全的身边,喝了一口已经冷了的茶,小声问道:"阿全,你今天怎么有点蔫啊?这么沉默寡言,可一点都不像平常的你。"

今天的场面确实有点反常,看似话很少的谭涵川说得最多,而平日的话唠石不全却没怎么开口。只听这位册门弟子低着头嘟囔道:"谭师兄看见了,我却没看见,看来还是功夫不到家呀,我分明是有感觉的,就差那么一点点，但究竟差在哪里呢……"

范仰皱着眉头，眼睛没有看石不全，似是自言自语道："我们所得的八门秘传，都用在各自特定的场合，不是用来干这个的。石师弟，你或许可以换一种思路，好好想想，使用入微术的时候，在什么状态下最有感觉？"

石不全突然抬头道："坐在桌子前面啊！我需要一张桌子，还有一把椅子，桌子一定要合手，还要放得很稳！"

朱山闲挥手道："那就给你搬一张桌子放到后院门口去。"

石不全说："我方才已经想了，楼上楼下连餐桌在内一共有五张桌子，都不合适，要么尺寸太大放不进去，要么不符合我工作时的要求。"

谭涵川说："那就去买一张呗，附近有家大商场，我们昨天去五楼吃过饭，就有卖家具的。你需要把桌子放在门里面吧？那道门一点五米宽，扣去两块门板打开的厚度，就选张一米四长的桌子。什么样的桌子感觉合手，你自己去挑。"

范仰道："一说吃饭我就饿了，我们大家先吃饭吧，吃完饭去买桌子。"

他们上午进山，差不多是中午回来的，然后各种忙，大家连午饭都没顾得上吃，现在已经到晚饭点了，确实饿了。

附近有一家大商场，几人在五楼匆匆吃了一顿饭，便到四楼来挑桌子。家具店共有四家，阿全先在外面逛了一圈，然后挑了一家走进去，一眼就看中了一张桌子。这是一张长方桌，一点四米长、零点七米宽、七十三厘米高，很厚实的纯黑胡桃木材质，既可以当书桌，也可以当一张餐桌。

阿全用手摸了摸材质，又展开双掌压了压，然后拖过旁边的一把椅子坐下试了试，很满意地点了点头道："就是这张桌子了，本来只想临时凑合一下，还真找到合适的了。"

售货小姐说："我们的订单周期是四十天，您就要这种尺寸吗？先填一下订货单好吗？"

朱山闲在一旁笑道："别着急呀，还没谈价呢！"

售货小姐也笑了："售价是一万零八百，如果您是我们家的会员，可以享受八八折优惠。"

石不全只顾看桌子，讨价还价的事情都交给了朱山闲，叶行也在一旁帮腔，最后将价砍到了八千。石不全站起身道："就在这儿交款吗？"

另一名售货小姐年纪稍大，看上去应该是卖场经理，微笑道："先生请先填订单和收货地址，然后我带您去商场的收银台交款。"

石不全摇头道："收货地址就不用了，还得等四十天，我要的就是这一张。"

两名售货小姐都是一愣："先生，这张桌子是卖场中的样品。"

丁齐开口道："对，我们买的就是这张样品，现场提货，难道不可以吗？"

最终的结果，是他们将门店中的样品给扛走了。黑胡桃实木的桌子，那是相当的沉啊，并没有一起搬，谭涵川一个人就轻轻松松地扛在了肩上，在两名售货小姐的目瞪口呆中离开。

这张桌子有上百斤，谭涵川扛着它穿过两条街进入南汜小区，一直到朱山闲家的后院，朱山闲抢在前面打开后院门，谭涵川直接将桌子放在了门内，尺寸正好合适。他连汗都没出，搓了搓双手道："阿全，这样行不行？"

石不全背手站在桌子前看了一会儿，又上前摸了一番，摇了摇头道："感觉还是有点不太对，差了那么一点。"

叶行插话道："这桌子可是你自己挑的，当场就要买人家的样品，难道还不合适？"

石不全说："不是桌子不合适，我没那么挑剔，而是位置还差一点。"

朱山闲问："怎么放？"

石不全说："桌沿与门槛平齐，我坐在门内，桌面在门外。"

谭涵川伸手将桌子提起来向前一挪，就放在了石不全要求的位置。范仰皱眉道:"这样也放不平啊!"

这个位置确实没法放桌子,因为下面有道大约五厘米高的门槛,桌子前面的两条腿恰好支在门槛上,桌面是向前倾斜的。

"这是小问题,好办!"谭涵川上前将桌子提起来侧翻放下,弯腰目测了一下门槛的高度,不知从何处抽出一把刀。刀光闪动,刷刷两下,他就将前面的两条桌腿各切下五厘米左右的一截。

丁齐已知谭涵川是位高手,此刻仍是深为震撼。这把刀很短,就跟匕首差不多尺寸,丁齐没有看清楚他究竟是从哪里抽出来的,只觉眼前一花就已经握在了手上。刀身很薄,好像还是把软刀,但谭涵川一入手就抖得笔直。

黑胡桃实木的桌子腿,哪怕给一把小钢锯,换个人也得锯半天,谭涵川挥手间就给削下来了。其实想把桌子放平,还可以有另一种选择,就是在门外用东西将另外两条腿垫高,不料谭涵川想也不想就削了桌子腿。

丁齐听见了身旁的叶行从牙缝里倒吸凉气的声音,而石不全却笑道:"诸位不用可惜,老谭削得很整齐。这两截桌子腿我回头还能镶回去,甚至连痕迹都看不出来。"

这话把大家都给逗笑了,石不全又从屋里取来一把水平尺,将这张桌子调得四平八稳,然后将书房那张椅子搬来,坐下道:"我现在要开始工作了,你们不要打扰我,也别管我,哪怕看见我在这里唱歌跳舞也不要理会。我一旦开始工作,就很投入,会忘了其他的事情,天塌下来都不理会。如果有什么古怪的举动,那也是为了找状态,有时候我习惯……"

找到感觉的石不全又恢复了平日的话唠本色,他啰里啰唆说了半天,向左右看却看不见人,再一回头,原来大家都进屋了。这小子长出一口气,活动了一下肩膀和双臂,就像在做广播体操,然后才凝神坐到了桌前。

石不全坐在那里不知在搞什么,因为桌上空无一物,他的双手恰好越过了门槛上方。其他人继续在客厅里喝茶,如此枯燥的等待显得很无聊,只过了十来分钟，叶行就突然打了声哈欠。受他的传染，丁齐也打了声哈欠。

朱山闲道："叶总要是累了，就先回去休息吧。阿全这小子一进入工作状态，假如不去叫他，他在那儿坐一整夜都有可能。反正现在天气不冷，他刚才还特意加了件厚外套。"

今天大家起得都很早，上午身体很累，下午精神很紧张，一直都没有歇着，现在确实该累了。叶行却摇了摇头道："我还可以再等一会儿，也不着急睡觉。"

朱山闲说："其实你和范总可以先回家睡一觉，明天早上再来问结果也是一样的。但丁老师可不能走，除了老谭之外，你也最好不要和其他人有私下接触，这是双盲测试的要求。我帮你收拾一间客房……"

朱山闲买的这栋小楼，楼下有一间带独立卫浴的主卧和一间书房，另有客厅和餐厅，石不全就住在楼下的主卧里。楼上有一个通往露台的小厅，另外还有四间屋。

楼上带独立卫浴的主卧是朱山闲住的，前两天又收拾出来两间客房，谭涵川住了一间，另一间今天留给了丁齐。朱山闲的话虽没有明说，但他分明没有打算把叶行和范仰也留在这里住。

朱山闲带丁齐上楼看了一眼房间，陈设很简单，床是一米二宽的单人床，桌子是一米二宽的写字台，配一张简易的电脑椅，屋角放着一个帆布钢架的简易衣柜。

朱山闲笑道："桌椅和床，是我叫人从区招待所库房里搬来的，衣柜是大前天在超市里买来，阿全装上的。你和老谭的房间布置都一样，不要嫌简陋。"

丁齐笑了："临时将空屋子布置出来，条件已经挺好了，看床上用品都是新买的，挺有档次的！"

房间是带锁的，朱山闲单独给了丁齐一把钥匙，虽只是一个不经意的动作,但也给人很尊重的感觉。丁齐由此也得出一个判断,朱山闲认为,接下来他要在这里住挺长时间的,甚至会把一些私人物品专门搬过来。

两人没有私下聊别的,丁齐拿了钥匙又回到一楼的客厅,大家又无聊地干坐了好半天。叶行连打好几个哈欠道:"老朱,我就在沙发上眯一会儿,石师弟有什么发现叫我一声。"说完也不管别人反不反对,就在沙发上躺了下来。范仰也说道:"书房里还有一张沙发,我去那里歇一会儿。"说完自己就进书房了,顺手还把门给关上了。

朱山闲并没有给叶行和范仰准备留宿的客房,但这两人都赖着不走,还厚着脸皮自己找好了睡觉的地方,当然是要坚持在现场等结果。

25　境湖之门

眼看入夜已深，朱山闲也起身道："我进房间歇会儿，老谭你先看着，阿全有发现就叫我们一声。假如你想休息，就把我叫起来换班。"

谭涵川摆手道："我上二楼阳台坐着去，丁老师也先去休息吧。"

丁齐到二楼自己的房间里躺了一会儿，却怎么样也睡不着，明明感觉乏累，可精神总还是有点兴奋或者说亢奋。他也明白原因，这是心里有事，惦记着石不全的情况呢。朱山闲的话说得轻松，要大家先睡一觉然后再问结果，可实际上却很难做到。

因为谁也不知道阿全什么时候会"看见"，潜意识中处于一种随时等待结果的状态，在这种情况下，如果有谁倒头就能睡着，要么就是个白痴，要么就是那所谓的心性修为确实不凡。

估计叶行和范仰也是这样。叶行躺在沙发上至少睡不沉，只是闭上眼睛休息一会儿。而范仰，丁齐认为他进书房不是睡觉，而是去找东西了，要么是石不全已部分修复的古卷，要么是谭涵川刚才留下的线索。

这只是一种直觉，在长期的心理咨询工作中培养出的直觉，虽然他和范仰也算第一天正式认识，但感觉范仰就是这种人、会做这样的事。范仰进书房顺手就把门关上了，丁齐还听见转动锁头的声音，下意识地便做出了判断。

明知道睡不着，丁齐便穿上衣服起来，走出二楼的小厅来到了露台上。

露台很大,朝南,冲着后院的方向,上面放着两张藤椅,还支着一张遮阳大伞。谭涵川正坐在那里,手里端着一个茶壶,脚边还放着一个暖壶可以随时续水。

谭涵川没有回头,但也知道丁齐来了,伸手指了指旁边那张藤椅。丁齐走过去与他并排坐下,小声道:"谭老师,我还以为您这位高手正在打坐呢。"

谭涵川说:"我在值班啊,怎么能自己打坐呢?"

丁齐有些没话找话道:"其他人好像都睡了。"

谭涵川笑了笑:"应该都没睡。老朱倒是回屋打坐练功去了,但现在的心境不对,估计不会有太好的效果,他得像阿全这样找找状态才行。叶总躺在沙发上也是睡不着的,就是在那儿闭眼等着。至于范师弟嘛,是进书房找东西去了,但估计也找不到什么。还是丁老师你最洒脱,莫不如干脆坐这儿看着,感觉反而最安心。"

这位研究员不论做事还是说话,总是会让人一再感到吃惊。但有时候直截了当就是最好的处事方式,尤其是在与那些心眼和套路都防不胜防的江湖人打交道的时候。

谭涵川只是直,但绝对不傻,随口就能说穿这些。丁齐一时不知该怎样接话,又眺望着远方道:"坐在这里远望群山,风景真的很不错。假如前方再有一座大湖,清风徐来,那感觉……"

谭涵川突然道:"你说话小声点,阿全都能听得见。"同时还向丁齐打了个手势。

丁齐突然反应过来,自己刚才无意间说漏嘴了,前方有一座群山环抱间的大湖,正是谭涵川通过后院门看到的小境湖景象。他的反应也很快,声音没有流露出任何异样,顺势反问道:"这么小的声音,阿全也能听得见吗?"

"当然听得见,他现在处于知觉最敏锐的状态。别说我们坐在这里说话，就算跑到前院去，他隔着这栋楼也能听得清清楚楚，只是不会留意而已。"

谭涵川显然并不是不让丁齐说话，而是要阻止他说出某些内容。

谭涵川提到了石不全此刻的状态，知觉异常敏锐，但不会留意外界的干扰。丁齐对此很感兴趣，于是就以请教的语气和谭涵川讨论了一番。心理学研究意识活动，而人的意识有指向性，就是俗话说的"注意"。

人在高度注意的状态中，除了注意对象之外，大脑会自动屏蔽其他的信息。比如有人在闹市中读书，聚精会神只记得书中的内容，却不闻喧闹之声。其实市场上的声音他都能听得见，只是没有注意，也没有留下印象。

有趣的是，有心理学家认为，清醒时的意识高度集中与意识高度放松，状态可能是殊途同归。比如道家说坐忘、佛家说禅定，就是摒去了外缘杂扰，清静或安住其心。

听了丁齐的分析，谭涵川点头道："有很多人认为心理学很神秘，总觉得学心理学的人和一般人不一样。其实这只是一个误会，谁也不比谁更高明。只是擅长的领域不同。我认识的心理学家也不少，但像丁老师这样的却不多。您不仅专业，而且有些地方超出了专业之外，要靠个人修养去积累。"

丁齐只得谦虚道："我刚才讲的那些，其实大部分都是我的导师刘丰说的。"

"我指的可不仅是丁老师刚才说的话，也包括你做的事……还是不说你了，说说阿全吧，你现在最感兴趣的应该就是他此刻的状态吧？"

按谭涵川的解释与丁齐的理解，石不全此刻什么都能听见，只是不会留意。有修行者形容这种心境，就像飞鸟划过镜面前方，镜子中会照出影子，但不会留下痕迹。谭涵川此刻和丁齐说话打扰不到石不全，假如真打扰他了，那就说明石不全还没有找对状态。

丁齐道："《老子》中有一段话，'视之不见，名曰夷。听之不闻，名曰希。抟之不得,名曰微.'应该就是形容阿全现在这种状态吧?"说到这里,他看着石不全的背影,突然又皱眉道,"阿全的手在干什么呢,摸东西吗?"

这里已是别墅小区的最后排,墙外就是山野,周围并没有灯光。还好是个晴天,有淡淡的星辉照耀,但抬头没有看见月亮,所以光线很暗。丁齐从屋里出来时是看不清石不全的,感觉他只是一团朦胧的影子,要过一会儿眼睛才能适应黑暗。二楼露台上的视角比较高,因此能够看见石不全的双手,丁齐此刻才发现他的双手一直有动作。

石不全的双掌掌根相对,离得大概有半尺多远,像抱着一个球在转,又像在摸一件并不存在的东西。再仔细看,他又不像是在摸手心里的球,因为手掌是张开的、朝着门外,就像在触摸一个广阔的世界。

谭涵川笑道:"丁老师刚才提到了抟之不得,阿全现在拉的架子,就叫抟云手。"

丁齐纳闷道:"抟云手?这也是江湖册门的秘传吗?"

谭涵川笑了:"那倒不是,其实我也练过,就是一门功夫。想说清楚可不容易,太极里也有一招'揽雀尾',丁老师应该听说过。据说练的就是一股柔劲,可以让鸟在掌心里飞不起来。"

"我好像在武侠小说里也看见过,真有这么神奇吗?"

"也没什么神奇的,就是练出来的功夫。"

"原来谭老师也会啊!您是怎么练的,真能让小鸟在掌心里飞不起来吗?"

"我师父养了好几笼画眉,翅膀都是没剪的。我当初就是拿这些鸟练的,刚开始的时候,当然都飞走了……"

丁齐笑了:"要是这样的话,你师父有多少笼鸟也不够啊。"

谭涵川也笑了:"我师父那时候就站在旁边,画眉一飞起他就伸手拦住。是拦住,不是抓住,画眉好像停在他的手上,然后就再也飞不起来。他的手看似放在那里,其实一直在动,这需要有体察入微的感觉与反应。"

"我那时候只知道按师父教的练。后来搞科研了嘛，也特意找各种资料研究了一番鸟类的飞行规律。其实鸟和昆虫不一样，它们的起飞是需要助跑的，越是大型的鸟类助跑距离越长。而小型鸟类在振翅起飞时，双腿有一个下蹬借力腾空的动作。关键就在于起飞时双腿下蹬这一下，手掌要能察觉到力量的变化，同时往下撤，使画眉借不到力。所以画眉无论怎么蹬腿，手心上的支撑力是一样的，仅仅能够让它站住，却不能让它借力起飞，也不能让它跳下去趁势滑翔，还得时刻掌控着力量的方向。"

丁齐叹道："好高明的掌控力！"

"其实重点不是掌控力，主要练的是感应与反应，心手相连，感觉到便能反应过来，反应过来动作便能跟上。其实有时候鸟还是会飞走的，用另一只手接住就行了。两只手轮流来，便是抟云手。抟云手不是只有这么一种练法，但我就是这么练的。我师父当年的要求，就算接不住，也绝不能伤着他的鸟，哪怕碰掉一根羽毛都会揍我。"

丁齐问："阿全也是这么练的？"

谭涵川说："差不多吧。我借用的是画眉，他借用的是鹩哥。他师父养了不少鹩哥，没事就教鹩哥说他老人家最爱听的话，阿全从小负责给师父喂鸟。"

丁齐问："你们原先就认识？你也认识他师父？"

谭涵川摇了摇头道："原先没见过面，我也不认识他师父，只是听老朱提起过这个人，大前天才第一次见面。时代不同了，江湖八大门传承凋零，或者说种种江湖门槛早就融入如今的世道，所谓的传承弟子很少见了。"

丁齐问："大前天才认识，你就连这些都知道了？"

谭涵川苦笑道："阿全那个碎嘴，好不容易找到一位八门江湖同道，那还不得好好聊聊？住在同一栋楼里两天，这些还不够他聊的呢！"

丁齐也笑了，又有些好奇地问道："那么阿全和您一样，也是位功夫高手喽？"

谭涵川摇头道："我谈不上是高手，只是会些功夫而已，都是小时候被师父揍出来的。至于阿全嘛，他练抟云手目的和我不一样，不是武功而是一种技巧。江湖册门秘传的入微术，入门的条件就是要感应入微。先练习抟云手，是一种很好的体会方式。"

丁齐又望着石不全道："我看他的样子，也不像是在摸鸟啊？"

谭涵川说："那只是抟云手的一种练法，又不是用法。他现在只是借助这种方式在感应状态，其实不是手在摸东西，而是用心在感应，手就是他的心……"

恰在这时，阿全的动作突然停住了，身体仿佛僵了半秒钟，然后他突然蹦了起来，把前面的桌子都碰翻到门外，转身一踩椅子，便从椅背上跳了过来，咋咋呼呼地叫道："我看见了，我也看见了，我真的看见啦——"

丁齐只觉身边突然带起一阵风。谭涵川已经从二楼露台上直接跃进后院中，一巴掌拍在阿全的肩膀上，低喝道："大半夜的，吵吵什么？就算你不睡觉，也别吵醒邻居啊！先别说看见了什么，快跟丁老师进书房。"

今天可是周末，这个小区中住的人最多的时候。邻居吵没吵醒不知道，楼里的三个人全被惊动了，很快就冲到了后院里，都是一脸激动的神色。朱山闲抢先摆手道："大家先别着急问，有结果就好，让阿全和丁老师单独聊聊，由丁老师给出权威结论。"

进了书房锁上门，石不全难掩兴奋的神色，不停地搓着双手道："丁老师，你要我怎么做？"

丁齐一指书案道："那里有纸有笔，先把你看到的景象画下来。"

石不全一坐下来进入工作状态，就好像完全换了一个人，开始专心作画，仿佛也忘了身边丁齐的存在。阿全的画功非常棒，就丁齐这个外行人的感觉，不亚于如今不少成名的画家。阿全画得比较慢，这是一幅工笔画，他在尽量勾勒各种细节。

谭涵川描那幅图只用了二十分钟左右，石不全的技巧娴熟太多，却用了一个多小时，因为他画得非常细致，尺幅也大得多。但对他而言，这却只算一个临时的简单勾勒，画完之后还感觉意犹未尽。

丁齐站在一旁看着，其实当阿全画到一半的时候，他就已经得出了明确的结论，石不全和谭涵川看见的是同一处地方。但画中有些细节还是有区别，比如云层的位置不同、所遮掩的景物也不一样，石不全还画出了谭涵川的图中看不到的东西。

石不全将画双手递过来道："丁老师，我画得怎么样？"

丁齐接过画，赞叹道："画得非常好，我几乎不需要再多问什么了。"

石不全赶紧摆手道："不不不，您一定要问！画只是画，这么小的一张纸，根本不足以描绘出我所看到的景致。画您先收好，我再给您好好说说……"

厅中的另外四人又干坐了半天，看时间都过了午夜零点，但还得耐着性子等下去。

不知过了多久，书房的门终于被推开了，四人都站起身来问道："丁老师，结果怎样？"

丁齐走出书房，深吸一口气，向众人点了点头道："我已经可以得出明确的结论，那道门外，的确有另一个世界。古人也曾经见到过，甚至还进去过，他们称之为小境湖。我不知道那是一个什么样的世界，但谭老师和阿全分别都看见了，他们看见的是同一个地方。我现在能够做出的判断，就是小境湖中的天时变化与外面是一样的，谭老师看见的是下午的景象，阿全看见的是星光下的夜色。小境湖中有山有水，而且还有风，因为云层会飘荡到不同的位置……"

朱山闲突然摆手道："丁老师别说了，别再具体描述，我不想听见！"说完话转身便去了后院门那儿，把石不全碰翻的桌子重新扶好，在那张椅子上也坐了下来。

谭涵川笑道："老朱也想自己试试。"

阿全兴奋道："既然我能行,老朱也行的!只要他……"

他的长篇大论尚未展开,便又被范仰挥手打断道："这样吧,我们进书房,丁老师把他们画的两张图都让我看看。"

叶行问道："范总,你就不想自己试试?"

范仰笑了："双盲测试,有两个独立的结果交叉印证就足够了。既然已经确定了小境湖真的存在,而且就在那道门外,我回头再试也无妨。我都等了一个下午加一个晚上了,实在是好奇得不行。"

叶行说："我也好想知道,那到底是什么样的地方?"

丁齐说："那好吧,我们都进书房,尽量看图别说话,就算说也要悄声。"

几人正准备进去,朱山闲又突然走回了厅里。范仰意味深长道："朱区长,您怎么也改主意了?"

朱山闲却摆手道："你们继续,不用管我,我只是上楼拿件外套。"

来到书房里关上门,丁齐将两幅折好的画从兜里掏出来平摊到桌案上,就算是外行人也能一眼看出,两人画的是同一个地方。有了这个结论就好办,范仰和叶行主要看的都是石不全的画。范仰的神情若有所思,而叶行眨着眼睛不知在想什么,又似有点发懵。

范仰突然扭头对叶行道："这就是宝藏!"

叶行还有些没回过神来："宝藏在什么位置呢?"

范仰一指那幅图道："这个地方就是宝藏啊,如今这世道什么最值钱?房地产啊!地皮最值钱、环境最值钱!不是有那么一首诗嘛,面朝大海、春暖花开!这里虽然没有大海,但湖光山色比海景更美,更难得就在市区里,却又在毫无尘世污染的方外。"

阿全接过话头打趣道："可惜没有快递直达、wifi 覆盖……"

叶行这才连连点头道："对对对,这就是宝藏,无价之宝啊!"

丁齐也说道:"看明代的游记,小境湖中还有仙家饵药,服之可长生。按朱区长的祖师遗言,长生不老恐怕不可能,但总有强身健体、延年益寿的效果。"

恰在这时,朱山闲推门道:"我也看见了!"

几人都吃了一惊,叶行惊呼道:"这么快?"

朱山闲难掩兴奋与得意之色,口中却谦虚道:"不是我高明,而是心已经定了。"

这番话在丁齐看来,是非常有道理的。先前大家都不知道究竟怎样才能看见小境湖、就算看见了又是不是真的,都是尝试着去感应。而刚才已得出了明确的结论,朱山闲的心境已定。

丁齐将桌上两幅画卷起放到了一旁,招呼道:"朱区长,你也画一幅图。"

朱山闲画得很简单,坐下后取过一张A4打印纸,用一支签字笔勾了几下,不到半分钟就画完了。只是很简练的线条轮廓,但大家一眼也都能看出来,他画的是同一个地方。众人就刚才的话题又讨论了一番,越说兴致越高,发现了仙境啊!

范仰道:"既然这样,我也去试试。"

朱山闲劝道:"明天早上再试吧,你和叶总先回去睡一觉,折腾到现在想必都累了。但好歹有了明确的结果,这一天不算白忙……范师弟,你现在去看也很难看清楚,刚才有一大片云飘过来渐渐遮住了星光,漆黑一片,天亮后再试更好。"

范仰回头问叶行道:"我们先回去睡觉吗?"

见叶行有些犹豫,丁齐笑道:"叶总在担心什么?自古以来小境湖一直就在那里,谁也偷不走的,区别就在你能不能看见。我也回去一趟,睡个觉、洗个澡,明天顺便再搬点东西过来。"

叶行这时却幽幽地说了一句:"你们看见了,但我没看见。我只想问一句,你们虽然看见了,但是进去了吗?"

这句话就像一瓢冷水,当场泼灭了众人兴奋的劲头。谭涵川搞的双盲测试,只是确定他们看见了同样的东西,并非心理暗示的结果,但并没有排除那只是幻境的可能。

朱山闲有些兴致索然地摇了摇头道:"站在门外可以看得见,可是越过门槛,到达的仍是南沚山森林公园,尚不得其门而入。我刚才没用两分钟就看见了,还把桌子搬开试试,进不去,那就像一幅幻境。"

石不全却说道:"既然你的祖师爷有历代口口相传的交待,当年的祖师进去过,就一定有办法进去。我们既然发现了,再慢慢去想办法,明天再商量也不迟。"

范仰转身道:"那我先回去睡一觉吧。"

叶行说:"我也回去,这里离我那里不算太远,半夜路上没车,二十分钟就够了。"

已经完成检验人任务的丁齐也告辞离去,他租的公寓离这里比较远,白天开车恐怕要一个多小时,但后半夜半个多小时就到家了。他刚到家就接到了叶行的电话:"丁老师,我和范总在消夜呢。你也一起过来吧,我们边吃边聊聊。"

"你和范总吃吧,我不饿,而且已经睡下了,今天实在是累了。"

这两人居然没有直接回去睡觉,还要约丁齐一起消夜,可能是要私下商量什么事情。可是丁齐并不想参与,他在心理上已脱离了这个"派系",不想单独与范仰和叶行搞在一起。

放下电话洗了个澡,丁齐倒头便睡,也许是精神一度兴奋到了极点,也疲惫到了极点,这一觉睡得非常实。

丁齐没有设闹钟,但早上七点半就自动醒了。算算时间,他大约只睡了六个小时,但睡眠质量非常好,除了小腿肚子微微有些酸,精神已经完全恢复了,丝毫不觉得疲倦。他收拾了一些换洗衣服、日用杂物,将笔记本电脑也带上了，都放在车的后备箱里。

他却没有直接去朱山闲那里，而是先来到小赤山公园。最近这段日子，他每天上午都会来到小赤山公园，只有昨天是例外。他在公园里漫步与练功，漫步也是练功，练功也是漫步，没有谁教过他该怎么做，都是他自行琢磨的。

当他在江边漫步时，仿佛心神已延伸到天地间；当他在小山包中端坐时，又仿佛是在这个世界中漫步。他的状态与他的天赋有关，将天地视为一个与自己一样的人，那么这个世界就是这个人的精神世界，既是物质的也是精神的。

丁齐以进入他人精神世界的那种方式，徜徉在现实的天地之中，感受另一种妙趣。也不能说没人教过他，他有过很多老师，其中最重要的当然是导师刘丰。他系统地学习过很多知识，还接受过各种培训与锻炼，这些都是积淀。在此积淀的基础上，才有升华和凝炼。

丁齐为什么没有着急去朱山闲那里？因为他想得很清楚，着急也没用。小境湖的确存在，但那不是他的发现，也不是他能拥有的世界，至少暂时还不是。

他昨夜和谭涵川聊到了阿全施展册门秘传入微术时的状态，当时阿全看似浑然忘我，其实感应入微，知觉特别敏锐。丁齐也曾有过类似的感觉，难道他在无意中也触及了修炼入微术所追求的境界？

石不全说过，很多事物的境界相通，他的导师周小玄并非江湖八门传人，却也有同样的领悟。那么丁齐不是江湖八门传人，可不可以也做到同样的事情呢？

所以他又跑到小赤山公园来"练功"了，差不多九点半才离开。丁齐之所以在今天早上这么特殊的时间，还会先来到小赤山公园，还有另一个原因。他总感觉，谭涵川看见的"小境湖"，并不是他在田琦、涂至、卢芳的精神世界中所看到的地方。

前段时间,他一直在寻找"大赤山"和"小境湖",本以为这是方外世界的不同名称,如今看来,这样的方外世界还不止一处。如今小境湖被发现了,线索是那卷被修复的古代图册,可大赤山仍不知所踪。如果就像朱山闲家的后院那般,也有一道门户通往大赤山,那道门户很可能就在小赤山公园中。不要问丁齐是怎么知道的,这只是一种直觉。

来到朱山闲家已经快中午了,一进厅就听叶行叫道:"丁老师,你怎么才来呀?我和范总可是一大早就过来了。"

丁齐答道:"也没必要来太早吧,小境湖就在那里,它又跑不掉,还是想想该怎么进去吧!至于你和我,则得好好想想该怎么发现它……范总呢?"

朱山闲说:"他一来就到后院门口站着了,这都站一上午了,也不知看出了啥结果。他再没动静,我们就该先叫他吃午饭了。"

叶行插话道:"丁老师吃早饭了吗?我和范总可是连早饭都没吃。"

"你和范总昨天后半夜不是去消夜了吗,早上应该不饿吧?"说着话丁齐来到了后院,就见范仰背手站在门槛前,像在眺望门外的风景,仿佛已经看入了神。

这时石不全也溜进了后院,身上竟然系着围裙,冲范仰道:"范总,看见了没有?要不然我帮你找找状态,给你一个碗和一根棍?"

范仰转身笑道:"那倒没必要,我已经看见了小境湖。"

这倒让石不全微微吃了一惊:"原来你是醒着的。"

范仰说:"我一直就是清醒的,谁像你似的,干点啥就忘乎所以。"

石不全问:"你用了这么长时间才看见吗?"

范仰说:"我早就看见了,刚才一直在欣赏风景呢。"

丁齐一直习惯性地在观察范仰说话时的反应,也不知道这番话是真是假,因为连他也看不出什么来。接受过专门训练的人,能够控制说话时的微表情，使其与表达的情绪一致，而范仰无疑是训练有素的，更何况这样的话语本就不包含情绪因素。

人的语言，有绝大部分内容并不包含明显的情绪指向。所以心理学家的观察也不是万能的，绝不像外行人所认为的那么神秘，有时还不如直觉好用，尤其是碰到范仰这种人时。

几人回到厅中，叶行凑过来小声问范仰，他究竟看到了怎样的景象？而石不全又钻进厨房去了。今天上午是朱山闲他们三个出门买的菜，谭涵川当大厨正在厨房做，而石不全帮着打下手。

闲下来的朱山闲又在泡茶，笑呵呵地说道："今天有口福了，谭老弟的手艺很不错。其实阿全也很会做饭的，但还赶不上老谭，正在边帮忙边学习呢。你们几个平时做饭吗？也可以进厨房帮帮忙嘛！"

"我去看看还有什么活，哪怕不能帮忙做饭炒菜，也可以帮忙端端菜嘛。"说着话丁齐已经走进了厨房。

叶行则答道："我是个单身狗，自己不太会做饭，平时吃食堂，要么叫外卖。"

朱山闲问："范总呢？"

范仰反问道："朱区长，您见过要饭的自己做吗？"他开了句玩笑，又说道，"我平时在家，是请阿姨做饭的。"

这时丁齐端了一盘热气腾腾的鱼出来，招呼道："阿全说了，今天在二楼阳台上吃。你们都帮着端一下盘子、摆一下碗筷。"

二楼的露台很大，原先只有两张藤椅，并没有桌子，石不全昨天恰好买了一张，此刻就搬来放在那张遮阳大伞下面。两节被削掉的桌子腿已经被镶回去了，假如不是趴地上凑近了仔细看，几乎发现不了接缝。

坐在露台上，视线不受围墙的阻挡，恰好可以远眺南沚山森林公园的景致，阳历五月也是境湖市最好的天气。山中的微风吹来，带着草木清香，再摆上这么一桌饭菜品尝，简直就是人生莫大享受，至少丁齐好久没有这么享受过了。

朱山闲还特意开了一瓶自己收藏的茅台,给每个人都倒上了,端杯道:"我们从五湖四海相聚,为了同一个目标,如今我们不仅证明了古人传说中的小境湖真的存在,而且找到了它。来,大家共同举杯庆祝,都干了!"

六人围桌而坐,热热闹闹的样子,感觉从此刻开始就已经是一个真正的团队了。石不全端着杯眺望远山道:"老朱啊,你挑的这个地方真好,都市中的桃源。在这里吃饭,怀抱山色,太舒服了!"

叶行说:"山里面风景好,空气也好,我夏天也经常去山里找个庄园度假,唯一一点不足,就是蚊子有点多。"

范仰突然道:"从昨天到现在,你们有没有发现一件事?南沚山森林公园里有湖,也有泉水溪流,水并不少。我们就在山脚下,围墙外面草木茂盛,可是蚊子却很少。"

谭涵川点头道:"这的确是个发现,这里的蚊子特别少,会不会与仙境有关呢?"

叶行说:"我听说龙虎山有个村庄,也是没有蚊子的,说不定也有方外世界。"

石不全插话道:"那个村庄我去过,师父带我去的,附近蝙蝠特别多,蚊子当然就少了。"

谭涵川说:"可是这里并没有蝙蝠啊,也许是山里的生态好,青蛙、蜻蜓一类吃蚊子的小动物也多。"

丁齐看了看大家道:"我们先不讨论蚊子,还是讨论小境湖吧。朱区长、谭老师、范总、阿全,你们都通过那道门看见了小境湖,凭借江湖八门各自的秘术。但还是叶总昨天问的那句话,你们找到进去的办法了吗?"

一桌子人都哑巴了。过了一会儿,范仰才开口道:"丁老师,你以为我这一上午都在干什么呢?我站在门内能看到小境湖的风景,可是迈步走进去,却发现不过是走到了院门外,到了南沚山森林公园。"

阿全叹了口气，"昨天我也有感觉，看得见，却摸不着，我把手伸到了门外，摸到的却是南沚山森林公园。"

叶行惊讶道："南沚山森林公园也能摸到？你只能摸到空气吧？"

阿全解释道："空气跟空气也不一样，我摸的不是空气，而是不同的天地给我的感觉。我能看得见，可是我试图进入它去触碰时，就像幻影一样消散了，门外还是南沚山森林公园。"

朱山闲也开口道："我今天早上去市场买菜了，就是想到人多的地方去逛逛。爵门秘传的望气术，其实是观望人气的，在市井江湖中才有用武之地，倒不是用来发现什么方外秘境，我其实也是去找感觉了。"

谭涵川皱着眉头道："那就像一道透明的门，我们看到了门内的风景，却无法推开它进去。可能还是修为不到家，也可能是没找对办法，但既然能发现它，就说明我们的思路是没错的。"

范仰说："修为不到家的可能性不大，否则田琦、涂至、卢芳他们是怎么回事？"

叶行说："可是他们自己根本不知道，也不记得有这回事，哪怕深度催眠也想不起来。按丁老师的专业说法，只是在潜意识中保留了印象。"

丁齐突然问道："谭老师，你昨天盘坐在后院门口，记得自己坐了多长时间吗？不要想时钟，也不要问别人，就说自己的感觉。"

谭涵川回忆道："在发现小境湖之前，我用了半个多小时。"

丁齐点头道："没错。那么在你看见小境湖之后，到起身走回房间之前，用了多长时间？"

谭涵川说："大约五分钟。"

丁齐摇头道："不对，你至少用了二十分钟。"

叶行说："因为太专注了，所以感觉不到时间的流逝吗？"

谭涵川一抬手："你先别插话，让丁老师继续问。"

丁齐说："现在该问阿全了。阿全，你今天一大早在门口摸了多长时间？"

石不全答道："今天进入状态特别快，我用了不到五分钟就看见了，然后又试了试能不能摸到，结果没成功。前后总共花了不到十分钟。"

还没等丁齐说话，朱山闲就已经摇头道："你早上六点半去的，我当时看了表。直到范总来了才把你叫回屋，差不多有一个小时。范总，你是几点到的？"

范仰说："我是七点半到的，当时也看了表。"

叶行也发现了问题，皱眉道："有时间消失了！范总，你感觉自己今天早上在那里站了多长时间？"

范仰说："江湖秘传的兴神术，也是和人打交道的，看来我也应该像朱区长那样，在人多的地方逛逛，多找找状态。"

叶行说："我是问你上午在后院门口站了多长时间。"

范仰说："施展兴神术，首先要求自己特别清醒，我记得很清楚，就是一个上午。"

谭涵川问："丁老师，你是什么看法？"

丁齐沉吟道："从心理学角度，感觉和知觉是两种层面，我们通常说五感，是指五种器官感应，实际上除了听觉、视觉、嗅觉、味觉、触觉之外，还有运动感、平衡感和肌体感，共是八感。知觉是在感觉基础上的综合，大脑高级神经活动的反应，包括空间知觉、运动知觉，还有更抽象的各种社会知觉，等等。但是有一种感应，却很难区分究竟是感觉还是知觉，因为它的对象是看不见也摸不着的，就是时间感或者说时间知觉。"

叶行插话道："丁老师，这些都是心理学基础内容，书上都写着呢，我们都背过。"

丁齐反问道："读书干什么，仅仅为了考试吗？知识必然有所用，关于时间知觉的研究，到现在也没有明确的结论，因为时间对于如今的物理学家来说仍然很神秘，而心理学家则只能研究一些表面现象。"

"如果不借助外界的参照，比如太阳的角度、时钟的刻度，人们如何确定自己度过了多长时间？时间知觉的构成因素很复杂，与各种感官有关，我现在要谈的只是时间感。人们在不同的情况下，对时间流逝的速度感是不一样的。心理学界通常的结论，在悲伤时，人们会对时间的长度高估，在欢快时，会对时间的长度低估。但是这个说法并不完全准确，无非是心理体验上忍受与享受的区别。人在意识清醒又很专注的状态下，经常会忘了时间，根本就不曾意识到时间的流逝。但这并不意味着我们丧失了时间感，结束这种状态之后，和日常经验相对照，回忆中仍然有基本的时间判断。比如阿全，比如老谭，如果他们经常进入工作状态或者经常定坐，对这种状态已有经验，而且当时意识是清醒的并没有睡着，事后仍然是有大概的时间概念的，虽然不太精确，但也不会偏差得太离谱。"

丁齐讲了一大段纯粹理论概念上的分析。谭涵川听得最认真，点头道："丁老师说得不错，我在定坐的时候根本就意识不到时间，当然也不会去想时间。"

叶行也很内行地说道："你要是总想时间，别说定坐了，恐怕都会失眠。"

谭涵川接着道："但是我结束定坐之后，对用了多少时间有大概的概念，这是一种经验或是一种直觉。但我要补充一点，这种概念并不是不太精确，而是相当不准确，不是说差别很大，而是非常模糊。"

丁齐说："我说了这么多，只想讲两种可能。第一种可能，确实就是时间感模糊，你们忘了时间，事后也想不起来用了多长时间。"

石不全补充道："我的工作状态和老谭说的还有点区别，意识绝对是清醒的，事后是知道时间的。丁老师要说的第二种可能是什么呢？"

"很简单，你们失忆了，就和涂至和卢芳一样，失去了对某段经历的记忆，由此导致了时间感的错乱。你们可能通过某种方式进入了小境湖，可是这段经历你们记不住，所以记忆中就会缺少一段时间。"

石不全张大嘴道："还真有这种可能！"

丁齐说："但也仅仅是有这种可能而已。从理论上讲想印证它也很简单，就是找个人进去走一圈然后再出来，看他是否保留记忆。"

范仰说："理论上倒是简单！但除非我们中有人真的进去，而且大家都看见了。其实老朱和阿全根本就没有真的进去，只是某种感应的尝试。"

"哎呀！"石不全突然重重一拍桌子，连盘中的汤水都溅了出来，把大家给吓了一跳。

范仰扭头道："你是怎么回事，总是一惊一乍的？"

石不全有些不好意思地笑道："刚才突然想到了一种可能，激动了一小下。我们是利用八门各自的秘术发现了小境湖，是不是要集齐江湖八门弟子，才能真正打开它？"

谭涵川朝朱山闲道："老朱，阿全这个想法未尝没有道理啊，想想我们都是怎么发现的小境湖？"

朱山闲沉吟道："可是如今八大门传承凋零，想集齐八门传人可不容易。"

石不全说："后院门的位置，不就是一位江湖风门高手帮你确定的吗，他一定得到了风门秘传的心盘术，你可以请他来。"

朱山闲说："此人名叫鲜华，年纪和你差不多大，我倒可以试着请他。可是如今的江湖上，惊门与疲门的高手难寻啊，已许久未见踪迹。"

叶行赶紧道："其实我也是疲门中人……好吧，只算半个疲门传人，丁老师算另外半个，我们加起来也可以凑个整了。"

范仰不置可否道："我倒是认识一位飘门中人，但是没什么交情。此人性情冷淡，不知道能不能请得来。"

叶行眼神一亮道："你说的就是那位冰美人冼小姐吗？"

范仰点头道："对，就是她，上次介绍你认识的。冰山般的美女，叶总还惦记着呢？"

叶行讪讪笑道："美女总是令人难忘嘛……其实范总不必担心，世上总有事情能打动她的。"

谭涵川也点头道："叶总说的没错，范总可以试试。既是江湖同道，实话实说效果最好。你把丁老师的经历、《方外图志》的记载、老朱祖师的代代相传、我们在这里的实地发现，原原本本都告诉她。人活在世上，究竟在追求什么，尤其我们这些身怀秘术的传承者。时代不同了，江湖八门传承已凋零，门槛套路遍天下、各行各业都在用，但是世上有这样的神秘未知地，以传承秘术可以发现，她不可能不动心，人总有感兴趣的东西。"

朱山闲说："对，就这样做，我也会原原本本告诉鲜华。可是我们上哪里去找惊门传人呢？天机莫测，惊门高手最难寻。"

石不全提醒道："你可以问问鲜华呀，或许可以通过他请到。"

叶行说："如果是这样，江湖八大门传人聚齐了，我们就可以召唤神龙……不不不，打开小境湖了。"

图书在版编目（CIP）数据

方外：消失的八门.1，境湖之门/徐公子胜治著.-上海：上海文艺出版社.2018.5
（2018.6重印）
ISBN 978-7-5321-6610-7
Ⅰ.①方… Ⅱ.①徐… Ⅲ.①长篇小说－中国－当代
Ⅳ.①I247.5
中国版本图书馆CIP数据核字(2018)第057172号

发 行 人：陈　征
特约编辑：范少卿
责任编辑：于　晨
装帧设计：丁旭东

书　　名：方外：消失的八门① 境湖之门
作　　者：徐公子胜治
出　　版：上海世纪出版集团　上海文艺出版社
地　　址：上海绍兴路7号　200020
发　　行：上海文艺出版社发行中心发行
　　　　　上海市绍兴路50号　200020　www.ewen.co
印　　刷：崇明裕安印刷厂
开　　本：890×1240　1/32
印　　张：11
插　　页：2
字　　数：293,000
印　　次：2018年5月第1版　2018年6月第2次印刷
ＩＳＢＮ：978-7-5321-6610-7/Ｉ·5263
定　　价：39.80元
告 读 者：如发现本书有质量问题请与印刷厂质量科联系　T:021-59404766